ハヤカワ・ミステリ文庫
〈HM462-7〉

レイン・ドッグズ

エイドリアン・マッキンティ
武藤陽生訳

早川書房

8752

RAIN DOGS

by

Adrian McKinty

Translated by

Yousei Muto

First published 2021 in Japan by

HAYAKAWA PUBLISHING, INC.

This book is published in Japan by

arrangement with

PROFILE BOOKS LIMITED

c/o ANDREW NURNBERG ASSOCIATES LIMITED

through TUTTLE-MORI AGENCY, INC., TOKYO.

Oh how we danced with the Rose of Tralee,
Her long hair black as a raven,
Oh how we danced and she whispered to me,
You'll never be going back home.

——トム・ウェイツ"Rain Dogs"、一九八五年

屈辱、不幸、不和。これらは古来、英雄たちの糧である。

——ホルへ・ルイス・ボルヘス『On His Blindness』、一九八三年

ブリテン諸島地図

北アイルランド地域
（イギリス領）
デリー（ロンドンデリー）
グラスゴー
ラーン
ホワイトヘッド
キャリック
ファーガス
ベルファスト
イギリス連合王国
アイルランド共和国
ダブリン
オックスフォード
ロンドン

用語集

・**北アイルランド**：アイルランド島北東部に位置するイギリス領地域。イギリス本国からの入植者の子孫であるプロテスタント系住民が多数派だが、島にもともと住んでいたカソリック系住民も存在している。

・**アイルランド共和国**：北東部を除くアイルランド島を領土とする国家。第一次世界大戦後にイギリスから独立。カソリック系住民が多数派を占める。

・**北アイルランド紛争**：「トラブルズ」とも。北アイルランド地域におけるプロテスタント系住民とカソリック系住民の宗教的対立や、イギリスによる統治をめぐる諸問題を背景に、一九六〇年代末から激化した紛争。おもにカソリック系の穏健派（ナショナリスト）と過激派（リパブリカン）、プロテスタント系の穏健派（ユニオニスト）と過激派（ロイヤリスト）の四派閥が複雑に関係し、テロ組織やイギリス本国の軍隊も関わって多数の犠牲者を出した。

・**ロイヤリスト**：ユニオニストのなかでも武装闘争を活動主体とする過激な一派。〝プロテスタント系親英過激派〟と訳出。
・**アイルランド共和軍（ＩＲＡ）**：リパブリカン系の組織で、本シリーズではおもに、武装闘争路線の派閥、ＩＲＡ暫定派のことを指す。〝軍〟という名称が紛らわしいが、実際にはテロ組織と認定されている。ダフィのようなカソリックの警官を〝裏切り者〟とみなし、賞金を懸けている。
・**アルスター防衛連隊（ＵＤＲ）**：イギリス軍予備役。北アイルランドの治安維持を目的とする。左記のアルスター防衛同盟と紛らわしいが、まったく別の組織であることに留意されたい。
・**アルスター防衛同盟（ＵＤＡ）**：プロテスタント系右派組織。ＩＲＡと敵対している。アルスター自由戦士（ＵＦＦ）はＵＤＡの下部組織。
・**アルスター義勇軍（ＵＶＦ）**：プロテスタント系のテロ組織。
・**アルスター**：北アイルランドのこと。正確に言えば北アイルランド六州（アーマー州、アントリム州、ダウン州、ティロン州、ファーマナ州、デリー州）に加え、アイルランド共和国の三州も含まれる。
・**特別部**：王立アルスター警察隊の一部門で、ＭＩ５（英国情報局保安部）と密接に連携している。北アイルランド紛争時代にはとりわけ対ＩＲＡ暫定派の活動に従事した。

・**アイルランド語（ゲール語）**：ケルト語派に属する言語。話者はケルト系（カソリック）が多い。

レイン・ドッグズ

登場人物

ショーン・ダフィ……………………………王立アルスター警察隊(RUC)警部補。カソリック教徒

ジョン・マクラバン（クラビー）
マイク・マルヴェニー
ケニー・ディエル ……同巡査部長

アレクサンダー・ローソン………………同巡査刑事

マカーサー…………………………………同警部

ジョン・エドワード（エド）・マクベイン………同警視正

エリザベス（ベス）・マカルー…………ショーンの恋人

リリー・エマ・ビグロー…………………《フィナンシャル・タイムズ》の記者

ペーター・ラークソ………………………〈レンネイティン〉社最高財務責任者(CFO)

ハラルド・エク……………………………〈レンネイティン〉社セキュリティ部門責任者

クラーク・アンダーヒル…………………キャリックファーガス城管理人

ジミー・サヴィル…………………………テレビ司会者。慈善事業家

トニー・マクロイ…………………………マクロイ・セキュリティ・サービス社長

ベティ・アンダーソン……………………キンケイド青少年犯罪者収容所所長

コリン・ジョーンズ………………………キンケイド青少年犯罪者収容所スタッフ

シグニー・ホルンボルク…………………オウル警察巡査刑事

1 世界一有名な男

警察のバリケードの向こう側にいた声高な人種差別主義者たちでさえ、チャンプが機敏に、蝶のように、バスからベルファスト市庁舎前の舗道に降り立ったのをひと眼見た瞬間、いっときの畏怖(いふ)に打たれて沈黙した。チャンプはふつうの男たちより大きかった。肉体的な意味ではもちろん、一種独特のオーラに包まれていた。絶頂期から十年、体重は増え、老い、噂によるとパーキンソン病の初期症状らしきものまで表われていたが、それでもまだ地上で最も有名な男だった。アディダスのスニーカー、赤いトラックスーツ、サングラス。黒ジャケットに蝶ネクタイという格好のネイション・オブ・イスラムの係員ふたりがその脇を固め、彼らの一歩うしろに、アメリカでは名を知られているものの、ここではほとんど無名のジェシー・ジャクソン牧師がいた。

チャンプが演壇にあがると、その姿をもっとよく見ようと群衆が前方に殺到した。警官の考えること：いかれ野郎が彼に狙いをつけやすくなる。瓶やレンガを投げるにしろ、隠し持った拳銃をまっすぐかまえるにしろ。チャンプは愛されている、そうとも、だが同時に憎まれている。不運なソニー・リストンとの初タイトル戦以来、憎しみと同じ分だけ尊敬を集めてきた。あれから何年という時間が経ち、憎しみは薄れたが、人種差別主義、愛国主義、宗教的熱情という病によって脆くなった人々の心のそこかしこに、それはまだくすぶっている。

チャンプはサングラスを外し、マイクをこんこんと叩くと、一歩さがってシャドーボクシングを実演した。群衆の海を波紋のように喝采が広がった。彼らはこれを見に来たのだ。「見ろ、あの足さばき！」俺の正面で誰かが言った。思慮深く、ボクシングを見る眼のある者の感想だ。チャンプは少年のように舞った。一九六〇年、ローマ・オリンピックでズビグニェフ・ピトロシュコスキーを倒した、あの痩せこけた少年のように。

群衆はチャンプの手のひらの上にあり、チャンプはまだひと言も発していなかった。

よく晴れた寒い日で、ネストール・アルメンドロスなら最高の画が撮れただろう。陽光がチャンプの頭の背後のバロックリバイバル様式の柱を照らし、雲が割れてインディゴ色の空が垣間見えた。そういったものが油を売っている光景は、オハイオ川の曲がりに立つチャンプの故郷ではよく見られるが、このラガンのぬかるんだ河口ではめったにお眼にかかれない。

チャンプはシャドーをやめ、にやりと歯を見せた。付き添いが額を拭くためのタオルを渡した。チャンプはトラックスーツのジッパーを数センチさげようとしたが、手が思うようにジッパーをつかめず、付き添いが手を貸してやらなければならなかった。が、チャンプはもう一度ほほえみ、堂々とまえに進み出ると、マイクスタンドをつかんで言った。

「こんにちは、アイルランド！　ようやくこの美しいベルファストに来られてよかった！」

観衆は一瞬、この発言に戸惑った。彼らのうちひとりもこれまでに考えたことがなかったのだ。ベルファストが美しいとか、ここを自発的に訪れる人間が存在するとか、到着するやいなや、ここを最終目的地に選んでよかったと思うなど。しかし、ここにいるのは地上で最も有名な男であり、その男が今まさにそう口にしたのだ。ベルファストの共通言語は〝皮肉〟だ。いいジョークを嫌いなやつはいない。つまり、チャンプは冗談を言っただけか？

「そうだ。こんなすばらしい冬の日に、この美しいベルファストに、北アイルランドに来られるのはすばらしいことだ！」チャンプは繰り返した。今度こそ、心からの発言であることはまちがいなかった。奇妙に心動かされた群衆は承認のうなり声をあげた。チャンプはこの地でシャドーをした。手を振った。嘘をつき、この街に審美的魅力があると語った。ネイション・オブ・イスラムの公認候補者として市長選に立候補し、第一ラウンドの発声投票で当選することだってできただろう。

ほかの警官たちは少し肩の力を抜きはじめていたが、俺はそう簡単にだまされなかった。俺は半ダースの警官たちと一緒に、一段高くなったプラットフォームの上にいた。〈マークス＆スペンサー〉の店舗脇に即席でつくられた抗議者用の囲いのなかから、国民戦線のスキンヘッドの小集団が暴言をわめいていた。しっかり眼を光らせておいたほうがいい。スキンヘッドどもの数は合計で二十にも満たないが、こいつらはかつらや帽子で変装すれば、簡単に群衆に紛れ込める。とはいえ、そこまでの発明は、おそらく彼らの思考能力を超えているだろう。

完全に隔離された抗議集団がもうひとつあった。イアン・ペイズリー師率いる福音主義の年長教区民の一団が、はるか遠く、ロイヤル・アベニューに陣取っていた。彼らはムスリムの有名なスポークスマンがアルスターの首都、神のまことの約束の地にやってきたことが不満で、その不満を陰気な長老派の歌と徹頭徹尾つまらない讃美歌にのせて歌っていた。ペイズリーが姿を現わすところには、決まって無意識のシュールレアリスムの要素がある。今日についていえば、ペイズリーはゴスペル合唱団、アコーディオンを弾く女子学生の群れ、ロバの上でタンバリンを揺らす丸顔の子供を連れてきていた。

チャンプが幻の左フックをダッキングでかわし、またマイクスタンドをつかんだ。

「一八六〇年、私の曾祖父エイブ・グレイディはクレア州エニスから徒歩でベルファストに向かい、そこでアメリカ行きの船に乗ると、大西洋を横断し、南北戦争まっただなかの国に足を踏み入れました。ほかの曾祖父母たちが奴隷として使われていた国に。私たちは長い道のりの末、こうして故郷に帰ってきた！」

群衆からさらなる咆哮。

「しかし聞くところによると、聞くところによると、今日、私がここに来たことを快く思っていない人々もいるのだとか。それはほんとうですか？」

「ちがうぞ」とわめく声。

「いや、私には見えます。あそこに！」

俺たちの足元にいる国民戦線の一団から挑発的な喝采。

「私には見えます。見ろ！　おやおや、なんて醜い。彼らが鏡を見たら、鏡像のほうがダッキングして彼らを避けるでしょう」

笑い。

「あんなに醜い連中がお化け屋敷に入ったら、出てくるときには応募用紙を手にしているでしょう！」

笑いの渦。

「あんなに醜い連中が銀行に入ったら、銀行は防犯カメラのスイッチを切るでしょう！」

大きな笑いと喝采の渦。

チャンプはその渦が消えるに任せ、やがて静寂だけが残った。

「さて、彼らはずいぶん静かになりましたね。声が聞こえません。かわいそうに、もしかして私に勝てると思っていたんでしょうか？　私はこんなにかわいくて、こんなに速いのに！　どれくらいの速さかというと、ゆうべホテルの部屋で電気を消したとき、部屋が暗くなるより早くベッドに入っていたほどです」

さらなる笑い。

「使い古しのジョークだな」俺の隣の巡査部長がぼやいた。

「もし君たちが私を倒そうなんて夢を見てるなら、眼を覚まして謝罪しなさい！」チャンプは言い、一歩さがってまたシャドーボクシングをした。群衆は我を忘れて喜んだ。

チャンプはまた額を拭い、手を振った。ジェシー・ジャクソン牧師が手を振った。市長が手を振った。それから、キューバンヒールを履いた熱心な男子学生のように人をかき分けてまえに進み、ボノが手を振った。

チャンプは自分のアイルランド系のルーツについて、祖母と曾祖母について、もう少し話をした。黒人差別法の時代にケンタッキー州で育った話をした。まじめな話だった。

「他者のために何かをすることは、この地球上で部屋を借りていることに対して支払わなければならない賃料です。試合は観客から遠く離れたところで勝負がつきます。リングの外で、ジムで、ロードで。勝敗はリングの照明の下で私が舞うはるか以前に決しているのです。敗北のなんたるかを知る者だけが自分の魂の奥底に触れ、あと一オンスの力とともに立ちあがることができます。勝負が互角のとき、その一オンスの力が必要です。ここベルファストで、君たちは問題を抱えている。でも信じてほしい、人間の魂に解決できない問題はない。君たちは力を合わせなきゃいけない。がんばらなきゃいけない。信条や肌の色がどうであれ、俺たちはみんな兄弟、姉妹だ。いつの日か、ここは平和に満ちた島になるでしょう！　その日はやってくる。君たちのような人たちのおかげで！　ありがとう、ベルファスト。みんなに神の祝福を！」

「アリ！　アリ！　アリ！　アリ！」群衆は唱え、喝采した。チャンプはそれに応え、別れの挨拶に手を振ると、踵を返した。付き添いが彼の首にタオルをかけ、バスのほうに案内しはじめた。

ったか。

ょりと濡れていた。早くすべてを脱ぎ捨て、超過勤務記録をつけ、キャリックに帰りたか

俺はうれしかった。ライオット・ギアのせいで汗をかき、ボクサー・ショーツがぐっし

「だろうな」俺は言った。

「もう終わりか？」俺の隣の警官が言った。

だがそのとき、バスに向かってバリケードとバリケードのあいだを歩いていたチャンプが急に足を止め、首を横に振り、身を翻すと、演壇に引き返してきた。彼は観衆の頭上からじっと何かを眺めると、演壇正面の階段をおり、熱狂する群衆のなかに入っていった。

「ジーザス！　チャンプが勝手に歩きまわってる！」俺は無線に向かって叫んだ。

「わかってる！」十の声が俺のイヤフォンに怒鳴り返した。

群衆はチャンプめがけて殺到した。何千という人間が。若者が、年寄りが、カソリックが、プロテスタントが……ふたりの係員はすぐに人波に呑まれた。流された。

「見失った！　こっちからは見えない！」必死の声が無線マイクに絶叫した。

落ち着かない三十秒が流れ、チャンプは群衆の下敷きになったのか、催涙ガス弾かゴム弾を何発か撃つべきか……と俺たちが考えていると、ふたたび姿が見えた。俺たちの位置から通りを一本渡ったところに。

チャンプは人々とゆっくり握手し、俺のほうに向かっていた。

「ドニゴール・プレイスのほうに来ている」俺は無線に向かって言った。

「君は誰だ?」イヤフォンの声が訊いた。

「ダフィです」

「君のほうに向かっているのか?」

「ええ」

「チャンプをくそったれバスに連れ戻すんだ、ダフィ!」

「どうやって?」

返事は雑音の嵐のなかに消えた。

チャンプは群衆をかき分けて進んでいた。「雪のなかを進む燃え殻のように」というのは俺の隣のオマワリの言葉だ。名誉がチャンプを守っていた。政治家でも俳優でもないが、彼はスポーツの王族であり、人々は道を譲った。チャンプに触れようと伸ばされる腕。ほかの腕はチャンプがファラオのように超然とサインしたノートや紙切れを抱いていた。

「こちらダフィ警部補、ドニゴール・プレイスの東側にもっと警官を送ってくれ。トラブルになるかもしれない。チャンプはバリケードの向こう側にいる国民戦線の抗議者集団のほうにまっすぐ向かってる」

「了解した、ダフィ。警官を六名送る」

「それじゃ足りない！」

今や無線は混乱していた。パニック。恐怖。

「国民戦線に文句を言いに行くつもりだ！」

「リンチされちまう！」

「応援が要る！」

正常な状態であれば、チャンプにはつねに係員がついているはずだった。偉大なるモハメド・アリに一発食らわせたという不名誉を自慢したいばかりに、不意打ちをしようとしてくる狂人どもから守るために。

それが今、彼は係員も付き添いも警官も従えず、〈マークス&スペンサー〉のそばにいる国民戦線の差別主義者たちめがけてまっすぐに進んでいた。

「ユニオン・ジャックに黒はない！」国民戦線は唱和していた。不安そうに。自分たちに向かってくるチャンプとそのあとをぞろぞろとついてくる群衆を目の当たりにして。

チャンプはいったい何をしているのか？　国民戦線が話の通じる相手だと思っているのか？　アリの演説はああいう手合いには届かない。アリの演説はポストモダンな耳には届いた。アルスターはようやく二十世紀に入ったばかりだ。

それなのに彼はずんずんと進んでいた。

とうとう王立アルスター警察隊のランドローバー数台が俺たちのほうに向かってくるのが見えた。待望の応援を乗せて。が、たぶん手遅れになるだろう。チャンプのほうが先に国民戦線の抗議者たちのもとに着いてしまう。

「来い」俺は巡査部長に言った。「あそこまで行くぞ」

「あいつらのところに？」

「そうだ」

「まさか」

「これは命令だ」

「誰の？」

俺は警部補であることを示す自分の肩章（けんしょう）を示して言った。「俺の」

「ふたりとも殺されちまう……ちまいます」

俺たちがプラットフォームをおりたのとチャンプがバリケードにたどり着いたのは同時だった。

パーカー、スキニージーンズ、ドクターマーチンのブーツという格好の十人ばかりのスキンヘッドたちが沸き立ち、檻に入れられた実験動物のようにアリに向かってわめいていた。ここアイルランドは、チャールズ・スチュワート・パーネルとダニエル・オコンネルの地は、イアン・ペイズリーと口汚いスキンヘッドのとんまどもが民衆の不満を代弁する幸福な状態に到達していた。

チャンプはスキンヘッドのリーダーを見つけると、その男の眼を見据えて手を振り、静粛にするよう求めた。

群衆は静かになり、固唾を呑んだ。

「話を聞け！　話を聞け！」チャンプは切り出した。「俺は楽な方法を選んでしまった。君たちのことを醜いと言ってみんなを笑わせた。君たちが俺を挑発したからだ。宣戦布告と受け取った。でもそのとき、自らの敵をまえにして謙虚になることを、アラーの慈悲を信じることを思い出したんだ。俺がここに来たのは平和と兄弟愛の精神のためだ」

スキンヘッドは呆気に取られてチャンプを見つめた。

チャンプはバリケードの上に身を乗り出し、手を差し出した。

あの大きな右手を。

フォアマンを第八ラウンドで打ちのめしたあの大きな右手を。

パーキンソン病で震えているあの大きな右手を。

スキンヘッドは凍りついた。口がぱくぱくと動いた。それから腕が上にあがりはじめた。

自分ではどうしようもできないのだった。それは磁力だった。力学だった。スキンヘッドは両眼を爛々(らんらん)とさせ、必死に仲間のほうを振り返った。手が勝手に動くんだ……だってよ、こいつが誰か見えねえのか？　ジーン・タニー、ジョー・ルイス、ジャック・デンプシーなら話はわかる。けど、こいつは史上最強のボクサーなんだぜ！

スキンヘッドの腕はあがっていた。拳(こぶし)はひらかれていた。彼はチャンプの手を握った。俺はモハメド・アリと握手してる。

「どうして黒人が嫌いなんだ？」チャンプが訊いた。

スキンヘッドは口が利けなかった。

「ほら、男らしく答えろ！」

「お、俺……、俺は……あんたがここにいちゃ……ここは俺たちの……」

「いいか」チャンプは言った。「金槌しか持っていなかったら、まわりのすべてが釘に見える……」

スキンヘッドの眼のなかにそれが見えた。

それだけだった。サウロからパウロへ。今この場で。この瞬間に。ここはもはやドニゴール・プレイスではなかった。サウロが回心したダマスカスへの王道だった。

チャンプは国民戦線の抗議集団を握手と笑顔で打ちのめしたのだ。こんなものは見たことがなかった。

「こんなものは見たことがないですね」巡査部長が言った。ケネディ一族が来たときは正反対のことが起こった。ケネディ一族は悪い呪いをもたらし、アリは善をもたらした。

「ダフィ、聞こえるか？」無線から声がした。

「ええ」

「ロイヤル・アベニューにバスをまわした。チャンプをキャッスル・ストリートに誘導してくれ」

「わかりました」

巡査部長と俺はチャンプをバスまで先導した。バスはロイヤル・アベニューとキャッスル・ストリートの交差点に移動していた。チャンプは疲れ切っていたが、それでも俺と巡査部長にわざわざ礼を言った。

そして、俺たちと握手した。力強い握手だった。巡査部長はサインをもらったが、俺は感激のあまりそこまで頭がまわらなかった。

俺は自分のＢＭＷを駐めてあるクイーン・ストリート署まで歩いて戻り、ジム・ヘンソンのマペット工房の不良品のような、白髪交じりの年寄り警官たちに挨拶をした。

車に乗り、Ａ２を走ってキャリック署に向かった。

上階（うえ）の犯罪捜査課にいるローソンとオフィスでこそこそしている警部を除けば、ほかにほとんど人はいなかった。俺はふたりと顔を合わせないことにした。超過勤務手当の申請用紙を書き、出勤記録にざっと眼を通した。忙しい一日だった。モハメド・アリがベルファストにやってきて、署の人員の半分を奪われ、おまけにここキャリックファーガスでは、北アイルランド担当大臣が要人たちをキルルートの〈インペリアル・ケミカル・インダストリーズ〉旧工場に案内していた。要人たちはスウェーデンから視察に来ていて、〈ヴォルヴォ〉か〈サーブ〉の自動車工場を建設するためという噂だった。まあ、形ばかりのものだ。新しく担当大臣に就任した者は投資を推奨することで「北アイルランドを救う」ふりをするのが常だったが、実際には、投資された資本はイングランドの選挙激戦区にまわされるのだった。

署を出てBMW。ヴィクトリア団地、コロネーション・ロードの自宅へ。

BMWをコロネーション・ロード一一三番地の正面に駐めた。寝室が三つある元公営住宅で、テラスハウスのまんなかに位置している。

「こんにちは、ダフィさん」

ジャネット・キャンベル。年齢は三十かそこら。手を出せば火傷する。チェーンスモーカー。俺の隣に住む危険なほど美人な赤毛。デニムのショートパンツにデュラン・デュランと書かれたTシャツという格好で、フィリップモリスのマーケティング責任者が泣いて喜ぶような吸い方でベンソン&ヘッジスを吸っていた。

「やあ、ジャネット」

「モハメド・アリはちゃんと見えた？」

「ええ」俺が今日どこにいたのか、彼女はどうして知っているのか。

「ボーイフレンドのジャッキーが言ってたけど、タイソンならアリなんか簡単に倒しちゃうって」

「君のボーイフレンドは馬鹿だな、ジャネット」

彼女は悲しげにうなずき、煙草を差し出した。俺はそれを断わり、自宅に入った。キッチンから何かを料理しているにおいがしてきて、玄関にはスーツケースが三つ置いてあった。

エリザベスは居間にいて、ソファの上で外国の猫のように、たぶんオセロットのように丸くなり、ファニー・バーニーの書簡集を読んでいた。

「ファニー・バーニー（バーニー・ファニー）はおもしろい？」

「というよりアソコがかゆいかな。なんでかって？　今、抗生物質飲んでるから」彼女はにやりとして言った。

「半世紀前のギャグだな」俺は言い、ソファの彼女の隣に座った。

「新作もあるよ。お隣のジャネットから聞いたやつ。フランス料理のシェフがオムレツをつくるとき、どうして卵ひとつで充分なのか？」

「さあね」

「卵ひとつはイナフ(un oeuf)だから」

俺は両手を自分の顔に当て、ライオットヘルメットをカーペットの上に落とした。エリザベスが俺のボディアーマーのひだとひだのあいだに指を入れた。

「で？」彼女は言った。

「でって、何が？」

「会えたの？」

「誰に？」

「ここ一週間、あなたがチャンプ、チャンプってしつこく言ってた人に」

「会いに行ったわけじゃない。ただの仕事だ」

「へえ！」エリザベスはあからさまな軽蔑を込めて言った。「あんなに会いたがってたくせに。ゆうべなんて、寝言で〝アリ〟って言ってたよ」

「言ってない」俺は赤面して言った。

「アリのスピーチはどうだった?」エリザベスはまだ冷たいバス・ペールエールの缶を俺に渡しながら訊いた。

「スピーチはよかった。このスーツケースはなんなんだ?」

「出ていくの」

「出ていくって、君が?」

「そう」

「は? いつ?」

「明日の朝。ロンダの弟が迎えに来る」

「明日?」

「もう話し合ったでしょ、ショーン」

「そうか?」

「わかってたことでしょ。一緒に住むのは一時的なことだって。わたしは授業があるから、家は大学のそばじゃなきゃいけない。それに正直言って、ここはたぶん世界一つまらない街の一番つまらない通りだし」

「ここ数年はそんなことなかったって。ほんとうだ」

「かもね、でもわたし向きじゃない」

俺はビールの残りを飲み干し、エリザベスの両手からそっと本を抜いた。エリザベスとつき合って七ヵ月ほどになる。この家で一緒に暮らすようになったのは数週間前のことだ。もちろん歳の差はあるが、俺はまだ死んじゃいないし、彼女を笑わせることもできるし、ふたりは気が合う。出会った場所はアルスター・ホール。ザ・ストーン・ローゼズのコンサートのときのことだ。ふたりともマンチェスター出身のバンドを愛好していること以外、共通点はほとんどなかった。エリザベスは裕福な生まれのプロテスタントで、父親の下で数年間働き、今はクイーンズ大学で英文学の修士号を取ろうとしている。赤毛のショートヘア、スレンダー、かわいく、ボーイッシュで両性的な体つき、君が多少なりとも俺のことを知っているなら、別に意外でもないだろう。両脚はすらりと長く、たくましく、深いグリーンの瞳は何かを感じさせた。

「ふたり暮らしはうまくいってると思ってたが」

「人の話聞いてる？　一度でも聞いたことある？　一緒に暮らすのはカイロ・ストリートのあの部屋にロンダが入るまでだって言ったでしょ」

「その計画は駄目になったかと思ってた」

「なってません」

「じゃあ、そういうことか？　俺たち……あれか？　お別れか？」

「ねえ、ショーン。葉っぱのせいで残り少ない脳みそまで死んじゃった？　二週間前にちゃんと話し合ったでしょうが」

「ああ、でもあれから状況が変わったかと思ってたんだ。君はここで俺と一緒に暮らしたいんじゃないかって。こんなにうまくいってるんだし」

「わたしたちに未来はない、ショーン。あと何年かしたら、あなたは四十になる」

「そっちだって三十になるだろ！」

「同じにしないで。いい？　友達をやめるわけじゃないんだから。この先もずっと友達、でしょ？」

「友達。ジーザス」

彼女は俺の体に腕をまわし、頬にキスした。「しっかりして、ショーン。わたしがずっとここに住むと思ってたわけじゃないでしょ？」

「まあ、ちょっと思ってた」

「ああ、ショーン、かわいそうに……ねえ、お腹空いたでしょ。夕食にしよう。特別な料理をつくったんだ。最後の晩餐に」

料理はエリザベスの才能には含まれていなかったが、関係なかった。それは温かかったし、アルスター・フライを台なしにできるのは料理の天才だけだ。

「味はどう？」俺が食べるのを眺めながら彼女は訊いた。

「うまいよ」

「ポテト・ブレッド、焦げてない？」

「これくらいが俺の好みだ」

彼女は身を乗り出し、もう一度俺にキスした。「あなたはいつも正解を言うね」

俺はフォークを置いた。「残ってくれ。ここに俺と。後悔させない」

エリザベスはかぶりを振り、冷蔵庫からビールを出した。「ねえ、ニュースを見てみよう、あなたが映ってるかも」

アリの北アイルランド平和発議がトップニュースだった。四十六歳にしてはテレビ映りがよく、青白く生気のないアイルランド人たちのなかにいると黒いアキレスのように目立った。

「やだ、あなたが映ってる！」エリザベスがうれしそうに悲鳴をあげた。確かに俺だった。あの巡査部長と一緒にプラットフォームからおりるところだった。

「テレビに出てる！　信じらんない！　有名人じゃん！」

「ああ、俺は有名人だ」

「じゃあ有名人さん、あそこでお皿を洗ってきて。わたしは荷造りをすませちゃうから」

俺は皿を洗い、庭の納屋に出た。甘いヴァージニア煙草の葉と健全な量のトルコ産大麻樹脂で太いジョイントを巻いた。

半分吸ったところで雪がちらついているのが見えた。午後はベルファストで陽光、夕方はキャリックファーガスで雪。北アイルランドはそういうところだ。葉っぱを吸い終えて屋内に戻ると、玄関のスーツケース三つに化粧品ポーチふたつが加わっていた。

「それで全部か？」俺は訊いた。

「これで全部」

「レコードを何枚か貸そう。ロンダはあまり持っていないだろうし、知ってのとおり、俺のコレクションは大量にあるから」

「いいの、だいじょぶ。ああいうやつ、あんまり好きじゃないから」

「どういうやつだ？」

「昔のやつ。エルヴィスとかそういうくだらないやつ」

「おいおい、俺の教えは無駄だったのか？　何か音楽をかけてやろう」

俺が《エルヴィス・イン・メンフィス》のレアな海賊盤をかけると、彼女はうめいた。ザ・キングが最後の花盛りとばかりに、ヒットに次ぐヒットを飛ばしていたときのセッション。どの曲かはわかるだろ？《In the Ghetto》、《Suspicious Minds》、《Kentucky

Rain》……

「考えてもみろ。これがビートルズの最後のアルバム《レット・イット・ビー》と同じ月にレコーディングされたなんてクレイジーだろ。五〇年代の終わりと六〇年代の終わりがドンピシャのタイミングでレコーディングされたんだ」

エリザベスは嘆息し、首を横に振ると、いかにも彼女らしい愛らしい笑みを浮かべた。

「寂しくなるよ、ショーン・ダフィ」

その晩遅く、ダブルベッドの上に横になりながら、俺は灯油ヒーターの青い光に照らされる彼女の青白い頬を見つめていた。

「ハニー、俺も寂しくなるよ」

2　窃盗（ではなかった）

電話。早朝。大麻のあとの気だるい霧の向こうから執拗なベルの音。

ジリリリリリリ。

「ほらね？　こんなんだからロンダのところに引っ越さなきゃならないの。あの子に電話する人はいないし。ひとりも」

「ロンダはパーティの主役タイプなんだな」

「人のこと言える？」

「俺が電話に出てこようか？」

「当たり前でしょ、あなた宛てに決まってるんだから」

「君の父さんの身に何かあったのかもしれない」

「すてきな思いつきだね。電話に出てきて。ポケベルも鳴ってる」

いつもであれば毛布にくるまり、そのなかに潜り込んでスターリングラードのロシア兵よろしく階下に向かうところだが、エリザベスが毛布を離そうとしなかったので、パジャマ下だけという格好で震えながら廊下を走り、ひんやり冷たい階段をおり、狂ったように鳴っている玄関の電話のもとに駆けた。

受話器を取った。「もしもし」

「ダフィ警部補？」

「ああ」

「私です」

「今何時だ？」

「ちょうど六時半をまわったところであります」

六時半のようには思えなかったが、玄関ドアをあけると確かに東の空に光の帯が見え、銀色のふたの牛乳瓶が二本配達されていた。肌寒い朝で、前庭に霜がおりていて、ノッカー山にぽつぽつと雪が見えた。牛乳を家のなかに入れ、玄関ドアを閉めた。

「こんな早くに電話とは、事件でもあったのか、それともただおしゃべりしたい気分だったのか、ローソン」

「ええ、はい、もしおしゃべりでしたら——」

「わかった。キッチンに行く。ちょっと待ってろ」

俺は電話機をキッチンに運んだ。ラジオをつけ、トースターにパンをふた切れ入れた。アトランティック252で百万回目の《Gimme Shelter》が流れていたが、彼らはアイリッシュ海に浮かぶ船から海賊放送しているから、ストーンズに対してびた一ペニー支払う必要がない。そう考えると少し気分がよくなった。

ぴかぴかの新しい電気ケトルのスイッチを入れようとした。エリザベスが買ったものだ。とても風変わりな一品で、『スタートレック』のエンジニアリング・デッキでつくられたもののように見える。エリザベスは実家が金持ちだ。金庫にあふれる金貨の海を泳ぐスクルージおじさんのような金持ちではないにしても、何ひとつ不自由していない。俺はその洒落た機械を見つめ、エリザベスの言葉を思い出した。「これ以上ないってくらい簡単だから、ショーン。まず青いボタンを押して、次に赤いボタンを押す。で、ランプが緑になったらお湯が沸いたってこと」が、青いボタンを押しても何も起こらず、赤いボタンを押しても何も起こらず、この忌々しい機械のどこにも緑の光は現われなかった。

「くそが」

「もしもし？」

ケトルはあきらめ、煙草に火をつけてトーストにバターとマーガリンを塗った。「事件のことを教えてくれ、ローソン」

「ええ、それが、〈コースト・ロード〉ホテルで窃盗がありまして」

「窃盗？」

「はい」

「押し込みか？」

「いえ。ホテルの客室から財布がなくなったのです」

「暴力行為は？」

「ありません」

「なくなったのはいくらだ？」

「現金が約二十ポンドとクレジットカードです」

「君は本物のアレクサンダー・ローソン巡査刑事か？　それともキャリックの犯罪捜査課のやり方にまだ慣れていないほかの巡査刑事か？」

「私であります」

「なりすましだな。本物のアレクサンダー・ローソン巡査刑事なら、日曜の朝に〈コースト・ロード〉ホテルで起きた二十ポンド窃盗事件で俺を起こしたりしない。ローソンはどこにいる？　本物のローソンをどうした、この悪魔！」

「警部補、本物の私です！」

「そうか。で、君はけちな盗みひとつ解決できずに俺に電話してきたのか？」

「すみません」

今ではエリザベスも下階（した）におりてきていて、玄関から俺を見ていた。「ちょっと待っててくれ」ローソンに言い、受話器を手でふさいだ。

「誰なの？」エリザベスが訊いた。

「ローソンだ」

「ラバースーツ着てお尻を叩かれてそうな人？」

「それはディエルだ」

「朝のこんな時間にかけてくるなんて、さぞ立派な事件なんでしょうね」

「窃盗だ。俺は行かないよ」

「行ってきなさい。戻ってきたときにはわたしは無事にいなくなってるから」

「何もこんな早くに出ていかなくたっていいだろ。丸一日あるんだ。ゆっくりしていけ。朝飯でも食って。ケトルでふたり分のお湯を沸かしてくれ」

彼女は腕を組み、首を横に振った。

「引っ越しを手伝うよ」俺は言った。

「いえ、手伝わないで」

「いやほんとに、急ぐ必要はないだろ、ハニー。まだ洗濯中の君の服もある。君のレコードだってアルファベット順に俺たちの……俺の……コレクションに並べちまったし」

「服はどこかに寄付して。レコードはあげる。どのみちCDに買い替えるし」

「CDは一過性の流行だぞ」

「でも流行は流行でしょ」

「それはどういう意味だ？」

「ねえ、ショーン。わたしたちは終わったの。わかる？」

「ローマ帝国が終わったように、グレアム・スーネスとリヴァプールが終わったように終わったってことか？」

「グレアム・スーネスって誰よ？まあ、なんでもいいや。現場に行ってきなさい、ショーン。そのほうがお互いのためだから」

「ベス、頼むよ……そんなのステレオタイプすぎる。君の文学理論のレポートを読んだから知ってるが、ステレオタイプは嫌いだろ。恋人とのトラブルと依存症を抱えた警察官。なあ、そんなのありきたりすぎる」

「何もかもがいつもあなたのせいってわけじゃないよ」彼女は言い、俺の頬にキスすると、俺のトーストを一枚取って二階に戻っていった。

「せめてケトルの使い方を教えてくれ！」俺は彼女の背中に向かって怒鳴り、受話器をふさいでいた手を外した。「十分以内に行けそうだ、ローソン」

ジーンズ、黒いタートルネック、黒い革ジャケット。それから銃を取り、外のＢＭＷへ。車底に水銀スイッチ式爆弾がないかどうか確認した。なかった。車に乗ろうとしたところで、消臭のためにライオット・ギアを署でスプレー洗浄しなければならないことを思い出した。家に戻ってライオット・ギアを取り、車の後部席に置いてロックをかけ、最後にもう一度家に戻った。

「もう行くよ」上階に向かって叫んだ。

「気をつけてね、ショーン」

「それだけ？」

「それだけ（C'est tout）」

俺は玄関ドアを閉め、ＢＭＷの車底をもう一度確かめて車に乗り込み、コロネーション・ロードとテイラーズ・アベニューを流した。

「ベス！　ジーザス！　どうしてこんな仕打ちをするんだ？　何がいけなかった？」俺は彼女がダッシュボードにくっつけた〝グッドラック！〟スヌーピーの人形に向かって言った。スヌーピーは何も意見を言わず、キャリックファーガス唯一のホテルである〈コースト・ロード〉の正面に車を駐めたときも俺はまだ途方に暮れていた。

　ローソンは外で俺を待っていた。

「ほんとうに申し訳ありません。あなたに電話しろと警部に言われたものですから」俺が車から出るやいなやローソンは言った。

「警部もいるのか？」俺は驚いて訊いた。警部が殺人事件に顔を出すことはある。けど、窃盗に？

「はい。それからマクベイン警視正もいらっしゃいます。ストロング警視もお見えになりましたが、さっきお帰りになりました」

「なんてこった。いったい何が起きてるんだ、ローソン？」

「とにかくなかに入ってください」

「わかった」

　俺とローソンはそこそこ洗練された海辺のホテルに足を踏み入れた。ここがくそったれキャリックでなければ、くそったれ紛争（トラブルズ）のさなかのくそったれキャリックでなければ、繁盛していたであろうホテルに。

「警部補の車の後部席にライオット・ギアがありましたね」ローソンが言った。

「なんだ？」

「昨日、アリのイベントで群衆整理をしていたと聞きました」

俺はローソンをにらみつけた。おちょくってんのか？　だが、ローソンの視線はまっすぐで、にやついているような感じもなかった。

たぶん、喧嘩を売るつもりじゃなかったんだろう。こいつはいいやつだ、ローソンは。がりがりの青白い男が好きなら、ハンサムといってもいい（そういうのが好きなやつがいたら、俺が死体安置所の通行証を十ポンドで売ってやる）。背が高く、瞳の色はブルー、脱色してブロンドにした髪をジェルで固め、重力に逆らういくつかの頂にまとめている。マクラバン巡査部長と俺はジェルを使うなとずいぶんまえに命令していたが、ローソンはここ数ヵ月のうちにまたこそこそと使うようになっていた。今日は地味で仕立てのよいダークブルーのスーツ、茶色のオックスフォード靴、ダークグレイのレインコートという格好だった。それにこいつは目ざとい。ライオット・ギアか。やれやれ。トランクにしまっておくべきだった。刑事として、俺は群衆整理のような仕事を下に見ていたし、同じように考えるようキャリックの犯罪捜査課のほかの刑事たちにも奨励していた。「刑事の誇りだよ、君たち。俺たちは特別な品種だ。筋肉で選ばれたわけじゃない。知性で選ばれたんだ」大した演説だ。なのに、俺はアリの警備部隊に加わるようストロング警視に説き伏せられ、それを現行犯でローソンに見られてしまった。

「ああ、アリのイベントにいたよ。ストロング警視に頼まれてな。ベテランが必要だと力説されたんだ」

「もちろんです」ローソンは神妙に言った。

ホテルに入ると、疲労困憊した様子のマカーサー警部と薔薇色の頬をした赤毛のコンシエルジュに出迎えられた。

警部は俺の手を握った。ブルーの瞳に黒髪の健康的なスコットランド人で、俺より若く、言ってみればエリートだが、いまだに戦争で疲弊したアルスターへの適応期間の真っ最中だった。

「君が来てくれて神に感謝だ、ダフィ。一大事なんだ」マカーサーは言った。

「何が起きてるんです？」

「客室のひとつから財布が盗まれた」

俺はローソンを見た。この世界のみんな、頭が完全にぶっつんしちまったのか？

「財布ですか？」

「犯人は清掃スタッフか何かにちがいない」マカーサーはつぶやいた。「上階でマクベイン警視正が事態の収拾に当たっている。非常にまずい状況だ」

「よくわからないんですが、警部。どこにでもあるような財布の話ですよね？　望みどおりに金が出てくる魔法の財布とかじゃなくて」

「ラークソ氏の部屋から盗まれたんだ！　要人だぞ、ダフィ」マカーサーはパニック状態ではあったが、声を落として言った。

「要人？」

「フィンランドの」

「工場の視察に来た？」

「そうだ！　だから私と君と警視正がこんな不信心な時間にここに集まってるんだ！　なんだと思っていたんだ？」

「さあ。てっきりフリーメイソンか。これはまじめな問題だ、ヴォルヴォ、サーブ、そういったあたりの」

「スウェーデンかと思っていました。ダフィ」

「いや。スウェーデンではない。フィンランド。車ではなく電話だよ」

「そんな賓客がどうしてベルファストではなくキャリックファーガスに滞在してるんです？」

「〈コートールズ〉の旧工場を視察することになってるからな。利便性を考えてのことだろう」

キャリックファーガスには楽観主義の六〇年代に建てられ、悲観主義の七〇年代に閉鎖され、この黙示録的な八〇年代なかばには廃墟寸前になっている、すさまじい数の無人工場がある。

コンシェルジュが不機嫌そうな顔で俺たちのあいだに割って入った。「利便性のためではありません。私どもは北アイルランドで最高ランクのホテルです。ふた夏まえにはイングランド代表のサッカーチームもご宿泊されました、ええ、そうですとも」コンシェルジュは野暮ったく生意気な西ベルファスト訛りで主張した。この訛りはあまりにも癇に障るので、ジュネーヴ議定書でたびたび禁止されていてもおかしくなかった。「それに、つけ加えさせてもらいますと、私どものスタッフがお部屋から財布を盗んだなどというのは、可能性としてはとうてい、とうていありえないことです。ええ、そうですとも」

「なぜだ?」俺は訊いた。

「私どもは小さなホテルです。朝のこの時間に控えておりますのは私と夜間受付の者だけ、その二名だけでございます。清掃と朝食担当のスタッフは今しがた到着したばかりです。私は財布を盗っていませんし、ジョーは夜のあいだずっと玄関口におりました」

「あなたの名前は?」

「ケヴィンです、警部補。ケヴィン・ドノリー。よろしければケヴとお呼びください」

「わかった、ケヴィン。あなたはコンシェルジュですね？」

「支配人です！」

「夜のあいだ、敷地内にほかの従業員がいなかったというのは確かですか？　宿泊客が空腹を訴えてきたりしたらどうするんです？」

「すべて私どもで対応いたします。朝食担当が来るまで、ここにいたのはジョーと私だけです」

「ふうむ。このホテルに客室はいくつありますか？」

「二階に九室、三階に六室です。ラークソさまのお部屋は二階、お城の眺望があるスイートになります」

「ほかに部屋のマスターキーを持っている人間は？」

「スイートに鍵はございません。大変高級なお部屋ですから、ええ。スイートルームは全室カードキー仕様に改装されておりまして、スイート全室を解錠できるカードを持っているのは私だけでございます」

「ラークソ氏はその部屋にひとりで泊まっているんですか？」

「ええ」

「氏が部屋に客人を招いていた可能性はありますか？　若いご婦人とか」

「ラークソさまは、その、ご年配の紳士です。ゲストがいらっしゃるという申告はありませんでした」

「そういった女性が氏の部屋に派遣されたということは？」

「ありえません！　当ホテルではそのようなことは絶対にありません」

「ラークソ氏の部屋はほかの部屋につながっていますか？」

「ええ。ですが両脇のふた部屋も、いずれも視察団の方が宿泊されています」

「じゃあ、もしホテルのスタッフが財布を盗んだんじゃないとしたら、氏がどこかに置き忘れたか、視察団のほかのメンバーの仕業ということか？」俺は言ってみた。

「十中八九、置き忘れでしょう、警部補。よくあることです。一週間に一、二件。もちろん誰もがすぐに〝泥棒だ！〟と叫んで、朝と夜のあいだの不信心な時間に警察隊の半分を呼び出すわけではございませんが」ケヴィンは言った。

エド・マクベインことジョン・エドワード・マクベイン警視正が階段をおりてくるのが見えた。落ち着きがなくひょろりとしたコウノトリのような男で、七〇年代初期風の大胆なバーコードヘア。警視正は東アントリムの全警察署の作戦指揮官で、俺とウマの合う数少ない上層部のひとりだった。警察クラブのスヌーカー勝負ではいつも勝たせてやっていたし、クラビーと俺は行方不明になっていた彼の愛犬を見つけてやってもいた。俺たちが見つけていなければ、車に轢かれるか、奥さんのジョアンヌが予言したように「《ニュース・オブ・ザ・ワールド》の記事にあったサタン崇拝者たちの魔の手に落ちる」かしていただろう。それ以来ずっと、大エド・マクベインはキャリック犯罪捜査課への感謝を忘れずにいる。

警視正は汗ばんだ手で俺の手を握った。柄にもなく、力ない握手だった。顔は青白く、心底苛ついているようだった。

「会えてよかった、ダフィ」彼は言った。

「こちらこそ」

「昨日、モハメド・アリに会ったと聞いたぞ」

「噂は広まるものですね」

「あれは過大評価されてる。口先だけだよ。戦士ではあってもボクサーじゃない」

「警視正がそうおっしゃるなら」

「そうおっしゃるとも、ダフィ」

警視正は俺とローソンとケヴィンとマカーサーをしばらく見つめていた。

俺は実にわざとらしい動作で腕時計に眼をやった。「私も上に行って現場を確認しましょうか？」

「いい考えだ」警視正は上階を指さし、それから声を落としてささやいた。「彼らは我々が最善を尽くすことを望んでいる。わかるな?」

「はい」

「あのフィンランド人たちはこの国の救世主なんだ。君だって我々がフィンランドとの戦争に勝ったと思っているわけじゃないだろう?」

「フィンランドは、その、我々の味方じゃありませんでしたか?」

「ちがう! 少なくとも最初はちがった。よし、上に行こう」

「犯行現場ですから」俺はマクベインに言い、警部をあごで示した。

マクベインは俺の言わんとすることを察し、マカーサーの肩に手を置いた。「君はここで待っていてくれ、ピーター。これは犯罪捜査課の仕事だ」

マカーサーは気分を害したようだった。「ああ。そうですか? はあ……わかりました。じゃあ、ここで座っていればいいんですね? そうですね?」

「それが一番だろう」マクベインは言った。

俺はただ警部に喧嘩を売りたかっただけじゃない……上階は立派な犯罪現場で、悪意のないアマチュアに鼻を突っ込んでもらいたくなかったのだ。

マクベインはローソンと俺を連れてエレガントで広い階段をのぼり、過去八世紀のあいだの版画、水彩画、その他さまざまなキャリックファーガスの風景の額縁のまえを通り過ぎた。

「テクニックがないんだよ、ダフィ。それがあれの問題だ」

「警部のことですか？」

「アリだよ。腕っぷしはある。パンチ力。パンチ力は大したもんだ」

「フットワークはどうですか？　あれはまちがいなく――」

「足！　足さばきってことだな？　うん、まあ……足か。いい指摘だ、ダフィ。実にいい指摘だぞ。あいつは舞えるな？」

「はい」

「実物にお眼にかかるのはさぞ特別な経験だったにちがいない。それにあれは生きてこの国に入り、生きて出ていった。マーティン・ルーサー・キングについて、メンフィス警察は同じことを言えなかった」

「ええと？」

「よし、着いたぞ、ダフィ。さて、フィンランド人たちのまえに出たら口に気をつけてくれよ、いいな？　過去は過去だ」

「どういう意味です？」

「家内の父親はムルマンスク行きの護送艦隊にいたんだ。とにかく余計なことは言うなよ。バジル・フォルティを演じるんだ、わかったな？」

「バジル――」

「大戦の話はするな」

「ええ、そんなこと、夢にも――」

「だろうな。君はプロフェッショナルだ。そっちの君、名前は？」

「ローソンです」

「君もだぞ。ふたりとも、事態を非常に深刻に受け止めていますという顔をしていろ。八方手を尽くすと言うんだ、いいな？」

俺たちはうなずいた。

階段をあがりきったところに四人の男とひとりの女が待っていた。

女は小さく、鳥のようで、とてもかわいかった。名前はジョーンズで、外務省の連絡担当官ということだった。彼女が俺たちを視察団に紹介した。黒いパジャマを着た、小柄で腰の曲がった六十代のはげ頭がラークソ氏だった。その隣にやはり六十歳くらい、おそらくもう少し歳上の背の高い男がいた。健康そうだが、頬はこけ、灰色の顔にブルーの瞳、染めた黒髪。こちらは〝エルク〟という名前らしかった。残るふたりの男は見た目が瓜ふたつの双子のようだった。スリムなブロンド髪の若者たちで、年齢は十九か二十。うちひとりは着物のようなピンク色のシルクのローブを着ていた。こんな格好のまま表に出たら、〝ホモ〟呼ばわりされて死ぬまで石を投げつけられるだろう。

俺は年配のふたりと握手した。

「ラークソさん、初めまして。それから、ええと、エルクさんですか？」

「エクだ」灰色の顔の男が訂正し、早く手を引き抜きたいという感じで俺の手を握った。

「エク」俺は言った。

「スウェーデン語でカシの木という意味だ」

「スウェーデン語？　混乱してきました。あなたたちはみんなフィンランド人かと思っていましたが」俺は陽気に言った。

「そうだとも」エクが言った。明らかな無作法に苛ついているようだった。

年寄り狸め。が、手を握ってわかった。こいつには軍隊経験がある。おおかた新兵に蹴りを入れる鬼軍曹だったのだろう。

「それから、こちらがニコラス・レンネイティンとステファン・レンネイティン」ジョーンズが言った。近くで見ると双子は生気がなく、なよなよしていて、ハンサムで、ダークブラウンの瞳はあまり知性を感じさせなかった。

「事件の詳細を教えていただけますか？」俺はラークソに訊いた。

「ラークソ氏は昨夜、ベッドに入るまえに財布をバスルームのシンクに置いた。それが今朝なくなっていたんだ」ラークソが口をひらくより早く、エクが言った。

「ラークソさんがベッドに入ったのは何時のことですか？」

「午後十一時をまわっていた。今朝は五時少し過ぎに眼を覚まされ、私を起こしに来たのだ」やはりエクがボスに代わって答えた。

「メモしておけ、ローソン」俺は言った。

ローソンは手帳をひらき、この情報を書きとめた。

「よろしければ、現場を拝見できますか」俺はラークソに言った。

「そのつもりだ」エクがぞんざいに言った。

ローソンと俺はエクのあとについて歩き、なんの騒ぎかと部屋から出てきていた五人ばかりの客たちのまえを通り過ぎた。ラークソの寝室に入った。大きく、趣味のよい装飾が施されたスイートで、南にキャリックファーガス城、北東にダウン州とスコットランドのギャロウェイ海岸と、眺めもなかなかよかった。俺たちのあとに続いて、不安そうな顔をした警視正とほかの視察団のメンバーが部屋に入ってきた。

ニコラスとステファンがくすくすと笑いだし、小声でふたりだけの内緒話をしていた。

俺はそれもメモしておけとローソンを小突いて知らせた。

エクに先導されて入ったバスルームは北アイルランドの基準に照らせば豪華だった。大理石の浴槽、大理石のシンク、シャワー、温水洗浄便座、イタリアンタイルの床と壁。

「財布はここでなくなった」とエク。「ところで私には別の急用がありまして、失礼してもよろしいかな？」

「もちろんです。さて、どう思う、ローソン？」俺は後輩に訊いた。

「床が濡れています。鏡には石鹸のかす。清掃婦が仕事の手を抜いているのか。といっても、こんな早くに掃除に来るはずはありませんが」

「シンクはどうだ？　何かわかるか？」

ローソンはシンクを覗き込んだ。

「ええと、剃ったひげがシンクに溜まっています。昨日から誰も掃除していないのでしょう」

警視正がシンクを覗き込み、うなずいた。「賭けてもいいが、このシンクを設計したのはひげを伸ばしてる男または女だな。底が真っ平らになってる。剃ったひげを流すのにかなり苦労するぞ、これは。それに、ううむ、そうだな、君の言うとおり、今日は掃除されていない」

俺はラークソに向き直った。「財布は正確にどこに置きましたか？」

ラークソは歯ブラシ入れの隣の小さな棚を指さした。確かに財布は見当たらなかった。

「それで、最後に財布を見たのはいつです？」

「昨晩、ベッドに入るまえだ」ラークソは完璧に実用的な英語で言った。

「侵入者がたてた物音を聞いたりしませんでしたか？」

「何も聞こえなかった」

「部屋のドアは施錠されていましたか？」

「ああ、施錠されていた」

「つながっている隣の部屋はどうでしたか？」

「ロックされていたはずだ」

「両脇の部屋に泊まっていたのはどなたです？」

「ニコラスとステファンだ」

今のニコラスの表情、また薄ら笑いか？　ニコラスは双子の片割れを見つめていたが、ふたりとも今にもくすくすと笑いだしそうだった。俺は隣の部屋につながっている最初のドアまで歩いた。施錠されていなかった。部屋の反対側に向かい、ふたつ目のドアも試した。こちらも施錠されていなかった。

「両隣の部屋も捜索させてもらえますか？」俺はラークソに言った。

ラークソはニコラスとステファンを見た。三人の男たちはフィンランド語で口早に言い合った。会話が終わるとラークソがジョーンズに何か言い、ジョーンズは俺をにらみつけた。「何か問題でも？」俺は訊いた。

「ラークソ氏は視察団のなかに財布の盗難となんらかの関係がある者がいるかもしれないというあなたの考えにご立腹です。馬鹿げた考えだと。氏は捜索を自分の部屋だけに限定することを希望されています。泥棒はカードキーを使って部屋に入ったにちがいありませんから」彼女は言った。

「どちらがどちらの部屋を使っているのか教えてもらえますか？」

「あっちが僕の部屋、あっちがニコラスの部屋です」ステファンが説明した。

俺はニコラスをじっと見た。彼の唇の薄ら笑いはさっきより長く伸びていた。

こんなナンセンスはもうたくさんだ。

「じゃあ、こうするのはどうですか。みなさんにいったんご退出願って、ラークソ氏の部屋を我々に徹底捜索させていただくというのは」俺は提案した。

「出ろ（ulos）！」ラークソは言った。彼らがいなくなると、俺はベッドの下、引き出しのなか、食器棚のなかを確かめた。この形だけの調査で何も出てこなかったので、ローソンとふた手に分かれ、部屋を徹底的に捜索した。が、やはり財布は出てこなかった。「決まりだな」俺は言った。

「何が決まりなのです？」

「ニコラスだよ」

「どうして？　悪ふざけか何かですか？」

「そんなの知るか。行くぞ、ここを出よう。今日の朝の分としてはもう充分に警察の時間を無駄にした」

部屋の外に出ると、ラークソ氏が双子たち、ジョーンズ、警視正と一緒に待っていた。エクはいなくなっていたが、何が起きているのか見物しようと、この階の半分の客たちが出てきていた。部屋に忍び込んで誰かの財布を盗むなら今が絶好のチャンスだ、俺は思った。魅力的な若い女性が手帳を不穏に持ち、近くをうろついていた。黒のボブカット、薔薇色の頬、愛らしいグリーンの瞳。むさ苦しい黒Tシャツに、似合わないフランネルのパジャマ下という格好ではあったが、ファッションセンスのないアイルランド人ではなく、洗練された外国人であることはすぐにわかった。

「六時の方向に記者」俺はローソンに小声で伝えた。

「どこに……ああ、はい」

「よし、みなさん、ジョーンズさん、予備捜査はこれで終わりにします。あとはここにいる優秀なローソン巡査刑事に任せます。事情聴取を受けてください。私は署でこの事件の采配を取ります。事情聴取が終わった順にお部屋に戻ってください。ぜひとも迅速に解決したいと願っています」

フィンランド人たちはそれで充分に満足したようだった。

「もちろんベルファストから鑑識班を呼び寄せて、ラークソさんの部屋のシンクまわりの指紋を採らせることもできます。盗人がうっかり指紋を残している可能性がありますから」俺はニコラスを見ながら言った。

ラークソは不安そうな眼でステファンとニコラスを盗み見た。今ではこいつも財布がどうなったか理解しているらしい。ラークソは顔を曇らせた。警察に通報したのは明らかにまちがいだった。この一団内部の力関係ははっきりしていた。ラークソは視察団の長だが、ステファンとニコラスはフィンランドにいる権力者の息子か孫で、したがって絶対不可侵なのだ。俺はあくびを嚙み殺した。こういうくそはこれまでに百万回も見てきた。どれも少しもおもしろくない。

「その必要はないと思います。あなたがたの能力を全面的に信頼しています」ラークソは言った。

もちろんそうだろう。俺はマクベイン警視正に向かってうなずいた。「では失礼します」

「よろしい」とマクベイン。

黒Tシャツの女が階段の手前で俺を呼び止めた。

「騒ぎを聞きつけたんですが、何が起きてるんです？」彼女はTVニュースのアナ・フォードを思わせる愛らしいロンドン近郊訛りで尋ねた。

「あなたは記者ですか？」

「どうしてわかるんですか？」

「その手帳と鉛筆。ちょっとばればれですね」

「リリー・ビグロー。《フィナンシャル・タイムズ》の」彼女は言い、俺に手を差し出した。

俺はその手を握った。「こんなすてきな女性の出身はきっと……」

「ウォキング」

「ウォキングでしょうね。それで、こんな場所で何を？」

「北アイルランドを訪問中のフィンランド産業視察団を取材してるんです。今週は《フィナンシャル・タイムズ》の北アイルランド特派員ということになっています」

「なるほど」

「で、何があったんです？」彼女は廊下の後方を指さしながら訊いた。

「ラークソさんが財布をなくしたんです。すぐに出てきますよ」

彼女は鉛筆を嚙んだ。「じゃあ、ニュースにするようなことじゃない？」

「それか、俺は邪悪な裏工作の片棒を担いでしまったのかも」

彼女は手帳を閉じると、鉛筆をパジャマ下のポケットに突っ込んだ。それでいい。この件はニュースにするようなことではなかったし、キャリックの犯罪捜査課はイギリスの新聞各社のいずれにもこの件を記事にしてほしくなかった。

「ツイてなかったですね。編集長が君のところにやってきて、『リリー、国外での仕事があるんだ』なんて言うもんだから、てっきり香港、ニューヨーク、パリの仕事だと思ったのに、こんなベルファストくんだりに来る羽目になるとは」俺は言った。

「実は自分で志願したんです。でもこういう崖っぷちの状態は見慣れてる。ウォキングがどうなったかは知ってるでしょう？」彼女は悲しげな顔で言った。

「いや」

「火星人に壊滅させられたんです。『宇宙戦争』で」

俺はにやりと笑った。かわいくて、おまけにおもしろい。ベスのことはすぐには忘れないだろうが、魅力的なイギリスのジャーナリストと一、二杯飲んだところで悪いことはない。

「でも、それから再建したんだろう?」

「一部はね」

「火星人がまき散らした赤い草(レッドウィード)は駆除できたのかい?」

「全部引っこ抜きました。子供たちがジョイントに巻いて吸ってますよ」

「このあとの君の予定は?」一か八か訊いてみた。

「視察団と一緒に〈コートールズ〉の工場見学」

「あそこには行ったことがある。いいところだ。ショットガンを持ったよぼよぼの警備員に気をつけて。引き金を引きたくてうずうずしてるから」

「それはすてき」

「工場見学のあとの予定は?」

「キャリックファーガス城」

「それも楽しみだね。城のあとは?」

「記事をタイプする」

「タイプのあとは?」

リリーは肩をすくめた。俺は名刺を一枚渡し、職場の番号を消して自宅の番号を書いた。

「ちょっと一杯飲みに出かけたくなったら？」

彼女はほほえんだ。「でも無理かな。記事を書くから」

「でもうまく書けなかったり、書き終わったりしたら？」

「そのときは、たぶん」

いい、たぶんでよしとしよう。気の利いた別れの言葉に何かおもしろいことかチャーミングなことを言おうと知恵を絞っていると、エド・マクベインが大きな顔を突っ込んできた。

「ああ、君は記者だな？　私はマクベイン警視正。ここのマスコミ担当責任者でもある」

彼は言った。

俺はふたりを残して、消化不良のまま下階におりた。マカーサー警部はまだ受付のそばの革ソファにむっつりした顔で座っていた。

「財布は見つかったのか、ダフィ？」

「まだです。ローソンが事情聴取中です」

俺はケヴィンに声をかけた。「ここのスタッフで窃盗の前科がある者は？」

「いませんよ！　履歴書は全部私がチェックしています。そういう者はおりません。キャリックの失業率がどれだけ高かろうと、スタッフはちゃんと厳選しています」

「だと思ったよ」

警部が不安そうに俺を見た。「財布は見つかると思うか？　警視正はここで我々が視察団に与える印象を非常に懸念されている」

俺はまたあくびを嚙み殺した。「世界の弧は長いが、それは正義に向かって曲がっている」

「そうなのか、ダフィ？」

「みんなそう言っています」

「でも、その〝みんな〟は北アイルランドに来たことはないんだろう？」

「ええ。まあ、私はそろそろ行きます」

「じゃあな、ダフィ」

「では」

外に出た。太陽はスコットランドの青い線のはるか上空に昇っていた。BMWまで歩き、爆弾がないか車底を調べた。なかった。運転席側のドアのロックを解除した。乗り込もうとしていると、別のBMWが俺の後方に乗り入れた。新車。黒。自分で指定したナンバープレート。〝McIlroy1〟。

BMWから出てきたのは元王立アルスター警察隊、現スコットランドヤードのトニー・

マクロイだった。トニーと俺は同年代だが、そうは見えなかった。日に焼け、健康的な体つきで、この不信心な時間だというのに服はびしっと決まっていた。髪はウェーブがかかり、真っ黒で、白髪の一本も見当たらず、眼は相変わらず澄んで輝いていた。仕立てのよいミッドナイトブルーのスーツ、洒落たブローグ靴、とても高級そうなシャツ。腕時計は金。海の向こうでの暮らしが肌に合っているのはひと眼でわかった。王立アルスター警察隊にいたときは特別部の警部だったが、北アイルランドはトニーの才能を閉じ込めておくには狭すぎ、海を渡ってスコットランドヤードの一員になったのだった。俺がリジー・フィッツパトリックの事件を調べていた際、ブライトンで自らの運命と数キロ分のセムテックス爆弾と待ち合わせする直前、俺たちはロンドンで再会して酒を飲んだ……いつだって野心にあふれている、それがトニーだ。が、とても個性的で、印象に残る人物でもある。このへんのくそみたいに退屈なオマワリどもとはわけがちがう。

「誰かと思ったら、ショーン・ダフィじゃないか！」トニーは歯を見せて言った。

「驚いたな、こんなところでどうしたんです？」俺はトニーに会えたことを心から喜びながら尋ねた。

「それはこっちの台詞だよ、君」トニーは俺の手を握りながら言った。

「まあ、ここはうちの管轄ですから」

「まだ?」トニーは驚いたようだった。

「ええ」俺は弁解するように答えた。

「ジーザス、ショーン。君は今ごろベルファストで警視正になってるかと思ったぞ」

「まだしがない警部補ですよ。槍の穂先。それが好きなんです」心からの言葉に聞こえるように言った。

トニーは疑り深げにうなずいた。「おいおい、ショーン……ほんとのことを言えよ」そう言って、俺の肩を少し小突いた。

俺はため息をついた。「タフな数年でした。上層部の連中と揉めてね、あなたならわかるでしょう」

トニーはかぶりを振り、ジャケットから銀のシガレット・ケースを取り出すと、俺に一本勧めた。

「いえ、減煙中でして」

「当ててやろう。看護婦とつき合ってるんだな?」

「ただの減煙です。体に悪い。ユル・ブリンナーだって肺癌で死んだでしょう?」

「悲しいね」トニーは火をつけ、同意した。「じゃあ、君はまだ警部補なのか。そうかそうか。君は俺たちのなかで一番だった。この国はくそったれだよ。眼のまえの人材に気づかないんだから。犯罪捜査課は君が指揮すべきだってのにな、まったく」

「そっちはどうなんです？　まだロンドン警視庁に？　あなたこそ警視正に——」

「聞いてないのか？」

「何を？」

トニーはかぶりを振った。「辞めたんだよ。すっぱり縁を切った。今じゃ私立探偵事務所を経営して、警備の商売をしてる。で、しばらくこっちに戻ってるんだ。警備業は儲かるぞ。アメリカ企業、政府、そういったところとばんばん契約を結んでる」

「ロンドン警視庁を辞めた？　ジーザス、それは知らなかった」

「もう半年になる」

「で、今はこっちで暮らしてるんですか？　奥さんは？　リディはこの国を心底嫌ってましたよね」

「リディとは別れた」トニーは悲しそうに言った。

「なんてこった。ショックだ。ふたりはとてもうまくいってるように見えたのに」俺は言った。ほんとうに驚いていた。トニーの女好きは悪名高いが、リディは裕福な家の出で、父親は保守党議員でコネがあり、トニーのキャリアをスコットランドヤードの警視長の座まで、いや、それ以上の地位まで押しあげられるだけの力があった。心やさしいリディも長年傷つけられた末、とうとうトニーのおイタに堪忍袋の緒が切れたか、もしかしたら浮気の現場に出くわしてしまったのかもしれない。その先を推理するのは難しくなかった。苦い離婚／怒れる義父／スコットランドヤードでの未来に垂れ込める暗雲／自分から捨てた王立アルスター警察隊に戻れる可能性は皆無／ゆえに民間……

今度はトニーがため息をつく番だった。「俺とリディとが？　ああ、ときに夫婦の気持ちが離れてしまうことはある。だろ？」

「それで民間の警備業ですか？　そんなに儲かるんですか？」俺は新車のBMWに眼をやりながら言った。

「それはもう、信じられないくらいにな。だから今朝ここにいるんだ。顧客のひとりが盗難被害に遭ったらしい。ここは安全のはずなんだが」

「ラークソ氏ですか？　俺はその件に対応してたんです」

「うちの会社が視察団全体のセキュリティを担当してるんだ。ほら、これを見ろ」トニーはそう言って、俺に名刺を渡した。

マクロイ・セキュリティ・サービス
北アイルランドでナンバーワンの民間警備業者

「我々は決して眠らない」
創立者　アントニー・マクロイ
元スコットランドヤード警部補
電話　ベルファスト　336　456

「いいですね」俺は言い、名刺を返した。

トニーは首を横に振った。「もらってくれ。うちはいつでも人材募集中だ、ショーン。君のようなやつがいたら、ぜひとも採用したいね。今の稼ぎはどれくらいだ？」

今のは礼を欠いた質問で、トニーは俺の顔に嫌悪の色が浮かんでいることに気づいた。

「いや、言わなくていい。当ててやろう。二十パーセント上乗せした額を払う、それにボーナスもだ」

「社員は何人いるんです？」俺は名刺をしまいながら訊いた。王立アルスター警察隊のでたらめのせいでいよいよ辞めさせられる羽目になったら、トニーが力になってくれるかもしれない。また辞めさせられる羽目になったら。

「うちはできたばかり、設立したばかりの会社だ。全部で五人ほどだな。でも春の終わりまでに二倍に増やすつもりだし、年末にはさらにその倍になってる。七月にはデリー支社を立ちあげられたらいいと思ってる。困難な時代だからな、警備業は一大成長産業なんだ。卵をバンの後部に押しつけて、こつこつと打ってやらなきゃオムレツはつくれないって言うだろ？」

「ピンカートン探偵社のモットーが書いてあるのは気に入りました」

トニーはにやりと笑った。「気が利いてるだろ？」

「車はもっと気に入りました」

「ああ、そうだろ。惚れ惚れする。535i。八七年式。三・四リッター六気筒エンジン」

「最高速度は？」

「二百キロ出したことがある」

「俺が自分の車で百八十五出したときは空を飛んでるかと思いましたよ」

「一度分解して組み直したんだ。工学の学位がちょいとばかり役に立ったよ、君の……君が勉強してたつまらん学問はなんだっけ、哲学か？」

「心理学です」

トニーは腕時計に眼をやった。「さて、二階に行って財布を探してやらないと」

「事件はもう解決しましたよ。心理学を勉強したおかげでね。ニコラス・レンネイティンの部屋を調べるといい。ただの悪ふざけです、どうやら」

「そうなのか？　大したもんだ」

「今度飲みに行きましょう。近況報告でも」

トニーは舌打ちした。「今週は無理だ。視察団の警備と、それからロンドンに飛ばなきゃならん」

「別の仕事で？」

「そんなところだ。昔の〝り・こ・ん〟の書類にサインするんだよ。ようやくケリがついてうれしいよ。君にはわからんだろうな。リディの親父さんの用意した弁護士連中ときたら……まあ、また電話するよ。いいかい？」

「ええ」俺は同意し、ふたたび温かい握手を交わした。

トニーは手を振り、ホテルのなかに駆けていった。

かわいそうに。数年ぶりに会えてうれしかったが、トニーの人生はうらやましくなかった。少なくとも本物の警官なら、要人に指図する側になることもあるが、私立探偵はあの部屋のあほども全員にぺこぺこしなきゃならない。そんなの誰が望む？　まあ、トニーには一杯おごってやろう。なんせ旧友だし、旧友は得がたいものだ。

車でコロネーション・ロードに戻り、胸騒ぎがするほどがらんとした自宅に入った。

ベスはいなかった。
二階にあがった。ワードローブから彼女の荷物が消えていて、ベッドの上に書き置きがあった。それを広げた。

これがわたしの番号。ベルファスト　347　350。電話はしないでください。戻るつもりはありません。わたし宛ての電話があったらこの電話番号と新しい住所を伝えてください。住所はベルファストのカイロ・ストリート一三番地。この数ヵ月、とてもすてきな時間でした。ショーン、あなたはいい人だし、同じくらいの歳の結婚相手が見つかると思います。

愛を込めて、ベス

こういった書き置きとしてはひどい内容ではなかった。ひどい書き置きは半レンガに「くそ食らえショーン・ダフィ」と貼りつけられ、BMWのフロントガラスをぶち破って投げ込まれる。
とはいえ、〝同じくらいの歳の結婚相手〟というくだりは傷ついた。十歳の差は乗り越えられない高い壁だった。チャールズとダイアナ、もしくはヴァン・モリソンと現ミス・アイルランドのオリヴィア・トレーシーのようなおしどりカップルでなければ。でも俺は皇太子でもヴァン・モリソンでもない。

コーヒーにウィスキーを入れるのは思いとどまったが、外の納屋に行き、一、二服した。

九時に電話が鳴った。

「もしもし?」

「私であります」

「どうした、ローソン?」

「清掃婦が財布を見つけました。中身もそのままでした」

「どこにあった?」

「ラークソ氏の部屋のベッドの下です」

「ベッドの下は俺たちも調べた。そうだな、ローソン?」

「はい」

「ベッドの下に財布はなかった。そうだな、ローソン?」

「はい」

「よし、捜査は終わりだ。調書をタイプして警部に出しておけ」

「あの若者、レンネイティン氏に対する警部補の疑念も記録しておきますか？」

「いや、やめておこう。警察の時間の無駄使いという罪になる可能性があるし、俺たちはこの事件のことを早く忘れたい。そうだな？」

「はい。警部補のご友人にはなんとお伝えしますか？」

「どの友人だ？」

「マクロイ氏です」

「署に来てるのか？」

「はい。なんと伝えればよいでしょう？」

「ああ、なんでも話してかまわん。トニーは優秀な刑事だ。いや、だった。それはともかく、トニーに引き抜かれるなよ。君は若いし、キャリアの前途は洋々だ。俺やトニーみたいに終わってはいない」

「はい」

「それと、俺は今日非番だってことを忘れるな、ローソン。また何かあったらマクラバン巡査部長に電話しろ」

「電話するなと巡査部長に指示されたのです。羊の出産シーズンということでした」

「あいつはいつだって羊の出産シーズンだよ。かまわないから電話しろ。当番はあいつだ」

「はい」

「要するに、全部自分でなんとかできるな？　ってことだ」

「はい……ただ、あの……警視正がまだこちらにいらっしゃっていまして……」

電話越しの長い沈黙。

「非番の日にほんとうに俺が行かなきゃ駄目なのか？」

「いえ……ですが、その、警視正がいらっしゃるとみんな落ち着かなくて」

「わかった、わかったよ。長い昼寝をしてシャワーを浴びて、ランチのあとに顔を出す。それでいいか？」

「わかりました」

電話を切った。《ベルファスト・テレグラフ》の号外が郵便受けに刺さっていた。第二面に俺がモハメド・アリをバスにエスコートしている写真が載っていた。《ベルファスト・テレグラフ》の写真編集者に電話し、六切サイズを一枚注文した。額に入れてキッチンに飾っておけば、万が一誰かに〝おまえは人生で何をなし遂げたのか〟と訊かれても、こう答えられる。「こっちに来て、これを見てみろ、ほら、俺とチャンプだ」

その幸せな空想とともに、俺はアイラのなかで最もなめらかなボウモアをあけ、毛布を運び、レコード・プレーヤーのまえのソファに腰を落ち着けた。エラ・フィッツジェラルドがゴスペルを繰り返し歌い、俺を自らが勝ち取った昼寝にいざなった。

3　リジー・フィッツパトリックふたたび？

午後一時ごろ眼を覚ますと、エリザベスの新しい番号に電話をかけた。

「もしもし？」

「やあ、ベス。ちょっと話が――」

「書き置きを読まなかったの？　電話するなって書いたでしょ！　ジーザス！」

「知覚過敏用歯磨き粉を持っていき忘れただろ。かわいそうに、泣いてるぞ」

くすくすと笑う声が聞こえたが、それでもエリザベスは電話を切った。

もう一度かけた。「ベス、聞け、元気でやってるか知りたかっただけだ」

「勘弁して、元気に決まってるでしょ。もうかけてこないで。お願いね、ショーン。お互いにつらくなるから」

電話を叩きつける音。オーケー、言いたいことはわかった。

シャワーを浴び、服を着て、昼飯は抜きにして署に向かった。

警視正はまだ署内をうろついていて、誰もがぴりぴりしていた。が、警視正は俺を見て喜び、手を握ってきた。「よくやった、ダフィ。君たちのおかげで事件は解決だ」

「そのようですね」

俺は警視正を自分のオフィスに案内し、グレンフィディックのソーダ割りをつくった。警視正の好みの酒だと知っていた。

「君が帰ったあとにマクロイという男がやってきたが、知り合いかね？」

「ええ、以前は我々の一員でした」

「君を知ってると言っていた。友達だとな」

「そうです。といっても、会うのは数年ぶりでしたが」

「私も覚えているよ。出世街道を突き進んでいた。でもうちを辞め、海を渡ってスコットランドヤードに入った。ちがったかね？」

「そうです」

「しかし、うまくいかなかったようだな。離婚、スキャンダル。そんなことを聞いた。で、ここに出戻ってきて、自分で商売を立ちあげた？　私立くそ探偵事務所、民間くそ警備会社、そんなものがなくても我々はたっぷり問題を抱えているというのに。そういう手合いは認められん、ダフィ。税金で訓練した警官たちをあんなやつに引き抜かれるわけにはいかないんだ」

「ええ。ローソンにもそう言ってあります、我々は——」

「あの要人たちは明日にはいなくなっている。その暁には、トニー・マクロイやトニー・マクロイのお仲間たちの相手をしてやる必要もなくなる。聞いてるか、ダフィ？　友人であろうが、友人でなかろうが」

「警視正がそうおっしゃるなら」

「そうおっしゃるとも、ダフィ」

警視正はグレンフィディックを飲み干し、立ちあがった。

「さて、どうやらすべて片づいたようだな。私はこれからあの記者とコーヒーを飲んでくる。事件は解決したと伝えておくよ。それがすんだらグレノーの巣に帰る。また警察クラブで会おう」

「はい。いずれまた」

「じゃあな、ダフィ」

「また近いうちに」オフィスを出ていく警視正にそう声をかけたが、このときはもちろん、このかわいそうな男にもう二度と会うことがないとは知る由もなかった。

署で過ごす退屈な一日。何事も起こらず、ローソンと俺は終業時刻まで書類仕事に追われた。

ケニー・ディエルが俺に話があるということだったので、内線で電話した。

「ディエル巡査部長だ」

「なぞなぞだ。馬鹿野郎をやきもきさせるにはどうすればいいか?」俺は言い、電話を切った。

子供じみてる、そうとも。気温がさがり、コロネーション・ロードの悲しく、冷たく、空っぽの家に車で引き返しているうちに、みぞれが降りはじめた。

灯油ヒーターをつけ、テレビをつけた。

たぶんこれが一番よかったんだ。ベスは彼女と同年代の誰かと。俺は俺と同年代の誰かと。逆転の発想をしろ。これはふたりにとって成長の機会だ。みんなの勝利だ。古くからある、例によって暗い〈ハーランド&ウルフ〉ジョークを思い出した。「人生は見方次第。タイタニックの沈没は船の厨房にいたロブスターたちにとってはくそ奇跡だった」

逆転の発想がうまくいかず、気づいたら電話機のまえであのかわいい記者、リリーからの電話を待っていた。が、驚かなかったことに、彼女は電話してこなかった。

トーストのビーンズのせ。空虚な真空、それがBBC1の番組表だ。スポーツクイズ。トーストのビーンズのせとスポーツクイズ——吟味された生活とはいえない。

精神安定剤（バリウム）とウォッカ・ギムレット。灯油のにおい。死んだ眠り。そしてそのとき。

ジリリリリリリリン。

また早朝の電話。穴でも掘るように階段をおりる。毛布にくるまって。外では今日もまた雪が降っている。

受話器を持ちあげ、落っことし、また持ちあげた。「はい？」ひと言で可能なかぎりの厭世感（えんせい）を伝えようとして言った。

「もしもし？」

「信じられん！　そんなはずはない！　またおまえか、ローソン。二日くそ連続でかけてくるなんて！」

「警部補、あのですね、どうやら自殺、もしくは事故、あるいは殺人……現時点ではなんとも言えませんが……あえて言うなら、私の見立てとしては自殺、がありまして」

「俺は今日当番なのか、そうなのか？　昨日は絶対に当番じゃなかったはずだぞ」

「はい、まことに申し訳ないですが、警部補が当番です。でなければ電話していません」

「わかってるのか、外は雪だぞ」

「ええ、見えます」

「現場はどこだ？」

「キャリックファーガス城です」

「そうか、なら探す手間はないな。鑑識は向かってるのか？」

「もうこちらに到着しています」

「ほんとうか？　今何時なんだ、ローソン？」

「七時になるのを待ってからお電話しました」

「気遣いどうも。死体の発見者は？」

「管理人です。六時少し過ぎに死体を見つけ、我々に通報しました」

「管理人？」

「城の管理人です」

「あの城に管理人がいたとは知らなかった」

「それがいたのです。名前はアンダーヒル。城内に小屋がありまして、そこに寝泊まりしています」

「そいつは朝の六時に何をしていたんだ？」

「七時の開門のまえに城内を隅々まで点検することになっているそうです」

「死体は城のなかで見つかったのか？」

「はい」

「待ってろ。電話機をキッチンに持っていく」

俺はトースターにパンを二枚突っ込み、リヴァプールFCのマグにネスカフェをスプーン二杯分入れた。見るからに不吉な電気ケトルに立ち向かい、やたらめったらボタンを叩いた。

「死亡者の性別は？」

「女性です」

「死因はわかったのか？　鑑識にもう少しかかりそうか？」

「鑑識班の仕事に余計な口出しはしたくないのですが、死因は明々白々のようです」

トースターからパンが飛び出し、俺は一枚を取った。

「もったいぶるな、ローソン」

「鈍器外傷です。城塞のてっぺんから下の中庭に飛びおりたようです」

「どれくらいの高さなんだ？」

「ええと、三十メートル？」

「なら死ぬな」

「はい」

「死体が見つかった正確な場所は？」

「中庭、城塞の真正面です。と言って通じますか？」

キャリックファーガス城には一度、短い時間だけ入ったことがあった。が、あの城のだいたいの構造を理解するにはその一度で充分だった。「ああ、わかる。死体は何時間くらいそこにあったんだ？」

「それがなかなか興味深いところでして。管理人は夕方の五時から六時ごろに観光客を全員退城させ、正門を施錠します。それから城内を隅々まで点検して、客がひとりも残っておらず、迷子もいないことを確認します。そして午後の十時、就寝前にもう一度軽く点検します」

「で、その女は午後十時の時点では中庭に倒れていなかったんだな？」

「はい」

「管理人は六時に門を閉めるまえに城内全体を調べたのか？」

「時系列が重要です。管理人は観光客を全員外に出し、城内に残っている人間がいないか確かめ、それから正門を施錠します」

「正門が閉まっていたのは何時から何時までだ？」

「午後六時から次の日の午前七時までです」

「正門というのはどんな門だ？」

「分厚くて重い中世の門です」

「正門以外に城内に入る方法は？」

「外壁を越えれば……しかしですね……」

「なんだ？」

「外壁は高さが十八メートル、厚みは二メートル近くありまして」

「なるほど」

「夜のあいだは城全体がスポットライトで照らされていますから、誰かが十八メートルの梯子（はしご）をかけたりしていたら……」

「秘密のトンネルや秘密のドアは？」

「秘密のトンネルも秘密のドアもありません。城は岩盤の上に建てられています。トンネルは掘れません。それについては管理人に確認しました。ともかく、唯一の出入口は正門で、そこには鍵がかかっていました」

俺はトーストにバターを塗り、ケトルが自発的に湯を沸かすと、ネスカフェの入ったマグにお湯を注いだ。頭は活発に動きはじめていて、状況をはっきりと心の眼で描いていた。

「閉門の時間になってから、管理人は観光客がひとり残らず帰ったことを確かめ、門を施錠した。就寝前にもう一度軽く点検したが、何も問題はなかった。ところが今朝、今から一時間と少しばかりまえに起きてみると、中庭に女の死体が転がっていた。城塞の真正面に。頭蓋骨が陥没した状態で」

「はい」

「女はどうやって城内に入った？　それについて管理人はなんと言っていた？」

「見当もつかないとのことです」

「女が中庭で大の字になっているのを見て、初めて気づいたということか？」

「はい」

「嘘をついている可能性は？」

「それがひとつの説明であることはまちがいありません」

「ほかの説明もあるのか？」

「いえ、ほかはまだひとつも思いつきません」

俺はトーストを食い終え、コーヒーをもうひと口流し込んだ。

突然、どちらかといえば不快なフラッシュバック。一九八四年夏、リジー・フィッツパトリックの事件。同じような密室が同じ犯罪捜査課の刑事に二度も？

あんなものは百万年に一度だ。あの種の稲妻は二度打たない。

「ほかの説明を思いつきますか？」

「そうだな、ただの思いつきだが……飛行機の着陸装置にしがみついていた密航者がベルファストに着陸する直前に落下したとか？」

「ありえなくはないと思います」

「わかった。認めるよ、確かに興味深い事件だ、ローソン。十五分で行く」

電話を切った。

シャワーを浴び、ひげを剃り、スーツとネクタイを身に着け、ずっしりしたウールのコートを探し出した。BMWの車底に爆弾がないか確認した。爆弾はなかったが、バッテリーが死んでいた。ライトをつけっぱなしにしていたせいだ。自動車協会に電話したら、人を送ると言われた。〈キャリック・キャブス〉に電話すると数分後にタクシーがやってきた。

運転手はラジオ1をかけていた。カイリー・ミノーグの《I Should Be So Lucky》。数秒のうちに、ミス・ミノーグのきらきらした地球の裏側のヴォーカルと、ぴいちくいう歌詞とが、俺の暗く、厭世的な側面を引き出していた。歌が二番に入ったころには、俺はすでにIRAの襲撃を待ちわび、二回目のコーラスに入ったときには、通りすがりの彗星が地球に落ちて白亜紀第三紀境界絶滅事変ばりに進化時計をリセットしてくれることを夢見ていた。

キャリックファーガス城が俺たちの前方に見えた。その左手に湾、後方にベルファストの明かり。水上には汚らしい貨物船が数隻出ていて、大きなソヴィエトの給油機と二機の軍用ヘリ〈ガゼル〉が西ベルファスト上空を飛んでいた。

キャリックファーガスに引っ越してきて六年近くになるというのに、この城に入ったのは一度だけ、それも十五分だけ、それもここに来た初日に、好奇心を満足させるために入っただけというのがおかしかった。あれ以来、この城について考えたことはなかった。いつもそこにある何か、くらいの認識でしかなかった。濃灰色の城は八百年近くにわたって、アルスターにおけるアングロノルマンの力の象徴だった。十九世紀にベルファストが台頭するまでは。

タクシー料金を支払うと、ローソンが駐車場の入口でひとりの見習い巡査刑事とともに俺を出迎えた。上層部はいつも見習いをここに送り込んでくる。見習いにとってキャリックは比較的安全な任地であり、着任直後の数週のうちに殺される可能性は低いからだ——警官が殺されたら士気に悪影響が出るに決まっている。

見習いたちはたいてい役立たずで、数週間後、俺は別の任地に去っていく彼らの背中を安堵とともに見送るのだった。そこへくるとローソンは優秀だ。巡査部長の昇進試験に合格していたし、もし王立アルスター警察隊に巡査部長が多すぎるという問題がなければ、とうに昇進していただろう。海の向こうなら、たぶん今ごろ警部補になっているはずだ。が、おそらくはローソンの持ち前の清廉潔白さがそれを思いとどまらせていた。

ローソンは断熱紙コップに入った温かい飲み物を俺に渡した。

「ありがとう。これは？」

「コーヒーです」

「君が淹れたのか？」

「いえ、鑑識班がベルファストから紅茶とコーヒーをボトルで持ってきたのです。ドーナツとパンとデニッシュ・ペストリーもあります」

「鑑識班はまとまりの取れた協調性のあるチームだな」

「鑑識班はまとまりの取れた協調性のあるチームです」

「そうか？　食い物を持ってきたからって、必ずしも自分たちが何をしているのかわかっているとはかぎらない。〈ミスター・キプリング〉だってまちがいはする。たとえばバッテンバーグケーキ。マジパンを好きなやつはいない」

俺はまだそばかすの残る痩せた見習いを見た。スーツの上着はサイズが何メートルも大きすぎた。「で、君は？」

「ヤング巡査刑事」見習いが言い、それからつけ加えた。「……です」

「どこかで会ったかな？」

「ええ、少しだけ」

「ここにはいつまでの勤務なんだ？」

「金曜日までです」

俺はローソンを見た。「そんなんじゃどうにもならん。何も学べない。ちがうか？」

「わかりません」

「君はバッテンバーグケーキは好きか？」

「いえ」

「聞いたか、ローソン？」

「警部補に合わせただけかもしれませんよ。警部補がベイクウェル・タルトが嫌いだとおっしゃっていたら、巡査刑事は自分も嫌いだと言っていたでしょう」

俺はヤングのうぶで悪意のない、だまされやすそうな顔を見た。「君はベイクウェル・タルトは好きか？」

「あ、はい。大好物です」

「ベイクウェル・タルトを嫌いなやつはいないよ、ローソン。さて、ヤング見習い巡査刑事くん、現場までの道中、詳しいことを教えてもらえるか？」

「何についてでしょうか？」

「現場についての君の考え、気づいたこととか？」

「死亡していた女性は、ええと、二十代。もしくは三十代。四十代かもしれません。五十代かも？　死因はまんなかの大きなやつのてっぺんから落っこちたためと思われます」

「ほかに気づいたことは、ヤング巡査刑事？」

ヤングは不安そうな顔を右から左に振った。

「ローソン、君は？」

「ええ、もし警部補の飛行機仮説がまちがっていたとしたらですが、現時点での一番の謎は、自殺しようとしていた女性がどうやって城内に入ったのかということです。もしほんとうに自殺だとしたらの話ですが。仮に殺人だとしても、犯人がどうやって逃げたのかという点が問題になります。そこで、城壁に梯子が立てかけられていないか、もしくは近くに隠されていないか、探しました」

「見つかったのか？」

「いいえ」

「何か不審なものを目撃した人間がいないかどうか、近隣の地取りが必要だな。ヤングくん、あそこの港に停泊中の大きな貨物船がある。乗り込んで、昨夜何か見た人間がいないか訊いてこい。ああいう船には不寝番がいるもんだ」

「はい」

「それが終わったら、海沿いの店舗とアパートを片っ端からまわって、何かおかしなものを目撃した人間がいないかどうか確かめてこい。全部手帳にメモするんだぞ。読める字で」

「はい」ヤングは言い、そのまま棒立ちしていた。

「走れ!」

ヤングは港の方角に走り去った。

俺はあくびをした。「おおかた時間の無駄だろうが、厄介払いはできたな」俺は言った。「防犯カメラの映像について教えろ。城に設置されているはずだし、港を監視しているカメラもまちがいなくあるはずだ」

ここ数年、紛争のおかげで、北アイルランドでは監視カメラが日常的なものになっていた。警察にとってはありがたいことだ。イギリスのその他の土地の警察と比べて、それが俺たちの数少ない強みだった。

「城に防犯カメラはありません。文化財ですので、設置許可がおりないのです。港長の事務所の屋上には防犯カメラがあり、カメラは港と、私たちにとって重要なことに、城のほうを向いています。すでに巡査を派遣し、映像を確認させています。ですが、今のところはまだ何も」

「誰も空から落ちてきていなかったか？」

「はい」

「もし誰かが城壁に梯子をかけたりしたら、テープに残っているはずだ」

「はい。港長が言うには、カメラには城の南側全面が映っているそうです」

「北側は？」

「城は楕円に近い形をしていて、北側は全面、海と接しておりまして……」

「じゃあ、十八メートルの梯子だけでなく、ボートに載せた十八メートルの梯子が必要になるな」

「スポットライトに煌々と照らされ、おまけにマリーン・ハイウェイを走っている車と海辺を歩いている人間の眼にさらされることになります」

「警察署の防犯カメラとノーザン銀行の防犯カメラに城の北側が映っているかもしれないな」

「誰かを確認にやらせます」

「とはいえ、一番手っ取り早い出入口はやはり正門だ。正門の錠をピッキングすれば、梯子は不要だ。ノーザン銀行のカメラを見ればそれもわかるはずだな」

「はい。ですが、その、たぶんですが、あまり役には立たないかと思われます」

「どういう意味だ？」

「実際にご覧になってください、現場で」

「ずいぶん意味深だな。ほかには、ローソン？」

「死体をざっと検めましたが、性的暴行を受けた形跡はありませんでした」

「鑑識班がざっとしか見させてくれなかったのか？」

「はい」

「じゃあ、どうして性的暴行を受けていないと思った？」

「着衣に乱れがありませんでした」

「服装は？」

「私の見るかぎりでは、高そうな服を着ていました。黒のスカート、黒のタイツ、ウールのセーター、高そうな靴、立派な緑のスカーフ。非常に高級そうな革のボマージャケット、色は黒で、赤い縁取りがありました」

「この辺で着るにはスタイリッシュすぎやしないか？」

「かもしれません」

「売春婦か?」

「性労働者には見えませんでした。まあ、断言はできませんが」

「身分証は?」

「ハンドバッグがありました。が、バッグの一部が死体の腹部の下に挟まっており、鑑識班は死体を動かす許可をくれませんでした。なので、中身は確認できていません」

「ハンドバッグを持ったまま飛びおりたのか？　どうしてそんなことをしたと思う？」

「警察が身元を確認できるように、でしょうか？　飛びおり自殺する者が遺書や身分証を持ったまま飛びおりるのは珍しいことではありません。それか、先にハンドバッグを投げてから身投げし、バッグの上に落下したのかもしれません」

「遺書はあったのか？」

「いえ」

俺はローソンを仔細ありげに見つめた。「じゃあ、君は女が飛びおりたと確信しているんだな」

「ええ、たぶん」

「電話で君は〝あえて言うなら事故ではなく自殺〟と言っていた。それはなぜだ？」

「彼女は城に入るだけで大変な苦労だったはずです。なんらかの方法で壁を越えたのでないとしたら、昨日の城内ツアー中にこっそりと集団から抜け、アンダーヒル氏の二度の見まわりのさなかに身を隠していたことになります。それだけの苦労をして城塞のてっぺんに登っておきながら、足を滑らせて事故死というのは、ありえないように思います」

「ではどうして殺人じゃないんだ？」

「犯人がどこにもいないからです」

「捜索はしたということだな？」

「ええ、しました」

「君が到着してから城を離れた者は？」

「いません。絶対です。我々が到着した直後、門に人員を配備しました」

「管理人は？」

「人を殺しそうなタイプには見えませんでした」

「人殺しが人を殺すように見えたためしはないんだ」

俺たちは城の巨大な門楼のまえに着いていた。〝警察　立入禁止〟と書かれたテープの向こうに婦警がひとり立っていた。俺はコーヒーを飲み終え、入口近くのごみ箱にそれを捨てた。襟を正し、髪をひと撫でした。

「よし」俺は言った。「なかに入って、現場を見てみるとしようか」

4　アンダーヒル氏

俺たちは門を通れなかった。図体のでかい鑑識官が錠の指紋を採取していたからだ。鑑識官は白いつなぎを着ていて、足の生えた雲のようにくそでかかった。が、俺がローソンに〝足の生えた雲〟の話をするより早く、ローソンは見取り図を取り出して俺の鼻先に突きつけた。

「警部補。今いるのがここです。ご覧のとおり、ここが城の正面入口で、唯一の出入口です」

「ああ、わかる」俺は答え、でかい鑑識官の肩を叩いた。

「キャリック署のダフィ警部補だ。少し錠を確かめさせてもらってもいいかな？」

でかい鑑識官はうなずいた。「ご自由に。ただ、手は触れないでください」

「門から指紋は出たか？」

「ええ、たったの百万人分ほど」

ローソンと俺は城の正門の錠を調べた。昔の巨大な鋳鉄錠で、タンブラーが大きすぎて通常の道具では錠前を破れない。が、この世の錠というものが例外なくそうであるように、適切な道具さえあれば、あけることはできる。

「俺に考える時間を数日くれれば、これをあける合鍵をつくれるだろうな」

ローソンは錠を見た。「ですが、本物の鍵を盗んで型を取るほうが簡単ではないですか？」

「管理人は鍵をどこに保管しているんだ？」

「チケット売り場内のフックに掛けています」

「そして、管理人は四六時中そこにいるわけじゃない。そうだな？」

「ええ」

「じゃあ、そもそも十八メートルの梯子は要らないかもしれないな」

「まあ——」

「それか、管理人がたんに嘘をついているか。殺人までは犯していないにしても。こんなのはどうだ。管理人は女をここに呼び、城の屋上を案内していた。そこで事故が起き、自分の関与を隠すためにこの〝謎〟をこしらえた」

「私には信頼できる人物のように見えました。もちろんちゃんとした事情聴取が必要ですが」

俺たちは城の門楼を通り抜け、トゲのついた鉄の落とし格子の下をくぐって城の敷地内に入った。

「警部補、さっき言おうとしていたのはこれです、落とし格子です」

俺は上を見た。「見事なもんだ」

俺たちの正面、中庭の奥に、つなぎを着た半ダースほどの鑑識官たちが自分たちの仕事をしているのが見えた。

「落とし格子のことですが――」

「今日の鑑識の責任者は誰だ？」俺は訊いた。

「ペイン警部です」

「ジーザス！　フランク・ペインか。〝人は自分の名前にふさわしい職業を選ぶ〟をこれ以上ないほど地で行く男だ、ローソン」

ローソンはほほえんだ。「わかります」

ああ、こいつにはわかるだろうとも。が、クラビーやキャリック署のほかの誰が相手でも、俺はこんなジョークを言わなかっただろう。

「まあ、いいやつだよ、ローソン。でもなんというか、ちょっと気が短くてな。ペインの芝生を荒らしたり、馬鹿な質問をしたりするのはやめたほうがいい。鑑識の仕事が終わるまで、管理人から話を聞くとしよう」

俺たちは管理人の小屋に入った。小屋は城のチケット売り場のまうしろにあった。寝室がひとつのこぢんまりとした平屋で、最新の設備でいっぱいだった。

管理人の名前はクラーク・アンダーヒル——六十代後半にしてはかくしゃくとしていた。元イギリス海軍。スコットランド人。白髪。細い体つき。独身。十年もこの仕事をしている。俺は自己紹介し、ローソンがした質問を最初から全部ぶつけた。

「死体を見つけたのはいつです？」

「城の散歩中、朝一番で見つけたんだ」

「朝のルーティンを教えてもらえますか、アンダーヒルさん」

「いつも五時半か、それより少しあとに起きる。で、紅茶を淹れるんだ。それから中庭と胸壁のまわりを少し散歩し、正門をあけ、牛乳瓶を取り込み、また門を施錠し、チケット売り場を準備して、朝七時にはすっかり開門している」

「観光客が来る時間にしては早いですね」

「ずっとそうしてるんだ。ジャイアンツ・コーズウェイ行きの長距離バスが朝の七時半にここに寄ることもある」

「今朝はどうでした？　何か変わったことはありましたか？　夜中に物音を聞いたとか」

「いや。目覚まし時計のアラームで眼を覚まし、BBCの『ワールド・サービス』を聴きながら紅茶を淹れ、散歩に出た。で、彼女を見つけたんだ」

「死体を」

「あい。城塞のそばに倒れていた」

「そのときにはもう死んでいましたか？」

「あい。まちがいない」

「死体に触れましたか？」

「なんでそんなことをしなきゃならん？」

「まだ生きてるかどうか確かめようとした、とか？」

「いや。近寄らなかった。正直に言うと、こう思ったんだ。あれはもしかしたら……」

管理人の声は小さくなっていった。

俺はローソンを見た。ローソンは肩をすくめた。

「〝もしかしたら〟なんですか、アンダーヒルさん」

「もしかしたら、あれだ……その、亡霊かもしれんと思ったんだ」

「なんですって？」

「亡霊」

「亡霊というのは？」

「お化け。バンシーとか」

「死んでいた女性が幽霊かもしれないと思ったんですか？」

「あい。そうだ」

「革ジャケットを着た幽霊ですか？」ローソンが訊いた。

「この城は八百年前からここにある。井戸はそのさらに八百年前から聖地とされていた。ここで働くようになってから、私も非常におかしなことを見聞きしてきたんだ」アンダーヒルの口ぶりは言い訳がましく、ジョン・ローリーのような調子が感じられた。

「今日のようなことが以前にもあったんですか？」

「いや、だが私の前任の管理人、老ドビンズ氏は井戸のそばでボタンキャップを見たそうだ」

「ボタンキャップ？」

「兵士だよ。赤い軍服の。一七九八年にギャローズ・グリーンで首をくくられた」

「昨夜、変わったものを見聞きしましたか？」

「いや。いつもどおりだった」

「今朝、何者かがあなたの小屋に侵入しようとした形跡はありましたか？」

「そういうのは何もなかった」

「鍵はいつものフックに掛かっていましたか？」

「ああ」

「あなたが見た死体はやはり超自然的なものではないと考えるようになったのは朝の何時のことですか？」

「そのすぐあとだ。話しかけても返事がなかった。動かなかったし、それで死んでいるとわかったんだ。で、警察を呼んだ」

「昨夜の六時にあなたが施錠した際、城内は無人だった。それはまちがいありませんか？」

「ああ」

「あなたが夜の十時に最終見まわりをした際も、城内は完全に無人だった。まちがいありませんか？」

「ああ」

「今朝、門は閉まっていたんですね？」

「ああ、そうだ」

「だとすると、夜十時から朝六時までのあいだに、その女性はいったいどうやって城に入ったんでしょうか？」

「さっぱりわからん」

「アンダーヒルさん。昨夜、城内で一緒に夜を過ごそうと、若い女性を呼んだりしていませんよね？　地下牢や秘密の通路を案内したとか、そういったことはしていませんね？」

「若いご婦人をもてなす日々はとうの昔に終わったよ、ダフィ警部補」アンダーヒルはまっすぐに俺を見て言った。

「どうです？」ローソンが言い、うなずいた。確かにアンダーヒルは真実を語っているようだった。それでも供述調書を取っておいたほうがいい。そして、今日じゅうに第一取調室に連行し、数時間事情聴取する。それはクラビーにやらせよう。

「出入口は正門だけですか？」俺は訊いた。

「ああ」

「正門の鍵を持っている人間は？」

「私だ」

「複製は？」

「合鍵がある——」

「やっぱりな！」俺は言い、ローソンを見た。

「ロンドンのナショナル・トラスト本部に」アンダーヒルは続けた。

「ええと、私の判断で、ナショナル・トラスト本部遺跡部門の夜間警備に確認しました。どうやらキャリックファーガス城の鍵は今もまだちゃんと本部オフィスにあるようです。フックに掛かった状態で。ですが、アンダーヒル氏からも説明があると思いますが、いずれにしても鍵そのものは問題ではないのです」ローソンが言った。鍵という証拠をくわえた兎を巣穴に追いつめたことがうれしいようだった。

「それは実に間抜けなシステムですね。そう思いませんか？　もしあなたが夜中に心臓発作を起こしたとして、城が施錠されていたらどうするんです？　救急隊員はどうやってなかに入るんです？」俺はアンダーヒルに訊いた。

「入れんだろうな、私は死ぬ」アンダーヒルは不気味に満足げに言った。「消防斧でも門は破れん。厚さ六十センチのオークだ。樹齢四百年のな。攻城戦に耐えられるよう設計されている。斧で破るには半日かかるだろう。破ったとしても無意味だがね。夜のあいだ、落とし格子を閉めてある。使わないとガタがくるから、毎晩閉めて、毎朝あけてるんだ」

「落とし格子？　あの鉄のトゲがついたやつか？」

「私が言おうとしていたのはそれです」とローソン。「あの落とし格子があるため、鍵と錠は関係ないのです」

「案内してもらえますか、アンダーヒルさん」

「いいとも」

ローソンと俺は歩いて門楼内に戻った。門楼は四・五メートル×三メートルほどの長方形の構造で、左右を壁、前方を大きなオーク製の門、後方を落とし格子に囲まれていた。積雲のような鑑識官はいなくなっており、造りがよくわかった。

「動くんじゃないぞ！」

アンダーヒルが言うと、俺たちの後方で鋳鉄製の落とし格子が降りた。格子は長い鎖で巻きあげ機につながっていた。

「ジーザス！　重さはどれくらいあるんです？」巨大な落とし格子が地面に着くと俺は訊いた。

「二・五トンだ」

「素材は？」

「鋳鉄だよ」

「昨日もいつもどおりこれを降ろしたんですか？」

「ああ」

「下から持ちあげることはできない？」

「やってみなさい」

両手で持ちあげようとしたが、くそ不可能だった。

ローソンのほうを向いた。「こりゃ大した光景だな」

ローソンはうなずいた。「誰かが正門の錠前を破るか、鍵を盗んだとします。この門楼に入ったとしても、そこから先へは行けません。こんな落とし格子が道をふさいでいたら」

「二・五トンの落とし格子が」

「おまけに下にトゲまでついています」

俺は落とし格子を調べた。一、二ヵ月前にペンキを塗られたばかりで、誰かが油圧ジャッキで持ちあげようとしたとか、溶接工具で壊そうとしたというような、怪しい痕跡はなかった。

「このトゲの下をくぐれると思うか？」ローソンに訊いたが、俺が本気でそう思っているわけでないことはローソンにもわかったようだった。

「昔、敵軍が城の正門を突破しても、この門楼と天井の仕掛けが行く手を阻んだ。上を見てみなさい。天井に小さな穴があいてるだろう。あそこから弓やマスケット銃を撃ったり、煮えたぎる油を流したりするんだ」とアンダーヒル。

「天井の穴？」

「あそこだ、見ろ。殺人孔（マーダー・ホール）というんだ」

頭上八メートルほどの天井に落とし戸があった。ローソンが眉をあげ、俺にうなずいてみせた。もしかしたら殺人犯と被害者はあそこから城内に入ったのかもしれない。正門の錠前を破り、梯子を登ってあのマーダー・ホールまであがったのかもしれない。

「そのマーダー・ホールとやらを見てもかまいませんか？」俺は尋ねた。

「いいとも」

アンダーヒルはまた落とし格子をあげ、俺たちは城の敷地内に戻った。

「こっちだ」彼は言い、俺たちと一緒に螺旋（らせん）階段をあがって門楼の上に出た――そこはじめじめして寒く、石壁に囲まれた小さな空間になっていた。

「梯子を持ってきたら、マーダー・ホールまで登って、ここから城内に入ることはできますか？」

アンダーヒルはかぶりを振った。「まあ、以前だったらできたかもしれんが、何十年もまえからマーダー・ホールの落とし戸は密閉されている。安全上の理由で溶接されてるんだ。子供が落ちて脚を折る事故が絶えなくてな」

俺は鋳鉄製のヒンジの溶接跡を見た。アンダーヒルの言ったとおりだった——頑丈に固定されていて、最近手を加えられた形跡はなかった。

「矢を射るための穴を人間が通ることはできますか？」ローソンが床にあいているいくつもの長方形の穴を指さして訊いた。クロスボウや弓の矢を通すための穴だ。

アンダーヒルはまたかぶりを振ると、穴に腕を通し、肩がつかえてしまうことを示した。拒食症の曲芸師でもこの穴は通れない。なにせ、広いところでもせいぜい十五センチの幅しかないのだ。

「マーダー・ホールの落とし戸の溶接についてどう思う、ローソン」

ローソンは溶接跡を調べて首を横に振った。

「がっちりしていて、最近荒らされた形跡はありません」

「忘れずに鑑識に写真を撮らせておけ。この溶接跡と、落とし格子を降ろしたところを」

「わかりました。そうしておけば、審問で不正をされることもありませんね。そうですよね？」

俺はアンダーヒル氏に向き直った。「わかりました。では正門を通った者はいないということですね。ほかに城内に入る方法は？」

彼は肩をすくめた。「さっぱり見当がつかん」

「ローソン。何か思いつくことは？　どんな突飛な考えでもいい」

「警部補の飛行機の説ですが、ええと、熱気球とか、ハンググライダーとか？　あるいはヘリコプター、超軽量の航空機とか」

「Dデーのオック岬上陸作戦で使われた空気圧式の引っかけ鉤とか？」アンダーヒルも意見を述べた。

「それと、さっきも言った長さ十八メートルの梯子ですね」とローソン。「ですが、そのいずれも港長の事務所屋上の防犯カメラに映るはずです。ちがいますか？」

「それかノーザン銀行と警察署の防犯カメラにな」

俺は煙草に火をつけ、深くふた口吸って投げ捨てた。「今朝はもう煙草はこれっきりだ、ローソン。俺が吸おうとしていたら注意してくれ」

「わかりました」

俺はあごをさすった。「殺人の被害者をどうやってハンググライダーで運ぶんだ？」

「それに、犯人はどうやって逃げるのですか？　城内に入るより、外に出るほうがはるかに困難です。一般の旅行者グループに紛れて城内に入り、アンダーヒル氏の夜の見まわりから逃れることはできるでしょうが、外にはどうやって出るのでしょうか？」

「それは今朝、落とし格子があげられたあと、正門の警備がどれだけ厳重だったかによる」俺はアンダーヒルとローソンを見て言った。

ローソンは俺が言わんとしていることを理解したようだった。

「アンダーヒルさん、死体を見つけて警察に通報したあとは何をしていましたか？」

「死体を覆っていたんだ、もちろん！」

「では、そのあとは？」

「ちょっとした祈りを捧げて、死体のそばで警察が来るのを待った」

「それはどれくらいの時間のことですか？」ローソンが訊いた。

「大した時間じゃない。十分くらいか？」

「で、ローソン巡査刑事が到着して、あなたは門をあけた？」

「あい。落とし格子をあげて、正門をあけて警察をなかに入れた」

「我々が到着するまえに落とし格子はあげなかったのですね？　それは確かですか？」と
ローソン。

「確かだ」

「牛乳瓶をなかに入れたのではないですか？」

「今朝は牛乳を取ってない。まだ外にある」

「落とし格子は門楼か城外から操作できますか？」俺は訊いた。

彼はかぶりを振った。「いや、できんよ」

次はローソンに訊いた。「君がここに着いたのは何時だった？」

「六時十五分ごろでした」

「そのときの君の行動を正確に教えてくれ」

「アンダーヒル氏と会い、死体を見に行きました」

「正門は？」

ローソンは俺に向かってほほえみ、安堵のため息をついた。

こいつはへまをしなかったのだ。

「ここに着いてすぐ、婦警のウォレンを正門に配置しました。彼女のまえを通って城から出た者はいません」

俺はローソンの肩を叩いた。「でかしたぞ」

「電話でアンダーヒル氏の話を聞いたときから、奇妙な事件だとわかっていました。誰でも同じことをしたはずです」ローソンは意味ありげに俺を見た。

こいつはリジー・フィッツパトリックの事件を知っているのか？　いや、あれはローソンがここに来るまえの話だ。あの事件ではクラビーに協力してもらったが、あいつは誰にも何も言わない。

リジーはアントリムの〈ヘンリー・ジョイ・マクラッケン〉というパブで殺された——内側から錠と閂をかけられたパブのなかで。というか、そう見えるよう工作されていた。世界のどこにおいても異常な事件だったが、紛争中のアルスターでは、殺人がそれほど珍しくも困難でもないアルスターでは、とりわけ異常だった。

北アイルランドで殺人事件担当の刑事が遭遇する事件の種類について、統計学的な分析をしたわけでもなんでもないが、こういう事件が同じオマワリの身に二度も降りかかるとしたら、偶然にもほどがあるというものだ。俺は頭脳明晰ではあるものの統計学的にきわめて不運なギデオン・フェル博士でもなければ、同じくらい不運なエルキュール・ポアロでもない。そう、俺は退屈な王立アルスター警察隊の愚直で平凡なショーン・ダフィ警部補だ。それに、陰気な面をした俺たち王立アルスター警察隊は奇妙な統計学的ねじれや偶然を信じていない。すなわち、誰かが故意に俺たちに喧嘩を売っているのでないかぎり、これは少しふつうではない場所で起きたふつうの自殺ということだ。

俺はそうした考えを振り払った。「よし、ローソン。取りかかるぞ。マクラバン巡査部長の家に電話して、ひとりでも多くの人員をかき集めてここに来るよう言え。心臓が動いてるやつなら、どんな役立たずでもいい。マルヴェニー巡査部長にも電話しろ。署にいないようなら、そっちも家にかけるんだ。警察犬部隊が要る」

アンダーヒルが困惑した顔で俺たちを見ていた。

「何が起きるんだ？」

「つまりですね、アンダーヒルさん、もしこれが自殺でなく殺人だとしたら、殺人犯はまだこの城のなかにいるということです」ローソンが説明した。

「でもゆうべ、くまなく見てまわったんだぞ」

「外部の防犯カメラ映像に何も奇妙なものが映っていないとしたら、あなたが見まわり中に少なくともひとりの人間を見過ごしたことはまちがいありません。もしかしたらふたりの人間を」

「私の友達で、ガールフレンドとギザの大ピラミッド内でひと晩過ごしたやつがいます」とローソン。「こうやったのです。ピラミッド内に忍び込み、敷地の施錠にやってきた警備員の眼をかいくぐり、そこで恐ろしいひと晩を過ごしたあと、朝になったら外に出て、また大挙してやってきた旅行者の群れに紛れる。ツアーを抜け出して警備員の眼から逃れるのは簡単なことです」

「何者かがそれと同じことをした可能性はありますか？」俺はアンダーヒルに訊いた。

アンダーヒルはあごをさすった。「あい、そうだな……」

「それに、ローソン巡査刑事はあなたが落とし格子をあげた直後から正門に見張りを置いていますから、殺人犯が逃げ出したはずはない。そうなりますね」

「確かに！」アンダーヒルは興奮して同意した。

「だから警察犬部隊です。殺人犯がまだここに潜んでいるなら、見つけ出してみせます。そうでないなら、まあ、そのときはあなたが犯人か、あるいは十中八九自殺でしょう」

アンダーヒルは悲しげにうなずいた。「彼女の霊は浮かばれないだろうな、自殺であれ他殺であれ。今後何十年も化けて出るにちがいない。もしかしたら何百年も」

「我々にとっては幸運なことに、浮かばれない魂、亡霊、バンシーといったものはキャリックファーガス犯罪捜査課の管轄外です」俺は言った。

5　リリー・ビグローの奇妙な自殺

　ローソンと俺はウォレン婦警に話を聞くため、城の外に出た。彼女は新人で、刑事ではなかったが、パートタイムの予備巡査によくいる給料泥棒の馬鹿たれでもなかった。だからへまをしていない望みはあった。

「ウォレン婦警、私はダフィ警部補。ちゃんと会うのはこれが初めてだと思いますが」俺は言い、あわよくばフレンドリーに見える笑顔をつくった。

「ええ、だと思います」彼女は心地よい南ベルファスト訛りで応じた。

　とても若く、ブロンドのボブカットがケピ帽の下で跳ねている。ちゃんと見張りをしているように見えた。

「寒くない？」俺は訊いた。

「大丈夫です。手袋とスカーフがありますから。午後にまた雪が降ると聞いています」

　俺は暗くなりつつある空を見た。「だとしても驚かないね。聞いてくれ、ウォレン、君は今朝の六時十五分からここで見張っているのか？」

「はい」

「城の入口のここで？」

「はい」

「トイレに行ったり、コーヒーや煙草休憩でどこかに行ったりはしていないか？　仮にそうしていたとしても怒ったりはしない。ただ知っておきたいんだ」

「ずっとここにいました、一歩も動いてません！」彼女は憤慨して言った。

「よし。じゃあ、君がここに立っているあいだに城の外に出た者はいるか？」

「いません……まあ、警部補とローソン巡査刑事を別にすれば、ですが。それと鑑識班の人がふたり」

「警察官以外で城に入ったり、城から出ていったりした者は？」

「いえ、いません」

「まちがいないか？」

「ええ、はい」

「大変結構だ、ウォレン。これから警察犬を使って城内を徹底捜索する。その捜索が終わるまで、私の特別な許可なしに誰も城から出してはいけない。わかったかい？」

「君はよくやってくれているよ、ウォレン。引き続き頼む」

ローソンと俺は城の駐車場に駐めてある警察のランドローバーまで歩いた。

「激励の言葉はあれでよかったかな、ローソン？　教育者としての自分の立場を真剣に考えているんだ。少なくとも、さっきコーヒーを飲んでからは」

「とてもよかったです。ウォレンもあれでもっとやる気が出たはずです」

ローソンのブロンドの眉の奥に皮肉の意図を探したが、こいつは無表情な生意気野郎だった。

俺たちは署に電話し、警察犬部隊を要請し、署の安全を損ねない範囲内で、当番巡査部長がまわせるだけの巡査をこちらにまわすよう頼んだ。それからデスクのサンドラに、クラビーに電話して早急にここに来るよう伝えてほしいと頼んだ。もう七時をだいぶまわっているから、クラビーは豚の乳を搾り、牛の毛を刈り、羊と一発やり、農家が農場で何をしているのであれ、それをやり終えているだろう。

クラビーは一時間としないうちにやってきた。マルヴェニー巡査部長、犬部隊、署でほかにやることのない一ダースの巡査たちを引き連れて。全員を三つのチームに分け、各チームを刑事ひとりが指揮するようにした。俺たちは城内に戻り、城内の考えうるあらゆる場所を徹底的に捜索する計画をアンダーヒルに伝えた。

アンダーヒルは時代がかった地図を取り出し、城の構造を詳しく説明してくれた。とりたてて広い城ではない。中庭、崩れた城壁、地下牢がふたつ、十九世紀につくられた大きな大砲を半ダース備えた砲座。中心となっている建物は十二世紀のノルマン城塞で、我らが身元不明女性（ジェイン・ドウ）はそこから落ちたか、身投げした。城塞の全階層、螺旋階段、屋上を捜索した。城塞は地元の歴史的資料で埋め尽くされていた。キャリックファーガス初の消防車、付近で見つかった有史以前の陶器、中世のタペストリーなどなど。最上階は軍事博物館になっていて、さまざまな時代の軍服や兵器があった。下の階に古井戸があり、サイコパスが隠れていたら恐怖だっただろうが、分厚く頑丈な風防ガラスで覆われていて、ガラスに手を加えられた形跡はなかった。

「秘密のトンネルはどうです？　カソリックの司祭をかくまった空間とか、隠し部屋とか。こういう場所には秘密のトンネルがあるという話をよく聞きます」俺はアンダーヒルに言った。

「ローソン巡査刑事に話したとおり、この城に秘密のトンネルはない。ここは黒玄武岩の上に建てられている。トンネルは掘れんよ。八世紀におよぶ攻城戦でも、誰も穴を掘れんかった。それを昨夜いきなり誰かが成功したとは思えんね」アンダーヒルはきっぱりと言った。

「この城のことに詳しい人間が知っていそうな秘密の部屋は？」

「秘密の部屋はない。五回ほど城内に発掘調査が入ったが、そういったものはひとつも見つからなかった」

マルヴェニー巡査部長と犬たちは城内に隠れている人間をひとりも見つけられなかった。地下牢にも、城塞にも、中庭にも、門楼にも、どこにもいなかった。

「すまん、ダフィ。ここに殺人犯はいない。あちこち捜索したが、あの女は自殺でまちがいない」とマルヴェニーは言った。ひどいリヴァプール訛りでほとんど聞き取り不能だったので、こいつをマスコミへの広報と民間の連絡担当に推薦しようと心に刻んだ。

「身元不明女性が夜をどこで過ごしたのか、犬たちに嗅ぎ分けられそうか？　どこかに隠れていたにちがいないんだが」

大柄なマイク・マルヴェニーは茶色いあごひげを撫で、うなずいた。

「たぶんな、ダフィ。たぶんだ。やれるだけやってみる」

この捜索がおこなわれ、鑑識班が仕事を進めているあいだ、クラビーとローソンに港長の事務所とノーザン銀行裏口の防犯カメラ映像を再確認させた。

一時間後、マクラバン巡査部長刑事の陰気な顔つきから、その作業はなんの収穫ももたらさなかったことがわかった。

「壁を登って城に入ったやつぁいやせんでした」クラビーは断言した。

「まちがいないか？　審問では非常に重要な争点になりそうだぞ、クラビー」

クラビーの説明によれば、城はひと晩じゅうスポットライトで煌々と照らされていて、夜のあいだに壁に梯子がかけられるようなこともなければ、気球も着陸しておらず、UFOも、超軽量航空機も、変わったものはひとつも映っていなかったという。

「カモメが数羽、それからたぶん、一度だけ梟が映ってやした」

「人間サイズの巨大な梟でしたか？」ローソンが訊いた。

「いや。梟サイズの梟だ。昨夜、壁を越えてキャリックファーガス城に入った人間はいねえ」クラビーは自信たっぷりに言った。

「銀行の映像はどうだった、ローソン」

ノーザン銀行の海側の映像と正門側からの映像もそれと大差ないようだった。

「昨夜アンダーヒル氏が施錠してから今朝私がここに来るまでのあいだ、誰も正門に近づいていません」

俺はふたりを見た。「で、マイク・マルヴェニーの警察犬部隊も城内に隠れている人間を見つけられていない。ということはだ、君たち、死亡した女性はローソンの友人がしたのと同じことをしたんだろう。つまり、ツアーを抜け出して、城のどこかに隠れて夜を過ごし、午後十時から午前六時までのどこかの時点で城塞から飛びおりた」

ローソンもクラビーも異論はないようだった。

「防犯カメラの映像に飛びおりの瞬間は映っていたか？」

「港長の事務所のカメラは角度がまずかった」とクラビー。「女が城塞の南側に来てたら映ってたでしょうが、まっすぐ上にあがって北側の壁から飛びおりたんなら、あのカメラにゃ映らねえでしょう」

「もう一度映像を確かめてみますが、ノーザン銀行のカメラはあまり高いところに設置されていないため、城塞の屋上までは映っていないと思われます。いずれにしろ、先ほどざっと見たときは気づきませんでした」

「昨夜からの全映像を何度も何度も見なきゃならんな、納得いく結果が得られるまで」俺は言った。

「飛びおりの様子を実際に見た人間はいねえんですか？」

「優秀な見習い刑事たちが周辺の地取りをしているが、今のところはまだ何も」俺は説明した。

「それと、城塞の屋上にあがって、もう一度よく調べたほうがよさそうだぜ」

「高いところはあまり得意ではなくて」ローソンが不安げに言った。

「実はな、俺もなんだ」俺がそう言うと、クラビーは俺たちを腰抜けでも見るような眼つきで見た。

「私が上まで案内しよう」アンダーヒルが言った。「螺旋階段の十三段目は足を踏み外しやすいから」

俺たちは城塞内の中世の狭い螺旋階段をあがった。電灯に照らされてはいたが、アンダーヒルの案内がなければ、確かに十三段目で足を踏み外していたかもしれない。その段はほかの段の半分ほどの大きさしかなかった。

「どうしてこの段だけこんなに狭いのですか？」とローソン。

「階段を駆けあがってきた敵の騎士をつまずかせるためさ」アンダーヒルが説明した。

「ノルマン人の城はほとんどがこうなってる」

十三段目で足を踏み外さないようにしながら城塞の屋上に出ると、ちょうどまた雪がちらつきはじめていた。

「くそ寒いな」俺は言い、コートのボタンを上まで留めた。

「でもいい眺めだ」クラビーが言い、ウールのトレンチコートの襟を立てた。

確かによかった。雪を降らすほどの雲が出ているにもかかわらず、寒々しい湾の彼方のスコットランドが、もっと寒々しいアイリッシュ海の先に見えた。ベルファストは南と東に位置しており、その向こうにモーン山地の丘陵地帯が広がっていた。

「眺めのことは忘れろ。証拠を探すんだ」俺は言った。「横一列に並んで屋上を歩いてみよう。アンダーヒルさん、ご協力願えますか?」

「あい、手伝おう」

「みんなで横一列になって、屋上をいくつかのエリアに分けて歩いていきます。鳥の糞以外のものを見つけたら教えてください」マクラバン巡査部長の隣を歩いてください。

全員で一列になって屋上を歩いたが、何も見つからなかった。屋上は風が非常に強く、雪、煙草の吸い殻、遺書かもしれない紙切れなどはあらかた吹き飛ばされていた。

「女が遺書を残してたとしても、風で飛ばされてるだろうぜ」クラビーが言った。

「あい」

俺は城塞の北壁まで歩き、中庭を見おろした。鑑識班はそこでまだ仕事を続けていた。

「ここから飛びおりたんだろう」俺は高さ一・二メートルの胸壁の向こうを恐る恐る覗きながら言った。煙草の吸い殻、ペン、灰、ガム、なんでもいいから落ちていないかと思って探したが、何もなかった。

「どう思う?」ローソンとクラビーに尋ねた。

「死亡女性はおそらく屋上で長い時間を過ごしてはいないでしょう。煙草もマッチも何もありません。まっすぐ階段をあがってきて、すぐに飛びおりたのでしょう」とローソン。

クラビーは肩をすくめた。「そこまではわかんねえぜ。飛びおりようかどうしようか何時間も悩んだかもしれない。さっきも言ったように、城塞のこっち側は防犯カメラの死角なんだ」

「屋上をしばらくうろついて自殺について考えていたら、知らず知らずそういう気分になったのかもな」俺は言った。

クラビーはパイプに火をつけた。「ショーン、あんたの言うとおり、カメラの映像はよくよく確認しなきゃなんねえ。けど、俺の見たところ、女の姿はまったく映ってなかった」

螺旋階段の出口は城塞の北壁のそばにあった。つまり、港長の事務所とノーザン銀行のどちらの防犯カメラにも捕捉されずにここにあがり、身投げすることはできる。

俺はもう一度中庭を見おろした。

くらくらした。

足を滑らせるのは簡単だ。自分のくそったれな問題すべてが一瞬のうちに片づく。ガールフレンドとのトラブル。キャリアのトラブル。酒の問題。ペイン警部に何年も語り草にできるネタをくれてやれ。〝ここで身投げした女の死体を調べてたら、あのくそったれダフィがよ、まあ、あいつは昔からくそ図々しいやつだった、それはまちがいないが、そのダフィが城塞の屋上から突然降ってきやがって、危うく俺のどたまをかち割るとこだったんだぜ……〟

「下におりよう、みんな。鑑識官を呼んで、この壁から指紋を採れないか試してもらおう」俺は震えながら言った。

中庭に戻った。捜索班の誰ひとりとして隠れている被疑者、衣服、凶器を見つけられなかったので、全員を署に送り返すしかなかった。

が、マルヴェニー巡査部長は地下牢から多少なりとも興味深い知らせを運んできた。

「ダフィ、はっきりしたことは言えないが、ジェイン・ドウは門楼のそばの地下牢で夜を過ごした可能性がある」

「そうなのか？」

「あまり期待しすぎるなよ。あそこで夜を過ごしたという物的証拠はひとつもない。ただ、犬の一匹が地下でいきなり興奮しだしたんだ」

「どんなふうに？」

「さっきな、鑑識のペイン警部に訊いてみたんだ。俺が一番信頼してる雌のモイラに遺体のにおいを嗅がせていいかって。そしたら、オーケー、もうじき鑑識作業が終わるからと言われた。で、モイラににおいを覚えさせたうえで、もう一度城内をくまなく捜索させてみた。雪が降ってるほうがいい場合もあるんだ、信じられないかもしれないが、雪が運んでくるにおいに何かあるのかもしれない」

「で？」

「まあそれはともかく、女のにおいを覚えたあと、モイラは地下牢におりるまでは静かにしていた。けど、下におりたら吠えて、くんくん鳴いた」

「吠えて、くんくん鳴いた？」

「あい」

「それは死んだ女性がある時点で地下にいたという証拠になるのか？」

「いや。それが昨夜のある時点で女が地下牢にいたって証拠になるとは言わんが、もしかしたらいたのかもしれない」

「その場所に案内してもらえるか？」

マルヴェニーはクラビー、ローソン、俺を門楼のそばの地下牢に案内した。そこは湿っぽい六メートル×三メートルの小さな穴といった風情で、岩盤をくり抜いた亀裂のなかにあった。壁に鉄の輪が打ちつけられており、おそらく昔はそこに囚人がつながれていたのだろう。以前は外から地下牢を施錠する扉があったが、今では撤去され、代わりにコンクリートの階段が追加されて、観光客が見物しやすいようになっている。足元は苔で滑りやすくなっており、数世紀分の小便の刺激臭が鼻をついた。

「こんな小便くさい場所で、モイラはほんとうに何かを嗅ぎ分けられたのか？」俺はマルヴェニーに訊いた。

彼は肩をすくめた。「だと思う」

「もしかしたらほかの犬のにおいか、観光客の誰かのにおいを嗅いだのかもな」クラビーが疑ってかかった。

「そうは思わん」

「今、発情期とか？」とクラビー。

「もちろんちがう。ふだんのモイラはとても優秀だ」

「こんなとこで夜を過ごすなんて想像もできねえな」

「それにアンダーヒル氏はここも点検したと言っていました。それを忘れてはいけませんね」ローソンがつけ加えた。

「点検したって、どんなふうに？」俺は言った。「懐中電灯でざっと照らしただけなのか、それとも牢内をきちんと見てまわったのか」

「本人に訊いてみねえと」とクラビー。

「そうだな。ああ、ありがとう。よくやってくれた」俺は言い、マルヴェニーの手を握った。アンダーヒルの小屋に戻ると、氏は巡査に供述をしている最中だった。それが終わるまで、俺たちは外で一服した。ローソンは吸わないので、ウォークマンを取り出してカセットを入れ、クラビーはパイプに火をつけ直し、俺は新しく一本に火をつけた。

「警部補、今朝はもう吸わないとおっしゃっていましたが」ローソンが言った。

「ああ、そうだった」俺は煙草を揉み消し、箱のなかに戻した。「その機械で何を聴いてるんだ?」俺は気を紛らわそうとして訊いた。

「U2の新譜です」ローソンは無邪気に言った。

俺は眼をむいた。

ローソンは俺が眼をむいたのを見た。「ポップだからよくないというわけではありません」

「なんてアルバムだ?」

「《ヨシュア・トゥリー》」

「馬鹿な名前だ」

「最高ですよ。聴きますか?」

「U2を聴くことと、うんこを漏らすことのちがいは何か？　……うんこを漏らしたらにおうが、自己嫌悪には折り合いをつけられる」俺は言った。

「警部補、それはデペッシュ・モードのジョークのただの焼き直しではないですか！」

俺は咳をし、うなだれて首を横に振った。昔はもっとましなネタを持っていた。クラビーが俺の咳に気づき、俺を脇に引いた。「ちょいとつらそうじゃねえか。でえじょぶか、ショーン？」クラビーは尋ねた。こいつにとってはプライベートの領域に踏み込む大胆な一歩だった。こういうクレイジーな長老派のやつらがただ社交辞令で尋ねているだけなのか、それとも俺の私生活の問題をぶちまけるきっかけにすればいいのか、それは永遠にわからないだろう。

「あまり寝てないんだ。ベスが出ていった」

「あの若え（わけ）のですか？」

「ああ」

「ま、驚きゃしねえよ」

「俺もだ……いや待て、驚いたよ。うまくいってると思ってたんだ」

「あんたよりちょっとばかし若すぎたんじゃねえか？」

「十歳だ——そんなに変わらんだろ？」

クラビーはそれについて考えた。「乗り越えられねえ壁だな。俺ならそう思う」

巡査はアンダーヒルの仮供述を取り終えていた。俺たちは小屋に入り、キッチンテーブルに着いているこの老人の向かいに座った。事情聴取、質問、階段ののぼりおりで疲労困憊したようだったが、それでも立ちあがり、紅茶を勧めてくれた。「なに、大した手間じゃない。うまいぞ。ヨークシャーのお茶だ」

俺たちは紅茶をもらうことにし、クラビーはパイプに火をつけた。――「ヨークシャーで紅茶が育つとは知りませんでした」ローソンがつぶやいた。クラビーはパイプをくゆらせながら手帳をめくった。「アンダーヒル氏に気づかれることなく、何者かが昨夜落とし格子をあげたってことはありやすかね？」

「そういうのはもう全部訊いてある。あまり四の五の言うんじゃないぞ、クラビー。それに何より、落とし格子は城内からしか昇降させられないんだ。今朝、アンダーヒル氏が見たときには昨夜とそっくり同じ状態だった」

アンダーヒルが紅茶とビスケットを持ってきて、俺は彼の供述調書に眼を通した。俺たちが訊き出した内容と同じだった。

「アンダーヒルさん、よろしければ、昨夜あなたがどんなふうに見まわりをしたのか、正確に教えてもらえませんか。懐中電灯を持ってきて、どんなルートでまわったのか案内してください」

　俺たちは外に出た。今では雪が本降りになっていた。

　アンダーヒルのあとについて中庭と門楼と城塞を抜けた。俺たちは無言のまま、彼が地下牢への階段をおりる姿を見つめた。ふたつの地下牢をざっと懐中電灯で照らすと、彼はまた中庭に戻った。

「毎晩、ちょうど今やったように地下牢を確認しているんですか？」俺は訊いた。

　アンダーヒルはうなずいた。

「ずいぶん手早かったですね。もし誰かがそこの左手側の隅に隠れていたとしたら、あなたから姿が見えたと思いますか？」

「あい、思うね。この城のことは表も裏も知り尽くしてる。何か異常があればすぐにわかるよ。だからボタンキャップのやつも私には悪さをせんのだ」

「ボタンキャップ？　誰です？」とクラビー。

「この城の亡霊です」ローソンが説明した。

「就寝前に二度目の点検をする理由はなんです？　一度で充分じゃないですか？」俺は訊いた。

「ずっとそうしてきたんだ。老ドビンズ氏もそうしていたし、そのさらに先代のファーナム氏もそうしていた。それ以前は軍隊がそうしていた。六時の点検と十時の点検。そのやり方がずっと守られてきたし、私も伝統を壊すつもりはない」

「二度目の点検についてですが、そのときも城塞の屋上に出るんですか？」

アンダーヒルはかぶりを振った。「いや、いつもは出ない。だが地下牢は調べるぞ、あと中庭もな！」

「昨夜は城塞の屋上に出ましたか？」

「いや、出たとは言えない」

「でも中庭は点検した。繰り返しになりますが、そのときは変わったことは何もなかったんですね？」

「ああ」

「ありがとうございました、アンダーヒルさん」

俺はアンダーヒルが歩いて小屋まで戻るのを待ってから、部下たちに向き直った。

「で？」ローソンとクラビーに言った。

「あい、女は地下牢に隠れてたのかもな。左手側の奥の壁にくっついて。それなら管理人からは見えなかったはずだぜ」

ローソンも同意した。「私もそう思います」

「犬も同意見のようだしな」とクラビー。「女はチケットを買い、地下牢に隠れ、人目がなくなるのを待った。それから城塞の屋上に出たんだ」

「で、十時以降のいずれかの時点で飛びおりた」俺は言った。

「女性が隠れていた場所、飛びおりた場所はわかりました。あと、わからないのは動機だけです」ローソンが言った。

中庭に戻ると、鑑識班の作業がようやく終わっていた。彼らはつなぎを脱いでいたが、警官であることはひと眼でわかった。歯はきれいだが髪型がひどいからだ。王立アルスター警察隊の男たちは無料の歯医者を受診できるが、どういうわけか、例外なく、街で最悪の床屋に行き着くのだ。おもしろいことに、テロリストたちもひどい髪型をしているが、それは彼らのファッションセンスが一九七三年あたり、チェのスクリーン印刷と赤軍派指名手配ポスターの時代で止まっているからだ。大柄ではげ頭、五十代の鑑識官、ペイン警部が煙草に火をつけ、抑制された不機嫌さでつなぎを脱いでいた。そして、まるで初めて気づいたかのように、手を伸ばして雪片をつかんだ。

「フランク・ペインと話をしたほうがよさそうだ」俺は渋々言った。

「仕方ねえよ」クラビーも同意した。

俺たちが近づくとペインは顔をあげた。

「ああ、ダフィか」彼はなんの温かみも感じさせない声で言った。

「久しぶりですね、フランク。こっちにいるのは俺の同僚たちです。マクラバン巡査部長刑事には会ったことがありますね。こっちは後輩のローソン巡査刑事」

ペインはクラビーとローソンに素っ気なく会釈した。「今日はいい日だな、ええ？ まったく、くそ寒いぜ。こんな時間に、それもこんな吹雪のなかに呼び出すなんてよ。おまえの部下たちは現場全体を防水シートで覆っておくべきだった。杜撰な仕事だよ、ダフィ」

「これのどこが吹雪なんです。フランク。こいつは――」

「うちの部下を城塞の屋上に行かせたってな、ダフィ？」彼は眼をすがめるようにして言った。

「あい、女が飛びおりたあたりに指紋が残っていないかと思いまして。それかまあ、俺たちが何か見落としたものがないかと思って。あなたたち鑑識官は俺たちのような平凡な刑事より冴えてると相場が決まっていますから」

「つまらん世辞はよせ、ダフィ。俺の部下に何かさせたいなら、まずは俺に話を通せ。いいな？」

「わかりましたよ、フランク」

彼は敷石に唾を吐き、煙草をもうひと口吸った。ギャラガーのロングサイズ。その不快なにおいから察するに。

「アリに会ったんだってな」フランクが俺に言った。

「ジーザス、王立アルスター警察隊には俺がつまらない群衆整理任務をしたってこと以外のゴシップはないんですか」

「それよりもアリはいったい何をしにこんなとこに来たんだ？」

「ジェシー・ジャクソン牧師と一緒に平和使節として来たんですよ」

「笑えるな。モハメド・アリとジェシー・ジャクソン牧師が北アイルランドに平和をもたらす、か！　ただの売名、そういうこった、ダフィ。ジャクソンは大統領選に立候補してる。知ってたか？　それでアイルランド系の票が必要なのさ。新聞にそう書いてあった」

「新聞に書いてあったなら、ほんとうなんでしょう」

「それにアリは過大評価されてる」

「アリがボクサーとして過大評価されてる？」クラビーが信じられないといった顔で訊いた。

「腕は悪かないさ、マクラバン。だが、そこ止まりだ。タイソンを見ろ。あれぞ喧嘩師ってもんだ。ハングリーさがある。〈カップ・ア・スープ〉一杯のために人殺しだってするだろうよ」

「アメリカに〈カップ・ア・スープ〉はないと思いますが」とローソン。

「〈カップ・ア・スープ〉がないわけないだろ。カップに入ったスープを嫌いなやつがいるか？　ジーザス。俺の言いたいのはな、アリは口先だけで相手を負かすってことだ。タイソンはごちゃごちゃ言わずにぶん殴る」

「だからアリは偉大なんですよ。心理学を使った」クラビーが反論した。が、ペインはそれを鼻息ひとつであしらった。

「心理学！　聞いたか今の！　心理学ときたもんだ」

眼のまえに集中すべき事件がないときの雑談としては結構だが、俺はこの無駄話にうんざりしていた。「時間がないんだ、フランク、現場を案内してもらえませんか？」

「どうしてもってんならな」彼は胸壁の庇という雪よけから離れるのが億劫そうに言った。ペイン、ローソン、クラビー、俺は死体のそばまで歩いた。死体は鑑識が使う灰色の毛布にくるまれていた。検屍のために運び出されるまで、それが守ってくれることになっている。

「……だからボクシングは〝スイート・サイエンス〟って呼ばれてんだ。相手の頭に入って、思考を読まなきゃなんねえ。どっちのパンチが強えかじゃねえんだ……」中庭を歩いているとクラビーがローソンに向かってぼやいているのが聞こえた。
ペインは身を屈め、身元不明女性から毛布をはがした。
女はうつ伏せで、頭は半分陥没していた。それなりに上品な黒の革ジャケットを着てお
り、その下に黒のウールセーター、白いブラウス、グリーンのコットンスカーフ。黒スカ
ート、黒タイツ、スリップオン式のパンプスが片方。薄手の黒い革手袋がそのアンサンブ
ルの締めくくりになっていた。
「どこのブランドのジャケットです?」俺は訊いた。
「ラベルには〝ドルチェ&ガッバーナ－ミラノ〟と書いてある。聞いたことないな」ペイ
ンは言った。
「俺もです。でもミラノ製なら安物ではないでしょう」
俺は靴を見た。ヒールの高さは一・五センチほどで、さほど非実用的というわけではな
かった。が、どこか気に入らないところがあった。
「どうして両方の靴が脱げなかったんでしょう? 簡単に着脱できるタイプですよね?
衝撃で両方脱げたはずじゃないですか?」
「そうともかぎらん。着地の衝撃で片方は脱げたが、もう片方は残った。腹から落ちたん
だとしたら、そう珍しいことじゃない。むしろ自殺の可能性がより濃厚になる。途中で気

を変えたのなら、足から先に着地しようとしただろうからな」

「即死ですか？」

「まちがいないね。卵みたいにぐしゃっと割れた。何も感じなかっただろうよ」

「犯罪をにおわすものは？」

「ほかのどこにも血痕はなかった。紫外線を使って探したから、それなりに自信を持って言えるが、この女が飛びおりたのはここで、死体が動かされたりはしていない」

「ほかには？」

「今のところ毒物は検出されていない。性行為の有無については検屍医から聞いてくれ」

「繊維や毛髪は？」

「見つけたものはすべてラボに送った。変わったものは何もなかった」

「家庭内暴力、ドラッグ、そういったものの痕跡は？」

「なかった。しかし詳しくは検屍医に訊いてくれ」

「死亡時刻は？」

「環境気温が低いせいで死体温の低下速度を見積もるのは難しいが、俺たちがここに到着した際、部下のひとりが直腸温を測った。二十七・七度だった」

俺は頭のなかで計算した。基本となる体温は三十七度で、死体からは通常、一時間あたり一・五度ずつ体温が失われていく。九・三度の低下ということは、死亡したのはおおよそ深夜零時あたりか、その少しあとということだ。

「じゃあ、死亡したのは零時ごろ？」

「あい」

俺はため息をつき、死んでいる女性を見た。「で、何か気づいたことはありますか？」

「自殺だよ。理由はわからん。それを突き止めるのは君たちの仕事だ。できるならな」

「できるならね」

「一年で何件の自殺に出くわす、ダフィ？」

「数件です」

「動機を突き止めたことはあるか？」

「直近の三件はすべて警官の自殺でした。拳銃で脳を吹き飛ばしたんです。もちろん、報告書には〝拳銃の不慮の暴発により死亡〟と書かなきゃなりませんでした」

「組合からの圧力か？」

「あい、それと上層部からの。自殺だと生命保険がおりませんし、士気にも悪影響ですから」

「そのとおりだ」

俺は城塞の屋上を見あげた。「あなたが自殺するとしたら、ここから飛びおりますか、フランク？」

「ここはキャリックで一番高い建造物で、誰でも立ち入りできる」

「この高さから落ちたら、まちがいなく死にますか？」

「ちょっと机上の計算をしてみようか……三十メートルほど自由落下した場合、地面にぶつかる際の最高速度は秒速二十三メートルほどになる。時速にすれば、そうだな、だいたい八十三キロだ。今回の場合は腹から落ちてるから、風の抵抗を考えてそこから時速二、三キロ分差し引いていいだろう……体重四十五キロの人間が地面に時速八十キロでぶつかれば、およそ〇・一秒のうちに一トンの力が肉体に作用することになる。まちがいなく死ぬな」

「そのとおりでしょうね」

「あい、ダフィ、この女は自分が何をしているかわかっていて、そのために絶好の場所を選んだ。ここなら自殺を思いとどまらせようとする連中も野次馬もいないしな」

「上空を通りかかった飛行機の車輪格納部から落ちたという可能性は？」

「ないね。それなら死体が中庭じゅうに飛び散ったはずだ」

「すてきなイメージですね。ほかに何かわかることは？」

「死亡者の名前を知りたいか？」

「わかるんですか？」

「ついてこい」フランクは言った。俺たちは彼のあとについて庇の下まで戻った。ポータブルテーブル、ポータブルチェアがあり、テーブルの上に女性のバッグと遺品が並べられていた。フランクは俺にゴム手袋を渡した。それを両手にはめると、今度は財布が入った証拠品袋を渡された。財布のなかにはクレジットカード、運転免許証、顔写真つきの《フィナンシャル・タイムズ》社員証があった。

「リリー・エマ・ビグロー」俺は社員証を見てショックを受け、ローソンに渡した。

「ジーザス！」ローソンも驚いた。「この女性には会ったことがあります、そうですよね、ボス？　昨日会った女性ですよ！」

俺はリリー・ビグローと知り合った経緯をクラビーとペイン警部に説明した。

「私にはふさぎ込んでいるようには見えませんでしたが」とローソン。

「俺にもだ」と俺。

「すごくきれいな人でしたよね」ローソンがつけ加えた。

「今はもうちがう」ペインは意地悪くかかかと笑った。笑いは咳の発作となり、いつまでも止まらなかったので、誰もが業（ごう）というものを信じそうになった。ようやく咳が治まると、ペインは別れの挨拶をし、ほかの鑑識班のあとに続いて城から出ていった。
本。リリーのバッグに特筆すべきものは入っていなかった。ティッシュが何枚かと鉛筆が一
証拠を慎重に袋に戻し、胸壁の階段をあがって上から現場を見てみることにした。こ
こからも新しい発見は得られなかった。
「遺品のなかに手帳がないな」俺はローソンとクラビーに言った。
「ホテルの部屋に置いてあるのかもしれませんね」ローソンが言った。
「確かめてみよう。そこに遺書がしたためられているかもしれない。これが衝動的な飛び
おりでなければだが」
「イギリス人ですか？」とクラビー。
「そうだ。ジャーナリストで、キャリックを訪問中の視察団に同行していた。となると……
……くそ！ 視察団が街を出るまえに全員に事情聴取しなきゃならんぞ！ 今日の俺の頭は
どこに行っちまったんだ？ ローソン、〈コースト・ロード〉ホテルまでひとっ走りして、
支配人に伝えてくれ、視察団が昨夜の居場所について供述するまで、誰もチェックアウト
させるなってな」
「それと、リリー・ビグローがどこにいたか知っているかどうかも訊きますよね？」
「ああ、それもだ。昨日のことについて、思い出せるかぎりのことを訊いてこい。供述を

取るのに必要なだけの予備巡査を連れていくんだ。俺の権限で。すぐに全員の供述を取らなきゃならない。視察団がフィンランドに帰国しちまえば、もうチャンスはないかもしれんぞ」

「はい」

「それと、俺が着くまで絶対に誰も彼女の部屋に入れないように」

「もちろんです」ローソンは言い、城から大急ぎで出ていった。

俺は冷たい階段に腰をおろし、クラビーを見た。「誰か遺体を運び出しにくるのか？それとも午前中いっぱいここにほったらかしか？」

「確かめてきやす」クラビーは言った。

一分後、戻ってきた。「三十分後に検屍のためにベルファストに運ばれるらしいです」

俺はもう一度遺体を見おろした。この現場には何かきわめておかしなところがあった。何か俺が見落としていることが。しかし、どれだけ考えても、それがなんなのかわからなかった。エリザベスが出ていったせいで精神的に参っているのか、それとも人をぼろぼろにするこの土地で、人をぼろぼろにする稼業を十三年ものあいだ続けてきたせいか？

雪はどんどん本降りになってきていた。クラビーの唇は青くなりかけていた。

「搬送の連中が来るまで、俺はここで遺体を見てる。君は帰っていいぞ」

「なんかしてほしいことは？」

「証拠の記録、防犯カメラ映像の確保、それと、名前は忘れたが、あのくそ見習い巡査刑事を見つけてこい。あとでリリーの部屋に遺書がないか捜索する。こういう場合、女は男よりも遺書を残すことが多いんだ。あとはローソンを手伝ってくれ。全員から供述を取るまで、絶対に誰も〈コースト・ロード〉ホテルから出すんじゃないぞ。供述、電話番号、住所。やつらがくそフィンランドに住んでいるとしてもだ。時間があれば遺族に死亡通知を頼む。《フィナンシャル・タイムズ》に彼女の近親者の連絡先を書いたファイルがあるはずだ。ああ、それから誰かに頼んでランドローバーを一台まわしてくれないか、外で俺を待っていてほしいんだ。車がおしゃかになっちまって、ここまでタクシーで来たんだ」

「何があったんです？」

「バッテリーだよ」

クラビーは悲しげにうなずいた。「今日はツイてねえみてえだな。車がいかれて、ガールフレンドに捨てられて」

俺はヘビースモーカーの咳をした。唾が飛び散った。「少なくとも健康だけはある」

クラビーはほほえんだ。「ランドローバーを手配しやすよ。またあとで会いやしょう」

彼は身を翻し、去り際に俺を振り返った。が、何も言わなかった。

「どうした？」

「あんたの考えてることたあわかるぜ」

「俺は何を考えてる、クラビー？」

「リジー・フィッツパトリックの事件だ」

俺はうなずいた。「さっきはな」

「その話をしてもいいんだぜ。しなくてもいいけどよ。もちろんあんた次第だ、ショーン」

「これが自殺じゃないなら、そのときは話す必要があるかもしれないな。でも自殺だと思う。そうだな？」

「そう見えやす」クラビーは同意し、下襟から雪を払った。「じゃあ、俺は行くぜ」

クラビーがいなくなると、俺は内ポケットにあるはずの古い大麻煙草を探した。あと二センチばかり残っていた。それで充分だった。火をつけ、トルコ産の黒い樹脂を吸い込んだ。

閉鎖空間に降る雪には、本質的にどこか映画のようなところがある。そして、これは八百年の歴史がある古城の中庭という閉鎖空間に降る雪だった。二月初旬の空から、毛布に覆われた、死んだ美しいイギリス人女性の上に落ちる雪。その女は飛びおりて死んだ。かわいそうな女。俺はリリーの遺体を覆う、薄いちっぽけな毛布を見た。足が突き出ていた。片方に小さな黒い靴。片方は素足。

遺体のまわりには——俺の考えでは——驚くほど少量の血液しかなかった。が、ペインは明らかに正しかった。彼女は内出血で死んだのではない。死はあっという間に訪れたはずだ。

毛布のひだに雪が積もりはじめていた。

そしてそのとき、きわめて唐突に、俺は泣いていた。

すべての失われた娘たち、いなくなった少女たちのためにすすり泣いていた。

「くそ」俺は言い、洟（はな）をすすってジョイントを敷石の上に落とした。それは俺たちが今朝残していったほかのすべてのごみと一緒にそこに残った。煙草の吸い殻、ゴム手袋、プラスティックのコーヒーカップ、写真フィルムの黄色いラッピング、警察犬部隊の犬の糞。それらの上にゆっくりと舞い落ちる雪。

俺は立ちあがり、階段をおり、死体のそばまで歩いた。

「どうしてこんなことをしたんだ、ハニー？　君には輝かしい未来があったのに……」

毛布を持ちあげ、彼女を見た。黒い髪、かわいらしい顔は左側がめり込み、右側は奇妙なほど手つかずだった。両腕は脇に垂れ、左眼はひらいていた。もはやエメラルド色ではなく、何も見ておらず、血走っていたが、神秘の力によって神々しく見えた。雪がひとひら、彼女の唇に舞い落ちた。もうひとひらが彼女の半びらきの口に。リリーが顔を守ろうと両手をあげなかったのは妙だ。どれだけ意志の固い自殺者でも、ふつうは顔を守ろうとする——それは本能、抗(あらが)えない本能だ。が、だからこそ夜中に飛んだのかもしれない。暗闇のなかなら、迫ってくる地面は見えなかったはずだ。

そうだ。そうに決まっている。なぜなら、これは自殺以外の何ものでもありえないのだから。

俺はまた毛布を落とし、誰も見ていないことを確かめた。「神の母、聖マリアよ、我ら(Sancta Maria, Mater Dei, ora)罪人たちのためにお祈りください。今も、死を迎えるときにも。(pro nobis peccatoribus, nunc et in hora mortis nostrae)アーメン」俺は口早に言い、十字を切った。もし彼女がカソリックだったなら助けになるだろうし、そうでなかったなら、なんの害もおよぼさないだろう。

ベルファストの死体安置所から男たちがやってくるのが見えた。彼らに手を振った。俺の知らない若い男たちだった。

「ブツはこれっすか?」ひとりが訊いた。長いもみあげに脂ぎった髪の男で、たぶんエルヴィスの真似をしているのだろう。

「遺体だよ、ああそうだ。彼女の名前はリリー・ビグロー。俺の知り合いだった。だからまあ、丁重に扱ってやってくれ、いいな？」

「いつだって丁重っすよ、ボス、いつだって」若者は嘘をついた。俺は少しでも気分をよくするため、それを信じることにした。

6　片方の靴

　まだ現場を見張っていたウォレン婦警に会釈し、歩いて駐車場に向かった。そこでランドローバーが待っていた。

「スチュワート巡査です。お迎えにあがりました」小太りの若い巡査が煙草を背中に隠そうとしながら言った。

「ありがとう」俺は言い、助手席に乗り込んだ。

　スチュワートは煙草を投げ捨て、一速に入れるのを二回失敗したが、そうこうしているうちに海沿いを〈コースト・ロード〉ホテルに向かって走っていた。

「着きました」スチュワートは言い、ホテルの正面で車を停めた。車を降りようとしていると、突然のひらめきが俺を打った。

「ジーザス！」俺は言い、ランドローバーの前部席に戻った。

「どうしました？」

「城に戻るんだ、大急ぎでな。くそサイレンを鳴らせ！」

「はい？」

「いや、交代だ。俺が運転する」

俺たちは座席を替わった。サイレンをつけ、キャリック城までの短い距離を時速百十キロで飛ばした。城のすぐ外に車を停め、ウォレンの横を走り抜けて中庭へ。

死体安置所から来た男たちはちょうどリリーの遺体を担架に乗せたところで、まだ担架を転がして外のバンまで運んではいなかった。俺は毛布をどかし、彼女の足を見た。片方の靴はまだ履かれていて、もう片方は証拠品袋の中にあった。袋のなかの靴を調べ、まだ足に履かれているほうの靴を調べた。

「この靴、何かおかしいと思ったんだ。見ろ！」俺はリリーの足を指して言った。

「どうしたんすか？」エルヴィス・モミアーゲが訊いた。

「左の靴を右足に履いてるんだ！」俺は言い、男たちに袋のなかの靴を見せた。

「頭がまともじゃなかったんでしょう。自殺するくらいだから」エルヴィス・モミアーゲが言った。

「あい」彼の同僚も言った。

俺はスチュワートを見た。

彼は肩をすくめた。「これから自殺しようというときに正常な思考はできないですよね？」

「正門にいるウォレン婦警と交代してこい。彼女にここに来るよう言うんだ。俺がいいと言うまで、君は誰も城から出すんじゃないぞ」

一分後、ウォレンが来た。

「どうしました？」

彼女に状況を説明した。「君は靴を左右逆に履いたことはあるか？」

「一度もありません」

「やっぱりだ！」俺は言い、得意になってエルヴィスとその仲間たちを見た。

ウォレンは城塞の屋上を見あげた。「死亡した女性はどうやってあそこにあがったんですか？」

「あそこに行くには螺旋階段を使うしかない」

ウォレンは唇を噛んだ。

「どうした？」

「もしこういうヒールの靴を履いてこの城塞のてっぺんにあがろうと思ったら、わたしだったらたぶん靴を脱ぎます」

「階段をあがるために？　大して高いヒールじゃないぞ」

「あの階段をのぼったことがありますが、ドレスシューズではのぼれません。だから脱ぐんです。当然ですよね。最後の段がとても狭くなっていますから。ヒールは脱がなきゃなりません」

「じゃあ、彼女は靴を脱いで階段をあがったあと、また履き直し、しかも左右逆に履いたっていうのか？　考えられないな」

「もしかしたら素足のまま屋上を歩いて、飛びおりる直前に履いたのかもしれませんね。なるべくちゃんとした姿で死にたかったとか？　俺が自殺するなら、いい靴を履いて死のうとするでしょうね」エルヴィスが口を挟んだ。

「誰が君に訊いた？　よし、ウォレン。一緒に階段をあがってくれ」俺たちは螺旋階段をのぼって屋上に出た。雪のせいで足元がひどく危険な状態になっていた。

「さあ、どう思う？」

「彼女はどこから飛びおりたんです？」

「ちょうどここだ。あまり端のほうに行くなよ。滑りやすくなってる。今日はもう悲しい話はごめんだ」

「ううん、わかりません」とウォレン。「でも、素足のままだったというのはありえると思います。靴を手に持ったままここまで歩いて、飛びおりる直前に履いた。あそこの端に座って足をぶらぶらさせながら、死のうかどうか考えて……ほんとにわかりません」

「で、靴を左右逆に履く可能性は？」

「わかりません」

俺は自分の思いつきを疑いはじめていた。リリー本人以外の人間が、どうやって彼女に靴を履かせたっていうんだ？

「あたりは暗かったはずだ。もし彼女が実際に素足で歩いたとしたら……そして、彼女は非常に感情的な状態にあった。そうだよな？」俺はウォレンに、と同時に自分に向かってつぶやいた。

「はい」

「靴を脱いで左右逆に履いてみて、どんな感じがするか教えてくれ」

ウォレンは靴を左右逆に履いた。

「どうだ？」

「変な感じです。でも、もしまともな精神状態じゃなかったら……」

俺は屋上に腰をおろし、コートを服の下にたくし込んだ。両眼を閉じ、ドクターマーチンのブーツを脱ぎ、左右逆に履いた。立ちあがり、少し歩いてみた。奇妙な感覚だったが、思っていたほど奇妙ではなかった。それはいいことなのか、悪いことなのか？　俺はこれが殺人であってほしいのか？

「そもそもどうして靴を履くんだ？　ただ投げ捨てればいいんじゃないか？」

「わかりません……片方の靴はどうして脱げたんでしょう？」

「鑑識が言うには、地面にぶつかった衝撃で脱げたらしい。けど、着地の具合でもう片方は残った」

ウォレンはうなずいた。俺は手帳を取り出した。「念のため訊かせてくれ、ウォレン、彼女が暗闇のなかで靴を履きまちがえた可能性はあると思うか？」

「ええと……たぶん、ええ。ありえると思います。もし逆の靴を履いたまま歩いたんじゃなければ」

俺はうなずき、その情報が染み込むに任せた。

「なぜこんなことを訊くかというと、もし何者かがリリー・ビグローの足に靴を履かせたのなら、たぶんこれは殺人事件だからだ」

俺はウォレンをたっぷり十秒間見つめた。が、彼女は答えなかった。「ここじゃ君が女性の足と靴の専門家だ」

「わかりません……たぶん、そうですね。一番ありえそうなのは、彼女は階段をのぼるために靴を脱いで、飛びおりる直前まで素足のままだった。それで左右逆に履いたことに気づかなかった、もしくはどうでもよかった、というところでしょうか」

「そうか、よくわかった」俺は言った。その声には安堵と失望が奇妙に混じり合っていた。

「あんた宛てに電話だ、ダフィ警部補！」管理人のアンダーヒルが下の中庭から呼ばわった。

「今行きます！」俺は大声で返事をした。「よし、君たち、遺体を運んでいいぞ」と、階段をおりきったところで言った。

管理人の小屋に入り、電話に出た。「もしもし？」

「どうなってるんだね、ダフィ？」マカーサー警部だった。

「ああ、警部でしたか」

「あい、私だ、ダフィ。君の部下たちが〈コースト・ロード〉に何人もやってきて、誰もチェックアウトさせるなと言っているんだが」

「私の指示です」

「何が起きてるんだ、ダフィ？」

「警部、昨日会ったジャーナリストを覚えていますか？　いや、警部は直接会ってはいないかもしれませんね。視察団と一緒にいた女性です」

「覚えてるよ。彼女が何かしたのか？」

「どうやら自殺したようです」

「自殺？」

「はい。キャリック城の城塞のてっぺんから飛びおりて」

「なんだと！　自殺……他殺じゃないんだな？」

「他殺だとすると、被疑者になりえる人物はひとりしかいませんし、その男の身柄は確保するつもりです……ですが、我々犯罪捜査課の誰ひとりとして、現時点では殺人とは考えていません」

「どうして被疑者がひとりしかいないんだ？」

「その人物以外の誰も城から出ることはできなかったからです。城内は徹底的に捜索しました」

「しかし自殺とはな、ダフィ。とても幸せそうな女性に見えたが。君が帰ったあと、挨拶したんだ。まあ、女というのはわからんもんだからな。衝動的で。ちょっと何かあったら、すぐ号泣だ。ホルモン。生理周期。そういうやつだな」

「かもしれません。ですが、今回の自殺には事前の計画と準備があったような気がします」

「このまえ彼女と話したのかね？」

「はい」

「なんの話をした？」

「とくには何も」

「デートに誘ったのか、ダフィ？　ほんとうのことを――」

「電話番号を教えましたが、かけてきませんでした」

「まちがいないか？」

「絶対です」

「神に感謝だな！　状況が無駄に複雑になるところだった」

「はい」

「よし、じゃあ視察団に事情聴取する理由はわかった。やむを得ないな。でないと検屍官から文句を言われてしまう。ただ、急いでくれよ。同じホテルに泊まっていたジャーナリストが自殺したからといって、視察団の責任ではないからな」

「はい。彼らがなんらかの形で関与していなければ、ですが」

「どうしてそうなるんだ？　誰かが自殺を幇助したとか、そういうことを考えてるわけじゃないよな？」

「どのような可能性も否定できません。ですが、今のところ彼らはたぶんシロだと思います。自分で防犯カメラの映像を確かめてみるつもりです。現時点では、彼女は城が閉門されたあと、地下牢のひとつに残り、夜更けまで管理人の眼から隠れ、城塞の屋上にのぼって飛びおりたように思えます」

「誰も外に出られなかったから、自殺のように見せかけて彼女を殺した者もいないということだな？」

「そのとおりです。落とし格子が降ろされ、正門が施錠されていたため、城から出ることは不可能でした。犯人が外に出られなかったのなら、まだ城内にいるはずですが、いませんでした。何度も捜索しましたし、城内のどこにも誰もいないことは確かです」

「しかし広大だぞ、キャリックファーガス城は」

「実際に隠れられる場所となると、それほど広くありません。隅から隅まで何度も捜索しました。マルヴェニー巡査部長にも警察犬部隊を連れてきてもらいましたが、何も」

警部は大きな安堵のため息をついた。「それじゃあ、何も出てこないかぎり、よくある自殺ということだな」

「そのようです」

「よくやった、ダフィ……君は熱心な刑事だよ。同じことをうちの警官全員に言えたらどんなに……いや、まあいい、言わぬが華だ。よし、仕事に戻ってくれ。さっきも言ったが、視察団をあまり待たせるなよ。質問して供述を取れ。ただし、飛行機の時間には間に合わせろ。迷惑をかけるんじゃないぞ。今日本部長から、あるいは、神よ我らを救いたまえ、北アイルランド担当大臣から電話がかかってくるような事態だけは避けてくれ」

「わかりました」

俺はウォレン婦警と一緒に城の外に戻った。

「聞いてくれ、ウォレン、いちおう念には念を入れて、マルヴェニーと警察犬部隊にもう一度だけここに来てもらう。あいつは気に入らんだろうが、百パーセント確実にしておきたいんだ。あの靴のことが気にかかってね。マルヴェニーから完了の報告があるまで、君はここに残ってくれ。いいかい？ 身分証を持った警官と検屍関係者以外は誰も出入りさせないでくれ」

「了解です」

「残ってもらってかまわないかな？ 寒い朝だ」

「おまけに超過勤務ですけどね」

「助かるよ。よし、スチュワート巡査、もう一度ホテルまで頼む」

7 フィンランド人への事情聴取

俺たちが車でホテルに引き返すと、クラビーとローソンがいた。俺は靴の話と、それに関するウォレンの意見をふたりに伝えた。ふたりともこの新しい証拠をとくに気にする様子はなかった。が、それでも俺はマルヴェニーに電話をかけ、念のためにもう一度だけ城内を捜索してほしいと頼んだ。文句を言われるかと思ったが、犬たちは雪のなかで駆けまわるのが大好きだからかまわないという返事だった。

クラビーとローソンは二階の客全員から供述を取っていたが、捜査の役に立ちそうなものはひとつもなかった。

ふたりはミス・ジョーンズからも供述を取ったが、彼女は城を見物したあとにリリーを見た覚えはないということだった。エクは城でリリーの姿を見たことは覚えていたが、ホテルでのその日の夕食の席で見た覚えはなかった。ラークソの記憶も同じようなものだった。「ステファンとニコラスからは何も得られませんでした」ローソンが言った。

「昨日の午後に」

「なぜだ?」

「ふたりはもう帰国したからです。

「城の観光に行くまえの話か?」

「ええ。朝食のあとです」

「ラークソ氏の財布で馬鹿ないたずらをしたからな、おおかた送り返されたんだろう。まあ、それならあの双子はシロだな。エクとラークソにもう一度俺から事情聴取させてくれ。別々にだ」

「もう荷物をまとめてると思いやす。えらく急いでやした。飛行機の時間があるんでしょう」クラビーが言った。

「かまわん。検屍官に質問されたときにちゃんと答えられるようにしとかなきゃならん」

最初に上階のバーにラークソを呼び出した。俺が話し、ローソンとクラビーが観察した。

「ビグローさんを最後に見かけたのはいつですか?」

「覚えてないな。城に入ったときは一緒だったと思うが」

「彼女がグループから抜け出したことに気づきましたか?」

「気づかなかった。しかし、それについては責められないな。私もできるものなら抜け出したかった。あの階段、膝の痛むこと! 私が六十四だってこと、案内した連中は忘れてたんじゃないか？」

「城を見物したあと、何をされましたか？」

「自分たちだけでホテルに戻った。私は海沿いを歩き、ホテルに戻って、夕食のあとにベッドに入った」

「昨日の夜は参加しなければならない催しなどはありましたか？」

「いや、ありがたいことに昨夜はなんの予定もなかった。食事をしたよ。まあ、あれを食事と呼べるなら。できるだけ早い時間に食べ、その後は部屋に引き取った」

「昨夜、ホテル内でビグローさんの姿を見かけましたか？」

ラークソは疲れた顔を横に振った。「ディエゴ・マラドーナが食堂でサッカーのトリックショットを決めていたとしても気づかなかっただろうな。くたくたに疲れていた。この歳でこういう出張はもう無理だ」

「ビグローさんの行動に何か変わったところはありませんでしたか？　変わった質問をされたとか。なんでもかまいません。何かおかしなところはありませんでしたか？」

彼はかぶりを振った。ほかにもいくつか質問してみたが、なんの情報も得られなかった。ラークソはリリー・ビグローがどこにいたか、どんな精神状態だったか、何も知らないようだった。

エクの話も同じだった。リリーが〈コートールズ〉旧工場の見学に参加したことは覚えていたが、現地ではあまり印象に残らなかった。あるいは視察団が北アイルランドで訪問したどこにおいても。

「今回の視察について、彼女からインタビューを受けなかったんですか？」俺は訊いた。

「ここに着いた初日にいくつか質問されたよ。だが、視察が進むにつれて彼女は興味を失っていったように見えた」

「どうしてでしょう？」

「さあね。記事を書けるだけの材料が手に入ったのか、もしくは記事にできるような内容じゃないとわかったからか」

「ビグローさんの行動に何か変わったところ、奇妙なところはありましたか？」クラビーが訊いた。

エクは肩をすくめた。「私はラークソ氏の世話をしていたからな、イギリスの新聞記者には注意を払っていなかった」

「とてもきれいな女性新聞記者でも？」俺は言った。

「とてもきれいな女性の記者でも、だ。ここでの私の役目はラークソ氏と双子のレンネイティン氏たちの身辺の世話をすることだ。若いイギリス人記者の精神状態を心配することではない」

「もちろんです。ですが、もし彼女が泣いていたりしたら、気づいたのではないですか？」

「どうして私がそんなことに気づかなきゃならない？」エクは少し苛ついて言い、俺を急かそうと腕時計に眼をやった。それで俺はますます急ぐ気がなくなった。

「我々はなぜ若い女性が自殺したのかを突き止めようとしているんです」

「どうして彼女が自殺したのかはわからん。ボーイフレンドに訊いてみたらどうだ？」

「どのボーイフレンドです？」

「ああいう若い女性には決まってボーイフレンドがいる」

「つまり、彼女のルックスに気づいていたとお認めになるんですね」

彼は嘆息した。「まだかかるようなら、一杯飲んでもかまわんかね？」

あい、い、い、い、〝俺のくそ質問に答えやがれ〟をパイントでどうだ、このせっかちのスウェーデン系フィンランド人のくそが。「紅茶にしますか、コーヒーにしますか？」俺は訊いた。

「ブランデーはどうかね？」

「ダブルで頼んでやれ。俺にも同じものを。それとマクラバン、君も飲みたければ」俺はローソンに言った。クラビーは首を横に振り、ローソンはバーからダブルのグラスをいくつか運んできた。

「コニャックにしました」自分のしていることが正しいかどうか自信がないといった声音でローソンが言った。

「よろしい」エクは言い、満足そうにブランデーを飲んだ。

エクは身を乗り出し、俺の膝をぽんと叩いた。「かわいい女だった。だからなんだ？　かわいい女は毎日死んでる。あの女よりもかわいい女がな」

「ええ、まあ……」

「どういう意味です？」ローソンが訊いた。

「昔、レニングラードで、死んだ少女でいっぱいの部屋を見た。美しい少女たちだった。十五人、二十人ばかり。みんな死んでいた」

「いつの話です？」ローソンが驚いて訊いた。

「四二、いや四三年だったか。我々の進軍に先立って、ほとんどの学校は疎開していた。彼女たちはなぜ残っていたのか？　トラックに乗りそこねた？　情報が伝わっていなかった？　我々にはわからなかった」

「誰に殺されたのです？」

エクは肩をすくめた。「政治将校（コミッサール）？　ＳＳ？」

「ビグローさんの件に話を戻したいのですが……」

「ひとつ思い出したことがある。事情聴取の相手には必ずブランデーを少々与えることだな。それですべてうまくいく」

「覚えておきましょう。何を思い出したんですか？」

「工場見学のあいだ、彼女はいくつか質問をしていた」

「どんな質問です？」

「アスベストの入った屋根について、役人たちに訊いていたよ。労働環境が安全なのかどうか疑問だったらしい」

「私もその旧工場に行ったことがあります。安全な労働環境ではありませんね」俺はにこりとして言った。

エクはうなずいた。「我々の求めていた工場ではまったくなかった。それは誰の眼にも明らかだったよ」

「その質問をしたとき、彼女は手帳を持っていましたか？」

エクは肩をすくめると、「覚えていないな」とぼんやりと答えた。

「彼女を最後に見かけたのはいつですか？」

「城にいたときだと思う。しかし、あまり注意を払っていなかった。雨が降っていて寒かった。誰も傘を持っていなかったし、我々を案内した馬鹿どもは傘を手配しようとしなかった。ラークソ氏の体調が心配だったから、氏が無事にホテルに帰ったときはほっとしたよ。あの記者が一緒にいたかどうかは気づかなかった」

「昨日はおひとりでホテルに戻ったんですか？」

「ああ。正式なツアーのあと、私たちは好きなだけ城内で時間を過ごすことができた。しかし、そうおもしろい場所だとは思わなかった。それでホテルに戻ってきた。ラークソ氏は少しだけ歳下なので、私に世話されるのを嫌がるんだ。それで私はすぐにホテルに戻り、氏が無事に帰ってこられるよう手配し、待った。ラークソ氏は私の少しあとに帰ってきたよ」

「ビグローさんは？」

「見なかった」

「昨日の夕食の席では？」

「昨夜、私は夕食を摂らなかった。この視察のあいだずっと食事責めだったんでな。すぐにベッドに入ったよ。このホテルにプールがあれば、それかビーチがあんなに汚れていなければ、ひと泳ぎしていたと思うが」

「泳ぐには少し寒いですね」とローソン。

エクは笑った。「私を誰だと思っているんだ？　フィンランド人だぞ！」

「ビグローさんは城内で落ち着かない様子や悲しそうな顔、浮かない顔をしたりしていませんでしたか？」

「そんなの誰にわかる？　他人の心のなかで起きていることがわかる人間がいるのか？　君はちがう。私もちがう。彼女は物静かだった。ボーイフレンドに訊いてみろ。たぶん彼女がどういう気分だったか教えてくれるだろう、そいつにわかるなら」

「あなたは英語がとても上手ですね」俺は言った。

「それはそうだろう。二十年間アメリカに住んでいた。アクセントはそれほどだがね。少々わかりづらいだろう？」

「すばらしいアクセントですよ」

エクは腕時計を見た。今度は俺も急ぎたくなった。エクがとても協力的になっていたからだ。

「城を見学したあと、グループで何かする予定はあったんですか？　ビグローさんがいなくなっていることを誰か指摘しましたか？」

「今朝は十時に北アイルランド商事改善協会と朝食会だった。私の意見では、改善協会に改善が必要だがね。あいつらは商売のことを何もわかってない。それはともかく、彼女はこの会合に参加しなかった。ま、当然だがね」

俺たちはさらにいくつか質問したが、この興味深いエク氏がリリーのいた場所についても彼女の精神状態についても何も知らないことは明らかだった。

俺はクラビーとローソンを見た。が、ふたりからも質問はなかった。

「ローソン巡査刑事にフィンランドでのあなたの連絡先を伝えてください。それが終わったらお帰りくださって結構です」俺は言い、腕時計を見た。「帰りの飛行機と乗り継ぎにはまだ間に合うと思います」

エクはうなずき、立ちあがって俺の手を握った。「今回の視察旅行は最初から不吉だった。時間の無駄になるとわかっていたし、こんな形で終わることになってただただ残念だ。あの若い女性の遺族に弔意を伝えておいてくれ、私たち全員からの」

「そうします」俺は言った。エクが立ち去ると、それと入れ替わりにトニー・マクロイが入ってきた。眼は血走り、苛立ちが見えた。俺のほうにまっすぐ向かってきた。

「ショーン、俺のクライアントを解放してくれ。乗り継ぎに失敗したら、もうひと晩イギリスに足止めされることになる」トニーは言った。

「挨拶もなしですか？」俺はトニーのこのぞんざいな態度に少しかちんときていた。トニーはもう俺の上司ではない。誰の上司でもない。誰でもない。

「すまない。やあ、ショーン。なあ、何がどうなってるんだ？」

「リリー・ビグロー、視察団に同行していたジャーナリストが――」

「あい。それについてはあらかた聞いた。でもどうして俺のクライアントに事情聴取する？　飛行機の時間があるんだ。要人なんだぞ、ショーン！」トニーは声を荒らげた。

「手続きに時間がかかりますから、トニー。あなたも知ってのとおり」

「なんの手続きだ？　その女は自殺したんじゃないのか？　みんなそう言ってるぞ」

「それを決めるのは検屍官です。我々の仕事は証拠を、あらゆる証拠を集めることです。つまり、あなたのクライアントにも事情聴取することになり、いい知らせとしては、それが今ちょうど終わったところです」

トニーは安堵のため息をついた。「じゃあ、もう飛行場に行っていいんだな？」

「もう飛行場に行っていいです」

「神に感謝だな！　ヘルシンキにいるラークソ氏の部下たちに、朝からずっと電話攻めされてたんだ！　ジーザス」

トニーは今になってようやくクラビーとローソンがいることに気づいたようで、頰を赤くした。ふたりのまえで恥をかいたのだ。

ここまで落ちぶれるとは、俺は思った。だが、神の恩寵がなかったら、そしてＭＩ５の女が死んでいなかったら、俺も……これが元警官の末路だ。毎週の給料のためにあくせく働き、クライアントに媚びへつらい、くそのサンドイッチに手当たり次第かぶりつく。それが民間だ。

「そういうことなら、俺も行って、彼らを飛行場まで連れていったほうがよさそうだな」トニーが言った。

俺はトニーの手を握った。「ええ。また会いましょう」

トニーが去ると俺は言った。「なあローソン、君はこう思うだろ。船の甲板で輪投げゲームをし、ポルノ雑誌でマスをかき、一日じゅうU2の〝音楽〟を大音量で聴く。でも民間企業ってのはああだ。恐ろしいところだぜ。トニーの顔を見たか？　眼が血走っていた。君は警察にいたほうがいい」

「私は警察を辞めようと考えたことは――」

「ああ、辞めることは考えるな。リリー・ビグローの靴のことを考えろ。それかリリー・ビグローの手帳のことを。それか、なぜディエル巡査部長はデスクの一番下の引き出しにでかいゴム製のディルドーをしまっているのかを」

「ディエル巡査部長はどうして――」

「俺が置いたからだ。さあ、仕事に戻れ」

残っていたホテル客たちと支配人にも事情聴取したが、リリーが昨日の晩に戻ってきたのを目撃した人間はいなかったし、彼女に何かおかしな様子があったと気づいた人間もいなかった。

《フィナンシャル・タイムズ》に電話し、人事部からリリーの近親者の情報を教えてもらった。残念ながら、これは込み入った仕事だった。彼女の両親は離婚していた。母親は南アフリカに移住し、父親はノリッジに住んでいた。リリーにはルームメイトがいたが、休暇で旅行中だった。地元警察に電話すると、彼らは選挙人名簿からリリーの父親を見つけた。俺は事情を説明した。ノーフォーク警察はこの知らせの性質を考えると、ビグロー氏本人に直接電話をしたほうがよさそうだと言った。俺はもしリリーの父親が話を聞いてくれるようなら、娘の精神状態がどうだったかを訊き出し、折り返し電話して教えてほしいと頼んだ。ノリッジ署は暇を持て余していたのだろう。なぜなら、〝刑事のチーム〟と〝悲嘆(グリーフ)カウンセラー〟だかなんだかを派遣して、今日じゅうに俺に折り返すという返事だったからだ。

「ビグローさまは夕食と一緒にグラスワインを少々たしなまれるのがお好きでした。ひとりで腰かけ、ときどき読書をなさっていました」支配人のケヴィンが俺たちをホテルの彼女の部屋に案内しながら言った。

「ふさぎ込んでいるように見えましたか?」俺は訊いた。

ケヴィンはうなずいた。「悲しげな雰囲気がありました。ひとりでワインを手にお座りになっていると。とてもかわいい方でした。なんとも残念です。おそらくはボーイフレンドとのトラブルでしょう」

「本人がそう言ったんですか?」

「いいえ、ですが、見ればわかりますよ」

俺たちは彼女の部屋のまえで止まった。

これだ、俺たちみんなわかっていた、これがたぶん真実の瞬間になる。

俺はゴム手袋を配り、ケヴィンがドアにキーを差した。ここは新しいカードキー式のスイートではなかった。

「鑑識を呼びましょうか?」ローソンが言った。

「こんなことのために呼び出したら、鑑識は怒り狂うぞ」俺がそう言うと、クラビーも同意した。

俺たちはリリーが泊まっていた部屋に入った。

メイクしたてのベッド。ワードローブと引き出しのなかの衣服。机の上にポータブルの〈オリベッティ〉電動タイプライター。バスルームのアメニティ。スーツケーススタンドに空っぽのスーツケースとタイプライター用のキャリーケース。興味をひくものはどこにもなかった。リリーの旅行は身軽だった。

タイプライターのなかに遺書はなかった。部屋のどこにも遺書はなかった。徹底的に捜索したが、何も出てこなかった。バスルームにアスピリン、ネムブタル、バリウムがあった。ネムブタルがなんなのか誰も知らなかったが、調べればわかるだろう。

「遺書もねえ、手帳も見当たらねえ」クラビーが言った。

「あい。手帳が見つからないのは気に食わんな。彼女があれに書き込んでいるのを見たんだ」

クラビーの灰色の顔が歪み、しかめっ面のような表情になった。「俺も気に入らねえぜ、ショーン。左右逆に履かれた靴、なくなった手帳。疑うにゃ充分だ」

俺はローソンに向き直った。「マイク・マルヴェニーにもう一度だけ警察犬で城を捜索してもらっている。君は城に戻って、何か見つかったか訊いてきてもらえないか？」

ローソンはうなずき、部屋を出た。ローソンがいなくなると、俺はまだドアの外でうろうろしていたケヴィンの鼻先でドアを閉めた。

「稲妻は二度は打たないぞ、クラビー」

「リジー・フィッツパトリックの事件のことを言ってるんですね」クラビーは声を落とし、

いわくありげな眼つきで俺を見た。

「そうだ」

クラビーは窓の外の黒い湾と遠くの城を見た。

「遺書はねえ、手帳は見つからねえ、靴は左右逆」クラビーはつぶやいた。

俺はリリーの部屋のベッドの端に腰かけ、クラビーにじっくり考えさせた。

「けど一方では、孤独な娘で、ほかの誰かが関わっていたはずは絶対にねえ、と」

「あい」俺は同意した。

ローソンがマイク・マルヴェニーからの知らせを携えて戻ってきた。

「城には誰も隠れていなかったとのことです。百パーセントまちがいないと。〝九十九パーセントの確信ではなくて百パーセントの確信〟だと必ず伝えてくれとのことでした」

「これで四回捜索したことになるぜ、ショーン」とクラビー。「うち三回は犬たちが。あの城のなかに殺人犯はいねえってこった」

「あのリヴァプール野郎に礼を伝えてくれ。マルヴェニー巡査部長ではなく〝リヴァプール野郎〟と呼ぶんだぞ」

ローソンがまた戻ってきたときには、クラビーと俺は部屋の徹底捜索を終えていたが、結局何も見つかっていなかった。

「まだ手帳が出てこないんだ、ローソン。巡査を六人ばかり使って、城内のすべてのごみ箱、キャリック中心部のすべてのごみ箱、それからホテル内のすべてのごみ箱を捜索してほしい」

「はい」

俺は市内唯一のレンタカー店〈キャリック・カーズ〉に電話をかけた。この街に滞在していたあいだにリリー・ビグローがフォード・エスコートを借りていたことがわかった。

「走行距離は何キロくらいでしたか？」俺は訊いた。

「どれどれ……記録には四十キロとあります」

滞在中のほとんどの時間を視察団と一緒に北アイルランド官公庁のアシで移動していたことを考えると、四十キロはそれなりに長い距離だ。なぜわざわざ車なんか借りた？ どこかに立ち寄った？ 観光か？

「車内に何か残っていましたか？」

「いえ」

「警官をひとりそちらに向かわせます。手帳を探していまして」

俺もその警官に同行することにしたが、車内に証拠としての価値のあるものは何もなかった。俺はゴム手袋をはめ、キャリック中心部のごみ箱の捜索という、あまりぞっとしない仕事に加わった。

署に戻ると、ローソンが捜査本部室のホワイトボードに青いペンでリリー・ビグローの名前を書いていた。青ペンを使うのは事故死、自殺、自然死の場合だ。

ローソンは俺がペンを見つめていることに気づき、赤いペンを手に取った。殺人事件や殺人の疑いがある事件に使われるペンを。

「いや、君は初めて正しいことをした。今のところは青ペンだ」俺は言った。

8　警視正殺し

署内の興奮。不自然な死。イギリス人女性。注目が集まる。メディア。UTV。BBC。たぶん海の向こうのブン屋たちも。

下階の第二取調室へ。テープレコーダーをまわす。アンダーヒルさん、名前と生年月日、現在の仕事に就いてどれくらいになるかお話しください。誘導尋問はなし。彼に話をさせる、好きなだけ脱線させる。ローソンが俺を見ている。クラビーが俺を見ている。俺はローソンにうなずく、クラビーにうなずく、アンダーヒルにうなずく。いい刑事／悪い刑事をやる必要はない。いい刑事／悪い刑事をやる必要があったためしがない。いい刑事／悪い刑事がうまくいくことはまれだ。供述がテープレコーダーに巻き取られていった。ローソンがメモを取った。クラビーがメモを取った。俺はそのメモを見た。

俺たちはアンダーヒルの証言の時系列を崩そうとした。崩れなかった。正門がほんとうに施錠されていたのか、その確実性を崩そうとした。崩れなかった。氏がほんとうに厳密に職務を遂行したのか、その厳密さを崩そうとした。駄目だった。

巡査がアンダーヒルの犯罪記録を持ってきた。一九五五年、グラスゴーで飲酒のうえ治安紊乱。一九六一年、ポーツマスで飲酒のうえ治安紊乱。そして一九六四年にもやはりポーツマスで。それだけだった。

「あなたはリリー・ビグローを殺しましたか？」

「殺しとらん！　なんべん同じことを訊けば気がすむんだ？」

「リリー・ビグローが死んでいるのを見つけたあと、遺体に手を触れたり、動かしたりしましたか？」

「いや」

「よく飲酒しますか？」

「酒をやめて二十年になる」

「あなたが城内の見まわりをしたときのことですが……あなたは眼鏡をかけていますか？」とローソン。

「眼鏡の世話になったことはない！」

「最後に視力検査をしたのはいつですか？」

「覚えとらん」

ローソンがアンダーヒルを外に連れ出し、駐車場の車のナンバープレートを読めるか訊いた。読めた。俺たちはアンダーヒルの供述を崩せなかった。アンダーヒルの時系列を崩せなかった。城は絶対にひと晩じゅう施錠され、落とし格子も降りていたというアンダーヒルの確信を崩せなかった。城に入る方法もなければ、出る方法もなかった。

俺たちはアンダーヒルを解放し、また話を聞かせてもらうかもしれないと伝えた。

午後の残りは防犯カメラの映像の確認とより広範な証人の事情聴取に費やされた。

これまでのところ、ノーザン銀行の裏口に向けられている防犯カメラが一番役に立っていた。マリーン・ハイウェイと城の入口が映っており、テープに残された二十四時間は俺たちの目的にとって充分以上だった。昨日の午後四時、リリーが視察団と一緒に城に入る姿が映っていた。午後五時四十五分、数えきれないほど多くの人の塊が城から出た。アンダーヒルが観光客全員を帰らせたのだ。が、テープを一時停止してよく調べても、そこにリリーの姿は見えなかった。見えるはずがない。アンダーヒルが閉門し、落とし格子を降ろしたとき、リリーは城内に残っていたのだ。まだはっきりしない理由のために、自殺しようと残っていたのだ。

視察団を城に案内した北アイルランド担当省の役人ふたりにも事情聴取した。新しい情報は何も出てこなかった。ふたりはリリーがツアーに参加したことは知っていたが、フィンランド人たちと一緒に外に出なかったことには気づかなかった。ラークソが城の螺旋階段で首を折らないよう骨を折っていたので、ほかのことには何ひとつ気づかなかったのだ。

午後四時にノリッジ署から折り返しがあった。捜査本部室のスピーカーフォンで電話を取ると、おしゃべりなブロードベント警部が死亡通知に行った際の暗澹たる様子を逐一教えてくれた。ビグロー氏は打ちひしがれた。ひとり暮らしで、前妻とのあいだに生まれた息子はアメリカ、別れた妻は南アフリカにいる。そばにいたのはリリーだけだった……月に一度は電車でロンドンから父親の様子を見に来てくれていたそうだ。いや、変わった様子や行動の変化には気づかなかったらしい、ただ、確かに去年ボーイフレンドのティムと別れてからはそれほど幸せでもなかったようだ。大学生のときからつき合っていて、別れたあと、リリーはとてもふさぎ込んでいた。

「どっちがどっちを振ったんです？」俺は訊いた。

「それが複雑でな、父親が言うには」ブロードベントは説明した。「ティムは〈ロイズ〉で働いていて、ニューヨークのオフィスへの栄転のオファーを受けた。ティムはリリーも一緒についてくることを望んだ。彼女は《フィナンシャル・タイムズ》に転勤を願い出たが、駄目だった。ニューヨークに行けるのはベテラン記者だけで、彼女はまだまだ新人だった。ニューヨーク行きの記者の順番待ち列は長いだろうしな。それからふたりは話し合い、ティムがプロポーズした。リリーは仕事を辞めてふたりでアメリカに住もうと思っていたが、結局ロンドンに残ることにした。で、半年ほど遠距離恋愛を続けていたが、うまくいかなかった。ティムに別の女性ができたらしい。それで関係は徐々に終わっていったというわけだ」

「そのティムという男はまだニューヨークにいるんですか？」

「ああ」

「フルネーム、連絡先は？」

「ティム・ホエーレン。連絡先はわからない。今回の件について何か情報を持っていると思うか？」

「わかりません。しかし私が失恋で自殺しようと思ったら、別れた恋人に最後の連絡をしようとするでしょう」

「なるほど、電話番号を調べてみる。もし手に入ったら、君に教えるよ」

「助かります」

「正式な死因はなんと伝えればいいかね？」

「それが、現時点では正式な死因はありません。今日じゅうに検屍がおこなわれる予定ですが、いくつかの気になる点を除けば、自殺といって差し支えないでしょう」

それからもう十分ほど話したが、核心に触れるような情報は何も出てこなかった。ビッグロー氏は南アフリカの前妻に自分で電話していたから、こちらから死亡通知をする必要はなかった。俺が電話で話しているあいだにローソンが〈ブリティッシュ・テレコム〉に電話し、過去二十四時間に〈コースト・ロード〉ホテルから発信された全通話のリストをファックスさせていた。気の利いた仕事だ。

いい警官だ、ローソンは。というか、よすぎるくらいで、俺たちは大ベルファストの本部、もしくは詐欺調査班、特別部にかっさらわれることを恐れていた。

クラビー、ローソン、俺は通話リストを片っ端から調べた。イングランドへの発信が数回、フィンランドへの発信が六回ある以外はどれも市内通話で、アメリカへの発信はなかった。

リリーの遺品を袋に入れ、証拠品保管室にしまった。

「彼女の父親に送ったほうがいいのではないでしょうか?」ローソンが訊いた。

クラビーがかぶりを振った。「検屍審問が終わるまでは保管しとかなきゃなんねえ。あの防犯カメラの映像もな。検屍官から要望があったら、見せられるようにしとかなきゃいけねえんだ」

ベルファストにいる病理医から電話があり、俺たちのなかに解剖に立ち会いたい者はいるかと訊かれた。解剖は一時間以内に始まるという。

俺はクラビーのほうを向いた。

「俺ぁ行かねえぜ。ああいうのは嫌えなんだ。昔っから」

「まあ、俺も行きたくない」

俺たちはローソンのほうを向いた。ローソンは震えあがった。

「勘弁してください、私は嫌です。まだ新人ですよね？　それに雪も降っています。もし卒倒したらどうします？　署の評判を貶めてしまったら？」

「どうする、クラビー、今回だけは見逃してやるか？」

「そうしやしょう」

病理医はふつう、警官が解剖に立ち会うことを好まず、ただの礼儀で訊いてくれただけなのだとローソンに説明した。俺たちは彼らの庭を踏み荒らさず、彼らは俺たちの庭を踏み荒らさないという不文律があった。

「ふたりとも、帰っていいぞ。すぐに大きな進展はなさそうだ、たぶん。俺が砦を守っておく」俺は言った。

「けど、最初のシフトからこっち、働きづめじゃねえか」

「大したことじゃない。それに、家に帰りたくないんだ。憂鬱になるからな。あの寒くて空っぽの家にいると」

クラビーはパイプの中身をごみ箱に空けると、咳払いした。神経質そうにしていて、クラビーが俺のプライベートな生活に対し、ふたたび大胆かつ絶望的なエドワード七世時代の探検隊を繰り出そうとしているのがわかった。「同い歳で探すんだよ、ショーン。ヘレンに頼んでやってもいいぜ、まあその」その声は徐々に小さくなり、気まずい沈黙が残った。

俺はクラビーを見た。「君の言うとおりだ、もちろん。ありがとう。もしかしたら世話になるかもしれん。家に帰れ、ふたりともだ。すぐに道が悪くなるぞ」

後刻。自分のオフィス。暗闇。外は大雪。A2の交通は這うように遅くなっている。湾に出ている船からの霧笛。俺の車は修理が終わっていた。俺は少々厚かましく、ひとりの巡査に俺の家に行ってもらい、車を拾って署まで乗ってきてほしいと頼んであった。車底の爆弾チェックを忘れずにやれ、クラッチはやさしく扱え、それから後部席にあるスティーヴ・ライヒのアルバムを持ってきてくれ、と。

巡査は無事に戻ってきた。俺はレコードを見た。スリーブの興味深いアートワーク。ヘンリー・ダーガーなる人物の画。どんな人物かあとで調べてみよう。レコードをスリーブから取り出し、問題がないか確かめた。百枚プレスされたうちの二十二枚目、ラベルにそう書いてあった。

百枚中二十二枚目？　ＨＭＶではそんなこと言われなかった。店も気づいてなかったのか？　こいつは掘り出し物だったかもしれない。レコードを注意深くスリーブに戻した。俺のオフィスの機器で再生するには貴重すぎる一枚だ。

その代わり、スティーヴ・ライヒの《トリプル・クァルテット》をかけた。両眼を閉じ、数小節後、俺はそこにいなかった。キャリックファーガスにも、このオフィスにもいなかった。一九八七年にもいなかった。それがどこであれ、俺は《トリプル・クァルテット》の第二楽章が繰り広げられている場所にいた。灰色の荒れ地に。どこか、まちがいなく、ちょうど視界の外でシーシュポスが火山の頂に向かって大岩を押しあげている場所に。

ドアにノックの音。

マカーサー警部。

「どうぞ、おかけになってください」俺は言った。

警部は座った。俺は飲み物ワゴンのまえに行き、警部のためにグラスにジュラを注いだ。

警部は礼を言って受け取った。

「君はもう帰ってるはずじゃないのか？」

「リリー・ビグローの予備解剖報告を待っているところです。病理医から電話があるかもしれない。彼らは電話してくることもあるし、してこないこともあります」

「そうか。フィンランド人たちのほうは大丈夫だったか？」

「ええ。みんな飛行機に間に合いましたよ。北アイルランド担当省も喜んでいるでしょう」

「すばらしい」

「エキセントリックな連中でした。役人たちもせいせいしてるでしょう」

マカーサーは首を横に振った。「それはよくない態度だぞ、ダフィ。彼らが共和国ではなくこっちに携帯電話工場を建ててくれることになったら、私たちみんなに恩恵がある、きっとな」

「ええ、それはもちろんです」

「これは実にうまいウィスー――」

電話が鳴った。俺が出た。

「ん、なんだ？　ああ……それは気づいていた。まあ、ありがとうと伝えておいてくれ」

電話を切り、マカーサーを見た。警部はウィスキーで頭の回転が少し鈍くなっていて、ぼんくらのようににやにやしていた。

「なんだったんだ？」

「看護師から、病理医の伝言です。遺体が左右逆に靴を履いていたことに俺たちが気づいていたかどうか知りたかったそうです」

「左右逆に？」

「右足に左の靴を履いていたんです。最初、何かよからぬことがあるような気がしたんですが、ウォレン婦警のおかげで、自分の考えすぎだったかもしれないと思いました」

「どういうことだ？」

俺はリリーが螺旋階段と城塞の屋上を裸足で歩き、飛びおりる直前に靴を履いたという仮説を話した。

「じゃあ、自殺でまちがいないな」警部は言った。

「そう見えます」

「城の亡霊の仕業でないのであれば、私はそれでいい」そう言って、警部はウィンクした。

「はい。まさか超自然の——」

「警部！　警部はまだいらっしゃいますか？」マーベルがデスクから声を張りあげた。

「ここだ、ダフィのオフィスにいる」マカーサーが返事をした。

「ああ、警部、すぐにお知らせしたほうがいいと思いまして！」マーベルは言い、息を切らせて部屋に駆け込んできた。

「どうした？」

「マクベイン警視正が！」

「警視正がどうした？」

「ニュースをつけてください！」

俺はBBCラジオ・アルスターをつけた。

「……こちらの現場、アントリム州グレノー村で、今朝がた、車載爆弾が爆発しました」

俺はマーベルを見た。彼女は泣きだしていた。

「どうしてマクベインだとわかったんだ？」俺は訊いた。

「所轄署に確認したんです」

「……犠牲者は警察の高官とのことです。今のところ、犯行声明を出した武装組織はありませんが、安全保障担当であるダーモット・クローソンによりますと、使われた水銀スイッチ式爆弾はIRA独自のものにまちがいないということです……」ニュースキャスターは続けた。

俺はショック状態のままラジオを消した。エド・マクベインはいいやつのうちのひとりだった。あの大馬鹿野郎とは何年もまえから知り合いだった。

「ジーザス・クライスト！　昨日会ったばかりなのに」俺は言った。

「私もだ。我々も現地に行かなければ。ＢＢＣのほうが先に着いているとはどういうわけだ。今朝起きた事件をどうして我々は今まで知らなかったんだ？」マカーサーが言った。

俺は首を横に振った。「グレノー村はうちの管轄ではありません。だから聞かされていないんでしょう。ラーン署のシマ、彼らのヤマです」

「だとしても、力にならなければ」

「ええと、あれはちょっとやばい連中でして。私が電話して、助力を申し出ておきます。たぶん断わられると思いますが」

酔いが醒め、険しい顔つきになったマカーサーはうなずき、自分のオフィスに戻っていった。マーベルは泣きながら彼についていった。

俺のデスクの電話が鳴っていた。

「ダフィ、犯罪捜査課です」

「ショーン、ニュースを聞きやしたか？」クラビーだった。

「ああ。恐ろしいな」

「警視正の車の裏に水銀スイッチ式爆弾が仕掛けてあったらしい」

「ニュースでそう言っていた」

「少しでも気を緩めりゃ、それでドカンだ。俺も出勤しやす」

「無意味だよ。ラーン署のヤマだ。君は家にいろ」

「あい、わかりやした。警視正はいいオマワリだった。ですよね？」

「ああ、そうだ」俺は同意した。「じゃあ、クラビー、またな」

マカーサーはコートを取りに行き、俺はラーン署に形だけの電話をかけた。新しく入った、俺の知らないアームストロングとかいう警部補の言葉に俺は驚いた。「ぜひ協力してもらいたいですね、ダフィ警部補」

「はい？」

「ぜひ協力してもらいたい」

「お邪魔じゃないですか？」

「いやいや全然。来ていただけるなら助かりますよ。マクベインとはお知り合いだったんでしょう？」

「よく知っていましたよ。というか、ある事件のことで、つい昨日話をしたばかりです」

「そうでしたか。あなたに協力してもらえるなら現場の連中も喜ぶでしょう」

俺は電話を切り、受話器に疑いの眼を向けた。マカーサー警部が俺のオフィスのドアの隙間に首を突っ込んだ。「何かあったのか、ダフィ？」

「ええ、それが、私がまちがっていました。ラーン署は我々が現地に行ってもいいと言っています。借りられるだけの手を借りたいと」

「おお、そうか、じゃあ私も行こう。君がそれでよければ」

「……わかりました。私の車で行きましょう」

俺はマーベルに頼み、経緯を余さずローソンに伝えてもらうことにして、警部と一緒にベルトイ・ロードを走ってグレノー村に向かった。

雪とみぞれで危険な夜で、丘陵地帯の道路のどこにも滑り止めの砂がまかれていなかった。幸運にも、BMWは俺たちをまっすぐに、すれすれのところに保ってくれた。スピードは安全な時速八十キロを維持し、グレノー村に五体満足で到着した。グレノーはかわいらしい村で、軒を連ねる白漆喰（しっくい）塗りの家々を走り抜ける急な坂道が、有名な滝のある小さな落葉樹林まで続いていた。

しかし、今夜はかわいらしくなかった。

マクベインのヴォルヴォは村の半分に散乱していた。ある家屋の屋根の上にはっきりと見えているのはマクベインの片脚だった。

ラーン署、ベルファストの鑑識班、特別部の警官が数十人。メディアの人間が数十人。救急隊員、それから地元アルスター防衛連隊（UDR）の兵士も何人か。マクベインの家は丘のてっぺんに建つ美しいジョージ王朝様式で、その正面に非常線が張られていた。見たところ、マクベインが私道から車を出したほぼ直後に水銀スイッチが作動したらしい。

俺はBMWを駐めて外に出た。

〝警察　立入禁止〟のテープのまえに立っていた巡査に俺と警部の名前を告げると、なかに通された。ラーン署の仕事ぶりは思ったほど悪くなかった。スポットライトと発電機が設置され、つなぎの鑑識官たちが仕事ができるよう、充分なスペースが確保されていた。

俺はヴォルヴォの残骸のまえを通り過ぎた。車両の後部はすっかりなくなっていて、残りはJ・G・バラードが気に入りそうな、ある種の抽象彫刻と化していた。運転席に毛布をかけられた首なしの胴体があった。

「かわいそうに」俺は言った。

マカーサーがうなずいた。

俺はエドが俺や彼のほかの部下たちに示してくれた数々の親切を思い出していた。エキセントリックで古風だが、実にまっとうな男だった……嗚咽(おえつ)をこらえるのに一分という時間が必要だった。

砂利道を歩いて家のなかに入るとすぐ、赤ら顔で賞味期限の切れた、御年五十になるケネディ警部に妨害された。これまでに何度か遭遇したことがあるが、毎回同じくらい不愉快な思いをさせられている。「こんなところで何をしてる、ダフィ」

「協力してくれと言われたんだ」

「てめえの協力？　連続殺人鬼のマイラ・ヒンドリーにうちのケヴィンの子守りをさせたほうがましってもんだ」

「そいつはちょっと——」

「てめえの協力が必要だなんて言ったのはどいつだ？」

「アームストロングだ、あんたの署の」

「あいつは新入りだ。何もわかっちゃいねえ。とっとと帰っていいぜ、ダフィ。てめえのおうちに、キャリックに帰んな」

マカーサーが眼を丸くして俺を見た。

「ケネディ。こちらはうちの署長のマカーサー警部だ」俺はこれ見よがしに言った。

ケネディはマカーサーに向き直って、まっすぐにらみつけた。「ふたりとも帰っていいぞ。おまえたちの助けは要らん」

こんなに大勢の人間のまえで醜態を演じたくなかったので、俺はマカーサーの肩に腕をまわし、外に連れ出した。

「さっきのはいったいなんなんだ？」マカーサーが肝を潰して言った。

俺の頰は熱くなっていた。自分に腹が立っていた。「こういうことになると薄々わかってはいたんですが」俺は小声で言った。

「キャリック署とラーン署の犯罪捜査課のあいだには軋轢(あつれき)でもあるのか？」マカーサーもようやく俺たちの積年の抗争に気づきはじめていた。

「何年かまえから、所轄をめぐるいざこざがありまして、それだけですよ。ケネディはただの無知なくそ野郎です。それはみんなわかってますから」

俺たちはマクベイン夫人のまえを通り過ぎた。夫人は肩にブランケットをかけ、まだ救急車の後部に座っていた。怪我はしていないようだった。紅茶のマグカップを手にしていた。額に傷があるが、割れた家の窓ガラスが飛んできて切ったのだろう。夫人があのヴォルヴォに乗っていたはずはなかった。

「ジョアンヌ？」

マクベイン夫人は俺が警察クラブにいたこと、行方不明の愛犬を見つけたことを覚えていた。

「ダフィ警部補」

「残念です。私たちはみんなエドが大好きでした、ご存じと思いますが」

彼女はうなずき、洟をすすった。「供述を取りたいのね、わたしの記憶が確かなうちに、忘れないうちに」

「まさか、ちがいます。ただ挨拶して、私に何かできることがないか訊きたかっただけです」俺は言った。まだラーン署が彼女から供述を取っていないのは少し意外だった。

「あの人はいつも確かめていたわけじゃなかった。あなたはそこが知りたいんでしょう。膝が悪かったから。屈んで車の下を覗くのはひと苦労だった。今日、あの人は確かめなかった。急いでいたの。あの電話があって」

「電話？」

「今朝、とても早い時間に誰かがかけてきたの。六時過ぎに。エドはすぐに行かなければと言って、家を出た少しあとに爆発音が聞こえた。ここは丘のてっぺんだから、どっちに向かっても水銀が流れて爆弾が爆発する。何が起きたかはすぐにわかった。エドからいつもそういう話を聞かされてたから」

夫人は泣きだした。俺は隣に座り、彼女を抱きしめた。マカーサーに空っぽのマグカップを渡した。「お代わりを持ってきてあげてください」俺は小声で言った。「ミルクと、それから砂糖をたくさん」

彼女は俺の肩でたっぷり十分間泣いた。

「今晩、どこか行く当てはありますか？　ここには泊まれません」

「メアリーといるわ、こっちに来てくれることになってる」

「ラーン署はジャック、ノエル、リチャード、スザンヌにも連絡しましたか？」

「ええ。みんな飛行機で今晩戻ってきてくれる」

「それなら安心ですね」

夫人は向き直って俺を見た。「本部長がここに来ることになってるけど、今は話したくない。わたしは妹と子供たちといたいから、そっとしておいてほしいって、あなたから伝えてもらえる？」

「もちろんです。任せてください」

マカーサーが紅茶のお代わりを持って戻ってきた。警部のレインコートは雪にまみれていた。

「妹さんが迎えに来るまで、ここで待ちたいとおっしゃっています。ベルファストから本部長がこちらに向かっていますが、今は話したくないそうです。ちょっと電話してみてもらえますか、警部？」

「私が？」

「ええ、あなたが」

「やってみよう」

マカーサーがいなくなると、マクベイン夫人はお代わりの紅茶のマグを取り、口をつけた。

「犯人は絶対に捕まらない、そうでしょ、ショーン」

「わかりませんよ」

「エドはいつもそう言ってた。法医学的な証拠が出ないかぎり、それか、あの電話を誰がかけたのかわからないかぎり、捕まりっこない。でも犯人は手袋をつけて公衆電話からかけたに決まってる。そうでしょ？」

夫人は自分が話していることをよくわかっていた。やつらが装置のどこかに指紋を残していないかぎり、爆破犯を捕まえられる可能性はゼロに等しい。そして、水銀スイッチ式爆弾をつくれるほどの知能があるやつが指紋を残すようなへまをするはずがない。

「最善を尽くします。エドの生前の恩義に報いるためにも」

夫人の妹がやってきてあとを引き継いでくれるまで、俺たちは夫人と座っていた。丘をくだってBMWまで引き返す途中、鑑識班のフランク・ペインがサンドイッチと煙草を同時に摂取しているのを見かけた。

「長い一日ですね、フランク」俺は言った。

「モハメド・アリの平和使節のご利益もこの程度だな、ええ、ダフィ？」彼は刺々しく言った。

「たぶん来週にはジェイムズ・〝ボーンクラッシャー〟・スミスが平和計画を持ってきてくれますよ」

ペインはかっかと笑い、俺の背中を叩いた。「大したコメディアンだな、ダフィ。よし、仕事に戻れ、まだマクベインの頭が見つかってないんだ」

「片脚はあの屋根の──」

「ああ、あれはもうタグをつけてある。ほぼ完了してるんだ。けど、頭がまだ……小さな女の子が外の遊び小屋で遊ぼうとして、にやにや笑ってるエド・マクベインの顔を見つけちまったらかわいそうだろ？」

「ええ」

「なあ、ダフィ。病気のときにセックスしたことあるか？　ありゃ四苦八苦するよな。まさにシックファック！　わかるか？　わかるか？」

「ああ」俺は言い、車に向かって歩いた。

「鑑識官ってのはあんなどうしようもないやつしかいないのか？」キャリックに戻る車中、マカーサーが訊いた。

「かもしれませんね、警部。でもフランク・ペインのおかげで〝馬鹿野郎〟の定義は未知の次元に突入しました」

9 ホワイトボードを消す

葬儀は正装での参列で、アイランドマージーの辺鄙（へんぴ）な教会で執りおこなわれた。本部長、北アイルランド担当大臣、それから驚いたことに、アイルランド共和国の外務大臣まで来ていた。メディアはこぞって共和国の外務大臣の参列を南北連携の吉兆か何かと受け取ったが、実のところは、外務大臣とマクベインはトリニティ大学時代のラグビー仲間というだけのことだった。

エド・マクベインの頭部は見つかっていたが、やはり棺は閉じたままの式だった。雨が降っていた。もちろん雨が降っていた。アイリッシュ海からの黙示録的な、すべてを洗い流す冷たい雨が。楽団は濡れ、金管楽器の音は色を失い、葬送行進曲はいつも以上に痛ましげに響いた。儀仗兵（ぎじょうへい）はずぶ濡れだった。ひげ面のグラスゴーの荒くれ、ストロング警視が立派な追悼の辞を述べ、もし彼が警視正に昇進するなら、ふさわしい後釜になるだろうと誰もが感じた。

通夜の席でトニー・マクロイに会った。俺のところに来て、一杯おごってくれた。

「俺も君も、生きてるエド・マクベインを最後に見た警官のうちのひとりになっちまったな。あの〈コースト・ロード〉のつまらん盗難騒ぎで」

「あなたの言うとおりでしょうね」

「かわいそうなエド。みんなをがっかりさせないように神経をすり減らしてた。くそったれ視察団に北アイルランドの一番いいところを見せるんだってな。かわいそうな馬鹿野郎だ。新聞は見たか？　車内のエドの胴体の写真。あいつらはみんなジャッカルだ」

「あい」

トニーは大きく息を吐き、ギネスに口をつけた。「マクベイン殺しは君の担当じゃないよな？」

「俺の？　いえ、ラーン署のヤマです。もちろん、どうせ台なしにするでしょうが」

「なぜそう思うんだ？」

「いつもそうだからですよ」

トニーは笑った。「君は今、何を担当してるんだ？」

「リリー・ビグローの自殺です」

「ジーザス。あれはひどかったな。フィンランドの友人たちにとっては星のめぐり合わせの悪い旅だった。まあ、公務員お決まりの言い方をすれば、〝完全なるくそ失敗〟ってところか。くだらん財布の騒ぎ、くそみたいな状態の工場、自殺。おまけにヘルシンキに戻ったあと、マクベインが死んだことも聞かされているだろう。俺は占い師じゃないが、〈レンネイティン〉が近いうちにキャリックファーガスに電話工場を立ちあげることはないんじゃないか」

「それもあなたの言うとおりだと思いますよ」

「それとここだけの話だが、ベルファストよりダブリンのほうが可能性は高いだろうな、あそこは法人税がはるかに安い。ラークソがそう言ってた。偉大なるアイリッシュマンの言葉を借りるなら〝未来はない、俺たちに未来はない〟ってことだ」

「じゃあ、あなたはどうして戻ってきたんです?」

「イングランドじゃ歓迎されてない空気をびんびん感じてね。君ならわかるだろうが」

「わかります」

「王立アルスター警察隊にいたら、君にも未来はないぜ。自分を見てみろ、もう何年もキャリックでくすぶってる。上層部は君を評価していない。辞めて俺のところで働いたらどうだ? それか自分で事務所を立ちあげるとか」

俺は暗い気持ちで首を横に振った。「俺が何度辞表を書いたか、あなたは知っているでしょう？　実際に何度辞表を出したのかも。俺は笑い者ですよ。自分から見ても笑える。もう辞めませんよ。年金を受け取るまで残ってやるんだ」

「それか、かわいそうなエドのように吹き飛ばされるまで」

「ええ、それか、かわいそうなエドのように吹き飛ばされるまで」

「まあ、俺の名刺は渡したよな。今度ちゃんと飲みに行こう」

「ええ、トニー」

通夜での義務的な一時間のあと、俺はクラビーとローソンを連れてBMWでキャリックファーガスに戻った。

俺たちは礼服を脱ぎ、ふだんの服に着替えた。オフィスでのゆっくりした一日。万引きおばさんは起訴しないことにしたので、ひとりのガキだけが残った。せいぜい十三、四歳の少年で、盗難車を乗りまわしているところをしょっぴかれたのだ。そいつがブタ箱で俺たちを待っていた。捜査を進めると、これがイギリス国内でのこいつの十九回目の自動車盗であることがわかった。少年はほかの放浪者たちの一団と北アイルランド、アイルランド共和国、イングランド、ヨーロッパを転々としており、つまりはこれまでに何百台もの車を盗んできた可能性が高かった。

「このヤマは今日じゅうに処理しねえとな、ショーン。社会福祉の連中が、これ以上あのガキをブタ箱に入れとくなら上に直談判するとか言ってる」クラビーが言った。

「どういう意味だ？」

「わかんねえ」

「人身保護法か？」

「わかんねえよ、ショーン」

「わかった。ならあのチビくその様子を見に行こう」

下階のブタ箱へ。チビくそはそれほどチビではなかった。身長百八十センチ。赤毛。悪そうな見た目。が、愚鈍そうではない。キリアン、彼はそう名乗った。英語よりアイルランド語のほうがうまかった。だから両方の言葉で話した。

「キリアン、君は盗難車に乗っているところを捕まった。初めてじゃないな」俺は言った。

「馬と引き換えにもらった車だ。盗難車とは知らなかった」

「じゃあ、自動車盗で起訴されたほかの十八回については？」

「十八回起訴されて、有罪になったのは一回だけだぜ」

「その一回について、君はイギリスの少年院で二ヵ月過ごした」

「二日目の夜に脱走したけどな」

「そうなのか？　ファイルには書いてなかった」

「そりゃそうさ。ファイルにそんなこと書いたら恥ずかしすぎんだろ。でもほんとのことさ。調べてみりゃいい」

「信じるよ」俺は言い、煙草とライターを渡した。彼は自分で一本に火をつけると、巧みな動作でもう四本を手のひらに隠し、箱とライターを返した。

俺はため息をついた。「君をどうしたらいいんだ、キリアン」

「勾留はできないぜ。社会福祉のやつらは俺をキンケイドってとこに入れるつもりだ。聞いたことは?」

「ないな」

「アイルランドで一番ちょろい少年院（ネンショー）さ。門から歩いて外に出れる。そこから逃げて、車を盗んで、明日には仲間と一緒に戻ってくるさ」

「共謀罪で起訴してもいいんだぞ。特別部にこう言ってやろうか。君は武装組織に協力している自動車窃盗団の一員だって。大人用のムショに送られる。特別部にかかれば、社会福祉局も何も関係ない」

「どうしてそんなことするんだ?」

「君を痛い目に遭わせて、車を盗むのをやめさせるためだ」俺は英語に切り替えて言った。

「そりゃお仕置きにしてはやりすぎだぜ」

「俺はお仕置きをやりすぎるタイプなんだろう」

「あんたはお仕置きをやりすぎるタイプには見えない」そう言って、キリアンは天井に向かって煙の輪を吐いた。

「なぜだ？」

「アイルランド語を話すし、カソリックだ。王立アルスター警察隊からくそみてえな扱いを受けたこともあるはずだし、たぶん弱い人間の味方だ。ま、この場合は俺のことだけどな」

俺は笑いを噛み殺し、それについて考えた。そこまでいけ好かないガキってわけじゃない。

「なあ、Is minic a gheibhean beal oscailt diog dunta って言葉があるだろ」俺がそう言うと、キリアンは笑った。

「あんたら、それはもうできないはずだ。そうだろ？」

「そうだ。できない。なあ、君、もしマクラバン巡査部長が警告だけで君を釈放したら、せめて俺のシマでは、このキャリックファーガスではもう車を盗まないと約束してくれるか？」

キリアンは煙草を揉み消して立ちあがり、手を差し出した。

「名誉にかけて、厳粛に誓う」キリアンは言った。「どのみち、来週みんなでイングランドに渡るつもりだったんだ。しばらく向こうにいると思う」

キリアンは俺の手を握り、それからクラビーの手を握った。キリアンにクラビーの腕時計をちゃんと返させてから、警告だけで釈放した。

俺たちは捜査本部室に戻った。

「また事件解決だな。あいつの名前もホワイトボードに書いてあればよかったな」

「あんたがアイルランド語でなんか言ったとき、あいつ笑ってたな」とクラビー。「イス・ミニクなんちゃらとかいうやつ」

「Is minic a gheibhean beal oscailt diog dunta. 〝ひらいた口はしばしば、閉じられた拳を招く〟という意味だ」

「確かに」クラビーは同意した。「確かに」

俺は昼飯を食いにコロネーション・ロードの空っぽの家に戻り、パイントグラスにウォッカ・ギムレットをつくった。ウォッカ、ライムジュース、ソーダ、氷――四つのシンプルな材料が相乗効果を生み、この世の問題のほとんどを消し去る。もちろん三杯目以降はソーダ少なめで。

俺は『原子爆弾の誕生』を読んだ。ベスが誕生日にくれた本だ。マリア・カラス、ティト・ゴッビ、ジュゼッペ・ディ・ステファノがそろい踏みしたＥＭＩの《トスカ》、一九五三年のオリジナル盤と一緒に。俺がほんとうに欲しいものを誰かが誕生日にくれたことは数えるほどしかないが、これはそのひとつだった。

降り注ぐ雨のなかをふたたび署へ。小脇にマリア・カラスを抱えて。

ローソンがファックス用紙を手に、俺のオフィスにやってきた。「それはなんだ？」俺は訊いた。

「病理医から胃の内容物について報告がありました」

「胃の内容物？　正式な解剖報告書が届いたのか？」

「まだです」

「なぜ遅れてる？」

「ええと、わかりません。電話してみたのですが、どうやら何か問題があるようです。病理医は追加の検査をしています」

「なぜだ？」

「教えてもらえませんでした」

「予備解剖報告書すらまだだぞ。そっちはいつ届くんだ？」

「わかりません」

「訊いてこい、ローソン。あいつらに舐められるわけにはいかない。君は警官なんだ」

「なんとか訊いてきます」

「あいつらは怠け者だ、どうせまだ書いてないんだろう。そんなの聞いたこともない。何が胃の内容物だ」俺はぼやいた。「ちょっと見せてみろ」

クラビーを呼び、三人でその報告書を読んだ。リリー・ビグローの胃にはいたってふつうの食べ物と飲み物、それに白ワイン、ジン、アスピリン、ネムブタル、精神安定剤(バリウム)が残っていただけだった。

「ネムブタルとバリウムか。思っていたとおりだな。ネムブタルについては調べたか？」

「調べました。抗不安薬として処方される薬で、睡眠補助薬として使われることもあります」

「バリウムとネムブタルを一緒に飲むとどうなる？」

ローソンは自分の手帳をひらいた。「ええと、ネムブタルすなわちペントバルビタールの主用途は鎮静、催眠、前麻酔で、緊急時の痙攣(けいれん)抑制にも使われます。イギリスでは広く、動物病院での麻酔薬として使われています。ペントバルビタールによって昏睡状態が誘発されるため、緊急治療室で急性肝不全の患者に対して利用されることもあります。リリーはおそらく睡眠補助薬として使ったのでしょう」

「バリウムと併せて使うと?」

「バリウムとの禁忌についてはあまり研究がおこなわれていないようですが、クイーンズ大学ベルファスト校医学部のクイン医師に問い合わせたところ、重大な危険があるかもしれないとのことでした。医師の言葉をそのまま引用すると、〝催眠、妄想、恍惚、気分変動、抑鬱といった状態を引き起こす可能性がある〟とのことです」

「アルコールと組み合わせると?」

「アルコールにより副作用が深刻になるため、バリウムともネムブタルとも併用は禁忌とされています」

「そういうこった。もともと落ち込んでた若い女が魔法の薬を飲みすぎて、妖精たちと逝っちまったんだ」

「手帳が行方不明になっていなければ、俺もその説に心から同意しただろうな。あの手帳はまだ見つかっていないんだな?」

ローソンもクラビーも首を縦に振った。

「あのティムなんとかってやつは? 元ボーイフレンドの」

「私が話しました」

「で?」

「彼のほうから振ったわけではないとのことでした。最後に話をしたときには元気そうだったと」

「ティムって名前のやつはいつもそう言うんだ」

ローソンは立ちあがり、俺を見た。

「わかったよ、ローソン君。病理医に連絡してハッパをかけてこい。これ以上の遅れは認められない。捜査終了が近いぞ。警部も喜ぶだろう。卑劣な自動車盗と自殺を一日で解決したとなれば」

「捜査終了?」ローソンがいなくなるとクラビーが言った。

「審問が始まるまではな。けど、捜査本部室は片づけて、証拠は保管室にしまっておいていいだろう」

「ホワイトボードも消して?」クラビーは疑っていた。

「いや、それはまだだ、クラビー。運試しはやめよう。解剖報告書が届けば、いろんなことがもっとはっきりするだろう」

10 予備解剖報告書

土砂降りの雨のなか、車底を覗く。爆弾はない。リーサムの売店：《ガーディアン》《タイムズ》、箱入りのマルボロ、マーズ・バー。

職場へのドライブ。上階のオフィスへ。暖房を入れ、部屋を暖める。レコードをかけ、騒音をごまかす。ムソルグスキー、大音量で。

マーズ・バー、コーヒー、煙草。捜査本部室へ。

ほぼ何も書かれていないホワイトボード。珍しいこともあるもんだ。じっくりと味わえ。名前はひとつ。リリー・ビグロー。

何もやることがない。大文字のTで始まる紛争(トラブルズ)の真っ最中。なのに何もやることがない。海の向こうのオマワリはきっとこうなのだろう。

コーヒーカップ。書類。ストップウォッチ。ペン。《ガーディアン》のクロスワード。時間を計る。単語を埋める。ペンを置く。ストップウォッチを止める。四分、四秒。ストップウォッチをリセット。《タイムズ》のクロスワード。1の縦。〝回転したら彼女は素っ裸〟。《タイムズ》にしては際どい。答え：ストリッパー。1の横——

「ダフィ警部補！」

マーベルの声。

「どうした？」

「警部補宛てに大きな茶封筒が届いてます。たぶん病理医からです」

「そいつをくそ待ちわびてたんだ。三分で取りに行く」

二分、四十五秒後。ペンを置く。ストップウォッチを止める。

マーベルにおはようを言い、封筒を手にクラビーのデスクに向かった。「ひとつ一緒に読むか？」

「ようやくか。ずいぶんかかったじゃねえか」

俺は封筒をあけ、ざっと眼を通し、うめいた。

「どうしやした？」

「あいつら、やってくれやがった」俺は言った。「過労の病理医が。いや、飲んだくれか。いや、無能か。でたらめ言いやがって」

「いってえどうしたんです？」

報告書をクラビーに渡した。「全部めちゃくちゃだよ。死亡時刻。死因」

紅茶のマグカップを手に、ローソンが休憩室から出てきた。「病理医からの報告書ですか？」

「あいつら、リリーが死んだのは七日の午後五時から午後八時のあいだとか抜かしてやがるぜ。おまけに〝殺人〟だとよ。見ろ！」クラビーが言い、デスクの上に報告書を滑らせた。

「そんなはずはありません」ローソンが言い、マグカップを置いて報告書を読んだ。「辻褄が合いません。六時まで城内には観光客が大勢いました。もし彼女が六時から八時のあいだに飛びおりたのなら、ええと、アンダーヒルが嘘をついていたことになります」

「で、あいつが嘘をついていたのなら、おそらくあいつがリリーを殺したということになる。だがそんなはずはない。この死亡時刻はタイポだろう。そうに決まっている。現場の鑑識官もこの俺も、死亡したのは深夜という見立てだったんだ」

俺は市立病院に電話した。

「ベッグズ医師(せんせい)をお願いします、病理医の」

すぐに本人が出た。「ベッグズです」

「もしもし、こちらはキャリックファーガス署のダフィ警部補です。二月八日の朝、キャリックファーガス城内で死亡したリリー・ビグローに関する捜査を担当しています。今しがた解剖報告書を受け取りました。二点確認させてください。まず、〝自殺〟であるべきところ、先生は〝殺人〟とお書きになっています。それから死亡時刻にタイポがあるようです。お手数ですが、我々が検屍局にファイルを送るまえに直していただくことになります。解剖報告書と王立アルスター警察隊の調書のあいだに齟齬があったら、検屍官は大騒ぎしますから」

「確かめてみよう。このまま少し待っていてくれ」医師はジョーディー方言のような訛りで言った。

俺は受話器を手で覆い、小声でクラビーに言った。「ファイルを調べるだとさ……ジョーディー訛りだ」

医師は一分後に戻ってきた。「もしもし？」

「はい。スピーカーフォンにして私の同僚であるマクラバン巡査部長刑事とローソン巡査刑事にも聞かせたいのですが、かまいませんか？」

「ああ、かまわんよ。で、何が問題と言ったかな、警部補」

「先生は報告書に〝殺人〟とお書きになっていて、死亡時刻もまちがっています」

「いや、まちがっておらん」

「いえ、まちがってます」

「いや、まちがっておらん」

「先生は二月七日の午後五時から午後八時のあいだとお書きになっていますが、現場の鑑識官と私の見立てでは、死亡時刻は八日の午前零時から零時四十五分のあいだです」

「君たちの見立てはまちがっとる」

俺はため息をついた。「ベッグズ先生、鑑識官は八日の午前七時前に遺体の直腸温を測定しました。そのときの体温は二十七・七度弱、平常時の体温より九・三度低下していました。通常の体温降下速度は一時間あたり一・五度、つまり、推定死亡時刻は深夜零時から零時四十五分のあいだです。寒い夜でしたから、この降下速度は控えめな見積もりです。おそらくは午前零時から午前一時のあいだといったところでしょう」俺は適度に勝ち誇った顔で言った。クラビーが歯を見せ、知ったかぶり病理医に身のほどを思い知らせてやった喜びを分かち合った。

「君の計算はまちがっとる、警部補。あの女性が死亡したのは七日の午後五時から八時のあいだだ」

「彼女はキャリック城の城塞から飛びおりましたが、午後六時まで城内は人でいっぱいで、飛びおりがあったことに気づいた人間はひとりもいません。管理人のアンダーヒル氏が城の敷地を七日の午後十時に点検していますが、そのときも何も見ていません。ですから、理由はもうおわかりでしょうが、我々の死亡時刻の見立ては正しいと確信しています。あなたの見立ては、アメリカ人的な言い方をするなら、〝とんでもなくトンチンカン〟です」俺は辛抱強く説明した。

ベッグズは咳払いした。「根拠を話そう。数分いいかね？」

「もちろん」

「これは審問で争点になるだろう。そう思ったからインターンにタイプさせて、正式な報告書を出すまえに君のところに送らせたんだ」

「それはとても助かります」

ベッグズ医師はまた咳払いした。「では、刑事さんがた、君たちもわかっているだろうが、遺体の体温から死亡時刻を推定するうえで重要な未知数はふたつある。死亡時刻における実際の体温と、発見されるまで遺体が放置されていた実際の時間の長さだ。死体の体温が環境気温に近づいている場合、もしくは逆S字を描く冷却曲線の直線部分を超えてしまった場合、体温は死亡時刻を推定する有益な指標にはならない。一時間ごとの温度降下量を平均化する公式はいろいろあるが、どんな公式であれ、それなりに正確に死亡時刻を推定できる。しかし、初期体温が高くなっていたと考えられる場合、もしくは環境因子によって遺体が断熱されていた場合——」

「ベッグズ先生、遺体は断熱されていませんでしたし、彼女が通常の体温よりも高かったという証拠はどこにも——」

「鑑識班の撮った写真を見たところ、遺体の上に雪が積もっとった。雪は立派な断熱材になる。しかしまあ、それは脇に置いておこう。遺体の胃と血液中にネムブタル、バリウム、カフェインが存在したことから、私は被害者の中核体温は上昇していた可能性が高いと結論した。遺体は環境気温に達するまで逆S字のカーブを描いて冷却されていくことは忘れてはならんぞ。そして、ここに最近の研究からの引用を用意しておいた。読むぞ。〝死亡時刻を推定するための単純な法則は、今では科学的な裏づけがないと考えられている。これにはもちろん、『着衣の遺体は、平均的な条件下では、最初の六時間につき一時間あたり約一・五度ずつ体温が降下していく』というあの有名な法則も含まれている。この法則を適用すると深刻な誤差が生じることがあり、もはや信用に足るものではない。とりわけ、酸素が供給されなくなった体組織が、以前考えられていたよりも長時間保存される可能性のある厳寒状態においては〟」

「つまり、寒さのせいで遺体の体温降下速度がゆっくりになったということですか？　意味がわかりませんね」俺は言い、ベッグズはどこか頭がおかしいのではないかと考えはじめていた。

「続けてもいいかね、警部補……遺体の体温から死亡時刻を推定する方法として最も研究され、実証もされている方法はヘンスゲ法というものだ。これは公式ではなくノモグラム……つまり図表を使う方法でな。どんな環境気温に対しても補正して利用できる。これには深直腸温の測定が必要で、死亡時の通常の体温を三十七・二度と仮定する。ヘンスゲのノモグラムは逆S字の冷却曲線に近い方法論にもとづいていて、それによれば、厳寒状態は遺体の冷却を大幅に早めることもあれば、遅らせることもある。とはいえ、今言ったようなことはどれもあまり意味はない。なんせ、君のところの鑑識官は深直腸温を測らなかったのだからな」

「測らなかった？　なぜわかるんです？」

「本人に電話して訊いたからだ。ペイン警部は直腸温の測定を見習い鑑識官に任せた。で、見習いは遺体の直腸の奥まで体温計を挿入しなかった。死者の尊厳を守ろうという、上品ぶったまちがった考えのせいで、まともなデータが取れなかったのだ」

「なるほど」

「直腸深部の温度を測れなかった場合、変数の数が著しく増加する。そういう場合、我々はほかの、もっと正確な方法を使うのだ」医師はもったいぶって言った。

「どんな方法ですか？」

「いくつかある。が、この場合に関係あるのは肝臓の温度と硬直の進行度だ」

「続けてください」

「さっきも言ったが、正式な報告書はあとで君のところに送るつもりだが、今この場で聞きたいというなら——」

「お願いします」

「二月八日の午後六時十三分に私が解剖をおこなった際、ミス・ビグローの肝臓温度は十七度で、室温と同じだった。ヘンスゲの公式に当てはめると、死亡時刻は二月七日の午後五時から午後八時のあいだということになる。それだけでなく、解剖時、すでに死後硬直は終わっていて、それどころか緩解が始まっていた。死後二十四時間が経過するまえに緩解が始まることはきわめて稀だ。その点からも、死亡したのはやはり二月七日の午後五時から八時までのあいだということになる」

「わかりました。じゃあ我々は死亡時刻についてはまちがっていたのかもしれません。しかし殺人という診断はよくわかりません」

「ああ、そうだな。それは別の問題で、死斑の状態によって説明できる」

「続けてください……」

「君たちも知っとるだろうが、死斑というのは死体内に貯留した血液だ。これは心臓が鼓動を停止し、血圧というものが存在しなくなることで生じる。この状態では、血液は死体が安置されている表面との関係上、最も低い位置に落ちていく。遺体が冷却され、自然な細胞過程が終了すると、血液は特定の部位に固定される。一般的に、死斑は死後数時間で固定され、圧力がかかっている場所は白化部分となって肉体に現われる。ブラのひも、ベルト、その他の衣服による圧力でも白化する。遺体がそれなりにぴったりした服を着た完全な着衣状態で発見され、にもかかわらず白化部分が見当たらないのなら、これは遺体が死後に服を着せられた可能性があることを示唆している。また、死後に遺体が動かされた可能性もある。安置されている遺体の最低位置に死斑や白化が見られない場合、これは遺体が死後に動かされたことを強く示唆している。ミス・ビグローもこれに当てはまる」

「なんですって?」ローソンと俺が同時に叫んだ。

「ミス・ビグローのブラジャーの周囲に白化がないことから、彼女は座位で死亡したか、もしくは死亡直後に座位で置かれ、その後に動かされたものと思われる。頭部の重大な外傷で死亡したことは確かだが、私の意見では、城塞からの落下による外傷ではない。頭に強烈な一撃、もしくは数撃を食らって、座位で数時間放置されたあと、城塞の屋上から放り投げられたのだ。殺人を自殺に見せかけるために」

「ありえねえ」クラビーが言った。

「いや、ありえるんだよ、それが。大いにありえる。ところで、経験豊富な警部補と経験豊富な鑑識官がどうして彼女の遺体の周囲に血液がほとんど飛び散っていないことに気づかなかったのか、不思議でならないね」

「血は現場じゅうに飛び散っていましたよ！　一面血の海でした。恐ろしい光景でした」とローソン。

俺はうめいた。「いや、確かに飛び散っていたが、多くはなかった」俺は言った。

「そうだろう。ミス・ビグローの大腿動脈は地面に衝突した際、胴部から切断された。私も現場の写真を見たが、もし落下時に彼女が生きていたなら、もっと多くの血が流れたはずだ。そうした傷からは二リットルほどの血液が流れ出ると思う。こんな時間から生々しいことを言って恐縮だが」

「大丈夫です」

「しかし、これは強調しておくが、今のは私個人の見解だ。私の同僚で解剖に協力してくれたペーリー医師はこの解釈に異議を唱えており、検屍官に提出する最終報告書にもそれは反映される」

「ペーリー先生は警察の見積もった死亡推定時刻についてはどうおっしゃっています

か？」

「死亡時刻については私と同意見だ。そこに意見の相違はまったくない。彼女は七日の午後五時から午後八時のあいだに死亡した。しかし、ペーリー医師は死斑を証拠とする私の解釈と、現場とされる場所に血液量が不足しているという指摘については異議を唱えている。落下の衝撃があまりに大きかったため、死斑と失血についてはいかなる決定的な結論も出せないという意見だ」

「なるほど。でもあなたの解釈では、現われている死斑と遺体周辺の血液量の少なさから、おそらく殺人だったと考えられるということですね」

「おそらくだ、絶対ではない」

「あの靴のこともありやす」クラビーが言った。「殺人犯が左右逆に靴を履かせたんだ。あんたは見たろ、ショーン」

あのくそったれの靴。そうだ。出血の少なさ。それにあの靴。

「どうもありがとうございました、ベッグズ先生。おかげでこの事件の新たな一面が見えました……性行為の痕跡は残っていましたか？」俺はありえる動機を思案しながら訊いた。

「ミス・ビグローは過去四十八時間のあいだに性交渉をおこなってはいないし、死後に暴行されてもいない、私が見るかぎりではな。索状痕もないし、その他の暴力や静脈注射による薬物使用の痕跡もない」

「わかりました。ありがとうございます。またご協力が必要になったら連絡します」

「喜んで協力するよ。それと、週末にはタイプし終えた報告書がそちらに届くはずだ」

「ありがとうございます」

電話を切り、ローソンとクラビーを見た。

「さて、どうする、諸君？」

「わかんねえ」クラビーが言った。「ショックがでかすぎて」

「ローソン？」

ローソンはかぶりを振った。

俺はコーヒーに口をつけ、警察署の窓越しに、海沿いのほんの数百メートル先にある灰色の不吉な城を眺めた。

「あの見習い刑事はまだここにいるのか？」俺はクラビーに訊いた。

「いや。もうベルファストに行っちまった」

「そうか。なら自分たちでやるしかないな。午後六時から午前六時までの、ウォレン巡査が正門で警備に就くまでの防犯カメラ映像をもう一度チェックするんだ。門が閉まったあとに城に出入りする方法がほんとうに存在しないのなら、善良なアンダーヒル氏がリリーを殺したにちがいない」

「動機は？」クラビーが訊いた。

「さあな。薬で精神のバランスが崩れたリリーは憂鬱な城内ツアーから抜け出した。それでどこかに隠れていたら、見まわりに来たアンダーヒルに見つかった。口論になり、アンダーヒルが彼女を殴り、殺した。それか薬で意識を失っていたリリーをアンダーヒルが見つけ、レイプしようとしていたら、彼女が意識を取り戻した。あるいは薬で気を失っていたリリーが目覚めると、落とし格子のせいで城から出られなかった。アンダーヒルの小屋を見つけ、なかに入ってみると、アンダーヒルが児童ポルノ本を読みながらごそごそしていた……可能性はいくらでもある」

「飲酒のうえでの治安紊乱のほかは大(てぇ)した前科(マエ)はなかった。海軍の立派なキャリアもあって、あの仕事を十年もやってて……」

「もしこの解剖結果を信じていいのなら……というか、さっきのベッグズの話はとても説得力があった。今の俺の意見としては、アンダーヒルは城の見まわりに関して嘘を言っている。それだけでなく、もしリリーが何者かに殺されたのなら、その何者かはアンダーヒルである可能性が高い」

俺たちは眼がずきずきするまで防犯カメラのテープを確認したが、成果はなかった。午後六時からウォレンが門にやってきた午前六時まで、誰も城に出入りしていなかった。それ以降はマルヴェニー巡査部長の警察犬部隊が城を上から下まで捜索したが、誰も城内に隠れていなかった。秘密のトンネルも、ほかに出入りする方法もなかった。となると、アンダーヒルが殺人犯としか考えられない。

全員で紅茶休憩を取り、捜査本部室で捜査会議をひらいた。「諸君？」俺は言った。

「アンダーヒルが真実を洗いざらい吐いたはずはねえ」クラビーが冷徹なヴァルカン人の論理で言った。

「私もそう思います」とローソン。

「よし、もう一度あいつをしょっぴこう」

11　アンダーヒル氏の事情聴取ふたたび

リリーの死は耳目を集めたのと同じくらい急速に忘れられた。新聞とテレビの興味はマクベイン警視正殺しと、その数日後にふたりのパートタイム警官が国境沿いの農場で殺された事件に移っていった。メディアはこれを、狙いやすい警官を狙ったＩＲＡの新たな闘争と呼んだ。

俺たちが車でキャリック城に行くと、記者もテレビクルーもおらず、警察の非常線も張られていなかった。城は営業を再開しており、アンダーヒルが売り場でチケットを売っていた。地下牢で何か証拠を採取できないかと思い、俺は小規模の鑑識班を連れてきていた。それには少し手遅れだが、やってみないことにはわからない……

「ああ、こんにちは、ダフィ警部補。また捜査ですか？」俺たちがチケット売り場に近づくとアンダーヒルが訊いた。

「クラーク・アンダーヒル、リリー・ビグロー殺害の容疑で逮捕します。あなたには黙秘権がありますが、のちの答弁であなたが拠りどころにする事実への言及がなされなかった場合、法廷もしくは陪審員はあなたに対して不利な推定をすることがあります。その事実というのは、我々が細心の注意を払って尋問をおこなう際、あなたから言及があるものと合理的に期待される事実のことです」

「なんの話だ？　私はあの娘を殺しとらんぞ」

クラビーが手錠を取り出し、アンダーヒルにうしろを向かせた。

「待ってくれ、あんたたち！　せめて客を帰らせて、ここを施錠してからにしてくれ！」

俺はクラビーに向かってうなずいた。「あい、だが一緒に行け。逃げられたり、胸壁から飛びおりられたりしたら困るからな」

一時間後、アンダーヒルはキャリックファーガス署の第一取調室に無事連行されていた。アンダーヒルのまえに水差しがあり、テープレコーダーがまわっている。イギリスの〝警察及び犯罪証拠法〟（北アイルランドでいうところの〝警察及び犯罪証拠規則〟）で求められている、そのとおりに。

ごく標準的な手順。俺たちはアンダーヒルの供述調書を持ってきて、もう一度尋問し、矛盾がないか確かめた。

なかった。

アンダーヒルに予備解剖報告書を見せ、その意味を説明した。

「リリー・ビグローの死が自殺でなかったことはほぼまちがいありません。彼女は殺され、遺体は動かされた。殺されたのは七日の午後五時から午後八時のあいだ。つまり何者かに午前六時よりまえに、つまり、あなたが遺体を発見したと証言した時刻よりまえに殺されたか、なんらかの理由によって自殺に見せかけるために、あ、い、あなたが城塞の正面に移動させた。もしくはあなたは彼女が隠れているのを見つけ、殺害したうえで遺体を城塞の正面に移動させた。最も論理的な可能性は、あなたが彼女を殺した、もしくは遺体を移動させた、もしくはその両方。さあ、どれですか？」

「そんなことは何ひとつしていない。そもそも私は午後六時少しまえまで、ずっとチケット売り場にいたんだ。チケット売り場にいる私の姿を見た者が何十人もいるはずだ。で、午後五時四十五分、閉門を告げて見まわりをし、施錠した」

「わかりました。では午後五時から午後六時のあいだには殺していないんですね。その線は薄いと見ていました。機会がなかったからです。誰かに目撃される可能性があるし、彼女を殺せば音も出るでしょう。しかし午後六時から午後八時までは、あの場所にはあなたしかいなかった」

「どうして彼女を殺さなきゃならないんだ？　馬鹿げてる！　あの娘のことは朝になって

初めて気づいたんだ！　もし夜のうちに生きている彼女を見つけていたら、城の外に出してやったさ。いったいどうして私が殺さなきゃならんのだ？」

「城内に隠れていたことに怒りを感じたとか？　それとも、彼女に乱暴を働こうとした？」

「この歳でか！　冗談だろ」

「あなたが二トンの落とし格子を持ちあげるのを見ました。見かけよりも力があり、精力的だ。若いリリーでは勝負にならなかったでしょう」

アンダーヒルは信じられないといった眼で俺たちを見た。

「あの落とし格子は子供にだって持ちあげられる。鎖と滑車でな！　私があんたに言ったのは全部ほんとうのことだ。あの娘を初めて眼にしたときにはもう死んでいた。指一本だって触れちゃいない！」

「彼女が城に入るとき、チケットを渡したんじゃないですか？」

「勘弁してくれ！　それ以外でという意味だ！　あい、あのグループの全員にチケットを渡したとも。だがそのあと、あの娘の姿は見なかった」

俺はアンダーヒルをじっと見、デスクから立ちあがると、うなずき、アンダーヒルに水を一杯注ぎ、自分の水を一杯注ぎ、また座った。もう少し落ち着かせろ。やさしくだ、今は。

「クラーク、害意がなかったことは我々もわかっています。リリーは暴行されていませんでした。性的な動機はなかった。私の想像を言わせてもらいますね……あなたは地下牢のひとつに彼女が隠れているのを見つけた。彼女は薬のせいで精神的な均衡を欠いていて、あなたに襲いかかってきた。あなたは心底恐怖し、彼女を殴った。一回だけ。リリーは地下牢のあの壁に頭をぶつけた。信じられない、死んでしまった。ぽっくりと死んでしまった。あなたは遺体をそこに残したまま小屋に戻り、一杯飲んだ。〝なんてことをしちまったんだ〟。地下牢に引き返したが、やはり彼女は死んでいた。〝殺すつもりじゃなかったのに、これじゃ刑務所入りだ〟。あなたは考えをめぐらせ、計画を練った。リリーは城塞から飛びおりた。理由なんて誰にわかる？　女は謎だ。いつも理解不能なことばかりする。あなたは城塞の屋上まで遺体を引きあげた。そして左右逆に靴を履かせ、突き落とした。そのあいだずっと、彼女から眼を背けていた。朝まで待て。一杯飲め。ベッドに入れ。朝にはすべて解決している……そんなところですか？」

アンダーヒルは両手で頭を抱えた。

クラビーが俺を見た。図星だったようだぜ、ショーン。

マジックミラーの向こう側からこつこつこつという音。

外に出て確かめた。鑑識班。

地下牢のひとつの壁に血液。小さな血のしみ。分析のために彼らがラボに送った。が、毛髪はなし。リリーがそこにいたというその他の物的証拠もなし。自白が必要だ。でなければ頭の切れる弁護士が法廷を転覆させてしまう……

ふたたび第一取調室。

「さて、クラーク。あなたがしたことは故殺であって、謀殺ではありません。罪を認め、イギリス政府の裁判費用節約に協力してくれるなら、公訴局長は懲役四年を提示するでしょう。四年？　矯正局が二年半で出してくれますよ。おまけに陪審裁判にしてくれるかもしれない。なあ、マクラバン巡査部長？」

「あい、ダフィ警部補。でしょうぜ。正当防衛だ。襲われたんだからな」

「正当防衛？　陪審は信じるだろう。そうなれば無罪だ。刑務所に入らずにすむ。でも俺たちには真実を教えてくれ、クラーク。嘘をつけばよけい怪しまれる。何か隠しているように見えるぞ。ほんとうのことを言え！　さあ。全部吐いちまえ」

彼はテーブルから頭をあげると、涙の向こうから俺を見た。青い瞳の年寄りの、充血した
アザラシの涙。

「殺してねえ。指一本触れてねえ！」アンダーヒルが食ってかかるように言い、テーブル

をばんと叩くと、テープレコーダーが跳びあがった。

一時間この調子。

メンバー交代。

俺とクラビーが出る。ローソンが入る。また俺が入る。

ふたりの見習い刑事が入る。ただ場をひっかきまわすためだけに。

ベルファスト湾に夜が降りる。

にわか雪が冷たく激しい雨に変わった。

一般警官は家に帰り、めいめいのベッドへ。

「こいつをブタ箱に入れて、考える時間を与えろ。自殺しないよう監視しておけ。しそうなタイプだ」俺は当番の巡査部長に言い、キャリック犯罪捜査課の面々も家に帰り、めいめいのベッドへ。

次の朝。

牛乳を家のなかへ。朝食抜きのあと、外の車へ。車底に爆弾がないか確かめる。ない。まっすぐ署へ。アンダーヒルを起こす。第一取調室。同じ質問を繰り返し、繰り返し。ほんとうのことを言え、くそほんとうのことを言え、この大嘘つき野郎。

「彼女を殺せたのはあなただけです。遺体を動かせたのはあなただけです。ほかに説明がつきません。くそ幽霊の話はよしてくださいよ」

「やってない、私はやってない」

水差し。まわるテープ。天井の音響バッフルパネルへゆらゆらと昇っていく煙草の煙。

ローソンとクラビーが入る。ダフィが出る。

午前が午後になだれ込む。

雨と霧。

テレビニュースでサッカーの結果。今日は何曜だ？ 土曜？

「私のオフィスに来てもらえるか、ダフィ警部補」

オフィスの椅子をくるりとまわして振り向く。マカーサー警部。攻撃的で尊大な雰囲気で、気に入らなかった。人材管理の本を参考にしているにちがいない。

「どうぞ座ってください」

「一緒に私のオフィスまで来てくれ、ダフィ」

「わかりました」

警部のオフィス。俺のよりほんのちょっとだけ上等。オーシャンビュー、白黒写真、なんだかわからない古い杖。これはなんなのかと訊いてもらいたくてたまらないのだろう……

「ストロング警視から贈り物があったんだ。なんだと思う？」警部が言った。

「まさかと思いますが、奥さんのつくったダンディーケーキじゃないでしょうね？」

「ちがう。見ろ！」そう言うと、警部は引き出しからボクシンググローブを取り出した。安価な赤いトレーニンググローブで、文字が殴り書きしてあった。

「帰国前にアリがサインしてくれた。〈アスレチック・ストア〉でグローブを買うだけで、アリがフェルトペンでサインしてくれたんだ。モハメド・アリのサイン入りボクシンググローブがいくらで売れるか知っているか？」

「いえ」

「だいたい三百ポンドだ。ボクシンググローブを買うのに三十ポンド。アリがサインすると、さあどうだ、十倍になって返ってくる。そういうことだ」

「なるほど」

「警視がくれたんだ。ここでの私たちの仕事ぶりに満足してくださっているらしい。私たち全員に対するご褒美だ」

「そうですか？」

「ストロング警視はそのうち警視正に昇進し、エド・マクベインの仕事を引き継ぐことになるだろう」

「それはよかった」

「私が言いたいことがわかるか？」

「ええ、もうちょっとだけはっきりとお願いします」

「アンダーヒル氏のことだが……」

「どうかしましたか？」

「その件についてストロング警視に話をしなきゃならなかった。それで、事件のことをうまく説明できなかったんだ。最初、君はただの自殺だと言っていた。今は殺人だと言っている。それから君は年配の被疑者を連行してきたが、あの人はいっさいを否認しているし、私には殺人犯には見えない」

「あれはおそらく殺人です。我々が、いえ、私が自殺と言ったのはまちがいでした」

「アンダーヒルは自白したのか？」

「いえ、警部のおっしゃるとおり、頑なに認めようとしません」

「もう二十四時間になる。それにアンダーヒルは——」

「まだ弁護士を要求していません」

「そう、弁護士を要求していない……しかし、規則どおりにやらないといけないぞ、ダフィ。二十四時間になるんだ。釈放するか起訴するか決めなきゃならん」

「そういうことなら起訴しましょう。どうしてそんなに心配するんです？　クラーク・アンダーヒルは何者でもありません。ここに丸一週間勾留したところで、誰もくそほども気にしませんよ」

「それがちがうんだ、ダフィ。ナショナル・トラストに移管されるまで、キャリックファーガス城は国防省の所有だった。厳密にいえば、アンダーヒルの雇用主はまだイギリス海軍のままなのだ。で、今から少しまえ、まだ二時間と経っていないが、ストロング警視がアンダーヒルに関する問い合わせを受けた。海軍本部から電話があったんだよ。ロンドンの」

「冗談でしょう」

「冗談ではない。海軍法律事務所がベルファストからアンダーヒルの代理人となる事務弁護士を送り込んでくる。君が氏を釈放するのか起訴するのか知りたがっている」

「さっきも言いましたが、起訴しましょう」

「彼らは法定代理人が到着するまで、すべての尋問を中断するよう要求している」

「待ちましょう」

マカーサーはかぶりを振った。上層部からのプレッシャーに対処することは得意でないのだ。何かに対処することは得意でないのだ。「じゃあ、自白はしていないんだな？」

「はい」

「氏が彼女を殺したという具体的な証拠はあるのか？」

「科学捜査は失敗でした。体液も、毛髪も、衣服も、リリー・ビグローのものは何ひとつアンダーヒル氏の小屋からは見つかりませんでした。遺体からもアンダーヒル氏に属するものは何も見つかっていません。地下牢のひとつに血液のしみがありましたが、それはまだ分析中です」

「動機はあるのか？」

「いえ」

警部は苛ついているようだった。「じゃあ何があるんだ？」

「防犯カメラの映像と予備解剖報告書です。城内にいたのはアンダーヒル氏ただひとりです。氏がリリーを殺すか遺体を動かすかしたはずです。もしくは城内に自分ひとりしかいなかったというのは嘘かもしれません」

「氏と彼女の死を結びつける凶器、動機、自白、法医学的証拠はないんだな？」

「ですが、筋は通っています。死亡時刻に関する解剖報告書。遺体が動かされたという事実。それに、ほかの誰にも彼女を殺せたはずがありません」

「この一件を公訴局に持ち込むのにそれで充分だと思うか？」

「ええ。被疑者を逮捕するのが我々の仕事です。起訴するのは公訴局の仕事、有罪か無罪かを決めるのは陪審員の仕事です。これはテロとは無関係の殺人ですから、陪審裁判になるでしょう」

警部はじっと俺を見据えた。警部の昏い瞳がこのときばかりは野生の知性のような光をたたえていた。

「では、アンダーヒルが彼女を殺したと確信しているんだな？」

「確信はありませんが、ほかに説明がつきません。事務弁護士が到着したら、アンダーヒルを殺人罪で起訴します」

事務弁護士が到着した。

ほっそりした体つきで頭のよさそうな黒髪の女で、イギリス海軍の制服を着ていた。ロング少佐、彼女はそう名乗った。

彼女は氏の法定代理人の不在、証拠の不在、依頼人が罪を否認している事実を主張した。そして、アンダーヒルを即刻釈放し、氏に迷惑をかけたことへの謝罪を要求した。俺たちはそのいずれも実行することなく、アンダーヒルを殺人罪で起訴した。

これが公訴局長であるバリー・ショー卿に通知されると、卿は馬の骨たちを送り込んできてアンダーヒルを収監し、俺たちの事件記録を残らずコピーし、アンダーヒルの身柄は俺たちの管轄を離れた。

そして、それっきりだった。

のちに俺たちはロング少佐がアンダーヒルの保釈を即刻申請し、この要求に対して同情的な審理が出たことを聞いた。その日が暮れるころには、アンダーヒルはキャリックファーガス城の自分の小屋に戻っていた。

驚きはしたが、俺たちはできることをすべてやっていた。事件はもう俺たちの手を離れていた。

部下たちは喜ばなかった。

俺たちみんな、この事件の何かがとてもおかしいとわかっていた。

ふたりを誘って〈オウニーズ〉に行き、夕飯を食って黒のパイントを一、二杯飲むことにした。スコッチ・クォーターを見渡せる、二階の隠れ家的な席が空いていた。

今日もまた寒く、雨模様の夜だった。低く垂れ込める雲。星はない。数分おきに聞こえてくる湾の船舶の霧笛……

ラムチョップとマッシュポテトの晩餐。

ブッシュミルズとギネス。

サッカーと音楽と映画の話。

事件のことを最初に切り出したのはローソンだった。「私にはあの人がやったとは思えません」

沈黙。クラビーの視線。

「ジョーン、リジー・フィッツパトリックの事件についてちょいと話しておくべきじゃねえか?」

俺はパイントを飲み干し、うなずいた。「たぶん君の言うとおりだろう」

俺はローソンのほうを向いた。「マクラバン巡査部長はこの話の一部を知っていて、おそらく残りの部分についても想像がついているだろう。これから話すことは口外無用だ。わかったか?」

ふたりともうなずいた。

そして俺はすべてを話した。メアリー・フィッツパトリックからの接触。リジーの死にまつわる密室の謎を調べたこと。幸運と推理によって、彼女が殺害されたことと、誰が殺したかを突き止めたこと。その次に起きたことまで説明した。この部分については公職秘密法の書類にサインしていたのだが。ブライトンの爆破事件について。道を踏み外した哀れなダーモット・マッカンについて……それからエピローグ。娘を殺した犯人だと俺が特定した人物に対し、メアリー・フィッツパトリックが復讐を果たしたこと。

話が終わると、ローソンの眼は大きく見ひらかれていた。

クラビーは何も言わなかった。ただうなずいた。この抜け目ない男はあらかた見当をつけていたのだろう。

「そういうわけだ、諸君、北アイルランドの警官が一生のキャリアのうちに二度も密室の謎に挑むなんてことはありえない。それこそ天文学的な確率だ……」

「あい、そんとおしだ、ショーン。最も単純な説明こそが、ってやつだろ？」

「かくあらせたまえ（アーメン）」俺は同意した。「ひとりの刑事が一生のキャリアのうち、そういった殺人事件に一度遭遇することはありえる。でも二度？　二度は多すぎる（de trop）。メグレ警視ならそう言うだろう。二度は偶然の上に偶然を積み重ねないと起きない。それに俺は王立アルスター警察隊の刑事だ。ミス・マープルでもギデオン・フェル博士でもない。ということはだ、ローソン、アンダーヒルはとても説得力のある嘘つきだが、嘘つきであることに変わりはない」

ローソンはギネスのパイントに口をつけ、ゆっくりと首を横に振った。

「それが……」その声はか細くなっていった。

「なんだ？」

「私の父が数学者であることはご存じですよね？　私自身、数学と高等数学でAを取っています」

「それで？」

「必ずしも警部補に当てはまるわけではないのですが、いえ、もしかしたらぴったり当てはまるかもしれないのですが、この場合、ベイズの定理について考えてみる価値はあると思います。おふたりは、ええと、ベイズの定理をご存じですか？」

「俺は知らないな、君はどうだ？」

「聞いたこともねえな」

「ベイズの定理はお互いに結びつきのあるふたつの条件つき確率の関係を証明するものです。続けますか？」

「続けてくれ」

「それで、ええと、ベイズの定理は仮説Hの条件つき確率、すなわち事後確率を求めます。これは証拠Eが観測されたあとの確率で、論拠となるのはHの事前確率、Eの事前確率、Hが起きた場合のEの条件つき確率です。ここから、証拠は観測されるまえの確率が低ければ低いほど、より強い裏づけ作用があるということになります。ええと、この説明で伝わっていますでしょうか？」

「ついていけてるかどうかわからないな」俺は言った。クラビーも同じであることは一目瞭然だった。

「ええとですね、ベイズの定理によると、警部補が以前に密室の謎に挑んだという事実が、今回の犯罪、つまりリリー・ビグロー殺しも密室の謎であるかどうかを判断するにあたって重要だということです」

「なぜそうなる？」

「アンダーヒル氏が真犯人ではなかったと仮定しましょう」

「ああ」

「そして、真犯人はキャリックファーガスで起きた殺人事件は警部補が捜査を担当する可能性が高いと知っていたと仮定します。リジー・フィッツパトリックの事件も含めて、警部補が過去に担当した事件を真犯人が知っていた場合、精巧な殺人計画を練ることができます。警部補もマクラバン巡査部長も、王立アルスター警察隊の刑事が一生のキャリアのうちに二度も密室の謎に遭遇することはありえないと考えるとわかっているからです。警部補は、先ほどおっしゃっていたとおり、ギデオン・フェル博士ではありませんから」

俺はブッシュミルズに口をつけた。「そいつは実に悪魔のような犯罪だ」

「まったくだぜ」とクラビー。「で、それがベイズの定理ってやつなのか？」

「だいたいのところはそうです」ローソンは言った。〝馬鹿向けの説明〟をしたとは言いたくなかったのだろう。

「なかなかおもしろい考えだ」俺は言った。「もちろん君にはそういう方向で考えつづけてもらいたいが、ローソン、物事を複雑に考えすぎないことも覚えなきゃならん。君の説にはふたつ問題がある」

「ふたつぽっち？」クラビーが言った。

「問題1。まわりを見てみろ、ここは一九八七年のアルスターだ。犯罪者はそんなに賢くない。数えきれないほど多くの殺人犯が野放しになっている。自分たちに不利な証言をするやつはひとりもいないとわかっているからだ。君が言う洗練された悪魔のような殺人犯はこのあたりじゃ超希少動物だよ。問題2。リリーを殺したのはアンダーヒル以外にはありえない。ほかの誰も城外に出られなかったし、城内のどこにも隠れられなかった。なぜなら、俺たちはあの城を上から下まで捜索したが、殺人犯はどこにもいなかったからだ。司祭隠しにもいなかったし、犯人は壁を乗り越えてもいない。犬たちもリリー・ビグローとクラーク・アンダーヒル以外の人間の痕跡を見つけていない」

「私はなにも、アンダーヒル氏がシロだと言っているわけではありません」ローソンは言った。「ここで言いたいのは、警部補がご自身のキャリアにおいて似通ったふたつの犯罪に遭遇する確率は、考慮する必要がないということです。ベイズ的なアプローチを採れば、統計学は見た目ほど難しいものではありません」

俺は大の大人がませた子供に見せる笑顔で言った。「まあ、確かに示唆に富んだ意見だった、ローソン。示唆に富んでいたよ」

12　東へ、煙のほうへ

オフィス。窓。湾。石炭船。雨。

ソファの上にクラビーとローソン。レコード・プレーヤーの上にグレゴリオ・アレグリの（カソリックにとっては）心安らぐ《ミゼレーレ》。

「気に入らんな」俺は言った。

「何が気に入らねえんです？」

俺はローソンを指さした。「こいつは俺の頭に疑念の種をまいた。その種は今、すくすくと有毒な疑念の木に育ってる」

座っている俺の眼のまえにリリー・ビグローに関するファイルがあった。

クラビーは紅茶をすすった。

ローソンはビスケットをかじった。

ふたりとも〝片方の靴が落ちたらもう片方の靴も落ちる〟ということわざを、つまり、起きるべきことは起きるとわかっているのだ。いや、洒落のつもりはない。

「どうにも腑に落ちないな」俺は言った。

　俺はいつもの冷笑と長老派らしい疑いの眼差しを待った。が、クラビーはゆっくりとうなずいた。「俺もそう思いやす」

「君もそう思う？」

「ああ」

「どう思うんだ？」

　クラビーは長いこと考え込んだ。「アンダーヒルは公訴局長から提示された取引を全部突っぱねた。故殺の線も認めてねえし、正当防衛も主張してねえ。裁判を望んでた。ありゃ無実の人間のやることだ」

「それか狂人の」とローソン。

「それか女を殺しておいて、自分は無実だと信じ込んでいる狂人の」俺はつけ足した。

「っつってもよ……」とクラビー。

「っつってもだ……」と俺。

「アンダーヒル氏がやっていないのだとしたら、いったい誰が？」とローソン。

「キャリックファーガスで自殺は年に何件ある？」俺は訊いた。

「さっぱりだ」

「俺もだよ。でも調べたらおもしろそうだな。過去、そうだな過去十年のあいだにキャリックの犯罪捜査課が捜査した自殺、殺人、事故死の件数を統計分析してみるか」

「なんのためにですか？」ローソンが訊いた。

「わからん。数字を調べて、二時間後にまたここに集合だ。きっとおもしろいぞ。ローソン、君に重労働を任せてもいいか？」

「ほんとうに重労働ですよ、七〇年代のファイルは地下にしまってありますから」

「おめえが一番若えんだ」

ローソンはため息をついた。

「君の数学の才能を使え、ローソン。性別ごとの自殺件数を分析してほしい。過去十年間で女性の自殺者はどれだけいたのか。自殺の方法も。それと、君の言っていた悪魔のようなベイズ的殺人犯……俺たちが調べてきた事件のなかに入念な計画殺人が何件あったのか正確に知りたい。テロとは無関係の殺人、犯人が自殺か事故に見せかけて罪を逃れようとした事件の件数だ。わかったか？」

「自殺と殺人について分析するのですね？　すぐに取りかかります」

俺は自分のティーカップを見つめ、湾の船を見つめ、それに飽きると新聞のスポーツ欄を読んだ。いつもどおり、ヒュー・マッキルヴァニーがすばらしい試合について見事な観察眼を披露していた。

ローソンが統計を取り、アップルのマックでちょっとしたプレゼン資料を作成するのに一時間半かかった。会議室に入ってきたローソンは元気を取り戻していた。

「おもしろいはずだと言っただろう」俺は言った。

「ええ、そのとおりでした」

クラビーを呼び戻した。

「君がここに座れ」俺は言い、デスクのうしろの自分の席から移動した。

ローソンは俺の席に座り、俺たちにレポートのコピーを配った。

「データを要約してくれるか？」

「はい、警部補、キャリックファーガス犯罪捜査課の管轄内では、一九七七年から一九八七年のあいだに五十二件の殺人、四十一件の自殺、百五十二件の事故死がありました。事故死のほぼすべてが住宅火災、交通事故、家庭内の事故と溺死です」

「自殺の件数がずいぶん多いな」

「うち十二件は警官もしくは軍兵士によるもので、私物の銃で自殺しています。こうした自殺のうち、事故死扱いされているものがもう十一件あります」ローソンは言い、仔細ありげに俺とクラビーを見た。

「過去十年間で女性の自殺は何件あった？」

「十九件です」

「死に方は？」

「首吊りが七件、高所からの飛びおりが四件、銃が二件、ガスが二件、電車への飛び込みが二件、入水が一件。それと、自分の家ごと焼身自殺したのが一件。これは去年のドナフィー夫人の事件です」

「ああ、覚えてるよ」俺は顔をしかめて言った。身の毛もよだつ無理心中で、まだ小さな男の子ふたりが道連れになった。

「それから一九八一年に、警部補ご自身が最初は自殺に分類したものの、のちに殺人に分類しなおした事件が一件。ウッドバーンの森で首を吊った女性です。ファイルには身元不明女性と書いてありますが、のちに警部補が身元を突き止めたようです」

「ありゃ殺人だった。未解決の殺人だ」とクラビー。「ただまあ、殺ったのはフレディ・スカヴァーニだろうが」

俺は何も言わなかった。ローソンもクラビーも、その後のスカヴァーニの死に俺が関係していることを完全には知らない。

ていましたが、実際には殺人でした」

「それからシルヴィー・マクニコルの事件。これも我々は当初自殺の可能性が高いと考えていましたが、実際には殺人でした」

「あい、車内でガス自殺したように偽装され、実際にゃ殺されていた娘だな」クラビーが言った。

「あれは忘れようがない」俺は言った。「それとマイケル・ケリー。これも当初は誰もが自殺と考えたが、実際はやはり殺人だった」

「するってえと、どういうことになる、ショーン？」

「過去十年間でテロと無関係の殺人は何件あった？」

「二十三件です。うち八件は家庭内暴力です」

「じゃあ、俺たちはテロとも家庭内暴力とも無関係の殺人事件を十五件捜査し、うち三件、つまり五分の一は自殺に偽装されていたということか。五分の一だ、諸君。ローソン、君がなんと言うつもりなのかわかるぞ。サンプルのサイズが小さすぎて統計学的にはあまり有意ではないと言いたいんだろ。言えよ」

「警部補、サンプルのサイズが小さすぎて、いかなる意味でも有意ではありません」

「しかしだ、俺たちみんな、以前にもこういう事件に遭遇しているという事実は事実だ。女を殺した男たちが自らの行為を隠そうと、〝馬鹿な小娘〟が自殺したように見せかけた事件にな」

クラビーはパイプの中身を紙くず入れに捨てた。

「何が言いてえんだ、ショーン？」

「キャリックファーガスでは、過去十年のあいだに女性が高所から飛びおりて自殺したことは四回しかないということだ」俺はクラビーを見て言った。

「少ねえな」クラビーは認めた。「けど、まったくねえわけでもねえ」

「そして、リリー・ビグローの死についてはローソンの言うベイズの定理もある」

「するってえと、どういうことになる？」

「こういうことだ。思うに、リリーがアンダーヒル以外の何者かに殺害された可能性を探ってみる必要がある。でないと俺たちの気がすまない。おい、俺に向かって眼をむくんじゃない、クラビー。あまり時間はかけないつもりだし、警部にも報告しない。が、ほかに緊急の事件が入らないかぎり、捜査を続ける」

「ほかに殺人犯がいたとして、どうやって犯行におよんだのでしょうか？」

「さあな。そこを考えなきゃならん。動機も調べたい。どんな理由があって彼女を殺したのか？　ボーイフレンドとのトラブル、仕事上のトラブル。クラビー、《フィナンシャル・タイムズ》に電話して、リリーの上司と話してみてくれ。可能ならリリーの友人の電話番号を手に入れろ」

「それとローソン、君は俺と一緒にリリーの死をリバース・エンジニアリングする方法を考える。当日のような状況で俺たちがリリーを殺すとしたら、どうやってやるか。まず、この密城の問題がほんとうに密城の問題なのか、そこのところを百パーセント確実にしておこう」

捜査本部室、一時間後。

クイーンズ大学ベルファスト校考古学科のウォレス教授から非常に興味深い電話があった。キャリックファーガスに秘密の部屋や秘密のトンネルが存在しないことはまちがいない。七〇年代に教授自らが調査していた。密室のシナリオは裏づけられた。

「ローソン、君のその大きな脳みそで何か思いつくか？」

ローソンはかぶりを振った。「リバース・エンジニアリング的なことは何も。魔法は除外していいですよね？」

「ああ。クラビー、何かわかったか？」

クラビーは困っているようだった。「リリーの上司に電話したんだが、どうにも妙でした。なんつうか、やけに遠まわしでよ。気に入らねえ感じだった。また向こうからかけ直すって話でしたが」

「忙しかっただけじゃないのか？」

「オマワリから電話って聞いて、誰もがすぐに仕事の手を止めるわけじゃねえ。けど、それだけじゃねえような気がしたんだ」

「今日じゅうに折り返しがなかったら、明日の朝一番にまたかけてみろ」

折り返しはなかった。この少々の興奮のあと、その日の残りは雨とコーヒーと煙草のなかに、潮が引くように消えていった。

コロネーション・ロードでのみじめな、どんよりした、孤独な夜。

ドアにノックの音。お隣のキャンベル夫人がそこそこ魅力的な赤いドレス姿で立っていた。化粧をし、髪は念入りにセットされているようだった。タッパーの容器を持っていた。

「こんばんは、キャンベルさん。どこかへお出かけですか？」

彼女は髪を直した。「いえ。そういうわけじゃないの。ただちょっと……たまたま耳に入ってしまったんだけど……その、つまり、あなたのガールフレンドが出ていってしまったって……それで夕食を持ってきたの。ランカシャー・ホットポット。ほんとはうちにご招待したいんだけど、ケネスがまた虫の居どころが悪くて」

俺はタッパー容器を受け取った。「ありがとう。うまい食事にありつけてありがたいです」

「そうね。彼女、料理は得意じゃなかったでしょ？　お鍋が焦げつくにおいが壁を隔ててもわかったくらいだから。ねえ、あなたがりがりじゃない。これでよかったのよ、ダフィさん。こう言っちゃ悪いけど。あの子、お高くとまってる感じだったし……まあともかく、きっとあなたはお腹を空かせてるだろうと思って」

「ありがとうございます、キャンベルさん。うまそうです」

「そろそろ行くわ。ケネスが、ね？」

「ありがとう」

テレビとランカシャー・ホットポットと飲み物と暗闇と雨……おい、それだけか？

それが今の俺のすべてか？

ああ、たぶん。

次の日の朝。

コーデュロイのジャケット、白いシャツ、茶色のネクタイ……みすぼらしい七〇年代の服装。俺のみすぼらしい七〇年代の気分にぴったりの。

オフィスの電話のランプが点滅している。

回線1番。

「犯罪捜査課のダフィ警部補です」

「ああ、どうも、私はアンドリュー・グラハムといいます。ええと、あなたはリリー・ビグローの……その、事件？　の捜査担当の方でしょうか？」

「ええ。あの事件は公訴局の管轄になりましたが、こちらでも証拠を調べ直しているところです」

「あなたは捜査責任者ですか？」

「ええ」

「私は北アイルランドとスコットランドのデスクを担当している者で、リリーの上司です。ええと、昨日そちらのマクラバン巡査部長と話をして、リリーの死に関係のある情報を知っているなら連絡してほしいと言われました」

「ビグローさんの死に関係する情報をお持ちなんですか？」

沈黙。

「もしもし、ビグローさんの死に関係する情報をお持ちなんですか？」

「たぶん、はい」

「お持ちなんですか、そうじゃないんですか？」

電話越しの間。

「続けてください、聞いていますよ」

「そこなんですが、その、この電話はほかに誰か聞いていますか？　自殺だって話だったのに、そちらの巡査部長が今度は殺人だって言うじゃないですか。もしリリーが、その、ええと、リリーが殺されたのだとしたら、話はまたちがってきますよね？」

「ほかには誰も聞いていません。それは保証します。それと、あなたが私に話すことは誰にも口外しません」

「ええ、まあ、私の取り越し苦労だといいのですが。名誉棄損の問題もあります。これに関わるのは大変な有力者ですから。過去にもっと些細なことで新聞社を訴えたこともあるような」

「すみません、よくわからないのですが。要点をおっしゃっていただけますか」

「つまりですね、リリーの机を片づけていたところ、彼女がベルファストに発つまえに作成していたファイルを技術者が見つけたんです。技術者はもちろんそのファイルを読んではいけなかったのですが、読んでしまった。で、私のところに来ました。それで私は、その、私も読みました。それで、その、社にとっての最善を考えて、見なかったことにしました。そちらの巡査部長が昨日電話してくるまでは。ええと、我々にとっても難しいジレンマでして。法律的に、という意味ですが」

「グラハムさん、もっとはっきりおっしゃってください」

「ええ、全部コンピューターに入っていたんです。法務部に相談したところ、すぐに弁護士に連絡するよう言われました。弁護士は、ご想像のとおり、震えあがっていました」

「弁護士？　いったいなんの話ですか？」

「ピーター・カーター・ラック先生ですよ。これでおわかりでしょう、ダフィ警部補。これについて、我々の誰も何も知らなかったんです。リリーがこのネタについて話したことは一度もありません。いえ、もし私が相談を受けていたら、このネタを取材する許可は出していなかったでしょう。おそらくですが、リリーがフィンランドの視察団への同行を志願したのは、この個人的なネタを取材したかったから、ただそれだけだったんでしょう。ネタは情報受付窓口に持ち込まれたものです。おわかりでしょうが、あまり信頼できる情報源ではありません」

「保留にしてもいいですか、少し待っていてください。うちの巡査部長が出勤しているか見てきます。スピーカーフォンにして巡査部長もこの通話に参加させたいんですが、かまいませんか？」

捜査本部室にローソンとクラビーがいた。

「リリーの上司からだ。リリーは追っていたネタのせいで死んだのかもしれないと言っている。有力者が関係しているとかで、相当びびってる」

「なんてことだ」ローソンが言った。

ふたりを連れて俺のオフィスに戻り、保留を解除し、スピーカーフォンにした。

「続けてください、グラハムさん」

「続ける？　いや、話を聞いてなかったんですね。私の上司のフィップス氏もカーター・ラック先生もそれは絶対に駄目だと言っていました。私のほうからこれ以上言えることはありません。リリーはどうやら、自分のプライベートの時間にゴシップ的なネタを追っていたようです。《フィナンシャル・タイムズ》の紙面には絶対に載らないような。ネタは彼女のコンピューターに入っています。大雑把な内容ですが、常識ではとても考えられないことが書いてありますよ。ネタというよりは箇条書きが並んでいるだけで、ほとんどが名誉棄損に関わる内容です。それを電話口で伝えることは望みませんし、プリントアウトしてファックスするのも御免です。カーター・ラック先生に相談したところ、我々がこれを会社で、この社内でプリントアウトして内容を外部に漏らしたら、《フィナンシャル・タイムズ》は法的責任を負うことになり、名誉棄損で訴えられる可能性があるということでした。弁護士先生がそうおっしゃってるんです。リリーのコンピューターに証拠としての価値があるとお考えなら、あなたかあなたの代理人がコンピューターを持っていってください。警察がコンピューターとリリーの死は無関係だと考えるようなら、会社に対して名誉棄損訴訟を起こされるまえに我々の手で処分しろと忠告を受けています」

「コンピューターの大きさは？」とローソン。

「一九八六年モデルのマッキントッシュ・プラスです」

「署で使っているのとだいたい同じ大きさですね。そこそこ大きいスポーツバッグなら入ると思います」ローソンが言った。

「あなたの電話番号を教えてください、グラハムさん。三十分後に折り返します。それでいいですか？」

グラハムから番号を聞き、電話を切った。

「さて、昔ながらの馬鹿騒ぎだ。どう思う？」

「ピーター・カーター・ラックといえば、いつも《プライベート・アイ》誌を訴えている弁護士です。その弁護士が新聞社にコンピューターを破壊しろと言っているなら、かなりまずいものにちがいありません」

「向こうでプリントアウトさせてファックスさせせやしょう」

「そうですね」ローソンが言った。

俺はグラハムに折り返し電話した。「そのファイルに何が書いてあるのであれ、プリントアウトして我々に送ってもらう必要があります」

「いえ。そうするつもりはありません。カーター・ラック先生がはっきりおっしゃったんです。リリー・ビグローのコンピューター内のものをこの建物内でプリントアウトしてはいけないと。先生が言うには、警察がコンピューターを押収して中身を警察署でプリントアウトする分には異存ないということでした」

「十分後にかけ直します」俺は電話を切った。

「コンピューターを押収しなければなりませんね」とローソン。

「あい」とクラビー。

五分後、警部のオフィス。

「確かに費用はかさみますが、あらゆる証拠を手に入れなければ、公訴局長から職務怠慢の誹(そし)りを受けるでしょう」

「公訴局長が自分のところから予算を出してくれるわけじゃないんだ。うちの署の財政がどれだけ逼迫(ひっぱく)しているか、君は知らんようだな。トイレットペーパーを節約しろという、ディエルが書いた回覧板を見たか？　うちは東アントリムのほかのどこの署よりもトイレットペーパーの使用量が多いんだ」

「それはほんとうでしょうね。でも、おかげで我々のケツの穴が一番きれいです」

警部は眉をひそめた。「……なんにせよ、被疑者は捕まえたんだ。今さら新しい証拠が出たところでどうなるというのか、私にはわからないよ……」

そのまま文句を言わせておいた。この役立たずの軟弱男にはそれくらいしかできることがないのだ。

一時間半後。

ベルファスト・ハーバー空港。

ブリティッシュ・ミッドランド航空BM34便でヒースロー空港へ。二枚買えばもう一枚無料でついてくるチケットだったので、ディエルへの嫌がらせのためだけに三人全員で行った。

黒タクで《フィナンシャル・タイムズ》本社へ。びっくりするくらい差し出がましい警備員に警察手帳を調べられ、詰問された。

三階でグラハム氏に出迎えられた。陰気で人情のなさそうな男で、ずっと洟をすっていた。それから国内報道編集主任のジェイソン・フィップス氏。フィップスはグラハムを仕事に戻らせると、ここからは自分が引き継ぐと言った。フィップスに案内されてオフィスに入った。聖パウロ大聖堂が見える、思ったより魅力的なオフィスだった。

フィップスは長身で頭のはげかけた、立派な押し出しの人物で、声はあまりに穏やかで、聞き取りづらいほどだった。何十年もまえに仕立てたらしいスリーピースのスーツを着ていて、オフィスの隅の帽子掛けには本物の山高帽が掛かっていた。一九八七年、コンピューター、アイリス・マードック、サッチャー、スペースシャトル、それから生き馬の眼を抜く競争のこの時代、フィップスのような人間は絶滅しているはずだと君は思うかもしれないが、そうではなかったようだ。

秘書が紅茶とビスケットを運んできた。

「リリーの事件ではすでに逮捕者が出たそうですね」フィップスが言った。

「どこでそれを知ったんですか？」

「AP通信の電報です。この事件は公訴局の管轄になったとか。クラーク・アンダーヒルという男が逮捕されましたね」

「そのとおりです」

「動機は性的な何かですか？」

「なぜそう思うんです？」

「リリーはとても、その、魅力的でしたし、アンダーヒルという男は老人で、城のようなところにずっとひとりで暮らしていたんですよね？」

「捜査の詳細やアンダーヒル氏の起訴について話す裁量は我々にはありません。それに、やはり自殺だったという可能性もゼロではありません」

「まあ、お察しのとおり、最初に自殺と聞いたとき、私どもの誰もが多少の疑念を抱きました。そう言わねばなりません。それなりに自信に満ちた、幸せな女性に見えましたから」

「ボーイフレンドとのトラブルについてはどうです？」

「ええ、そうですね。それについてはあとになってから少し聞きました。従業員には社内で個人的な問題についてあまり話さないように言ってありますので」

「彼女がいろいろな薬を飲んでいたことを知っていましたか？　そのなかには精神安定剤も含まれていました」

「いえ、知りませんでした」

「ネムブタルを飲んでいたことはご存じでしたか？」

「いえ、それはなんですか？」

「睡眠補助薬です。仕事はどうでしたか？　ビグローさんの仕事ぶりは」

「よくやっていましたよ。ガートンからの新卒採用でした。だから当然、どんどん仕事をこなせるようになっていきました。まあ、最初は少々未熟でしたが」

「ガートン？」

「ケンブリッジ大の学寮です。経済学で最優秀でした」

「どんな仕事をしていたんです?」

「AP通信のニュースの再構成、長い記事の共同執筆、ちょっとした編集補佐、そんなところです。出来高払いで働いてもらっていました」

「トップニュースや一面の特ダネといったあたりは?」

「まさか!《フィナンシャル・タイムズ》の第一面に近い位置に記事を載せるには、紙面中面での四、五年の経験が必要です。私どもの第一面のニュースはマーケットの土台そのものを揺るがしかねません。ほかの新聞なら好き放題に書けるでしょうが、私どもは自社の記事に細心の注意を払っています」

「リリーのコンピューターのなかに何があったのか教えてください」

「彼女のデスクまでご案内します。私物はお父上に送りましたが、コンピューターは……まあ、それは別の話です。とても高価な備品ですし、記録を、ええと、〝抹消(ワイプ)〟という用語でよかったと思いますが、抹消するのも完全に我々の一存で可能だったと思います。ですが、弁護士によれば、警察沙汰になってしまった今、抹消するのはもう手遅れということでした」

フィップスは俺たちを連れてオフィスの外に出ると、ニュース編集室の一隅にあるリリーのデスクに案内した。すっかり片づけられていて、残っていたのはマックだけだった。

「彼女の仕事が全部このなかにあるんですか？」俺は言った。

「うちのために書いたものが全部。そうです。告発文書はどうやらリリーが情報受付窓口を担当した際に得た情報を元にしているようです」

「情報受付窓口というのは？」

「週に一日、若手の記者に窓口を担当してもらっているんです。一般人からのニュースや見込みのありそうなネタを受け付けている電話番号になります」

「そうしたネタは多く寄せられるんですか？」

「情報はたくさん入ってきます、ええ、ですが、ニュースにできそうなものはごくかぎられています。先ほど説明したように、警部補、私どもの新聞に掲載される内容はまず徹底的に調査されます。調査され、吟味されます。世界の資本主義の未来はこの社屋の壁の内側から発信される情報の正確性に懸かっていると言っても過言ではないでしょう」

「じゃあ、どうしてそもそも情報受付窓口を置いているんです？」

「記者たちにとっていい訓練になるからです。情報をふるいにかけさせるんです。それに、ごくたまにひとつやふたつは有益な情報が得られます」

「どんな情報ですか？」

「ほとんどが財務上の不法行為です。だからこそ《サン》や《ニュース・オブ・ザ・ワールド》ではなく、うちにかけてくるんです。しかしながら、ほとんどは自分の組織のマネジメントがうまくいっていないことに対する愚痴ですね」

「それで、リリーが見つけ、あなたたちが慌てふためいている情報というのは?」

「ああ、はい、リリーの情報ですね……彼女が書いたものを見たら、なぜグラハムがこの問題について電話で話さなかったのか、なぜカーター・ラック先生が社内で印刷しないようにおっしゃったのか、すぐにおわかりになるでしょう。今お見せします……」

フィップスはコンピューターを起動し、デスクに着くと、マウスを使ってファイルをクリックしていった。システムは俺たちがキャリックで使っているものとまったく同じで、フィップスはすぐに目当てのファイルを見つけた。

「これです。印刷のボタンはどうか押さないでください。読んで、お持ち帰りになってください。お手数ですが、受領証と免責書類にもサインしていただきたい。弁護士がそう言っておりまして。どんな人物が情報受付窓口でリリーにこの情報を伝えたのか、具体的にどう伝えたのかはわかりません。リリーからはなんの相談もありませんでしたから。このファイルが作成された数日後、彼女からフィンランド人の北アイルランド視察に同行したいという申し出があり、グラハムが許可しました。いいビジネス記事になりますし、グラハムはリリーが現場仕事を覚えるのもいいだろうと思ったわけです。彼女に別の意図があったとは、私どもには知る由もありませんでした。それは断言します」

フィップスが話しているあいだに俺はリリーが残したファイルに眼を通した。ファイル名は〝情報　87／1／30〟となっていた。

・情報受付窓口より：87／1／30
・男。二十代（？）。アイルランド訛り
・キンケイド（？）青少年犯罪者収容所――ベルファスト
・養護施設（不明）――リッチモンド
・買春／青少年
・シリル・スミス議員、アントニー・ブラント卿、シン・フェイン党議員（不明）、保守党閣僚（不明）、ピーター・ヘイマン卿、アルスター統一党議員（不明）
・ジェフリー・ディケンズ議員がレオン・ブリタン議員に調査書類を提出（一九八四年）。このときブリタンは内務大臣。ディケンズは下院で非難されるが、かなり正確な内容と主張？　MI5？　政府？

・キンケイド青少年犯罪者収容所、ジミー・サヴィル大英帝国四等勲士。サヴィルは理事会の一員。申し立てに気づいていた？　北アイルランド／アイルランド共和国を幾度も訪問。
・サヴィルはおそらく否定／訴える。スミスはおそらく否定／訴える。武装組織。
・セレブたち。フィンランドの企業視察団が二月にベルファストを訪問。電話工場を設立。ペーター・ラークソ？

俺はしばし呆然と文書を眺め、それから手帳をめくって一言一句を書き写した。

「ご覧のとおり……」フィップスが言った。

「信じられない内容です」俺は言った。

「偏執的で、まともとは思えません」

「ここに書いてあることは調査しましたか？」

「もちろん。私どもは新聞社ですから。リリーはこれのせいで殺されたのではないかという恐ろしい考えが私の脳裏にこびりついて離れないのです。しかし当然、どれも妄言ですよ。中傷、噂、ゴシップ、《プライベート・アイ》でも記事にしないようなネタです」

「ジェフリー・ディケンズの件はニュースになってたような記憶があります」クラビーが言った。

「下院で笑い者になったんですよ。議会の議事録に全部残っています。ディケンズはイギリス政府の非常に地位の高い者たちが参加している小児性愛グループが存在すると主張しました。ところが何ひとつ証拠がなかった。それで、いわゆる〝調査書類〟を内務大臣に提出しましたが、当然なんの措置も取られなかった。ホモセクシャルの議員たちの名誉を棄損したかったんでしょう。そういうことは六〇年代初頭にもありました」

「ジミー・くそサヴィルか」俺は言い、口笛を鳴らした。

「かみさんの嫌(きれ)えな野郎だ」とクラビー。

「何をおっしゃる。皇太子と夕食をともにされるような方ですよ。ウィリアムとハリーの名づけ親のようなものです。サッチャー首相は毎年クリスマスにサヴィル氏と一緒にお茶をしています。そんな人物は事前に徹底的に身辺を調査されているはず。そうは思いませんか？　何かまずいことがあるのなら、とっくに距離を置かれていますよ」

「リリーが北アイルランドに行きたいと言い出したのは、この情報を追うためだったと思いますか？」俺はフィップスに訊いた。

「今となっては、それは明白ではありませんか？」

「陰謀ですか」ローソンがつぶやいた。

「城の老管理人はＭＩ５が汚れ仕事のために雇うような男には見えませんでしたがね」とフィップス。

「彼は元海軍です。ボンド中佐と同じく」とローソン。

「ボンドはＭＩ６ですよ」とフィップス。

「よし、ローソン。こいつをしまってくれ。持って帰るぞ」

ローソンはアディダスの大きなクリケットバッグを持ってきていた。マックを運ぶにはちょうどいいサイズだった。

「ここにいるあいだにリリーの同僚と話をさせていただきたいのですが」俺はフィップスに言った。

「どうしてもとおっしゃるなら」

友人たち、同僚たちとお決まりの会話。リリーは穏やかな性格だった。熱心な若手記者で、みんなから好かれていた。ぽっちゃりして眼鏡をかけたそばかすのデヴィッド・ムーアという人物が彼女の一番の友人だったらしかった。

「リリーは自分が追っている大きなスクープについて、あなたに話をしましたか？」

「スクープ？　いえ。このへんでスクープですか？　リリーがスクープを？　聞いたことないです。彼女はもっとレベルの低いビジネス関係の記事を扱ってました」デヴィッドはまったく《フィナンシャル・タイムズ》的でないチャーミングなイングランド工業地帯（ブラックカントリー）訛りで言った。

「彼女のキャリアの見通しはどうでしたか？」

「悪くなかったですよ」

「それはどういう意味です？」

「北アイルランドとスコットランドのデスクを担当してました」

「スクープの宝庫というわけではない？」

「ええ、そういうわけじゃないです」

「フィンランド人の視察団を取材することに彼女が興味を示したことはありますか？」

「私に話したことはありません」

「彼女がキンケイド青少年犯罪者収容所という名前を口にしたことは？」

「ありません」

「シリル・スミス、アントニー・ブラント、あるいはリッチモンドの養護施設について話したことは？」

「ありません。いったいなんなんですか？」

「レオン・ブリタンに提出された秘密の調査書類については？」

「ありません」

「ラークソという名前を口にしていたことは？」

「ありません」

「ジミー・サヴィルは？」

ムーアは顔をしかめた。「変ですね。ええ、ジミー・サヴィルの話はしていました」

「最近ですか？」

「ええ、一週間ちょっとまえ、彼女が北アイルランドに発つ少しまえに」

「リリーは何を知りたがっていましたか？」

「どうやったらジミー・サヴィルにインタビューできるだろうかと言ってました」

「で、あなたはなんと答えました？」

「さっぱりわからない、と。たぶんBBCを通さないといけないだろうって」

「それだけですか？」

「ええと、ちがいます。同じ日のうちに、リリーはジミー・サヴィルがブロードムア精神病院のトレーラーハウスに住んでいることを突き止めたと言っていました」

「なんですって？」

「ジミー・サヴィルはブロードムア精神病院のトレーラーハウスに住んでいると言っていました」

「サヴィルはどうしてそんなところに？」

「わかりません。リリーは私に質問してほしそうな顔をしていましたが、私は、まあ、その、ジミー・サヴィルにあまり興味がなくて。正直なところ。あの番組はまったく好きじゃないです」

「『ジムにおまかせ！』ですか？」

「ええ、『トップ・オブ・ザ・ポップス』も」

「リリーからジミー・サヴィルがブロードムアのトレーラーハウスに住んでいると聞いて、あなたは何も言わなかったんですか？」

「ただ『へえ』と言いました。それだけです。リリーとは友達としてやっていきたいと思っていましたが、あまり長時間話してしまうと……私は少しまえからドイルさんの秘書のサラとつき合っているんですが、サラはその、まあおわかりでしょうが……」

「ええ、わかります。リリーはその後サヴィルのことを話しましたか？」

「いえ。というか、それがリリーと話した最後になりました」

「彼女が精神安定剤とネムブタルを飲んでいたことは知っていましたか?」

「ええ、まあ。リリーがパブでバリウムを飲んでいるのを見たことがあります。私はジン・トニックと一緒に飲んで大丈夫なのかと訊きました」

「リリーはなんと答えましたか?」

「大丈夫だと」

「なぜバリウムを飲んでいるのかは訊きましたか?」

「訊いてはいないんですが、向こうから説明してくれました。リリーは閉所恐怖症気味で、地下鉄に乗るとパニックを起こしてしまうことがあるのだと。それで医者にバリウムを処方してもらって、とても楽になったと言ってました」

「リリーはどこに住んでいたんですか?」

「ヴィンセント・テラスです。ノーザン線エンジェル駅の」

「とても参考になりました、ムーアさん」

マックを抱えて《フィナンシャル・タイムズ》の外へ。

タクシーで街を走り、ヴィンセント・テラスへ。

リージェンツ運河沿いのすてきな三階建てアパート。

一階に住んでいる家主のシン夫人から鍵を借りた。「とてもかわいらしい娘さんでしたよ。とても静かで、とても立派で。訪ねてくる男性の数も多くありませんでした。といったら、おわかりになりますかしら。すてきな子で。わたしの誕生日にお花をくれたんですよ」

リリーの遺品は箱に入っていた。「土曜日にお父さまが引き取りにいらっしゃる予定です」

俺からの依頼で、ノリッジ署のブロードベント警部がすでにここで彼女の遺品を調べていたが、関連のありそうなものはほとんど何も見つかっていなかった。が、もう一度調べたところで害はない。俺たちは箱の中身を丹念に調べたが、証拠としての価値があるものは何もなかった。メモ帳が何冊か、そうとも、だが事件に関係あるものはなかった。俺は鏡の裏、ベッドの下、ジュエルボックスの隠し収納を調べた。何もなし。リリーは本の趣味がよかった。レコードの趣味はもっとよかった。

彼女は聡明な若い女性で、少々の不安を抱えていて、キャリアの前途は明るかった。

「リリーは閉所恐怖症だったと聞きました、シンさん、何か思い当たる節はありますか？」

「ええ、ありますよ。狭いところはほんとうに駄目でした。エレベーター。あの子はエレベーターに乗りませんでした。それから地下鉄に乗るときには薬を飲んでいました。ノーザン線でも。あの地下鉄の感じはご存じでしょう。いえ、ご存じないかしら。それと高いところ。高いところも苦手でした」

俺はクラビーとローソンを見た。

リリーは密閉空間が苦手だった。高いところが苦手だった。だからキャリック城の地下牢に隠れ、城塞から飛びおりた……

「何をお探しなんですの？」

「手帳、自宅用のコンピューター、そんなところですかね」

「あの子は職場にコンピューターを持っていました」

「ローソン巡査刑事があの大きなバッグで運んでいるのがそうです。手帳はどうですか？」

「小さな手帳を持ってた。いつも持ち歩いてたわね。アイルランドに持っていったんじゃないかしら……ほかの刑事さんたちにもそう教えたけど。みなさんとても仕事熱心で。二回もいらっしゃったの」

「それは熱心ですね」

「連中がなんかしら見つけてたら、俺たちに送ってきてるはずです」クラビーが言った。

「その人たちも陰謀の一部だったら話は別ですが」ローソンが暗い、メロドラマ的なひそひそ声で言った。

「電話をお借りできますか、シンさん」

下院に電話。

「ジェフリー・ディケンズの執務室につないでもらえますか……私は王立アルスター警察隊のショーン・ダフィ警部補といいます」

間。転送。若い女が電話に出た。

「なんのご用でしょうか？」

なんのご用か話した。〝小児性愛〟という言葉に彼女が顔をしかめるのが聞こえた。ディケンズさんは今日とてもお忙しくて。明日ならもしかしたら。ディケンズさんは今週ずっとお忙しいんです。ご自身の選挙区の議員にお話しされたほうがいいんじゃないでしょうか……

俺は電話を切り、クラビーを見た。「ひとり終わった。残りひとりだ。うちの予算じゃ、もう一度出張に来ることはできない」

「なんでだ？　誰に会おうってんです？」

「ブロードムアでサヴィルに会うと言ったらどうする？　キンケイドについていくつか質問するんだ。それからキンケイドに行くぞ」

「俺たち、キンケイドに行くんですか？」

「ああ、そうとも。そのつもりだ」

「ジミー・サヴィルにも会う？　そりゃかなりのこじつけですぜ」

「ローソンは以前からサヴィルに会いたがってたからな。お膳立てしてやるんだ」

「そんなこと、一度も言ったことはありません！」ローソンが抗議した。

「ああ、うっかりしてた！」シン夫人が言った。「そこで待ってて！」

夫人は奥の部屋に引っ込み、大乱闘としか形容できない音のあと、ショートヘアの家猫を抱えて戻ってきた。

「はい、どうぞ」夫人は俺に猫を渡しながら言った。

「これはなんです？」

「リリーの猫。お父さまは欲しくないって言うし、これ以上はここに置いておけないの」

「これを我々にどうしろというんです？」

「あなた警察だから、何か思いつくでしょ」

「この雌猫の名前は？」

「ジェット。雄よ。一歳くらい。去勢はまだ。元気いっぱい」

俺は夫人に猫を返そうとした。「王立動物虐待防止協会に持っていってください」

「あなたが自分で持っていって」

「猫に触りたくない。俺はトキソプラズマに戦々恐々としながら生きてるんだ」俺は言い、猫をローソンに渡した。

「トキソプラズマというのはなんですか？」ローソンは怪訝そうに猫を見ながら言った。

「猫が持っているウイルスだ。さまざまな精神疾患や行動障害を引き起こす。とくに若年者に」

「よかったら、猫用のキャリーケージがあるけど」シン夫人が言った。

「ええ、お願いします」とローソン。

ローソンはそれほどうれしそうではないジェットをケージに入れた。

「で、どうしやす？」クラビーが訊いた。

「シンさん、このあたりに車をレンタルできるところはありませんか？」

夫人は少し考えた。

「ペントンヴィル・ロードに何軒かありますよ」

13　ジミー・サヴィルのトレーラーハウス

イングランドの道路地図。レンタルしたフォード・シエラ（ＢＭＷはなかった）。ローソンが地図を読み、クラビーが後部座席でコンピューターと猫のお守。ペントンヴィル・ロードからウェストウェイ。シェパーズ・ブッシュを抜けてＭ４へ。Ｍ４を走り、ウィンザーとイートンを抜けて。川沿い。ウォーキンガムを抜けてクロウソーンへ。

テムズ・バレーに降る雨。シエラのウィンドウ・ワイパーはきしきしと不快な音をたて、あまりいい仕事をしなかった。ヒーターとデフォッガーはうまく機能しなかった。

「な？　イギリス車を買うのは絶対にやめておけ、ローソン。ドイツ車か日本車にするんだ」俺は言った。

「相手にすんなよ。俺のランドローバー・ディフェンダーはよく走るぜ」クラビーが言った。

ブロードムア精神病院。

ゲートロッジ。

ジンジャー色の口ひげの男。元軍人、東ロンドン訛り（コックニー）。

「なんのご用でしょうか？」

俺は警察手帳を見せた。「警察です」

「ああ、例の脱走したやつの件ですか？」

「どのやつです？」

「ちがう？　ああ、うん……今言ったことは忘れてください。頼みますよ。で、なんのご用で？」

「サヴィル氏に会いに来ました。ここにいると聞いています」

「ああ、いますよ！　それもお客さんとしてじゃなく！　そこんとこは強調しとかないとですね。はは。いやまあ、顧問的な立場でいらっしゃるわけです、いってみれば」

「どこにいらっしゃいますか？」

「病棟にいなければ、トレーラーハウスでしょう。すぐ見つかりますよ。ローラーのうしろにつないである白いバンです」

「ロールス・ロイスにつないである？」

「黄色いローラーに、ええ。見逃しっこないです。帰るときにサインお願いしますよ。行きはよいよい、帰りは面倒ってね。ま、そう思わない日もあるでしょうが」

ぐしょぐしょになって一部浸水している駐車場にサヴィルのトレーラーが駐めてあった。俺たちの背後には霧に包まれた不気味な病院棟があり、不吉な様相を呈していた。

シエラを停め、外に出て、トレーラーのドアをノックした。

「誰だ？」聞きちがえようのない、奇妙な、ＤＪらしい声が車内から聞こえた。生まれのヨークシャー訛りは多少の痕跡しか残っていなかった。

「王立アルスター警察隊、キャリックファーガス署のショーン・ダフィ警部補です」

「誰だって？」

「キャリックファーガス署の者です」

トレーラーのドアがあいた。サヴィルは本人にそっくりだった。赤いアディダスのトラックスーツ、アディダスのスニーカー、そして、一日じゅう雨だったにもかかわらず、サングラス。染められたトレードマークの巻き毛はプラチナ色というより白髪で、日に焼けた肌の下にかなりの老化が見られた。片方の手に葉巻を、もう片方の手にリーズ・ユナイテッドのマグを持っていた。

「キャリックファーガス？　いったいどこだそりゃ？」

「北アイルランドです。ベルファストにあるキンケイド青少年犯罪者収容所について、いくつか質問させていただけますか？」

「なんの話だ？」

「あなたはひょっとして、そこの理事会のメンバーですか？」

「たぶんな。国内の十箇所ほどの養護院や施設の理事長やら理事会員やらをやってる。多すぎて全部は覚えてない」

「少しなかで話をさせてもらえませんか？　ここでは体が濡れてしまうので」

「全員入るのか？」

「はい」

「そんなスペースはない。それにもう濡れてるじゃないか」

「そこをなんとか。これは殺人事件の捜査なんです」

「それが俺とどう関係するんだ？」

「頼みますよ。いくつか質問したら引きあげますから」

サヴィルはかぶりを振った。「わかったよ、入んな。マットで靴を拭けよ。タオルを敷くから、それまでソファに座るんじゃないぞ」

俺たちは狭苦しいトレーラーのなかに入り、サヴィルがソファにタオルをかけるのを待ってから腰をおろした。

「あなたはここで何をしているんですか、サヴィルさん」俺は訊いた。「このブロードムアで」

「公式には、俺がここにいるのは患者とスタッフの慰問のためだ。非公式には――」

「非公式には？」

「ここだけの話だが、エドウィナ・カリーに頼まれて来てるんだ。特別捜査でな」

「なんですって？」俺は信じられずに言った。エドウィナ・カリーといえばサッチャー政権の保健担当政務次官のひとりで、首相本人を別にすれば、政府でただひとりの傑出した女性だった。

「俺はすでに諮問委員会の委員ではあるんだが、ときどき政府の頼みを聞いてやってるんだ。けど、こいつはちょっと、あいにく極秘なんだ。財務上の不法行為ってやつでな。それを調べてる。あんたら、紅茶を飲みたいだろ。淹れてやる。ミルクはないぞ」

「いえ、その必要は――」

「もう淹れてるとこなんだよ！」サヴィルは怒鳴った。「湯が沸いてるのが聞こえないのか？」

　彼はティーバッグひとつで三杯の紅茶を淹れはじめた。俺はその隙にトレーラーの車内を眺めまわした。汚いカーテン、折り畳みベッド、焦げかすがこびりついたコンロ、それから金属の壁一面に掛けられたサイン入り写真。ビートルズと写るサヴィル、ストーンズと写るサヴィル、キンクスと写るサヴィル、ゲイリー・グリッターと写るサヴィル。そして、いかにコネがあるかを見せつける、政治家や宗教家と写るサヴィル。バジル・ヒューム枢機卿と写るサヴィル。チャールズ皇太子、マーガレット・サッチャー、チャールズ・ホーヒー、ヨハネ・パウロ二世と写るサヴィル。どんな人間とも会ったことがあるようだった。王室からも教皇からもまだナイトの称号を授与されてはいないが、サヴィルは病院や子供たちのために精力的に慈善事業をしているから、おそらくはそのいずれも近いうちに……

サヴィルは洗っていないままのリーズ・ユナイテッドのマグを俺に出した。

「ありがとうございます。あなたはリーズのファンだと思ってましたよ」俺は言い、にっこり笑ってマグを受け取った。

「サッカーなんて誰が気にする？」サヴィルは言った。「それと、ビスケットが欲しいなんて言うなよ。クリームのやつがあとひと袋しか残ってないんだ。あんたたちが二枚ずつ食ったら全部なくなっちまう」

「ええ、このままで大丈夫です」俺は言った。

サヴィルはローソンとクラビーにもマグを渡し、「見ろ、こいつのぶちゃむくれ面。わかったよ。ビスケットか何かやるよ。何か食いたくて仕方ねえって顔だ」とローソンに言った。

そして今度は俺に向かって「おい、あんた、ラジオつけてくれ。小人の葬式みたいじゃねえか」

サヴィルが食器棚を漁っているあいだに俺はトランジスタラジオをつけた。ジョー・コッカーの《You Are So Beautiful》がかかっていた。サヴィルはすぐに走ってきてラジオを消した。

「おまえ、今の曲が好きなのか?」責めるような口調だった。

「悪くはないと思いますよ」俺は言った。

「どうしようもないくそだよ。〝僕にとって君は美しすぎる〟? 俺が女にそんなこと言ったら、ぶん殴られちまう」

「でも作詞はビリー・プレストンですよ。ジョン・レノンから五人目のビートルズと呼ばれた――」

「五人目のビートルズとはな、五人目のビートルズとは」サヴィルはつぶやいた。「ジミー・ターバックもそう呼ばれたんだよ。ジョージ・ベストだって五人目のビートルズと呼ばれた。マンチェスター・ユナイテッドの選手がだぜ! 俺はスチュアート・サトクリフがメンバーだったころからくそったれビートルズを知ってるんだ」

「へえ！　好きなメンバーは誰ですか？」ローソンが訊いた。

「好きなメンバーは誰ですか、とはな。あいつはいいパンチを持ってた、ジョンは。だから背中から撃たれた。犯人が正面から撃とうとしてたら、ジョンは頭突きをお見舞いしてやっていただろう」

「エルヴィスに会ったことはありますか？」またローソンが訊いた。

「質問ばかりしやがって。おまえ、いくつだ？　十二か？　どうやって警官になった？いや、俺はくそエルヴィスにはくそ会ってない。おまえが何を知ってるってんだ？　エルヴィスは一度もイギリスに来ちゃいない。いや、一度来たが、プレストウィックくそ空港に降りただけだ！」

サヴィルはやばい見た目のロールケーキを紙皿にのせ、ローソンに出した。「ほらよ、食いもんだ。で、あんたらなんの用なんだ？　俺は非常に多忙な男でな、知ってのとおり」

「キンケイド青少年犯罪者収容所のことです、サヴィルさん。あなたは後援者のひとりですよね？」

記憶がサヴィルの脳裏に押し寄せてきたようだった。「あの施設か？　ああ。斬新な。

新しいアイディアだ。子供にちょっとの敬意をもって接する。俺が百万ポンド出してやって、それで理事会に加わることになった」サヴィルは言い、葉巻に火をつけた。

「その施設で虐待の疑惑があるという話を聞いたことはありますか？」

「どんな虐待だ？」

「おもに性的虐待です。でもわかりません。暴力とか？」

「いや。なぜだ、何を聞いたんだ？」

「たぶんなんでもないんです。新聞社に匿名の情報提供があって――」

サヴィルは大げさにつくり笑いをし、吐き出すようにして葉巻を捨てた。

「俺が関係してる施設や病院について、新聞に匿名のタレコミ？　冗談だろ？　そんなガセ、洪水のように毎週あふれてる。あいつはペテン師だ、あいつの財産は全部盗んだ金だ、あいつは子供に手を出す変態だ、『ジムにおまかせ！』で子供にみだらなことをしてる、あいつは自分のことしか考えてない、だからサッチャー首相から税金を免除されてる、とかな。しかしまあ、匿名の情報提供とはな。ごみの山だよ。みんながみんな、いつもそういうふうに俺の陰口を叩く。国のために働こうってやつは誰だって陰口を叩かれるんだ」

「ジェフリー・ディケンズ議員によると――」

「ジェフリー・ディケンズ！　首相はそいつのことをなんて言ってる？　とんでもない馬

鹿野郎だと言ってる！　まったく、やれやれだ。それだけか？　どっかの馬の骨からの情報だけなのか？」

「匿名で提供されたこの情報を調べていたジャーナリストが殺害された可能性があります。それで我々が捜査しているんです」俺は言った。

サヴィルはうなり、俺の言ったことの重要性を認めた。「まあ、そういうことは何も知らんよ。俺は金を出す。やつらはそれを遣う。そのあと何がどうなってるかは神のみぞ知るだ」

隅で電話が鳴った。

「出たほうがよさそうだ」サヴィルは言った。

彼は受話器を取り、電話越しに女性が何か言うのをしばらく聞いたあと、電話を切った。

「いいか、君たち。俺はいつでも喜んで警察に協力する。警察慈善基金にも大金を寄付してるし、俺はロンドン警視庁の名誉巡査部長でもあるんだ。北アイルランドのほうについていえば……あそこにラジオ1ロードショウを持っていったのは俺だ。ほかのやつらはみんなびびってたが、俺が断固主張したんだ。ベルファストの子供らにも光と希望が必要だ。だろ？　それがたまたま俺だった。何か善行をすると、決まって揚げ足を取ろうとする輩が現われる。何か下心があるにちがいないってな。で、出すぎた杭を打とうとする。とくにあのくそタブロイドの連中はな。くそ下品な言葉を使っちまってすまないが。連中はおだてて祭りあげたあと、ぼこぼこにぶちのめすのが好きなのさ」

「じゃあ、念のために確認させてもらいますが、キンケイド青少年犯罪者収容所での虐待疑惑については何もご存じないんですね？」

「まったくないね！　もし知ってたら、まっすぐに警察に通報してるだろうよ。あんた、名刺は？」

「あります」俺は言い、名前とオフィスの電話番号が書かれた名刺を渡した。

「すぐにあんたに連絡するよ……さて、そろそろほんとうに行かないと。患者たちを励ましてやらなきゃならない。それが俺の仕事だ」

サヴィルは小型冷蔵庫の上に置かれた小さな金庫のまえまで行き、金庫をあけて金のチェーンやら金の指輪やらを取り出すと、それらを身に着けた。

「ほら！　出ろ！　出てってくれ！」彼は言い、ドアのほうに俺たちを追い立てた。

俺たちは外に、雨のなかに出たが、そう簡単にこいつを放免するつもりはなかった。

「キンケイド青少年犯罪者収容所を調べてみます。今後、あなたから正式な供述を取らせてもらうかもしれません、サヴィルさん。ですので、あなたの電話番号と定住している場所の住所を――」途中まで言ったところでサヴィルに遮られた。

「俺にそんな口を利くんじゃない、若いの。俺がどこでクリスマスを過ごしたか知ってるのか？」

「北極ですか？」

「そう、ほっきょ……チェッカーズだよ、わかるか、首相の別荘だ！　キャロル、デニス、マーク、マーガレット、首相一家と俺。な？　もう俺を煩わせないでくれ。この件についても、ほかのどんな件についても。でないと、あんたは受けたくない電話を受けることになる」サヴィルはトレーラーのドアを閉め、ロックし、駐車場を駆けて病院に向かった。

俺たちはサヴィルの姿が霧のなかに消えるまで突っ立って見ていた。

「どう思う？」俺は言った。

「テレビで見るのとは少し印象がちがいましたね」ローソンが言った。「なんというか、少し……」

「くそ野郎だった？」

「そんなような感じです」

「疑惑についてとくに気にしてる様子じゃありやせんでしたね」とクラビー。

「ああ。だな」

俺は腕時計を見た。四時だった。「ヒースローまでそう遠くない。Ｍ４をまっすぐ戻ればいい。家に帰るか、諸君？」

家、ふたりは同意した。

14 キンケイド

ヒースローからベルファスト・ハーバー空港へ。湾にまっすぐ降下し、造船所の真上を飛ぶ着陸経路。最終進入路に入ると、フォールズ・ロードで起きている暴動が見えた。

「あれを見てください」ローソンが言い、俺たちは宙を舞うモロトフ・カクテルの弧とそれがライオット・シールドにぶつかるさまを眺めた。ベルファストに着陸するときの楽しみのひとつだ。

荷物を受け取り、自分がどこにいるかまったくわからず怯えている猫を〝特大・特別〟貨物エリアで受け取った。

短期駐車場からBMWを出し、ふたりを家に送った。ローソンはキャリックファーガスのまあまあすてきだが退屈なダウンシャーに、クラビーはもっと田舎の、バリークレアの先のしっちゃかめっちゃかな牧羊場へ。

「ちょっと茶でも飲んでいかねえか？　息子たちもショーンおじさんに会いてえとさ」

「また今度な。くたくただ。ベッドに直行したい。ヘレンによろしく言っておいてくれ。ああ、それから、これをお土産にあげてやってくれ、ヘレンさえよければ」俺は言い、〈W・H・スミス〉の袋から大きなトブラローネチョコを三つ取り出した。

「やべえ！　ロンドンで家族に土産買うの忘れた！　みんなにどやされちまう！」クラビーは心底動揺しているようだった。

「このチョコは君からだと言うんだ。俺はそれでかまわないよ」

クラビーは少しのあいだ、罪のない嘘をつかなければならない可能性と格闘し、それから首を横に振った。「いや、謝り倒すよ。あんたからの土産だって聞いたらみんな喜ぶだろうし」

「わかったよ、変わったやつだ。また明日な。なあ、猫を飼いたくないか？　農場に猫がいたら役に立つだろ、どうだ？」

「いや、フラッフィーに殺されちまう。縄張りにうるさいからな」

「そうか、ならいい」

「送ってくれてありがとよ、ショーン。帰って寝てくれ」

「そうする」

が、俺は家に帰らなかった。署に行き、ジェットにミルクをやり、リリーのマックをコンセントにつないで、飛行機での移動で壊れていないかどうか確かめた。ちゃんと動いた。彼女が情報受付窓口から得た情報のメモを印刷し、《フィナンシャル・タイムズ》の連中が見落としているものがないかどうか、ほかのファイルも確かめた。興味をひくものはなかった。退屈な金融とビジネス関係の情報。二流のネタだ。例のネタはどこの誰だか神のみぞ知る人物から、青天の霹靂(へきれき)のごとくもたらされたにちがいない。

自分のコンピューターにログインし、ロンドン警視庁に設けられているイングランドとウェールズの犯罪データベースのサーバーにつないだ。理屈の上では、このデータベースは誰かの犯罪歴を調べたい者にとって天からの恵みのはずだったが、実際にはほとんど一回も機能したことがなかった。ローソンか俺が何かにアクセスしようとすると、決まってシステムがクラッシュしているか、あまりに重すぎてあきらめるしかなかった。

しかし、思っていたとおり、深夜の二時ともなれば話はちがった。イギリスでこんな時間に誰かの犯罪歴を調べている警官は俺以外にいなかったのだろう。

その誰かというのはジミー・サヴィルだった。が、もしこのコンピューターを信用できるなら、サヴィルは潔白そのものだった。イングランドでもウェールズでも逮捕歴なし、続行中の調査なし。見た目も行動も怪しいことこの上なかったが、だからといってやましいことをしているとはかぎらない……

俺はコンピューターをシャットダウンし、あくびをした。

今さら家に帰っても仕方がない。「どこかでくそをしたくなったら、なるべく人事課か交通課でやってくれ。あいつらはみんなから嫌われてるから」俺はジェットに説明した。ファイル・キャビネットから寝袋を取り出し、オフィスの床に敷いて眠った。

肩にやさしい手。

「な――」

部屋にあふれる陽光。コーヒーのにおい。ローソンとクラビーが幼子イエスを見るような眼で俺を見ている。

「ショーン。コーヒーを淹れたぜ。それと朝飯に〈ミスター・キプリング〉のフレンチ・ファンシー・ケーキがある」クラビーが言った。

「ありがとう」

俺は人事・給与課のほうを見た。そこで誰かが騒いでいた。

「何があったんだ?」

「ディエル巡査部長のデスクの上に何者かが大便をしたのです」ローソンが言った。

「ジェットはどうした?」

「あそこで丸くなってるぜ、あんたの革ジャケットの上で。眠ってる」

「あれはとても賢い猫だな」

ジミー・サヴィルに前科がいっさいなかったことを話したが、ふたりは驚かなかった。フィップスが言ったとおりだった。ほんとうにサッチャー一家とクリスマスを過ごしているのなら、徹底的に身辺調査されている。冷静になって考えてみれば、実に馬鹿げた疑いだった。

窓の外の城に眼をやった。

「リリーがアンダーヒル以外の何者かに殺害されたんだとしたら、通り魔的な犯行だったんだろう」俺は言った。「追っていたネタのせいで殺されたのだとしたら、頭のいい犯人なら三つのことをしたはずだ。ひとつ、彼女を殺して口封じをする。ふたつ、手帳を燃やす。三つ、コンピューターからファイルを抹消する。この仮想殺人犯は最初のふたつは実行できたが、最後のひとつはできなかった。犯人はリリーを殺すチャンスを見つけて殺しを実行したが、そいつは治安部隊の人間でも特別部の人間でもなかったはずだ。なぜなら、《フィナンシャル・タイムズ》の社屋に入って彼女のデスクに近づくことはできなかったからだ」

「じゃあ、犯人は一般人ということですね」とローソン。

「それか、リリーを黙らせることが重要だったのかもしれない。疑惑だけではなんの意味もないが、正義感に燃えた口やかましいジャーナリストはとんでもない騒ぎを起こすかもしれない」俺は思案した。「ローソン、頼みがある。キンケイド青少年犯罪者収容所の理事会にほかに誰が名を連ねているか調べてくれ。あと、過去五年ほどのあいだに、施設についてなんらかの苦情が出されていないかを」

「過去五年のあいだに苦情はありません。今朝少しファイルを調べました。できたばかりの施設で、去年の八月に開所したばかりです」ローソンは言った。

「ニュータナビーの性犯罪調査班が持ってる記録をいちおう調べてみてくれ。ああ、それから、巡査を使いにやって、猫用トイレとカルカンを買いに行かせろ。猫まっしぐらのやつ。あれはCMだけか？」

「猫はカルカンにまっしぐらだ」クラビーが言った。

「よし、始めるぞ。やることがたくさんある」

俺は電気シェーバーでひげを剃り、三人でキンケイド青少年犯罪者収容所に到着したときには、多少なりとも見苦しくない顔になっていた。収容所はアントリム・ロードの動物園の近く、いい感じの緑地のなかにあった。確かに、非常にモダンな施設だった。フェンスはなし。広大な敷地。デンマーク風の大きな長方形の建物。たくさんの血色のよいティーンエイジャーたちが外でサッカーをしていて、巨大なジャングルジムで追いかけっこをしている者たちもいた。

「思ってたのとだいぶちげえなあ」クラビーが言った。

「逃げようと思えばいつでも逃げられますね。フェンスがありません」とローソン。

「そこがミソなんだろう。フェンスがなければ、誰でもいつでも立ち去れる。それがかえって連帯責任のようなものを強める。とても北欧的な刑罰の考え方だ」俺は言った。

「楽観だな」クラビーが言った。その言葉をクラビーが軽蔑以外の意味で使ったことはなかった。

ランドローバーを駐め、車を降りた。若い受刑者たちは俺たちがここにいることをなんとも思っていないようだった。屋内に入った。案内板に従って受付に向かうと、ルイーズという名前の事務員がいた。

「ベティ・アンダーソンさんとお会いしたい」俺は言った。「電話した者です」

「ああ、あなたがダフィ警部補ですか？」

「そうです」

「アンダーソンさんがお待ちになっています。すぐにご案内いたします」

彼女は俺たちをミセス・アンダーソンのオフィスに案内した。こぎれいで、物が少なく、モダンだった。硬材製の大きなテーブルに置かれたコンピューター、硬材の床、回転椅子、

CDプレーヤー、小さな絨毯、ソファ、数十冊の本（見たところ、ほとんどが心理学と刑務所管理学の本）が並んだ金属製の本棚、それからアントリム・ロード、ベルファスト、湾の眺望。誰もがうらやむオフィスだった。

ベティ・アンダーソンは三十代前後、ブロンド、大きなブラウンの瞳。全身ピンク色の服で、それゆえ、『サンダーバード』のレディ・ペネロープに不気味なほどそっくりだった。

俺は自分、クラビー、ローソンの名前を告げた。彼女は座り心地のよさそうな赤い革ソファに座るよう俺たちに言った。そして、こちらが頼むまえに紅茶のポット、ミルク、カップ、ソーサー、リッチティー・ビスケットを持ってきてくれた。

ベティ・アンダーソンは話し方までレディ・ペネロープを髣髴とさせた。レディ・ペネロープにフェネラ・フィールディングが混じったような。彼女は明らかにイギリス人であり、上流階級であり、そんな人間がなぜ北アイルランドで刑務所を管理しているのかといえば、考えられる理由は宣教師のような熱意しかなかった。

「それで、今日はどういったご用件でしょう」

「我々はキャリックファーガス城で先週起きた殺人と思しき事件を捜査しています。リリー・ビグローという女性の事件です。ニュースにもなりました」

「すみません、ニュースは見ないようにしているんです。心を乱されてしまうものですから」

「ビグローさんは匿名の情報提供を受け、若者に対する虐待を取材していたようです。その取材の過程でこの施設の名前が浮上したのです」俺は用心しながら言った。

「みなさまはすでにファイルをチェックなさって、わたしどもの記録が模範的なものであることはご存じでしょうね。昨年の夏に試験プログラムが始まって以来、一件の苦情もありませんし、脱走者もひとりもいません。それがここのメソッドの証明でなければなんなのか、わたしにはわかりません」

「こちらのメソッドというのは？　お訊きしてもかまいませんか？」

「わたしどもはニルス・クリスティの提唱する北欧式の刑務所モデルを採用しています。みなさまもご存じでしょうが、北欧における再犯率はイギリスよりも大幅に低いのです。わたしどもがここでケアしている青少年たちは尊厳と敬意ある待遇を受けています。読書、スポーツ、遊戯が推奨され、わたしどもは木工技術、金属加工技術、自動車の整備技術を教えています。彼らは技術、自信、それからベルファストでは最も得がたいもの、すなわち未来への希望を持って出所します。収容されている青少年は七十五名だけですが、その全員が少なくとも一科目の普通級を修了、もしくは中等教育修了証を取得しています。上級学力試験に合格している者もいます。ひとりなど、毎朝アルスター大学に通っているくらいです」

「暴力、ハラスメント、虐待の申し立ては一件もないんですか？」

「一件もありません」

「外に看守がひとりもいなかったようですが」

「それは看守をひとりも雇っていないからです。雇っているのは教師、庭師、ソーシャルワーカーだけです。ああ、それから看護師がふたり」

「看守組合は気を悪くしているかもしれませんね」

彼女は笑った。「それはかなり控えめな表現ですね。それどころか、これは推測に過ぎませんが、虐待に関するミス・ビグローのその匿名情報の出どころは、おそらく北アイルランド看守組合でしょう。彼らは最初からわたしたちによからぬ思いを持っていましたから」

「看守組合はこちらのやり方を認めていない？」

「ええ。叩け、痛めつけろ、閉じ込めろというのが彼らのアプローチです。それで社会がどうなったかは、まわりを見ればおわかりでしょう」

「青少年が七十五名。年齢は？」俺は訊いた。

「十三から十九歳です。といっても、今日この構内に七十五名全員はおりませんが」

「いない？」

「二十名はスコットランドでプリンスズ・トラストとともに野外活動中です」

「チャールズ皇太子の団体ですか？」

「そのとおりです」

「ジミー・サヴィルがここの理事（ガバナー）のひとりということですが」

「顧問（アドバイザー）です。〝ガバナー〟には刑務所長という意味もあり、ここでは使いたくありません。こちらをご覧ください」そう言って、彼女はカラフルなパンフレットを寄こした。序文をサヴィルとロングフォード卿が書いていた。

「サヴィルさんはこちらの施設とダブリン郊外に建設中の姉妹施設のために百万ポンド近く寄付をしてくださいました」

「失礼でなければ、あなたの経歴を教えていただけますか？」

「ケンブリッジ大で犯罪学の修士を取り、オスロ大でクリスティ先生に師事し、博士号を取りました」

「そもそもどうしてこの事業に関心を持ったんですか？」

「父がデズモンド卿……ハワード刑罰改革連盟の理事長なんです」

「蛙の子は蛙というやつですか？」

「ええ」

「ここには壁もフェンスもないようですが」クラビーがまだすべてを呑み込めずに言った。

「そのとおりです。ここを去りたい者はただドアから出ていけばいいのです」

「そして、入りたい者は誰でも入ってこられる」

「刑務所に入りたいと思う人がいますか？」

「教師、庭師、ソーシャルワーカーが帰宅したあと、夜間はどうしているんですか？」とアンダーソン女史。

「ああ、最小限の夜間スタッフは置いていますよ。わたしどもは馬鹿ではありません。男の子は男の子ですから。消灯の時間にはちゃんとみんながベッドに入っているよう、ジョーンズさんが見てくれています」

「そのジョーンズさんと話をさせていただきたいですね。あと、できるなら少年の何人かと」

「コリン・ジョーンズと話すのはかまいませんが、少年たちと話をさせることはできません。すみません、悪く思わないでください。警官、看守はなし。それがここのルールですので。少年たちにはわたしたちのことを信用してもらいたい。警官や看守による横暴を許していたら、それは叶いません。さっきも申しあげましたが、悪く取らないでください」

彼女は愛想のいい笑みを浮かべて言った。

「大丈夫ですよ。令状を持ってきたら、少年たちと話せますか？」俺も同じくらい愛想のいい笑みで返した。

「それには北アイルランド担当大臣が発行した令状が必要です。ここは枢密院の特別命令のもとに運営されていますから、通常の司法手続きの対象にはなりません。その点は譲れませんね。いついかなるときであっても、ここの青少年たちに王立アルスター警察隊のせいで嫌な思いをさせるわけにはいかないのです」

「少年たちについてもう少し教えてもらえますか？　彼らはどこから来て、どれくらいここにいるんですか？」

「みんな第三区分の低度監視受刑者です。一番年少の受刑者は十三歳、一番年長は十九歳です。年齢ごとに宿舎を三つに分けています。名称はいちおう青少年犯罪者収容所となっていますが、保護訓練所といったほうが近いかもしれません」

アンダーソンが話しているのは受刑者たちのことではなく、この場所のことだった。

「暴力犯ですか？　窃盗？　性犯罪？　どういった罪状で？」

「第三区分と申しあげましたよ、ダフィ警部補。暴力犯はひとりかふたりで、ほとんどはドラッグ、強盗、窃盗です。そのうちかなりの数がいわゆる盗難車での無謀運転（ジョイライド）ですね」

「武装組織との関係はどうですか？」

「ああ、ギャングは入所できません。そういったことは固く禁じられています」

「禁じられているなら、ここに入ってもすぐに出ていってしまうのでは？」

「わたしどものメソッドが非常に効果的だということは証明されています」彼女は言い……さらに十五分にわたって刑務所の説明を聞いているうちに時間切れになった。ベティ・アンダーソンは忙しい女性だった。俺たちは礼を言い、ジョーンズ氏のあまり立派ではないオフィスに行った。氏のオフィスは刑務所の宿舎のひとつの内部にあった。

まじめで勤勉な若者をそこかしこで見かけた。彼らはさまざまな授業に向かう途中、あるいは授業を終えてきたところだった。自前の私服を着て、おしゃべりしていた。和やかな雰囲気だったが、俺たちを見ると身をこわばらせた。よそ者を、大人を、権威を……危険を。

「やあ」俺はひとりに声をかけた。

「ああ」彼は返事をした。

コリン・ジョーンズは感じのいい白髪の六十歳で、白い口ひげは愁いを帯びていた。元看守で、制度に幻滅して引退し、刑務所改革に関する本を書き、ベティ・アンダーソンにスカウトされた。

「ここで働いてどのくらいになりますか？」

「開所当時からだ。八月からだな」

「仕事はどうですか？」

「まさに期待したとおりの施設だよ。とてもすばらしい運営だ」

「トラブルはありませんか？」

「いかなるトラブルとも無縁だね」

「夜間の業務について教えてください」

「ベティと日中のスタッフはみんな、いつも六時か七時に帰る。演劇や演奏といった特別な行事がないかぎりはね。私は深夜零時まで宿舎に残る。消灯は十時半だが、それから一時間半ほど残って、悪さをしている者がいないか確かめる」

「その後は？」

「その後は家に帰る。家といっても、敷地内にあるちょっとした小屋だがね」

「少年たちは誰が見張るんですか？」

「それがクリスティ・モデルの美点だよ。子供たちは自分たちで自分たちを見張る。火災避難訓練やその他の緊急時用の訓練はしてある。子供たちに責任を与えるわけだ。それがうまくいく。とはいえ、問題があったときにはいつでも私を起こしに来ていいことになっている」

「これまでの勤務中に何か問題があったことは？」

「ないね。子供たちはとても行儀よくしている。年長の受刑者は自分たちがどれだけ幸運かよくわかってるよ。で、年少の者たちをよくしつけてる。それに、彼らも私が馬鹿な真似を許さないということをよく承知している。さっきも言ったとおり、宿舎は午後十時半に消灯するが、ふだんは朝までうんともすんとも聞こえてこない。それで朝になると、何人かが起きて早朝のランニングをするんだ」

「どこまでランニングに行くんですか？」

「ああ、ノッカー山まで行く子もいるよ」

「ランニングのために刑務所を離れることも許可されているんですか？」

「ああ、そうだ。人に敬意を持って接すれば、向こうも敬意を持って接してくれるようになる。そうは思わないか、ダフィ警部補？」

「私の経験ではありませんね。誰かが逃亡したことは一度もないんですか？」

「一度もない。今のところはな。このメソッドがうまくいってるんだ」

ジョーンズは時間にうるさくなかったので、俺たちは順繰りに質問した。ジョーンズ氏の言葉を額面どおりに受け取るなら、彼らはここに、アントリム・ロードの果てに地上の楽園を築いたことになる。

　ジョーンズのオフィスから帰る途中、本や新聞が置いてある娯楽室のなかを通った。ためになる新聞だけだった。《サン》も《デイリー・スター》もなし。あるのは《ガーディアン》《タイムズ》《デイリー・テレグラフ》だけだった。

　そしてそこに、コーヒー・テーブルの上に、古い《フィナンシャル・タイムズ》。三週間前の日付。

　ふたたびジョーンズ氏のオフィスへ。刑事コロンボ・スタイル。「もうひとついいですか、ジョーンズさん。《フィナンシャル・タイムズ》はもう取っていないんですか？」

「《フィナンシャル・タイムズ》？　ああ、あれはレニーのために購読してただけなんだ。庭師のひとりでね。ブリティッシュ・テレコムの株価を知りたがっていた。でももう辞めたから、取っていても仕方がない。誰も読まないからね。クロスワードも誰もできないし」

「そのレニーという人物はいくつでしたか？　二十代？　三十代？」

「二十九だ」

「どこに行けば会えますか？」

　ジョーンズはレニー・ダミガンのファイルを調べた。住所はラスクール団地の高層棟の一室。だがもちろん、俺たちがそこに行ってみると、レニーはいなくなっていた。部屋は無人で、レニーはいくつかのスーツケースだけを持ってとんずらしていた。

「イングランドだかスコットランドだかに行ったよ」隣人が言った。「銀行口座を解約して、預金を全部おろしてから引っ越したんだ」

「どうしてです？」

「ここにうんざりしたんだろうぜ。ま、責めることはできない」

レニーの唯一の肉親である妹は、レニーが国外に出たことすら知らなかった。

俺たちは車で署に戻った。

これは興味深かった。レニーが失踪したことは。キンケイドの庭師頭が。給料はよかった。なのに仕事を辞め、引っ越し、現金だけで生きていくことに決めた。レニー、株価を調べるために《フィナンシャル・タイムズ》を読む男。

あの奇妙な北欧式のやり方は、戦火にまみれたアルスターのような社会でもほんとうに機能するのだろうか？　ノルウェーなら、誰もが金持ちで、犯罪らしい犯罪のないノルウェーなら。でもここでは？　この時代のここでは？　紛争の恐ろしい深夜零時のここでは？　そんな夢のような話があるのか、それとも俺たちが荒みすぎていて信じられないだけか？　レニーはただのトラブルメーカーなのか、それとも内部告発者なのか？

捜査本部室に戻り、ローソン、クラビー、俺は警察のファイルと法廷記録を熱心に調べた。ベティ・アンダーソンについてもコリン・ジョーンズについても、記録はまっさらだった。ジョーンズは正規の看守業務で表彰を受けていた。しかし、アルスターで腐敗と無縁でいられるやつはいない。とりわけ看守は家族に対する脅迫に弱い。レニー・ダミガンは夜逃げするまで、キンケイドでたったの八週間しか働いていなかった。

「頼みがある、ローソン。レニー・ダミガンのことを各所に通達してくれ。ぜひとも本人と話をしたいんだ」

「もしダミガンが現ナマだけでスコットランドに潜伏してんなら、あまり期待はできねえですけど」とクラビー。

「ああ。だが、俺たちのレニーは何かに怯えている。ちがうか？」

「あい」

「ラークソ、エク、レンネイティンの双子についても、国際刑事警察機構（インターポール）に記録がないか調べてみよう」

調べたが、何も出てこなかった。

太陽はすでにアントリム台地の向こうに沈んでおり、署内はがらんとしていた。俺たちの仕事ぶりを確かめに、マカーサー警部が捜査本部室に入ってきた。俺はリリーのコンピューターに入っていたファイルのことと、キンケイド青少年犯罪者収容所で経験したことを話した。

「君たちが騒ぎ立てているその匿名の情報とやらを見せてもらえるか」マカーサーは言った。

俺はリリー・ビグローのコンピューターからプリントした紙を見せた。

「なんてことだ」彼は言い、デスクの上を滑らせてプリントを返した。

「ええ」

「これを誰に見せた？」

「警部だけです」

「神に感謝だな。ジミー・サヴィル？　シリル・スミス？　内務大臣？　ナンセンスの塊だ。そうだな？」

「とくにサヴィルはこの種の疑惑とは無縁のように思えます。首相のお気に入りのようですし、特別部が身辺を徹底的に洗っているはずです」

「君たちはサヴィルと話したらしいな」

「はい。変わった人物でした。というか、不愉快でした。テレビの印象とはだいぶちがいますね」

「だからといって変質者ということにはならない」

「そのとおりです」

「キンケイドのことを教えてくれ」

「妙な施設でした。モダンで。半年前から運営しています。試験プログラムか何かのようで、受刑者は七十五名しかいませんが、うまくやっているようです。アンダーソン女史はあの収容所が青少年犯罪者たちの再犯を防止し、ベルファストをラガン川のオスロに変えると思っているようです」

「君のオフィスから奇妙な音がするんだが、あれはなんだね？」

「リリー・ビグローが飼っていた猫です。なんというか、押しつけられてしまいまして。警部は猫派ですか？」

「いや、ちがう。つまみ出せ、ダフィ。署の看板猫を飼うつもりはない。縁起が悪いぞ」

「ショートヘアでぶちの家猫です、縁起が悪いことはありません」

「君の家に連れて帰れ。でなければ王立動物虐待防止協会に。好きなほうを選べ」

「わかりました」

俺はおやすみの挨拶をして部下たちを帰し、猫をコロネーション・ロードの新しいすみかに連れて帰った。

15　トニー・マクロイの探偵事務所

朝。猫が一匹、俺の頭に登ってみゃあと鳴いている。シャワー、ひげ剃り、朝飯抜き、猫のためにツナを少し置き、ＢＭＷの車底に爆弾がないか確認する。爆弾はない。

爆弾はない。が、通りの突き当たりの角から誰かがこの家を見張っていないか？　パーカーを着た男は？

いない。俺の妄想だ。どうして誰かが俺を見張ろうとする？　あれはただの通行人だ。しかし、眼はしっかりあけておけ。

ＢＭＷの車内。ラジオ1でカルチャー・クラブ。ラジオ3でヴィヴァルディ。ダウンタウン・ラジオでドリー・パートン。ならダウンタウンだ。

捜査本部室へ。「捜査会議だ」俺は言った。「〈オウニーズ〉でやろう」俺は言った。「朝飯を食いながら。おごるぞ」

通りの少し先にあるパブ、〈オウニーズ〉。これまで何度となく言ってきたとおり、キャリックファーガスで一番のギネスのパイントを出す。一九五〇年代の、静かに注がれた、床におがくずを敷いたダブリンのパブのギネスに引けを取らない。

朝食フルセット(アルスター・フライ)、アイリッシュ・コーヒー――砂糖、酒、カフェイン、脂肪のちょっとしたドラッグ。

俺たちはマリーン・ガーデンズ、湾、城を見おろせる上階の個室にいた。窓を流れる雨筋、海の白い波頭。

「さて、諸君?」俺は二杯目のコーヒーを飲み終えてから言った。

「言ってみりゃ、俺たちのせいで狐は巣穴に逃げちまったらしい」クラビーが言った。

「ローソン?」

ローソンはこの狐狩りのたとえが何を意味するのかよくわかっていないようだったが、頭にあることはクラビーと同じだった。「警部補、どうやらリリーが手に入れた情報はごみの山だったようです。キンケイド青少年犯罪者収容所で虐待がおこなわれているという証拠はまったくありません。苦情申し立ても一件もありませんでした」

「ファイルにも何もなかったな」俺も同感だった。

「武装組織は関係していないようです。あの女性はとても立派な方のようですし、理事会にはリチャード・コールターとジミー・サヴィルが名を連ねています。ふたりとも記録に瑕ひとつありません。サヴィルはいけ好かない男でしたが、いかがわしいことに関与している可能性はありません。リリーは頭のいい女性でした。以前から薬のせいで精神が落ち込んでいたところに、追っていた情報がガセだったとわかり、それで自殺を決意したのではないでしょうか」

「閉所恐怖症と高所恐怖症については？」

「薬の効果でそういった恐怖を感じなくなっていたのでしょう。そのための薬ですから」

「時系列と死体の移動についちゃどうだ？」クラビーが訊いた。

「アンダーヒルが城を隅から隅まで点検したというのは嘘です。きっと酒を飲んでいたのでしょう」

「死斑は？ 死体が動かされたことについては？」

「それについては病理医がまちがっているか、酔っていたアンダーヒルが死体を動かし、酔いが醒めたあとにまた戻したのでしょう」

「あまりエレガントな答えじゃないな」俺は言った。

「ああ、そうだな」とクラビー。

「だが、エレガントがなんだっていうんだ、クラビー、ここはベルファストだぞ」俺たちは沈黙し、それについて考えた。

「俺が公訴局長に報告書を書くよ。いろんなシナリオを盛り込んだやつを」俺は言った。

「連中が強く迫れば、アンダーヒルは口を割るはずだ」俺は両手で想像上の天秤をつくった。「〝遺体を動かし、警察の時間を無駄にした罪〟対〝二級殺人罪〟だ。俺だったら自分のしたことを認めるね」

「仮にやってなかったとしても認めるでしょうぜ」とクラビー。

「あい、でもあいつが遺体を動かしておらず、リリーを殺してもいなかったとしたら、いったい何が起きたっていうんだ？」

「わかりません」とローソン。

俺はギネスを飲み終え、立ちあがった。「だがまあ、キンケイドの線はガセだったたってことでいいな？」

ローソンはうなずいた。クラビーはうなずかなかった。

「しっかりしてくださいよ、巡査部長。デカ長もよくご存じでしょう。小児性愛に関する陰謀論は大々的に報道されますが、いつも、いつも、いつもでっちあげだということを。《ニュース・オブ・ザ・ワールド》の常套手段ですよ」ローソンが言った。

「まず第一にだ、言葉に気ぃつけな」

「はい」

「第二にだ、もしフィンランドの視察団のうちの誰かが邪な目的でキンケイド青少年犯罪者収容所に行ったなら……つうか、連中がどこかに行ったにしろ、それを逐一知ってるやつに心当たりがあるだろうが」

「誰です？」

「その男は視察団が行った先を全部知ってる。連中がアイルランドにいたあいだの行動を一秒刻みで把握してるはずだぜ」

「誰のことですか？」

「あんたのお友達、トニー・マクロイだよ、ショーン」

俺はにやりと笑った。「そのとおりだな。トニーと少しおしゃべりしに行こう。で、このヤマの捜査は終わりだ」

ふたたび署へ。ランドローバーではなくBMWで。

警部が自分のオフィスに来いと俺を呼んでいた。

「ダフィ！」

「今は駄目です。ベルファストで約束がありまして。犯罪捜査課の業務です。ご心配なく、猫はなんとかしておきました」

「ダフィ、なんだこの領収書は！　ディエル巡査部長がどうして君たち三人、全員がロンドンに行かなきゃならなかったのか、説明を求めてる。署の予算じゃなく、犯罪捜査課の予算から出してもらうことになると言っているぞ」

「二枚分の料金で三枚買えたんですよ。そちらもなんとかしておきます。ほんとうにもう行かないと」

BMW。

クラビーは前部席の俺の隣。ローソンは後部席。ラジオ3がラフマニノフを流している。単調に上下するアルペジオ。誰が耐えられる？

「ラジオを切ってくれるか、クラビー」

「ラジオ2にしやしょうか？」

「あい、そうしよう」

クラビーがラジオ2に切り替え、イージーリスニングが俺たちをA2とM5に運んだ。ヨーク・ロードにあるトニーの事務所の正面に車を駐めたときには、ハンク・ウィリアムズの《Your Cheating Heart》がかかっていた。俺もクラビーも大いに楽しんだが、若いローソンはまったく理解できないという顔で後部席に座っていた。

ブラックロック・ビルディングは埠頭にほど近い旧煙草工場内にあり、最近になって安価なオフィススペースに改装されていた。高い天井、ふんだんな面積、海の眺望。煙草のにおいがなくなるには百年かかるだろうが、しばらくすれば慣れるだろう。工場の建物がなくなり、埠頭で活発な取引がおこなわれなくなった今、駐車する場所もふんだんにあった。街のこの部分はかつて――といっても十年も昔ではないが――栄えていたが、今では波止場で輸送コンテナが錆びつき、クイーンズ・アイランドではハーランド&ウルフ造船所の大きなクレーン群が静かに垂れていた。錆の浮いていないものといえば、法的に宙ぶらりんのまま四年前から放置されている、ぎらりと輝くアルミニウム製のデロリアンたちだけだった。

トニーの事務所は最上階にあり、湾がよく見えた。いい感じの事務所だった。トニーは受付と秘書を置いていて、コカ・コーラのマシンがあり、コーヒー・テーブルに座り心地のよさそうなソファが二脚配されていた。壁はパステル調に塗られ、独創的な絵が掛かっていた。

「どういったご用件でしょうか?」赤いエナメルの瓶とマニキュアのブラシを下に置きながら、とてもかわいい受付の女性が訊いた。

「警察です。マクロイさんと少しお話しできますか?」俺は言った。

「おかけになってください。マクロイさんが忙しいかどうかドナに訊いてみます。ドナ、どう?」

ドナと呼ばれた女性が《コスモポリタン》誌から顔をあげた。

「見てくる」

「ショーン・ダフィが会いに来たと伝えてください」

彼女がそう伝えると、大きな笑みを浮かべたトニーが受付エリアに飛び出してきた。だぶだぶの青いスーツを着ていた。おそらくロンドンで流行っているのだろう。が、ベルファストでこういうものを眼にしたことはなかった。そして、スーツと釣り合わないカナリアイエローのネクタイと先の尖った茶色い靴。このアンバランスもきっと意図的なもので、やはり海の向こうのファッションなのだろう。ロンドンに渡ったときにもっと注意を払っておくべきだった。

トニーは俺の手を熱烈に握った。クラビーとはこれまでに何度も会ったことがあり、その存在に気づくと、クラビーとも握手した。俺は改めてローソンを紹介し、トニーのあとについてオフィスに入った。オフィスもとてもよかった。明るい青のペンキ、港を見おろす大きな窓、地中海の風景を描いた絵、チーク材の机、革のソファ。

「座ってくれ。今日はどうしたんだ?」机の向こうの椅子に腰をおろしながら、トニーが訊いた。机の上にはオフィストイもコンピューターも何もなく、あるのは電話機、手帳、数本の鉛筆だけだった。気が利いている。精神科医のようで、顧客の要望に重きを置いている感じがする。

「葉巻はどうだ?」トニーは訊き、机に巧みに組み込まれた葉巻入れの扉をあけ、とても高級そうなコイーバを箱から出した。

「いただきます」俺は一本を受け取った。

ローソンとクラビーは辞退した。

「ふたりの分も君が取っておけ」トニーはそう言って譲らなかった。

「わかりました」俺は言い、もう二本受け取った。

「やっぱし俺ももらいます」クラビーが言った。トニーは変わらず笑みを浮かべていたが、差し出した箱から葉巻が消えたとき、わずかに表情が曇ったのを俺は見逃さなかった。そこから多くのことがわかった。トニーは昔から自分をよく見せるのがうまかった。ぴかぴかのオフィス、名刺、髪型、服装……そして、そうとも、トニーは正しかった。民間警備業は北アイルランドの成長産業だ。治安情勢は控えめに言って微妙だった。とはいえ、アルスターにも裕福な人間はいるが、一九八七年のアルスターで新規事業を立ちあげるのが容易であるはずはなかった。離婚を食い物にする探偵事務所はほかにもあるし、もっと大きな契約となると〈セキュリコー〉や〈ホーム・ガード〉がある。トニーにはコネがあり、金は入ってきているのだろうが、ふらりとやってきた王立アルスター警察隊の男たちのポケットのなかに高価な葉巻が消えていくのを、顔色ひとつ変えずに眺めていられるほどの額でないことは明らかだった。

俺たちはトニーの向かい、革ソファに腰をおろした。トニーの背後に、絶え間ないベルファストの霧雨のなかに、リヴァプールに向かって出航するカーフェリーが見えた。

「おっと！　飲み物もだな。ウィスキーにするか？」トニーは訊き、俺たちが今は勤務中だから遠慮すると言うより早く、全員になみなみとアイラを注いだ。

俺たちは礼を言い、本題に入った。

「トニー、今日は挨拶に来たわけじゃないんです。死亡したリリー・ビグローのことで話を聞きたくて」俺は言った。

「なるほど。君が城のじいさんを逮捕したという記事を読んだよ。なぜ殺したんだろうな？　まさか性犯罪じゃないよな？」

「動機はわかりません。あの事件は公訴局の手に渡りました。動機や理由は公訴局長が明らかにしてくれるでしょう」

「じゃあ、俺に何を訊きたいんだ？」

「ええ、事件全体について、新しい手がかりのようなものが出てきまして。リリーがそもそも北アイルランドを訪れたのは、キンケイド青少年犯罪者収容所に関する情報を手に入れたことが理由だったようです。その収容所が未成年売春の本拠地のような場所として使われていて、フィンランドの視察団が北アイルランド滞在中に現地を訪れる可能性があるという情報です。そういった話を聞いたことはありますか？」

トニーは驚いたようだった。「視察団がここにいた三日間、俺はほぼ二十四時間つきっきりだったが、そういうことはなかったな。君もフィンランド人たちと会っただろ、ショーン。年寄りがふたりとくそガキがふたり。彼らがそういうことをするとは思えないな」

「可能性は低いでしょうね」

「そのキンケイドってのはどういう場所なんだ？　聞いたことがない」

「少年院のようなものです。しかしまあ、立派な施設でしたよ。とてもモダンで。スタッフに前科はなく、理事には地元の著名なビジネスマンのほか、芸能人も何人か含まれています」

「で、それと俺がどう関係するんだ？」

「あなたはフィンランド人一行が北アイルランドに滞在していたあいだの行動を逐一知っているはずです。それを一緒に振り返って、彼らがキンケイドに行ったという可能性を排除できれば、そのときは、まあ、その線については捜査を終わりにできるかなと」

「キンケイドに行ってないことがなんの証明になるんだ？」

「リリーが北アイルランドまで追ってきた情報はガセだったということになります。それと、彼女の死は《フィナンシャル・タイムズ》に匿名で持ち込まれた情報とは無関係だったという証明になります」

トニーは混乱しているようだった。「よく話がわからないんだが、ショーン。フィンランド人たちが少年買春をしているという匿名の情報を手に入れたことで、大きな陰謀が動き出し、七十歳近い城の管理人を雇って地下牢で彼女を殺す計画が練られた、そういうことか？」

「ええと、まあ……」

トニーはクラビーを見た。「ジョン、今のは君が考えたことなのか？」

「まあ、みんなで一緒に考えたといいますか」クラビーは言った。

「いやいやはやはや」そう言うと、トニーは立ちあがり、ファイル・キャビネットのなかを探した。そして、フィンランドの視察団がベルファストに来た際の全旅程表を俺に渡した。

俺は旅程表を確かめた。ベルファスト国際空港への到着から、ベルファスト国際空港からの出発まで。工場見学、ビジネスマンや役人との昼食会、歴史的遺産（キャリック城、ジャイアンツ・コーズウェイなど）の見学、晩餐会の予定がぎっしり詰まっていた。俺はそれをローソンとクラビーに渡した。

「見てのとおり、スケジュールはぎっしり詰まっていた。悪魔崇拝の儀式や殺人をする時間はなかったよ」

「この七日の夜はなんですか？　〝自由：娯楽〟とありますが」

今度は気まずい思いをしたのはトニーのほうだった。

「ただの夜の自由時間さ。相当な過密スケジュールだったから、その夜は自由行動にしたんだ。例の財布の盗難騒ぎがあったのもその夜だ。覚えてるか？」

「盗難があったのは深夜のことですよ、トニー。夕方は何をしていたんです？」

「俺が知るわけないだろ。自由行動だったんだから」

「いやいやはやはや、トニー。嘘は昔のほうがうまかったですね」

トニーはため息をつき、かぶりを振ると、ウィスキーを飲み干した。

「俺に恥をかかせないでくれよ、ショーン。そこのふたりに席を外すよう言ってくれないか？」

「マクラバン巡査部長刑事とローソン巡査刑事も最後まで同席します、マクロイさん」

「ジーザス、〝マクロイさん〟はよせ。友達だろう。おふたりさん、頼むよ。俺がわざわざ言うまでもなく、あの紳士たちがその晩どこに行ったかは君もよくわかっているだろう。

しかし、問題を抱えた若者たちのための施設でなかったことは確かだ」

「視察団のなかに問題を抱えている者たちがいた。そして、そのふたりは若かった。〈イーグルズ・ネスト・イン〉に行ったんですね。ちがいますか、トニー？」

トニーは不機嫌そうに首を横に振った。「全部お見通しなら、なぜふざけた真似をするんだ、ショーン。俺はそこらの馬鹿たれとはちがう。君の友達だぞ。少なくとも、俺はそう思っていたが」

「気を悪くしないでください、トニー。さあ、話してもらいますよ。誰が言い出して、誰が行ったんですか？」

トニーは煙草に火をつけた。

「そうだな、君は視察団の四人全員と顔を合わせたっけな。じゃあ、誰が誰だかわかるよな？」

「ええ」

「よし。エク氏というのがいただろ。一番歳上だが、ボスじゃない男、まとめ役のような男だ。そのエク氏が俺に言ったんだ。あの若者たち、あの双子が――」トニーは話しはじめたが、ローソンとクラビーが手帳を取り出し、自分の言っていることをすらすらと書き記しているのを見て口をつぐんだ。「おいおい、君たち！　ほんとうにそんなことする必要があるのか？ これで俺も事件に巻き込まれることになるのか？」

「ふたりは自分の仕事をしているだけです、トニー。続けてください」

トニーはかぶりを振った。「それでまあ、双子のステファン・レンネイティンとニコラス・レンネイティンはすっかり退屈していて、ちょっとしたお楽しみを求めていた。それでノッカー・ロードの〈イーグルズ・ネスト・イン〉なんかどうかと俺が提案したんだ。女将(おかみ)のダンウッディを知ってるだろ？ いいレディだ。サービスもいい。少々値は張るが、高級だ。それでエクも申し分ないと言った。で、俺もかなり驚いたんだが、四人全員でそこに行くことになった。双子だけじゃなく、老体のラークソ氏とエク氏もだ。俺の車に全員は乗り切れなかったが、エク氏に車があった。それで俺が自分の車で先導して〈イーグルズ・ネスト・イン〉に行き、女将に四人を紹介した。女将は彼らを店で引き受けると言った。飲み物の料金が仰天するほど高かったから、俺はバーで待たずにBMWに戻って少し眠った」

「それからどうなりました？」俺は訊いた。

「終わったあと、俺はまた四人を先導してホテルに連れ帰った。そのあとベッドに入って寝ていたら、ラークソ氏の財布が何者かに盗まれたという電話がエク氏からあった。俺は警察に通報するよう言い、君がやってきて、で、俺は君とだいたい同じ時間にホテルに着いた」

ローソンが片手をあげた。

「なんだ、ローソン？」

「すみません、〈イーグルズ・ネスト・イン〉というのはなんですか？　聞いたことがないです」ローソンは無邪気に尋ねた。

「売春宿だよ」俺が説明した。

「はい？」

「置き屋、色屋、遊郭」

ローソンは驚き、少しあきれているようだった。かわいらしい以外の何ものでもなかった。「そういう店は違法だと思っていました」

「もちろん違法だ。どうやったら合法になるんだ？　ジーザス」トニーがぴしゃりと言った。

「フィンランド人たちをあの売春宿に連れていったときの様子を詳しく聞かせてください」

「売春宿に連れていき、ダンウッディ女将に紹介し、俺は車に戻った」

「それは何時のことですか？」

「わからん。九時か九時半か、それぐらいだったか？」

「売春宿に行くまでのあいだに、尾行されていることに気づいたりはしませんでしたか？」

「尾行？　どういう意味だ？」

「つまり、誰かがあとを尾けていたということはありませんでしたか？」

「うん……まあな。エクが俺の車を尾けていた。向こうは店の場所を知らなかったし、俺のあとについてくるよう言ってあったからな」

「エク氏の車が尾行されていたということはありませんか？」

「いや、ないと思う……あの記者が尾行してたってことか？」

「ええ、あの記者が」

「どうして尾行なんかするんだ？」

「あなたがたがよからぬことを企んでいると考えたからです。リリーは車をレンタルしていて、かなりの距離を走っています」

トニーはそれについて少し考えた。「いや、誰も尾けていなかった。それはまちがいない。〈イーグルズ・ネスト・イン〉までの道中、俺たちのほかにほとんど車は走っていなかった。誰も尾行していなかったよ」トニーは自信ありげに言った。

　俺はほかに質問がないかどうか、クラビーのほうを見た。

「視察団は売春宿にどれくらいの時間滞在していたんですか？」クラビーが訊いた。

「一時間くらいだったか？」

「誰か文句を言ってませんでしたか？　みんな満足していましたか？」

「誰も文句を言ってなかった。みんな満足していた」

「財布のことを教えてください。あれは実際のところ、盗まれたわけじゃなかったんですよね？」俺が訊いた。

　トニーはうなずいた。「ああ、そうだ。双子がラークソ氏にいたずらをしてやろうと思ったんだろう、たぶん」

「彼らの力関係はどうなってるんです？　あのふたりがそんないたずらをしてお咎めなしというのは、どういうわけなんです？」

「ああ、俺の理解では、ラークソ氏は〈レンネイティン〉のCFO、つまり最高財務責任者だ。基本的には全業務において上から二番目の地位だが、一族の人間ではない。あれは完全に民間の同族企業なんだ。CEOは老レンネイティン氏。ふたりの息子が取締役会に加わっていて、十八歳になったばかりのふたりの孫も取締役に就任した。エク氏によれば、今回の視察は双子に海外経験を積ませるためのものだったらしい」

「じゃあ、あの双子はクビにできない？」

「ああ、立場的には双子よりラークソのほうが上だが、ふたりはレンネイティン氏の孫だからな、手出しはほぼ不可能だ」

俺はトニーのこれまでの話についてしばらく考えた。

「売春宿からの帰りはどうでしたか？　あの長い私道を走っているとき、ほかに車は一台もありませんでしたか？」

「なかったね。それに、君の言うとおりだ、ダフィ。あそこは車道に出るまでに長い私道があるが、車はなかった。彼女は俺たちを尾行していなかったか、もし尾行していたとしたら、俺たちを見失ったんだろう。いや、こっちもとくにスピードを出していたわけじゃないが」

「ほかに質問は？　クラビー？　ローソン？」

ふたりは首を横に振った。

俺はうなずき、立ちあがった。「女将に裏を取ってみます。この線は何も出てこなそうですが、調査しなきゃならない理由はわかってもらえますね？　匿名の情報、仕事熱心な若い記者、殺人の可能性、それに、アンダーヒル氏はいかなる種類の殺人犯にも見えません」

「アンダーヒルの前科はどうなんだ？　性犯罪とか、そういうのは？」

「そういうのはありません。独身で、三十年間海軍にいました。酔って路上で騒ぎを起こしたことが数回ありますが、それくらいです」

「それに防犯カメラもあるだろ？　映像から、第三者の関与は多少なりとも除外できるんじゃないか？」

俺はうなずいた。

「じゃあ、どうしてこんな線を追うんだ？」トニーは訊いた。「警察の人手の無駄使いじゃないか？　君の上司はなんと言ってる？」

「ええ、あまりよくは思われていませんよ。俺たちはロンドンに飛んだ。それだけの予算はなかった。で、ケニー・ディエルが……あのろくでなしを覚えてますか？　あいつのせいで、飛行機代は俺のポケットマネーから出すことになるでしょう」

トニーがうなずくと、部屋に気まずい沈黙が流れ込んだ。

「まあ、わかりました。俺たちはもう行きます」

ローソンとクラビーがドアに向かった。

「少しふたりだけで話せるか、ショーン？」とトニー。

俺はクラビーに向かってうなずいてみせた。「ロビーで待っていてくれ」

ふたりがいなくなると、トニーはドアを閉め、俺の正面の机に着いた。

「さっきはずいぶん恥をかかせてくれたな、ショーン。俺を民間人のように扱うなんて。ジョン・マクラバンと新入りのローソンの眼には俺が大した馬鹿野郎に見えただろうよ。俺だったら君にそんな真似はしなかったぞ。酒でも飲みながら話すことだってできたはずだ。なぜこんな大げさなことをした？」

俺はそこに真実を認めた。「すみませんでした、トニー。ただ、この事件。どうにも妙で。そもそもからして何かがおかしい気がするんです」

「何がだ？」

「俺たちは初動でいくつかポカをやらかして、病理医にまちがいを指摘されました。それに、リジー・フィッツパトリックの事件と不気味なほど似ています。その事件についてはロンドンで話しましたよね」

「密室のパブで死んでいた娘か」

「そうです。それで、リリーの死には疑わしい点があると思っていたところに、死亡時刻の見立てがまちがっていたこと、遺体が何者かに動かされていたことを病理医から指摘され、その後、リリーが小児性愛疑惑に関する情報を追っていたことがわかったんです。あなたでも陰謀の存在を疑うでしょう」俺は言った。

「君は手がかりを追わなきゃならん。プロなんだ。だから悪気があったわけじゃない。それはわかるよ」

「ありがとう、トニー」

トニーは手を差し出した。「わかったよ、心配するな」

俺がありがたくトニーの手を握ると、トニーは身を寄せてきて、軽いハグのようなことをした。

「じゃあ、これで仲直りだな、ショーン」

「ええ。あなたがアルスターに戻ってきてくれてうれしいですよ。こんな状況でも。俺にはあまり友達がいませんから、あなたも知ってのとおり」

「知っているよ」

俺はジャケットのポケットから葉巻を取り出し、トニーに返そうとした。「すごく高いものでしょう、返します。どのみち葉巻はあまり吸わないので」

「ジーザス！　これ以上恥をかかせないでくれよ！　取っておけ。ここを見ろよ。事業は大繁盛してる」

「ですね、トニー。そうだ、近いうちに飲みに行きましょう」

クラビーとローソンが受付で待っていた。ドナは《コスモポリタン》誌を読み終え、受付係はマニキュアを塗り終え、爪はすでに乾いていた。どうやら俺たちがトニーのオフィスにいたあいだ、電話は一度も鳴らず、新しい顧客はひとりも現われなかったらしい。葉巻をもらったことがなおさらうしろめたくなり、家に帰る途中、ＢＭＷの車内で、まだ減煙中だからと言ってクラビーにやった。

16 売春宿

禁煙努力中。かもしれない。が、それでも俺は輸入もののモロッコ産ハシシの大ファンで、そういったものは勇敢な密輸人が命懸けでマラケシュから持ち込んだ挙句、税関か武装組織に没収されたブツだった。それか俺に。

ハシシがばっちりキくのはヴァージニア煙草と一緒に巻いてジョイントにするか、葉巻の葉で巻いてブラントにしたときだけだ。その夜、俺は庭の納屋のなかに座っていた。納屋のドアをあけっぱなしにしてハシシを吸い、裏庭の芝を打つ雨を見ていた。芝を見つめていた。ゆっくりまばたきし、三十秒ほどまどろみ……

また眼をあけた。

「おかしいぞ」俺は言い、立ちあがって、泥のなかのかすかな刻み目を調べた。足跡のようだった。俺以外の誰かの足跡。屈んでよく眺めた。そうだ、足跡がひとつと、もうひとつ。過去二十四時間以内のある時点で、何者かが垣根を越えてここに入った。自分の靴のサイズと比べてみると、俺の足よりひとまわり小さかった。ジョイントを捨て、足跡を追った。この何者かは垣根を越えて庭に入り、俺の家の裏口に向かったが、裏口は施錠されていた。それを知ると、その何者かは庭を引き返してまたフェンスを越えた。

「はは、まさに世も末だな。こそ泥すら希望を持てないご時世か」

俺は――あとでわかったのだが、愚かにも――この一件について深く考えず、ベッドに入り、たっぷり八時間眠り、朝食をすませ、服を着て、ＢＭＷの車底を確かめて署に向かった。

コーヒー・マシンでチョコレート入りのコーヒーを淹れていると、マルヴェニー巡査部長が近づいてきた。

「ジミー・サヴィルに会ったんだって？」

「あい、会った」

「すごい一週間だったな。アリとサヴィルか。すげえや。テレビに映ってないときのサヴィルはどんな感じだった？」

「うさんのようなにおいがした」

「どういう意味だ？」

「うさんくさかったって意味だ」

俺はチョコ入りコーヒーを自分のオフィスに持っていった。今のは冴えてた。それにまちがいなくうさんくさい、そうとも。だが犯罪者ではない。どうやら、、、マーベルが俺を探していた。「ダフィ警部補？　ダフィ警部補？」

俺は彼女の背後に立った。「ここだよ。残るふたつの願いごとはなんだ？」

彼女は笑い、それから声を低くして言った。「警部がお呼びです」

「俺のことは見なかったことにしてくれ」

が、無駄だった。オフィスにこっそり入ろうとしていたところを警部に見つかってしまった。

「ダフィ、君に仕事だ」

「仕事？　ちょっと調べている事件がありまして、警部。ビグローの事件です。あとひとつだけ手がかりがあって、それが片づいたら捜査は終わりにします」

「あの記者のことか？」

「はい」

「もうとっくに終わったものと思っていたよ」

「あとひとつ手がかりを追うだけです。それがすんだら手を洗って、あとは公訴局に任せます」

「その手がかりはどこにあるんだ？」

「警部は知りたくないと思います」

彼は俺から眼を逸らさずに言った。「手がかりはどこにあるんだ、ダフィ。またイングランドじゃないだろうな？」

「〈イーグルズ・ネスト・イン〉ですよ。あのダンウッディ女将の――」

警部は手をあげた。「君の言うとおりだった、ダフィ。私は知りたくない」

「慎重にやります」

警部はうなずき、嘆息した。「彼らは二度と戻ってこない。そうに決まっている。何もかも時間の無駄だった」

「といいますと？」

「電話工場だよ。ここに建てられることはないだろう。今朝の《アイリッシュ・タイムズ》を読んだか？」

「読んでいません」

「社会情勢に疎くなってはいけないぞ。こんな時代だからこそ、現代の警官は社会情勢に通じていなければならない」

「はい」

「ローソンにもそう伝えておいてくれ」

「はい」

「それはともかく、今朝の新聞に書いてあったんだ。ビジネス欄に。〈レンネイティン〉社は共和国に工場を建設中だと。最初の段階で五百の雇用が生まれた」

「それは残念です」

「ここであれだけのことがあったからな、致し方のないことだ。今日このあと、誰から電話があるかわかるか？」

「いえ」

「私にツキがあるなら、北アイルランド担当大臣からだけですむ」

「ツキがなかったら？」

「サッチャーくそったれ首相だよ……煙草を一本くれ」

「禁煙しようとしているところでして。今は持っていません」

「ダフィ君、大した刑事だな、君は。煙草くさいぞ」

「ええ、オフィスにならあるかもしれません」

　ふたりで俺のオフィスに引っ込み、警部が俺の椅子に座った。

「それはそうと、君に頼もうとしていた仕事のことだが、ダフィ。今朝、ベルファストで警官が撃たれた。プラット巡査だ。誰かが巡査の以前のかみさんに報告に行かなきゃならん」

「私は嫌ですよ。死亡通知は勘弁してください」

「君が行くんだ、ダフィ」

死亡通知というものがおしなべてそうであるように、憂鬱な、気の重い死亡通知。プラットは徒歩でベルファスト中心部をパトロールしていた際、相棒とともに撃たれた。銃を持ったふたり組が彼らを背後から同時に撃ち、脇道に逃げた。頭部を近距離から撃ち抜かれ、一連の出来事は十秒足らずで終わった。きれいな仕事だった。ＩＲＡは警官を殺すのが年々うまくなっていて、俺たちは殺人犯を捕まえるのが年々下手になっている。

俺たちはごみ、獰猛な子供ギャングたち、車のバンパーにつながれたロバと馬をかき分け、車でサニーランズ団地に向かった。

プラット夫人はそれなりに気丈に受け止めた。涙が少々。ティッシュ箱、四分の一だけ。

「ドロシーにはもう伝えたの？」彼女は辛辣に言った。

「ドロシーというのは新しい奥さんですか？」俺は当てずっぽうで訊いた。

「あい。あのくそビッチ。夫はゴスペル・ホールであの女と知り合ったの、信じられる？」

「信じられます」

「ドロシーは聖書研究のクラスを指導してた。何が聖書研究よ！　第二の戒律はどうなってるの！」

「汝、偶像を拝すべからず？」クラビーが言った。

「姦淫（かんいん）のやつ！」

「そいつは第七ですね」とクラビー。

「あのくそアマ、わたしに電話すらかけてこないでしょうね。こっちだって電話してやるもんですか、絶対に」プラット夫人はずっとそんな調子だった。

死亡通知は終わった。クラビーと俺はノース・ロードを走って〈イーグルズ・ネスト・イン〉に向かった。「まあ、あれでもマクベインのかみさんよりはしっかりしてたんじゃねえか？　葬式のときのジョアンヌはすげえ取り乱してたから」クラビーが言った。

「葬儀のときはジョアンヌを見なかったな。俺が外で煙草を吸ってたからか？」

「ヘレンがずっと話しかけてたんだ。教会の知り合いだったんでな。ヘレンは仕事に復帰したほうがいいってジョアンヌにアドバイスした。ときにゃ、仕事が慰めになりやすから。彼女は仕事が好きだし。彼女っつうのはマクベインのかみさんのことだぜ。ヘレンじゃなくて」

「爆破事件のあった晩に会ったが、立派に耐えていたと思うぞ。飼い犬が行方不明になったときのほうがずっとうろたえていた」

「ああ、あの犬。覚えてやすよ。都会の人間は犬に感情移入しやすいですから。犬を撃ったことなんてねえんだな」

「ジョアンヌはなんの仕事をしていたんだ？　本人に訊いたことはない気がする」俺は話題を変えるためにそう言った。

「大学の講師ですよ。働きながら子供四人を育ててたんだ。ほぼひとりで。エドは多忙でしたから。子供たちはみんな成功して、海の向こうで働いてる」

「マクベインも怠け者じゃなかった。たった一度のへまを別にして。車の下を確かめなかったんだ。おかしなものだよな？　もちろん、いつだって一度のへまですべてがおじゃんになるわけだが。ああ、着いたぞ」俺は言い、外部からあまり見えないようになっている私道に車を入れた。この先に〈イーグルズ・ネスト・イン〉が、アントリム州で最も高級な売春宿がある。アイルランド島のどこにおいても売春はもちろんご法度だが、〈イーグルズ・ネスト・イン〉は賄賂を山のように、それこそ〝シェルパなしでは近づけないほどの高み〟にまで積みあげていると言われている。ダンウッディ女将のお得意には判事、政治家、高級官僚、あらゆる階級の警官がいる。ごほん。

「ここに来たことはあるか、クラビー？」俺は母屋の正面に車を停めながら訊いた。

「ねえに決まってんだろ！」クラビーがショックを受けて言った。

「店を取り仕切ってるのはダンウッディという女将だ。めったなことは言うなよ。有力者や名士とつき合いがある。聞いたら驚くぞ」

「来たことあんのか？」クラビーが平静を装って訊いた。

「ある事件でな。警部に呼ばれて来たんだ」俺は説明した。「まあ、あまり大きな声で言える話じゃない」

「だろうな」

屋内。お仕着せを着た執事が俺たちを待合室に案内した。ダンウッディ女将はひと眼で俺とわかったようだったが、熟練の思慮深さでそれをおくびにも出さなかった。俺は改めて自分とクラビーを紹介し、ここに来たわけを話した。

女将は俺たちをオフィスに案内した。質素な小部屋で、車道とノッカー山の麓の森が見え、なかなかいい眺めだった。

「ああ、その若い女性記者が亡くなったことは新聞で読んだよ。あなたが誰かを逮捕したんですってね。スコットランド人を」

「ええ。そうです。今は同じ事件を別の線から追っています。ビグローさんはどうやら、キャリックファーガスを訪問するフィンランドの視察団がなんらかの違法行為に関与していると考えていたようです」

「どんな違法行為だい？」

「児童買春と関係があるかもしれません」

ダンウッディ女将は怒りを爆発させて立ちあがった。女将がかぶっている赤いかつらは燃えているようで、俺が最後にここに来たときに存在した好意はすっかり消えうせてしまったかのようだった。「あんたたち、まさかここでそういったことがおこなわれてるって言いたいんじゃないだろうね！　うちの従業員はみんな十八歳以上だ、証明だってできる」

「ダンウッディさん。そんなことを言いたいわけではありません。フィンランドの視察団がここに来たときの様子と、そのときにリリー・ビグローが彼らを尾行していたことに気づいた人間がいないかどうかを確かめたいだけです」

女将はまた座った。「ミス・ビグローはここには来てないね！　記者がうちに来たら、あたしがほっとくわけないだろ！」

「ひょっとしたら、彼女は私道まで視察団を尾けて――」

「ありえないね！　私道の入口にはゲートこそないけどね、ゲートロッジはあるし、二十四時間体制で誰かが番をしてるんだ。車の出入りはチェックしてるし、あたしらがお客を歓迎する準備ができるように、誰か来たら警備の人間が無線でまえもって知らせてくるようになってる」

「じゃあ、フィンランド人の一行についてきた人間はいなかったんですね？」

「いや、殿方がもうひとりいたね。王立アルスター警察隊で働いてた紳士だよ」

「ええ、トニー・マクロイですね。それは知っています。フィンランド人一行とマクロイ氏のほかには誰かいましたか？」

「いいや」

「まちがいありませんか？　記録を確認するとか――」

「あたしゃ記憶力がいいんだ、ダフィ警部補」彼女は言い、いわくありげな眼で俺を見た。銀のトレイに紅茶とケーキをのせ、若い女が入ってきた。女将が俺たちに紅茶を注いでくれた。ケーキはレモン風味でうまかった。紅茶も悪くなかった。

「じゃあ、フィンランドの視察団とマクロイ氏だけだったんですね？」

「マクロイさんは自分の車に戻って待っていたよ」

「ええ、本人からそう聞いています」

「若い殿方がふたりいたね……ニコラスと……待って……ステファン……ふたりはうちの

女の子ふたりと部屋にあがった。みんな大変深い仲になって、とても満足なさっていたよ」

「エク氏とラークソ氏は？」

「ラークソ氏にはうちの女の子と男の子を全員ご紹介したね。うちの品ぞろえをずいぶん褒めてくださったけど、その気にゃならなかった」

「それはどうしてです？」

「高齢の殿方だし、公式行事に参加してお疲れだったんじゃないかね」

「エクは？」こんな店にいるという気恥ずかしさをようやく振り切って、クラビーが質問した。

「エク氏はラークソ氏とふたりの若い殿方のお世話をなさってたように見えたね。だから、エク氏もうちの店を本来の意味では利用されなかった」

「じゃあ、エク氏とラークソ氏は何をしていたんです？」

「ニコラスとステファンを待っているあいだ、ラークソ氏、エク氏、サンドラ、あたしでトランプをしたんだ。エク氏からパスカホウスってゲームを教えてもらった」

「パスカホウス？　初耳ですね」

「フィンランドのゲームさ。なかなかおもしろかったよ。フィンランド語で〝くそズボン〟って意味なんだ。スピット、ダミー、ジャック・チェンジ・イットに少し似てるかね。手札が全部なくなった人が勝ちだ」

「じゃあ、あなたたちはゲームで遊んで、話をした？」

「そのとおり」

「差し支えなければ、どんな話をしたか教えていただけませんか？」

「かまわないよ。ま、といっても戦争の話だったね。信じちゃもらえないかもしれないけどね、警部補、あたしはあの戦争をありありと覚えてるんだ」

「いやいや、生まれていたとしてもまだ赤ん坊だったんじゃないですか、女将！」俺は言った。

彼女は笑った。「アメリカ軍がやってきたとき、あたしゃほんの小さな女の子だった。ハーシー・バーにチューインガム、サニーランズのどでかい米軍キャンプ。アイゼンハワー将軍が来たこともあるんだ。でもエク氏の思い出はそれとは全然ちがった」

「というと？」

「レニングラード包囲戦さ」

「それはひどい記憶でしょうね。飢餓、絶え間ない砲撃、寒さ」

ダンウッディ女将は間抜けでも見るような眼つきで俺を見た。「エク氏は包囲してる側だったんだよ。ドイツ側についてたんだ」

「ああ、なるほど。エド・マクベインもそう言ってました」俺は言った。第二次世界大戦の歴史は俺の得意分野ではなかった。

「エク氏の話は髪が真っ白になっちまうような内容だったね。ま、あたしの髪はならないけどさ」そう言うと女将は笑い、かつらを直した。

「どんな話です？」とクラビー。

「エク氏はあの戦争中、特殊部隊にいたらしい。夜にロシア人兵士を狩るのさ。皮をはぎ、首を刈る。なかなかの話だったよ。ほとんどつくり話じゃないかね。かわいそうなサンドラは悪夢にうなされてた」

「それで、ステファンとニコラスが上階から戻ってきたあと、一行はどうしましたか？」

「料金を払って帰ったよ」

「マクロイ氏の話と合致しますね」クラビーが指摘した。

「彼らとのあいだにトラブルはありませんでしたか？」

「ないね」

「記者の姿も？」

「ないったら！」

俺はクラビーを見た。クラビーは何も言わなかった。俺は立ちあがった。

「お時間ありがとうございました、ダンウッディさん。どうやら見当ちがいだったようです」

「お安い御用だよ、ダフィ警部補」女将は俺たちの礼儀正しさにいくらかほだされたようだった。俺は彼女に名刺を渡した。「フィンランドの視察団に関することで、あるいは亡くなったリリー・ビグローに関することで何か思い出したら、お電話ください」

「また近いうちにお眼にかかりましょう、警部補」そう言うと、女将は俺の手を軽く握った。

また別の正装した執事っぽい男が俺たちを駐車場まで見送った。

外は土砂降りだったが、執事っぽい男が大きな黒傘で俺たちの体が濡れないようにしてくれた。

BMWでキャリックへ。

大雨。

路面にあふれる水。七日からラジオにはほとんど動きがない。

「いったいどういうことなんだ、クラビー？」

クラビーは警戒するような眼つきで俺を見た。「なんです？　人生が、ってことですか？」

「あい」

「神のご意思を見つけようと努力することです」クラビーはきっぱりと言った。

「もし神が存在しなかったら？」

「もし神が存在しねえんなら、まあ、わかんねえな、ジョーン。俺にはわかんねえよ」

俺はクラビーを見た。バリミーナの長老派に望みうるかぎりの無反応ぶりを体現する男。神が存在しないと証明してやったとしても、この男は正しいことをするだろう。俺たちのほかの全員が不可避の運命に膝を屈したとしても、こいつだけは混沌の宇宙にささやかな局所的秩序を押しつけようと最後まであがく善良なオマワリのままでいるだろう。

雨。風。アルスターという食料庫のなかのひと切れの果実のようにしなびていく午後。

俺は貧相な夕食をすませ、ジョーン・アーマトレイディングをかけ、ウォッカ・ギムレットをつくり、本を持ってベッドに入った。

電話が鳴っていた。チェのTシャツ、リヴァプールFCのパジャマという寝間着のまま階下へ。「もしもし？」

「あんたが言ってた、たった一度のへまのことだけどよ」クラビーが言った。

「一度のへま？」

「マクベインのことです。警視正は車の下を覗かず、それで命を落とした」

「だからなんだ？」

「爆弾が仕掛けてあったのは運転席側の後部車輪の下だった。警官はそんなところは見ねえ。で、使われたのはふつうよりセムテックスの多い大型の爆弾だった。だから後部からでも充分な殺傷力があった。犯人は警官が点検しない場所に仕掛けたんだ。急いでる警官ならなおさら」

「それで、何がわかったんだ、クラビー」

「あんたの言葉を考えてたのさ、ショーン。エドと、あの晩のことを。エドらしくねえと思ったんだ。それでヘレンに訊いてみた。葬式のときジョアンヌと何を話したのかって……」

冷たいものが俺の首筋に広がった。

「ジョアンヌはヘレンに何を話したんだ？」

「警視正はどっかのジャーナリストと話をしたあと、ひと晩じゅう落ち着かねえ様子だったらしい。で、〝朝一番に電話を受けたあと、一目散に玄関から飛び出していった〟んだと。後部車輪の下をチェックしねえでな」

「どこかのジャーナリストと話したあと、落ち着かない様子だった？」

「どこかのジャーナリストと話したあと、落ち着かない様子だった」

「だからといって、俺たちが思っているジャーナリストとはかぎらないな」

「ああ、そうとはかぎらねえ」

「ジョアンヌ・マクベインと話す必要がありそうだな」

「ありそうだ、ショーン」

「なんてことだ、クラビー。公訴局長のために追加の報告書をつくっているところだが、ファイル二冊と索引つきになりそうだ」

「公訴局長は気にしねえよ。法の番人なんだ」

「どういう意味だ？」

「公訴局長の仕事は判決をくだすことじゃねえ、真実を明らかにすることだ」

「なあ、クラビー、それが机上の空論に終わらず、現実に実践できていたなら、どんな世界になっていただろうな」

17 エド・マクベインの手帳

玄関ベル。朝早く、まだ眼の焦点が合わない。キャンベル夫人がジンジャー色にかすみ、分速二キロでしゃべっている。夫人は俺に箱を渡した。ケーキにしては重すぎ、別れた夫の頭部にしてはそう重くなかった。

彼女はセルリアンブルーのサテンドレス姿でしゃなりしゃなりと小径を引き返していった。しゃなりしゃなりというのが適切な表現だ。彼女はメロディだった。いってみれば、デューク・エリントンのメロディ。そんなエキゾティックな比喩が北アイルランドで許されるのなら。というか、どこであれ、宗派間の内戦が続き、銃を持った男たちがヘリコプターで飛びまわる国で許されるのなら。

「さようなら」俺は言い、箱をあけた。ケーキだった。指についたチョコレートのアイシングを舐め、箱を閉めると、煙草に火をつけた。雨が降りはじめていた。確かレイ・ブラッドベリの小説に、あまりに雨ばかり降るから誰もが発狂してしまう惑星の話があった。

ブラッドベリはジョン・ヒューストン監督とともにアイルランド西部に一年住んだあとにそれを書いた。映画『白鯨』の脚本を書こうとしていたときのことだ。狂気、雨、アイルランド——ぴったりだ。

猫のジェットが俺の脚のあいだから現われ、ごろごろと鳴いた。俺は煙草を吸い終え、隣家のヤシ科植物の鉢に吸い殻を捨てると、牛乳を取り、なかに戻って自分のために紅茶を淹れ、猫のためにカルカンを用意した。ジェットが猫用トイレに糞をしていたので、それをごみ箱に移した。

「ベスは猫派だった。知ってるか？　俺はどっちかというと犬派なんだ」見るからにうれしそうにカルカンを食べている猫の背中をさすりながら、俺は言った。

ＢＭＷの車底を確認し、署でクラビーとローソンを拾ってベルファストへ。

クイーンズ大学ベルファスト校。

地質学科。

受付。「マクベイン先生は講義中です。その後まっすぐご帰宅されるかどうかはわかりません。今は先生にとってつらい時期ですし、定刻の勤務はされなくてよいことになっています」

「講義？」

「プレンティス・ホールで。大きな講堂です。うしろから入れば、講義の終了まで目立たずに待てると思います」

プレンティス・ホール。

ジョアンヌ・マクベインが講堂のまえを行ったり来たりしながら、北大西洋地域の複雑な地質図を指し示していた。かすんだ眼をした百名ほどの学生たちが体面を繕い、興味のあるふりをして聞いていた。

締めくくりの一節。

「……氷はおよそ千六百メートルの厚みがあります。氷河はスコットランドから地球の曲線を越えて、大西洋、ニューファンドランド島まで続いています。当時のイギリスとアイルランドはただのツンドラと氷でした。男もいない、女もいない。マンモス、鹿、狼、虎だけの世界です。今では見られない光景ですが、永遠にそうというわけではありません。いいですか。今は完新世です。わたしたちが生きているこの時代は温暖ですが、それはいっときだけのこと、避けられない氷河期がまたやってきます。みなさん、考えてみてください。いずれ……それが五千年後か一万年後か、誰にもわかりませんが、いずれ必ずまた氷河期が訪れ、北半球の大半がまっさらな白紙に返るのです」

「へえ」ローソンが言った。

「そのほうがいい」俺は言い、クラビーが同意のしるしにうなずいた。

講義が終わると、俺たちは講壇にいるジョアンヌ・マクベインに近づいた。講義に力を使い果たしたのか、今は脆く、疲れ、打ちひしがれているようだった。大きなセーターに包まれ、紅茶用ボトルに必死にしがみついているように見えた。俺は俺たちがここに来たわけを説明した。

「あなたたちはエドの死がキャリック城で自殺したあのかわいそうな女性となんらかの関係があると考えているの?」彼女は眼頭を押さえながら言った。

「関係あるかないかはわかりません。ただ、エドが亡くなるまえの晩になぜ取り乱していたのかを知りたいだけです。もし覚えていらっしゃるなら」

「確かにあの晩は様子が変だった」

「何か困ったことがあったと言っていませんでしたか?」

「若い記者がどうのと言っていたけど」

「彼女の名前を口にしましたか?」

「それは言ってなかったと思う」

「じゃあ、エドはなんと言ったんですか?」

「夫はわたしに仕事の話はしなかった。まあ、ほとんどしなかった。わたしの仕事の話は聞きたがったけど、でもあの人は家庭に自分の仕事を持ち込むことは一度もなかった。そういう……すばらしい夫だったの」

「警察内でもとても尊敬されていましたよ、上層部のすべての人間がそうというわけではありませんが」俺は本心から言った。

彼女はほほえみ、俺の腕に触れた。「あなたはとてもやさしいのね、ダフィ警部補」

「ショーンと呼んでください」

「あなたがバスシバを見つけてくれたとき、エドもわたしもとてもうれしかった。あのわんちゃんはほんとうにお馬鹿で」彼女はため息交じりに言った。

俺は彼女に少し時間を与え、もう一度尋ねた。「その記者というのは？」

「エドは取り乱していた。〝イギリスの記者がでたらめな告発をするつもりだ。大変なことになる〟って。どういう意味かわかる？」

俺はうなずいた。「ええ、わかります」

「ほかに何か言ってやせんでしたか？」とクラビー。

「いえ、言ってないと思う」

「電話のことを教えてください」クラビーが言った。

「かかってきたのは早朝、朝の六時ごろだった、確か。エドは出かけてくると言った。外に出て、車に向かって、それで……あとのことは知っているでしょう」

「エドは電話のことを話しましたか？　誰からだったとか、どんな内容だったとか」

「いいえ。でもたぶんエドの手帳に書いてあると思う。手帳はもう読んだ？」

「どの手帳です？」

「ええ、さっきも言ったように、エドは仕事の話をめったにしなかった。でも亡くなるまえの晩、手帳に何か書き殴っているのを見たの」

「その手帳はどこにありますか？」

「ラーン署が持っていった。あなたの捜査に関係する情報があるなら、たぶんあなたにも連絡が行っているはずだけど」

「そうともかぎりません」俺は如才なく言った。

「かわいそうなエド」ジョアンヌの眼に涙があふれた。

「みんなエドを惜しんでいます」俺は言った。

ジョアンヌは気丈にほほえみ、俺は彼女を軽くハグした。

「では、このつらい時期にご協力ありがとうございました」

「いいえ、どういたしまして」

俺たちは歩いてＢＭＷまで引き返した。

「ラーンですかね？」全員で車に爆弾がないか調べ、車内に乗り込むと、クラビーが言った。

「ラーンだな」俺は憂鬱な気分で言った。

ラーン。

アイルランドで最も見目麗しい街というわけじゃない。観光局のカレンダー向きでも、ギネスのポスター向きでも、卓上用の豪華本向きでもない。

稼働中の港、ブルーカラー――それが悪いわけじゃないが、街に入る途中、A2で見かけるあの大きなアルスター義勇軍（UVF）の壁画。覆面を被り、銃を持った男が〝密告者に死を〟と宣言している。これはおそらく、最も心温まる歓迎の言葉ではないだろう。

ラーン署は最近改装され、かなり立派に、希望通り（ホープ・ストリート）（皮肉じゃない）の要塞になっていた。ラーンは人手も金も装備もキャリックより恵まれていて、彼らの管轄区域はホワイトヘッドからはるばるアントリム渓谷まで広がっていた。おまけに水上部門があり、港湾部門とイギリス交通警察用の別棟まであった。だから、君はきっと彼らのことを統制の取れた高度なプロフェッショナル集団だと思うだろう。それはまちがいだ。若い連中ならともかく、マクベイン殺しの捜査は一流のくそ野郎（もしそんなものが存在するなら）であるケネディ警部と根性の曲がった赤ら顔のビッチ野郎、モンロー警部が指揮していた。ふたりともフリーメイソンで、身内のコネを使って自身の能力よりはるかに高い階級まで昇進した。さらにつけ加えるなら、ふたりとも怠惰でカソリック嫌いの卑劣漢、とまで言ったらやはり言い過ぎで鼻につくだろうが、腹いせにつけ加えておく。

うんざりするような一時間の口論の末、ケネディはようやく俺たちにエド・マクベインの手帳を見せてくれた。さらに一時間の末、ようやく最後のページのコピーを取る許可をくれた。そこに俺たちの捜査に関係する内容が書かれていた。

とはいえ、それだけの骨折りをした甲斐はあった。

手帳の最後のページは衝撃的だった。

二月七日　キャリック

フィンランドの視察団。盗難。財布。キャリック署のダフィ警部補が現場に。機転を利かせる。

イギリス人記者と話す。ビグロー。フィナンシャル・タイムズ。フィンランド人に対する告発。話すべき相手はハラルド・エク。まとめ役。すべてを取り仕切っている。第二次大戦で従軍。六十代なかば？　英語が非常にうまい。長年アメリカで生活。一緒にトランプゲームをした。フィンランドのゲーム。パスカホウス。上司であるラークソに対しても、エクが毎回勝つ。明日、彼らが飛行機に乗るまえにエクに話を聞く。必要ならフライトを遅らせる。必要なら慎重を期して事情聴取。

俺たちは手帳のコピーを取ってキャリック署に引き返した。俺はそれを拡大コピーして捜査本部室のホワイトボードに貼った。

「次はどうしますか？」ローソンが訊いた。

「ケニー・ディエルは気に入らないだろうな」俺は言った。

「なぜです？」

「なぜなら、俺たちはエクに事情聴取しなきゃならないからだ」

18 フィンランディア

中央犯罪警察のふたりの上級人民委員(イリコミサリオ)が空港でローソンと俺を出迎えた。クラビーは犯罪捜査課の留守番と俺の猫の面倒を見るために署に残ったが、正直に言うと、ローソンよりもクラビーが一緒に来てくれたほうがよかった。ローソンはベルファストからヒースロー、ヒースローからヘルシンキに向かう機内で、ずっとウォークマンでひどい音楽を聴きつづけていたからだ。聞いたこともない名前のバンドのひどい音楽を。俺が文句を言うと、「警部補だってボブ・ディランがアンプを使ったからという理由で〝ユダ〟と罵るような人間にはなりたくないでしょう」

ふたりの人民委員はアルヴァー・アケラとアールノ・ルースヴオリと名乗ったが、名前は大して役に立たなかった。さらに事態を複雑にしたのが、ふたりの見た目が似ていることだった。体が大きく、がっしりしたブロンドの男たちで、年齢は三十くらい。連絡将校としても基準に達していなかった。英語は最低限で、客人に対する応対は粗野でぶっきらぼうだった。ふたりとも、ダークグレイから黒までのあいだの新カルヴァン主義的な色調の服しか着ないマクラバン巡査部長刑事と同じファッションセンスをしていた。ふたりは俺たちと握手した。昔ながらの思いきり力を込めるスタイルで、荷物の受け取りを待っているあいだの雑談は存在しなかった。俺が陰謀論者だったら、フィンランド警察はそもそもからして俺たちに喧嘩を売ろうとしていると考えただろうが、俺が陰謀論に傾いたためしはなく……

税関を抜けると、かなり驚いたことに、アルヴァーが、いや、もしかしたらアールノが、俺たちを国内便のゲートに案内し、俺たちに一枚ずつチケットを渡した。

「どういうことです？　ここはもうヘルシンキじゃないんですか？」俺は言った。

「エク氏とラークソ氏はオウルであなたたちに会う」アルヴァーが言った。

「オウル？」

「オウル」

「オウルというのはどこです？」

「北」

「でも、なぜオウルなんです？」

「〈レンネイティン〉本社がオウルにある」

「ヘルシンキの警察署で会うように手配されていると思っていましたが」

「ちがう」とアールノ。

「計画変更だ。空港で地元警察が待っている」とアルヴァー。

「向こうの警察もあなたたちと同じくらいチャーミングであることを祈るばかりです」

北極圏限界線から緯度にしてほんの一度だけ離れた二月のオウルは、旅行で来るにしろ、警察業務で来るにしろ、いい街だと心からお勧めすることはできなかった。

小型のDHC7航空機は不安を掻きたてながら、そしてかなりがたがたと揺れながら、森を崩して造成されたばかりらしき凍りついた滑走路に着陸した。着いたのはまだ午後の二時だったが、すでに日が沈みつつあった。

「ここは吸血鬼にとっては天国ですね」ローソンが不吉に言った。

DHC7からターミナルビルまで歩いた。アプスリー・チェリー・ギャラードの『世界最悪の旅』とまではいかないものの、牧師館の薔薇園の散策というわけでもなかった。ローソンと俺はスーツのジャケットにレインコートという格好で、北極の氷の牢獄からまっすぐに吹きつけてくる風は殺人的だった。ほかの乗客たちはみな毛皮や分厚いウールのオーバーコートを着ていた。

「マイナス二十度くらいにちがいないです」ローソンが言った。唇が青くなっていた。

「がんばれ、ローソン。スコット大佐を思い出すんだ」

ターミナルにたどり着くまで、俺はそんなふうに話しかけ、ローソンの士気を鼓舞しつづけた。巨大な裏起毛のパーカーを着た若い女が〝王立アルスター警察隊ご一行〟と書かれた紙を持っていた。

俺は自己紹介し、ローソンを紹介すると、彼女は〝ヴァンヘンピ・コンスターペリ・シグニー・ホルンボルク〟と名乗った。

「簡単に言いますね」俺は言った。

〝ヴァンヘンピ・コンスターペリ〟の部分はどうやら巡査長の意味らしかったが、彼女はまだ二十三だった。やはり短く刈り込んだブロンドの髪、やや不気味なブルーの瞳に、ピクシーのような上向きの鼻。

「フライトは快適でしたか？」彼女は瑕ひとつない完璧な英語で訊いた。

「まあまあでした」俺は言った。

「ええ。とても快適でした」ローソンが主張した。

「オウルにいらっしゃるのは初めてですか？」

「あなたの地元ですか？」ローソンはどう見てもひと目惚れしていた。

「ええ、そうなんです」

荷物を受け取ると、彼女は俺たちを外のヴォルヴォ240のもとに案内した。ローソンが前部席に飛び乗り、俺は後部席に座った。空港から出るとすぐに濃密なトウヒの森が広がっていた。北と東にちらちらと街が見えたが、俺たちはどうやら反対方向に向かっているようだった。ローソンがこのあたりの自然についてホルンボルクに尋ねると、彼女は喜んで、むしろ馬鹿がつくくらい丁寧に答えた。

「この土地は後氷期の反動で隆起していて、森に生えているのはトウヒ、モミ、あとカバですね。この地方だけで九百もの湖があって、そのほとんどがバルト海につながっていて……」

俺は聞くのをやめ、俺たちがいったいどこに向かっているのかを見きわめようとした。街とは明らかに反対方向だ。はるか東に煙突、工場、家屋がほの見えた。どうやら海岸に向かってまっすぐ進んでいるらしい。

「すみません、ホルンボルク巡査、我々はどこに向かってるんです？」

「エク氏とラークソ氏のところです。ご存じと思いましたが。ちがいましたか？」

「いや、でも正確にはどこに向かってるんです？」

「ハイルオトです」

「ハイルオトというのは？」

「島です。ラークソ氏を含め、多くの〈レンネイティン〉社幹部の家がその島にあります。会社で土地を所有してるんです」

「警察署で面会するものと思っていたが」

「ラークソ氏の体調がすぐれないんです。無用なストレスをかけたくありませんでした」

「島ですか。フェリーで行くんですか？」ローソンが興奮して尋ねた。

「冬はフェリーが出ていません」

「じゃあ、どうやって行くんだ？」

「氷の道でバルト海を渡るんです。明るいうちに着けるといいんですけど。すごい光景ですから」

「氷の道！　すごいな。父さんに話したら驚くぞ、そういうのが好きだから」ローソンが言った。

「さっきも話した後氷期の隆起により、ハイルオトはいずれ本土とつながることになります。ほんの数世紀前には島全体が海の下にあったんです」

氷の道に着いた。確かにすごい光景だった。凍った海氷の細い道がハイルオト島に向かって五キロ延びていた。

「シートベルトは着けないでください。万一道路から外れて海に落ちたら、急いで車から脱出する必要があります。ここを走るには特別なタイヤを装着しないといけないんですけど、わたしは使わないんです」彼女はそう言って俺たちを安心させた。

氷の上に出たときには太陽は沈んでいて、真っ暗闇のなかを島に向かった。

また森のなかの、また風の強い道をもう十分間走ると、ゲートロッジに着いた。ロッジの先には巨大な家があり、あとで知ったのだが、その家は〝フィンランド式脱構築主義〟様式で建てられていた。まるで巨人が巨大なステンレスの塊を踏んづけ、溝のあいだに三重窓をはめたかのようだった。角と点と曲線しかなかった。俺はどちらかというと気に入った。

「ここは誰の家なんだ？」俺はホルンボルクに訊いた。

「エク氏の家です」

「立派だな」

ゲートにいた警備員が手振りで俺たちを通し、俺たちは家の正面に車を停めた。

「事情聴取のまえに紅茶かコーヒーでも召しあがりますか？」玄関に向かって歩いているとホルンボルク巡査が訊いた。

「すみません、なんですって？」

「事情聴取のまえに何かお飲みになりますか？」

「事情聴取は今からなのか？」

「ええ。エク氏とラークソ氏は明日アメリカに発つことになっています」

「国際便で移動してきたばかりなんですよ！　事情聴取をできるような状態じゃない」俺は抗議した。

「今でなければ、もう機会はないと思います」ホルンボルク巡査はむっつりして言った。

「まあ、大丈夫ですよ。そうでしょう、ボス？」とローソン。「だって、ほかにどんな選択肢があります？　事情聴取ひとつせずに警部のところに帰るわけにはいきません。かんかんに怒るでしょう。費用についてもディエル巡査部長が……」

俺は何も言わず、ただ顔をしかめ、ふたりのあとについてなかに入った。

俺たちを出迎えたのは背の高い、青白い顔をした黒服のはげ男で、ケヴィン・ウィルモット勅選弁護士という、ラークソ氏の〝法律顧問〟だった。ウィルモットはイギリスの法廷弁護士で、この事情聴取のためだけにロンドンから呼び出されていた。

「少しお話を聞きに来ただけなんですが、ずいぶんな念の入れようですね」俺は差し出された手を握りながら言った。

「あなたがたの事情聴取がフィンランドの法律と〝警察及び犯罪証拠法〟の範囲内でおこなわれるよう、念には念を入れたかっただけです」ウィルモットはあまり友好的とはいえない笑みを浮かべて言った。

俺はホルンボルク巡査に向き直った。「ええ、コーヒーをもらいましょう。それから、もし何か食べるものがあるようなら軽食も。とても早い時間に朝食を食べたきりなので」

オープン階段をのぼると大きな会議室があった。海らしきものが眼下に見えた（ただし、暗すぎてはっきりとはわからなかった）。

エク、ラークソ、さらにふたりのフィンランド人弁護士、女性の速記者、男の助手が何人かと女の秘書がひとり、俺たちを待っていた。大きなマホガニーのテーブルの端にテープレコーダーが置かれていて、助手のひとりが三脚にのせたビデオカメラで逐一を録画していた。

「ジーザス」俺はひとりつぶやいた。

「ずいぶんなお膳立てですね」ローソンも同意した。

「あい。やつらには燃やすほど金があるか、何か隠したいことがあるか、そのどちらかだろう」

「その両方かもしれませんね」とローソン。

俺たちは部屋にいた全員と握手し、テーブルの上座に腰をおろした。エクとラークソはかなり友好的に見えた。ラークソは暗いビジネススーツを着ていて、灰色の顔はかの有名なW・H・オーデンの自己描写のようだった。つまり、〝雨のなかに取り残されたウェディングケーキ〟というやつだ。エクはほっそりしていて、リラックスしていた。黒のセーター、ブラウンのコーデュロイ、黒のローファー。ふたりとも、とくに緊張しているようには見えなかった。

ウィルモットがテープレコーダーをまわした。「始めましょうか。私のクライアントは多忙をきわめておりますので」

「コーヒーが来てからにしましょう。こちらは長旅を終えたばかりです」俺はきっぱりと言い、テープがまわっているあいだ何も言わなかった。気まずい五分間の沈黙のあと、誰かがコーヒーポットとケーキを持って入ってきた。俺はケーキを食べ、コーヒーを飲んだ。

「私はショーン・ダフィ警部補、こちらは同僚のアレクサンダー・ローソン巡査刑事です。我々は一九八七年二月七日の夜にリリー・ビグローという女性がキャリックファーガス城で変死した事件、そして、おそらくそれと関係のある、一九八七年二月八日の朝にエドワード・マクベイン警視正がグレノー村で変死した事件を調べています。マクベイン警視正もビグローさんも、二月五日から二月八日まで北アイルランドを訪問していた〈レンネイティン〉社の視察団と面識がありました。ラークソさん、エクさん、亡くなったふたりのことはご存じですね？」

エクもラークソも何も言わなかった。

ウィルモットがクールで自信たっぷりで無関心な笑みを見せ、ファイルをひらいた。

「それらの事件とあなたがたの捜査については少し調査させていただきました」

「ほう？」

「ふたりの死についてのファイルを手に入れました」

「なんのファイルです？　誰から？」

「法務長官がそちらの公訴局長と連絡を取りまして」

「法務長官……フィンランドの？」俺は驚いて言った。

「そういうことです。法務長官はラークソ氏のご友人です。それで、法務長官がそちらの公訴局長とお話しになったところ、事件についてあなたが作成した予備報告書をご丁寧にファックスしてくださったのです」

「それはいつの話です？」

「今日」

「我々が飛行機に乗っているあいだに？」

「だと思います」

俺はローソンを見た。こいつはこの状況を理解できているか？　俺たちは無駄骨を折らされようとしている。だがなぜだ？　企業の大物がよくやる手か、それとももっと興味深い何かか？

「リリー・ビグローの一件で、あなたはクラーク・アンダーヒルという被疑者を逮捕、起訴していますね」ウィルモットは続けた。

「ええ、逮捕、起訴し、現在保釈中です」

「私の理解では、現場の性質からして、ビグローさんの殺害を企てることができたのはアンダーヒル氏しか存在しません」

「そういう状況だったようです」俺は認めた。

「アンダーヒル氏は単独行動していたものと思われます。氏の銀行口座に不審な額の入金はなく、氏が〝殺し屋〟であると思われるような経歴もありません」

「どれもおっしゃるとおりです」俺は認めた。

「可能性は低いですが、仮に氏が誰かに雇われて行動していたのだとしても、エク氏とラークソ氏はアンダーヒル氏とはいかなる関わりもありません。確かに会ったことはありますが、たったの一回だけ、それも数秒だけ、キャリックファーガス城の入場券を買ったときだけです」

「確かにそのようですね」俺は認めた。

「では次にマクベイン氏のことですが」

「マクベイン警視正です」

「マクベイン警視正はIRAが車に仕掛けた爆弾で殺害されました」

「車に誰が爆弾を仕掛けたのかはわかっていません」

「エク氏とラークソ氏はマクベイン氏ともいかなる関わりもありません。あなたもおふたりがテロ集団とつながりがあるとおっしゃりたいわけではないですよね」

「ええ。ちがいます」

「ではご説明いただきましょう、なぜこの会合が必要だとお考えになったのか。なぜあなたがたは数千キロも旅して、私の多忙なクライアントたちとなんの関わりもないはずの二件の死亡事件について話を聞きに来たのかを」

「喜んで説明させてもらいましょう。ビグローさんは北アイルランドの青少年犯罪者収容所とつながりのある児童買春グループが存在しているかもしれないという情報を調査していました。彼女が〈レンネイティン〉社の北アイルランド視察を取材したいと自ら志願したのは、その疑惑を詳しく調べられると考えたからだと思われます。ビグローさんは北アイルランドに来るまえに〝ペーター・ラークソ〟という名前と、その人物がキンケイド青少年犯罪者収容所となんらかの形で関わりがあるかもしれないという情報を入手していました。二月六日の夜にラークソ氏、エク氏、ニコラス・レンネイティン、ステファン・レンネイティンが〈イーグルズ・ネスト・イン〉という違法売春宿に行ったことは我々も把握しています。アルスター滞在中に、ほかにも同様の場所に行った可能性があります。ビグローさんは苦悩の末、フィンランド視察団の行動についてマクベイン警視正に打ち明けたようです。警視正は彼女の見解にかなり関心を持ち、あるいはおそらく懸念し、エク氏から話を聞こうとしました。それが警視正が殺害された朝のことです。残されていた警視正の手帳に、エク氏から話を聞こうとしていたことが克明に記されていました。このことから、ふたつの変死事件が関連している可能性を調査しようとするのは当然のことと言えます」俺は静かに、はっきりと言った。

この間、エクの顔はずっと仮面のようだったが、俺はホルンボルク巡査がある時点で眉をあげたことに気づいた。おもしろい、掘りさげてみる価値がありそうだ。

「何を知りたいんだね？」エクが言った。完璧な、ごくかすかにアメリカのアクセントのある英語で。

「売春宿に行ったときのことを教えてください」

「若いふたりがそういう店に行きたいと言い出したので、ラークソ氏も私も、ふたりから眼を離さないほうがいいと思ったんだ。彼らはダヴィド・レンネイティン氏の孫で、ふたりがよからぬことをしないよう見守るのが我々の、いや、とくに私の義務だった」

「売春宿に行くのはよからぬことではないんですか？」

「いや」

「違法なのに？」

「違法だとしても、当局が取り締まろうとしていない。そう考えても差し支えないだろうね、警部補」

「あなたとラークソ氏は売春宿で何をしましたか？」

「ゲームをした」

「どんなゲームか覚えていますか？」

「もちろん。パスカホウスだ」

「それで、売春宿を出たあとはどこに行きましたか？」

「ホテルに戻った」

「何時のことですか？」

「おそらく午後十時か十一時ごろだろう」

「売春宿に行く際、誰かに尾行されていることに気づきましたか？」

「いや」

「ビグローさんがあなたたちを尾行していたということは？」

「ありえるな。だが私は気づかなかった」エクは言い、ラークソを見た。ラークソは肩をすくめた。

「ラークソさんは？」俺は訊いた。

「誰かに尾行されていたことには気づかなかった」とラークソ。

「あなたたちが売春宿に行ったことについて、ビグローさんに何か訊かれましたか？」

「いや」エクが言った。

「いや」ラークソも言った。

「視察旅行のいずれかの時点で、彼女から話があったんじゃないですか？」

エクはかぶりを振った。「そこが彼女のよくわからないところなんだ。《フィナンシャル・タイムズ》の特集記事の取材のために同行しているということだったが、ほとんど何も訊かれなかった。彼女から質問があったのは、見学した工場の屋根に関することだけだった、確か」

「エクさん、〈レンネイティン〉社に勤めてどれくらいになりますか？」

「十年ほどになる」

「ラークソさん、あなたは？」

「二十年だ」

「エクさんは〈レンネイティン〉で働くまえは何をしていましたか？」

「その質問が捜査とどう関係あるんですか、ダフィ警部補？」ウィルモットが口を挟んだ。

「答えよう」エクが平然と言った。「戦争のあと、私はアメリカに移住し、数十年暮らした。それから一九七〇年代初めにフィンランドに戻ってきた」

「アメリカで何をしていたんですか？」

「軍隊にいた」

「アメリカ軍にですか？」俺は驚いて言った。

「もちろん」

「どの、ええと、連隊ですか？」

「アメリカ軍に連隊はない。私がいたのは第十特殊部隊群、通称グリーン・ベレーだ」エクは一抹の自尊心を感じさせる声音で言った。

「グリーン・ベレー？　ベトナムで従軍したんですか？」ローソンが訊いた。

「ああ、そうだ」

「さぞ大変だったでしょう」ローソンが続けた。

「まさしく」エクの話し方に熱がこもった。「あれが四度目の戦争だった」

「四度目?」

「お話の途中ですが」ウィルモットが言った。「あまり時間がありません。ダフィ警部補、ご懸念の点についてほかに質問はありますか?」

「念のためにもう一度伺いますが、エクさん、ラークソさん、あなたたちが売春宿に行った晩、リリー・ビグローが尾行していたかもしれないということに、おふたりとも気づかなかったんですね?」

「ああ」ふたり同時に言った。

「売春宿に行ったあと、あなたたちはホテルに戻った?」

ふたりともそうだと言った。

「マクベイン警視正があなたたちと話をしたがっていたかもしれない理由に心当たりはありますか?」

ふたりともまったくなかった。

北アイルランド訪問中の彼らの行動を一緒に振り返ったが、目新しい発見は何もなかった。彼らはリリー・ビグローと最低限のやり取りしかしなかったらしく、売春宿に行ったことを除けば、何もおかしな行動はなかった。無人の工場と再開発待ちの商工業地域を見学してまわり、朝食、昼食の席での幾度かの商談、それから北アイルランド担当大臣との晩餐会を一度しただけだった。

俺はローソンを見た。「ほかに質問はあるか、ローソン巡査？」

ローソンにほかに質問はなかった。俺は時差ぼけと日中のもろもろで消耗していて、頭のどこをどう絞ってもほかに質問を思いつけなかった。

ウィルモットがほほえんだ。「では、これにて終了ということで」

彼は立ちあがった。ローソンが立ちあがった。エクとラークソとほかの弁護士たちが立ちあがった。俺はそのまま座っていた。行きたくなかった。まだ。何か見落としているはずだ。エクとラークソは何かごまかしをしている。だがそれがなんなのか、さっぱりわからなかった。

「ダフィ警部補？」ウィルモットが言った。

俺は渋々立ちあがった。

また全員と握手した。

「これで必要な情報はすべて手に入りましたね」ウィルモットが言った。

「ううむ」俺は言った。

「君たちのプロフェッショナリズムと礼儀作法については、そちらの公訴局長にちゃんと伝えるよう、法務長官に言っておこう」エクが言った。

俺はローソンを見た。今のは皮肉じゃないよな？　俺たちはプロフェッショナルで、礼儀正しくしていたよな？

俺はエクと階段をおりた。

「すてきな家をお持ちですね」俺は言った。

「私もとても気に入っているよ」

「奥さんもですか？」

「妻はガンで二年前に先立った」

「それはお気の毒に」

エクは険しい顔でうなずいた。

「でも、お子さんは近くに住んでいるんですよね？」

「私たちに子供はいなかった」

俺たちは玄関に着いていた。エクがまた手を差し出し、俺はそれを握った。「君たちの捜査の解決に貢献できてうれしいよ、ダフィ君」

ああ、おかげで解決した。

すべてが問題なかった。全員の証言が一致していた。全員の証言に非の打ちどころがなかった。リリー・ビグローを殺せる可能性があったのはクラーク・アンダーヒルしかおらず、ここ数年、何十人という警官がそうであったように、マクベイン警視正は水銀スイッチ式爆弾でテロリストに殺害されたのだ。

「できることなら、またお話ししたいものです。ニコラスとステファンとも」俺は言った。

「私たちはみな非常に忙しいのでな」

凍った海を車で引き返す。

奇妙に黙りこくったままのホルンボルク巡査。

ヴォルヴォ240のフロントガラスに積もる雪。

「明日帰国しますか?」ローソンが助手席から訊いた。

「たぶんな」

「お土産はここで買っていきますか? それともヘルシンキで一日空きますか?」

「そのまま帰るんだよ。朝の便でベルファストにまっすぐな。この出張がお飾りだったんじゃないかとディエルに勘繰られたくないからな」

「そうですね」ローソンはむっつりと答えた。「ただ、その、ヘルシンキに来ることはもしかしたら二度と……」

俺は返事をしなかった。ハラルド・エクのことを考えていた。完璧なまでに真実を話しているようで、完璧なまでに礼儀にのっとっていた。が、あいつのくそ受け答えが気に食わなかった。

「私の意見を言わせてもらえば、この出張は大成功でした。ようやく捜査に切りがつきました」

「そうか？」

「ええ、そうですよ。リリーの死があのフィンランド人たちと関係ないことはもうまちがいありません」

「あいつらの答えはどれも妥当だったな」

「そういうことです。急な出張でしたが、まあ、うまくいきましたよ。そうは思いませんか？」

「政治か外交の面からいえば成功だろうな。けど、そうじゃなかった。警察仕事としては」

19 ホルンボルク巡査の話

ホルンボルク巡査は〈フィンエアー〉ホテルで俺たちを降ろした。ホテルは〈レンネイティン〉本社から道をまっすぐ行ったところ、パッカフオネーンカトゥ・ストリートという覚えやすい名前の通りにあった。

今は一九八七年だったが、〈フィンエアー〉ホテルは七〇年代初頭のどこかで時間が止まっていた。装飾品はオレンジっぽい茶色で、家具はきしきしと音をたてるプラスティック製で、くさかった。奇妙な時代遅れの街の奇妙な時代遅れのホテルといえば、よく美と謎の舞台になるものだが、この奇妙な時代遅れの街の奇妙な時代遅れのホテルはそうではなかった。

ホテルのレストランに客は少なく、メニューはわけがわからなかった。ステーキを頼むとキイチゴ、冷たいマッシュポテトを添えたトナカイのステーキが出てきた。それほど悪くなかった。ちゃんと調理するか温め直すだけでも、そこそこ食えるようになっていただろう。

ウォッカはどちらかといえば上等だった。ＢＧＭはフィンランドのイージーリスニングで、驚くほど無害だった。

「雪ですね」ローソンが窓の外を、生気のないパッカフオネーンカトゥ・ストリートを眺めながら会話の糸口をつくった。が、会話を続けるのはローソンの役目ではなかった。それは俺がするべきことだった。

「君の名前はアレクサンダーだな？」

「はい」

「あだ名はサッシャか？」

「いえ」

「サンディか？」

「いえ」

「じゃあ、なんと呼ばれてるんだ？」

「アレックスです」

「あまりおもしろみのないあだ名だな」

「でしょうね」

「数学をやっていたってな？」

「はい」

「賭けてもいいが、いずれ君は詐欺調査班の巡査部長刑事の役職をオファーされる」

「どうでしょうね。私はもっとふつうの事件が好きです」

「数字が得意なら、ホワイトカラーの道を進んだほうがいい。出世の階段も駆け足であがれるぞ」

「はい」

「ここに来るまえにフィンランド人のジョークを復習してきたんだ。今日使う機会はなかったが、聞きたいか？」

「私に選択権はありますか？」

「いや」

「わかりました。それなら聞きたいです」

「社交的なフィンランド人と内向的なフィンランド人をどうやって見分けるか？　内向的なフィンランド人は人と話すときに自分の靴を見る。社交的なフィンランド人は相手の靴を見る」

ローソンはうなずいた。

「君がフィンランド人なら、今ごろ床の上で笑い転げているぞ」

大した会話ではなかったが、少なくともサッカーには逃げなかった。イージーリスニングが唐突に終わり、得体の知れない弦楽器を持った老人がステージにあがり、フィンランド語で歌いはじめた。歌はまずまずだったが、得体の知れない弦楽器は人間の耳用に調律されていなかったにちがいない。老人が演奏を終えたころには、店内の客はローソンと俺だけになっていた。俺たちがひとしきり拍手をすると、老人はお辞儀をし、チップをもらいにやってきた。フィンランドの金色の硬貨を何枚かやると満足したようだった。

午後八時だったが、あまりに静かで暗く、午前二時のように感じられた。

最後に地元の上等なウォッカをふたりで飲むと、俺が勘定書を取った。

あとは寝るだけだな、俺は思った。

奇妙な、カラフルなフィンランド紙幣で勘定をすませ、チップを置いて顔をあげると、外の通りからホルンボルク巡査が入ってくるのが見えた。

「やあ、コンサートならちょうど終わったところだ」

彼女は青白く、ぴりぴりしていて、落ち着きがなかった。

「どうかしたのか？」

「あなたたちが何を捜査しているのか、詳しいことを聞かされていなかったんです」彼女は息を切らせて言った。「何を知りたいんです？」

「すべてを」

俺たちは隅のテーブルに座り直し、ビールを三杯頼み、俺が彼女にすべてを話した。巡査は熱心に聞き、メモを取り、いくつか質問したあと、記録を残すのは危険だと判断してメモ用紙をごみ箱に捨てた。

「今度はこちらから訊かせてくれ。ハラルド・エクとペーター・ラークソについて、フィンランド警察が俺たちに知られたくないと思っていることがあるな。それはなんなんだ？」

彼女の喉が上下した。「そのとおりです。ここは〈レンネイティン〉ありきの街です。〈レンネイティン〉はオウルそのものであり、オウルは〈レンネイティン〉なんです。ペーター・ラークソはＣＦＯで、ハラルド・エクはセキュリティ部門の責任者です」

「あの双子は？」

「これはニコラスとステファンとは関係ないことです」

「じゃあ誰と関係あるんだ？」

ホルンボルクはビールに口をつけ、鼻についた泡を拭ってから話を続けた。「まず、エクの話からさせてください」

俺は手帳を取り出した。

「駄目です、メモは取らないで。聞いて覚えるだけにしてください」

「わかった」

「ご存じかどうかわかりませんが、フィンランドはスウェーデン帝国の一部でした。今もフィンランドにはスウェーデン語を話す少数派がいます。こうしたスウェーデン系は、ときにフィンランド人よりフィンランド人らしいとも言われます。ハラルド・エクもスウェーデン系フィンランド人です。一九三九年、フィンランドとソヴィエトは戦争に突入しました。ハラルド・エクはフィンランド軍に入り、すぐに兵士としての頭角を現わしました。ソヴィエトとの戦争は一九四〇年に終わり、そのころにはエクは陸軍の大尉になっていました。一九四一年、バルバロッサ作戦のあと、フィンランドはナチスドイツに協力してソヴィエトに侵攻しました。フィンランド軍は冬戦争で失った領土を迅速に取り戻し、兵士たちは北からレニングラードに進軍しました。フィンランドとドイツの関係は非常に良好でした。どれくらい良好だったかというと、数千人の優秀な若い兵士たちがドイツ国防軍の訓練を受け、なかには武装親衛隊（ヴァッフェンSS）のノルディック軍団に加わった者たちもいたほどです。ハラルド・エクもそのひとりでした」

「エクがＳＳに？」ローソンはショックを受けていた。

「正確には第十一SS義勇装甲擲弾兵師団ノルトラントです。東部戦線で決死の作戦に多数参加しています。ベルリンでの最終決戦にも参加し、ほとんどが戦死しました」

「でもエクはそうじゃなかった」

「ええ、エクはそうじゃなかった。運命が味方し、エクはアメリカ軍の捕虜になりました。アメリカ軍は反逆罪で裁かせるために、エクをフィンランドに送還しようとしました」

「反逆罪？　フィンランドはドイツに味方したんじゃなかったのか？」

「フィンランドは終戦直前に鞍替えしたんです」

「そりゃ賢いな。わかった。それでエクがフィンランドに戻ってきて、反逆罪で裁かれて……」

「エクはフィンランドに戻りませんでした。アメリカに渡り、フィンランド系アメリカ人の女性と結婚し、アメリカ軍に入りました。朝鮮戦争で従軍して――」

「それが三度目の戦争ということですね。今、数えていますが」ローソンが言った。

「そして、ベトナムでグリーン・ベレーの誕生に立ち会いました。一九六六年、ランヴェイの戦いで負傷し、傷病兵としてアメリカに帰ります。最初の結婚生活はこの時点で破綻しており、エクはフィンランドへの帰国を希望します。アメリカの特殊部隊の英雄でしたから（アメリカ軍のキャンプにエクの名前がついたキャンプがあります）、アメリカがフィンランド政府と話をつけて、それで帰国が叶ったわけです。エクはここオウルで地元の政府関係者と結婚し、一九七〇年代なかばから〈レンネイティン〉社で働いています。タフで、冷酷といってもいいくらいで、官公庁に有力者の友人がいますし、政権にもよりますが、政府にもそういった友人がいます」

「つまり、なんでもやりかねない男ということか？」俺は訊いた。

「そういうことです、ええ」

「殺人も？」

「エクに犯罪歴はありません。一方で……」

「ラークソはちがう？」

彼女はうなずいた。

「ペーター・ラークソのことはインターポールに調べてもらったが、何も出てこなかった」

「でしょうね」彼女は言った。

「ラークソのことを聞かせてくれ」

「ペーター・ラークソはフィンランドでもかなりの名家の出身です。父親は戦前も戦後も議員でした。おじは最高裁判所の判事。ラークソ自身も一九五〇年代に議員でした。その後、ビジネスマンとしても大きな成功を収め、〈レンネイティン〉社の財務改善のため、一九六〇年代後半にダヴィド・レンネイティンに雇われます。ラークソを含む、ダヴィドがつくった新たなチームのおかげで、会社は小さな国内企業から国際的な電子機器の巨人に成長しました。電話、計算機、コンピューター、ラジオ、CDプレーヤー」

「じゃあ、今はかなりの歳だな。ラークソは今いくつだ？」

「六十四です」ローソンが言った。ラークソが自分の膝について話したときのことを思い出したのだろう。

「ラークソはもう会社の日々の財務業務を担当しているわけではありませんが、〈レンネイティン〉にとって、オウルにとって、フィンランドにとって非常に重要な人物です」

「わかった。それで、ラークソは何をしたんだ？」

ホルンボルクはごくりと喉を鳴らし、口をひらくのをためらった。

「君が今夜ここに来てくれたのはそのためだろう、ホルンボルク。豆をぶちまけるために。イギリスじゃそう言うんだ。教えてくれ。ラークソは何をしたんだ？」

「一九六〇年代に三度、それから一九七〇年代に一度、ペーター・ラークソは未成年と性的関係を持ったとして逮捕、起訴されています。いずれの罪についても有罪判決は受けていませんし、裁判にも持ち込まれていません。もしわたしがオウルの人間じゃなかったら、きっと知らなかったと思います。警察の記録は……英語でなんと言うのかわかりませんが」

「消去された？」

「消去されました」

「少年少女と？」

「少年とです。青少年犯罪者収容所とイギリス人ジャーナリストの疑念に関するあなたの話を聞くまで、この話をするつもりはありませんでした。でも、あなたたちはわたしが知ってることを知るべきだと思って」

「よく話してくれた。重大なことだ」俺は言った。

「今の話がどう役に立つのですか？」ローソンが訊いた。

「ようやく動機が見つかったと思う」

ローソンは困惑しているようだった。「どうしてですか？」

「あのフィンランド人たちは〈イーグルズ・ネスト・イン〉に行ったが、店にラークソの好みの相手がいなかった。トニーはフィンランド人たちをホテルに連れて帰り、自分は十二分に役目を果たしたと考えた。しかし、ラークソはまだむらむらしていて——」

「あの歳でですか？　まさか」

「最後まで話をさせてくれ、ローソン」

「はい」

「エクとラークソは、ラークソの欲望を満たしてくれる場所があることを事前に聞かされていた。どこに行けばいいかわかっていたんだ。ふたりはトニーを帰してホテルを抜け出し、キンケイドに向かった。収容所に行き、ホテルに戻った。で、その帰り道、リリー・ビグローがずっと自分たちのあとを尾けていたことに気づいた。リリーはこの機会をずっと窺っていた。彼女はラークソがキンケイドの収容所のことを知っていて、出張中のいつかのタイミングでそこに行くと踏んでいたんだ。それこそが記事を書くために必要な証拠だった。ところがエクに見つかってしまった。エクは彼女の口封じをしなければならないと考え、次の日、キャリック城の見学ツアー中の好機を捉え、頭に一撃をお見舞いして殺害した」

「エクはラークソとホテルに戻っていたはずです」とローソン。

「それは嘘だったのさ。城にリリーと残り、彼女を殺したんだ。予定外の犯行だった。彼女が記事をまとめて新聞社に送るまえに、もしくは誰かに話してしまうまえに、迅速に行動する必要があった」

ローソンはかぶりを振った。「そううまくはいきませんよ」

「いくさ。エクはリリーを殺し、遺体と一緒に地下牢に隠れていた。で、管理人が眠りに就くのを待って、遺体を城塞のてっぺんに運んだ。その途中でリリーの靴が脱げた。エクは靴を戻したが、まちがって左右逆に履かせてしまった。それからタイミングを見計らい、遺体を城塞のてっぺんから突き落とした。誰もが自殺と考えるとわかっていたんだ。仮にそう考えなかったとしても、疑われるのはアンダーヒル氏しかいない。防犯カメラに映らずに城から出ることはできないからな」

「では、エクはどうやって城から出たのですか？」

「そこのところはまだわからん」

「あの城に秘密のトンネルのようなものはありません。城を調査した考古学者とも話しました」

「わかってる」

「ではどうやって外に出たのですか？」

「わからんよ、ローソン」

「それに、マクベイン警視正が殺されたことはどう関係するのです？」

「リリーはマクベインと一緒にお茶をして、自らの疑念をマクベインに打ち明けた。エクはマクベインも殺さなければならないとわかっていたんだ、捜査を始められてしまうまえに」

ローソンは俺に向かってにんまりとほほえんでいた。「では、エクはリリー・ビグローを殺害する計画を立て、キャリック城から魔法のように脱出してホテルの自室に戻り、どこからか二キロのセムテックスを調達し、その晩のうちに複雑きわまりない水銀スイッチ式爆弾をつくりあげ、車でグレノーまで行き、警視正の車に爆弾を仕掛け、公衆電話から警視正を呼び出して殺したということですか？」

「ありえる話だ」

「警部補、お言葉ながら、馬鹿げています」

「君の考えは、ローソン？」

「ラークソとエクは自分たちの好みの相手が見つからないまま売春宿から帰ってきた。高齢ですから、そのままベッドに直行した。次の日、鬱状態で少し頭がぼんやりしていたリリー・ビグローはキャリック城内に隠れた。城塞から飛びおりれば楽に死ねると考えたのです。そしてその晩、自ら命を絶った」

「死斑の件は？」

「アンダーヒルがパニックになり、遺体を動かした。遺体に触るべきではなかったとわかっていて、それで嘘をついた」

「時系列は？」

「リリーは暗くなった直後に飛びおり、アンダーヒルは見まわりのときに何も見なかったと嘘をついた」

「理由は？」

「アンダーヒルは怠惰な年寄りの酔いどれで、もう何もかもどうでもいいと思っていたから？」

「じゃあ、リリーの閉所恐怖症と高所恐怖症は？」

「だからこそ薬を飲んでいたのです」

「いいか、ローソン、そもそも俺にこういう線で考えさせたのは君なんだぞ。くそったれベイズの定理とかで、なぜ俺がくそ一生のうちにリジー・フィッツパトリックの事件とリリー・ビグローの事件に遭遇する可能性があるのか説明がつくと言ってたな」

「はい。しかし――」

俺は立ちあがった。

「やつらは明日発つんだな？」俺はホルンボルク巡査に言った。

「はい」

「なら今晩しかない。どうする、若きロキンヴァー、君も行くか？」

「どこにです？」

「ネザービー・ホールだ、決まってるだろ」

「どこです？」

「エクとラークソが出発するまえに話を聞くんだ。あいつらに事情聴取するのはこれで三度目だ。三度目の正直っていうだろ、ローソン」

「ラークソはすでに出発してしまいました。先ほどの面会のあと、ヘルシンキに発っています」とホルンボルク。

「なら、あのチャーミングなエク氏とおしゃべりだ」

「それはいい考えとは思えません」ホルンボルクが言った。「従わなければならない手続きがあります」

「君の車が要る。タクシーがあの凍った海を渡って、夜中まで俺たちの戻りを待ってくれるとは思えないからな」

「わたしは関われません。すでに話しすぎています！」

「君はもう関わっているよ、ホルンボルク。ローソン、君は行くのか、行かないのか？」

ローソンは顔に肉食警官の笑みをたたえて立ちあがった。「行きましょう、ボス」

20 氷上にて

凍える海にかかる凍った道。冷たく、澄んだ空。

俺たちの頭上で星々がひしゃくをつくっている。ミザール、アルカイド、アリオト、メグレズ、メラク、フェクダ、ドゥベ……異国情緒あふれる東方の夜の、異国情緒あふれる東方の名たち。

遠くの暗闇から対向車のヘッドライトが俺たちに向かって迫ってくる。奇妙な視覚効果で、俺たちめがけてまっすぐ突っ込んでくるように見える。

「この道は二車線だよな？」

「はい」

近づき、さらに近づき、そして突然、毛皮を身にまとった男女の姿が一瞬見え、彼らは彼らの現在に入り、バックミラーのなかで俺たちの過去に入る。

「このへんの連中は飛ばしすぎだな」

「はい」ホルンボルクが同意した。

「さっき君が言っていたことだが、ほんとうに海に落っこちることなんかあるのか？」

「しょっちゅうですよ。とくに春に多いです」

「落ちたらどうなるんだ？」

「だいたい溺死です。ショックや低体温症で死ぬこともあります」

「それを聞いて安心したよ」

俺たちは危険な氷の道を渡り切り、島に入った。

森を抜け、ハラルド・エクの豪奢な邸宅へ。正面に駐車し、ヴォルヴォから降り、ベルを鳴らした。体が大きくがっしりした坊主頭の雑用係が玄関をあけた。さっき会った執事タイプとはかなり趣がちがった。

「なんの用だ！（Mitä haluat）」彼は言った。

「あなたのボスに用があります（Olemme alkaneet nähdä pomollesi）」ホルンボルクが説明した。

俺たちはなかに入り、上階の大きな居間にあがった。裏手の森が一望できた。大きな革張りソファ、磨かれた硬材フローリング、赤々と燃える炎。ベージュのスラックスと黒いセーター姿のエクがもうひとりの男と何かのボードゲームをしていた。俺が期待していたような放蕩の場面ではなかった。

「私もあなたも明日発ってしまうわけですから、せっかくの機会にもう少し質問をさせていただこうかと思いまして」俺はホルンボルクが口を挟むまえに言った。

エクはゲームの駒のひとつを置き、立ちあがった。「また来たのか。意外ではなかったがね、ダフィ警部補。座りたまえ。ヘイッキに飲み物を持ってこさせる」

俺たちが座ると、さっきの坊主頭の男、ヘイッキがウォッカの入ったカラフ、水の入ったカラフ、キャビアとクリスプブレッドを持ってきた。

「紹介しよう、私の古い古い友人のジャスパー・ミラーだ。ジャスパー、こちらは北アイルランドの警察のダフィ警部補とその同僚のローソン巡査。そしてこちらの若い女性はオウル警察のホルンボルク巡査だ」

「会えて光栄です」ミラーがアメリカのアクセントで言った。

「エクさんとはどういったお知り合いですか？」俺はさりげなく訊いた。

「古い戦友でして」ミラーはにやりとして言った。

「どの戦争ですか？　エクさんは四度の戦争を経験しています」

ミラーは笑った。「知っているとも！　ハラルドと私は朝鮮戦争で一緒に戦ったんだ」

「その四度の戦争というのを私がちゃんと把握できているかどうか整理させてもらえますか、エクさん。冬戦争であなたはフィンランド軍として戦った。朝鮮戦争とベトナム戦争ではアメリカ軍として、それから第二次世界大戦ではドイツ軍として戦った。第十一SS義勇装甲擲弾兵師団ノルトラントの一員として」

エクはうなずいた。「それは有名な話だ。君が今晩ここに戻ってきたのは昔の話で私を脅すためじゃないだろうな」

「昔の話というと？」俺は訊いた。

エクはウォッカを飲み、ゲームの駒を動かした。ふたりはどうやら中国のゲームを、碁をしているようだった。

「私はフィンランド軍、ドイツ国防軍、アメリカ軍で将校だった。私の軍歴は誰もが知っているよ」

「二月六日の夜、〈イーグルズ・ネスト・イン〉を出たあと、どこに行ったんですか？」

エクは少しのあいだ俺を見て、それからボードに別の駒を置いた。

「どこに行ったかは知っているだろう。我々はホテルに戻った」

「ほかの場所に行っていないと断言できますか？」

「できるとも」

「ペーター・ラークソのことは知っています。彼の記録は誰もが知っているわけではないですよね」

「なんの記録だ、いったいなんの話かね？」

「ラークソは小児性愛で有罪判決を受けています」

エクはホルンボルクを見た。「何を聞いたか知らんが、ラークソ氏はいかなる有罪判決も受けておらんよ」

「ああ、そうでした。実際に有罪判決は受けていませんでしたね。何度も逮捕されはしたものの、一度も有罪になっていないんでした」

「噂と中傷だよ。〈レンネイティン〉社のライバル企業が繰り返している噂と中傷に過ぎん」

「二十年も噂と中傷を流しつづけているわけですか。おまけに警察もそれに参加しているということですか？」

「アイルランドと同じで、フィンランドは保守的な国だ。アメリカとはちがう。スウェーデンともちがう。同性愛はここではタブーなのだ。もし君がラークソ氏を迫害しようとしている反動勢力に与したいのなら、勝手にすればいい、ダフィ警部補。フィンランド警察も好きにすればいい。短い時間とはいえ、君とは何度か話をした。もう少しまともな人間だと思っていたがね」

「君の番だぞ」ミラーが言った。

「私は〝同性愛〟とはひと言も言っていませんし、そういう話を人から聞いてもいません。しかし、事実確認をしてくださって感謝しますよ、エクさん」

「事実確認などしておらん！」彼は吠え、ウォッカのショットをもう一杯呷った。

ホルンボルク巡査は不安そうにしていて、もう帰ったほうがいいという顔をしていた。が、ローソンは俺を勇気づけるようにうなずいた。巨大なガラス窓越しに雪が桜の花のように舞い、ポップコーンほどの大きな、もの憂げな雪片が漂っていた。

「二月六日、我々はホテルに帰った。リリー・ビグローの死亡事故のことは何も知らん。この話はこれで三度目だぞ！」

ステレオの音楽は止まっていて、部屋は不気味なほど静かだった。俺はエクを見た。エクはその視線をやすやすと受け止めた。間近で見るエクは堂々たる人物だった。締まった体つき、長いあご、きれいに剃られたひげ、サミュエル・ベケットのような眼光。

「別の音楽にしよう」エクが言った。

「私も一緒に選びましょう。音楽にはちょっとうるさいので」

ふたりでCDコレクションのまえに向かい、俺がマグヌス・リンドベルイのCDを取ってエクに渡した。彼はうなずき、それをプレーヤーに入れた。

不安を掻きたてるリンドベルイの《Kinetics》がステレオのスピーカーから流れはじめ

た。

俺はエクに近づき、小声で耳打ちした。「あなたがリリー・ビグローを殺した、もしくは殺させたことはわかっている。昔から、殺しはあなたにとってはなんでもないことだ。第十一装甲擲弾兵師団としてベルリンに戻る途中、何人の民間人を殺した？　ええ？」

エクは不愉快そうににやりと笑った。「君は自分が誰を相手にしているかわかっていないようだな、ダフィ」両眼から黒い悪意が発せられていた。

「あなたはリリー・ビグローを殺しましたね？」

「そんなことをする動機はなんだ？」

「あなたのボスが若い男娼たちと関係を持ったことをリリー・ビグローに気づかれ、ボスの評判を守ろうとしたんだ。男娼はキンケイド青少年犯罪者収容所の武装組織の連中が斡旋したのかもしれない。〈レンネイティン〉社がちゃんとアイルランドに投資してくれるように」

「男娼？　キンケイド？　いったい何を言っているんだ、ダフィ警部補。それに殺人？　いったいどうやって私が、いや、ほかの誰であっても、哀れなミス・ビグローを殺せたというのかね？　不可能犯罪だよ。どうやって私がその犯罪を実行したというんだ？　降霊術か？」

「あなたはアイルランドに行くまえから現地のことを調べて、キンケイドならラークソ氏の趣味を満足させられるかもしれないと目星をつけていた。で、あちこちに訊いた。それが漏れたんですよ。誰かがそれを聞きつけ、ある記者に電話をした。でもその記者はあなたを見くびっていた。あなたは尾行している彼女を見つけた。そして調査をした。あの財布の窃盗騒ぎ？　たぶんあれはリリー・ビグローを部屋から誘い出し、その隙に忍び込んで荷物を調べるために仕組まれたことですよ」

「馬鹿らしい」

「馬鹿なのは彼女を殺したことです。やりすぎだ。ラークソはパニックを起こした。パニックを起こした人間はミスを犯す」

「どんなミスだ？」

「これから見つけてみせますよ、ご心配なく」

エクは眼を細くした。「君は見た目ほど愚かではないようだな」

「それは自白ですか？」

「なんの自白だ？　私が犯せたはずのない殺人の？　なんの動機もない罪の？」

「はは！　やったぞ！」碁のテーブルからミラーが言った。「来いよ、ハラルド。出るぞ、Kami no Itte が！」

「ゲームに戻らねばならん、失礼するよ、ダフィ警部補」

彼は部屋を横切り、碁盤のまえに座った。俺はマグヌス・リンドベルイの音量をもうひと目盛り分あげ、テーブルのふたりを見に行った。

「君のせいで負けたぞ、ダフィ警部補」エクが上機嫌に言った。「ジャスパーがKami no Itteを出すぞ」

「その表現は聞いたことがありません」俺はエクの笑みに応えて言った。

「Itteのteというのは、本来は手足の〝手〟の意味だが、この場合はゲームの〝指し手〟だ。Kamiは〝神〟。ゆえに〝神の指し手〟。純然たる美が、それを目の当たりにした者に宗教的な畏怖の念さえ起こさせる手だよ」

俺は碁盤を眺めたが、さっぱりわからなかった。

エクが立ちあがった。「ゲームは終わりだ。私は疲れた。ゲストにも寝てもらわなければならんし、私には朝の飛行機がある。君ももう質問はないだろうね、ダフィ警部補」彼は言い、ホルンボルク巡査を見た。「では、君はこちらのおふたりを本土にお送りしてくれ。嵐が来るまえにな」

「はい、お時間ありがとうございました、エクさん。いきなり押しかけてしまって——」

そのとき、階下から叫び声がした。

「Se onsusi! Se onsusi!」

「ヘイッキ！」エクが叫び返した。

雑用係が階段を駆けあがってきた。手にカラシニコフのアサルトライフル。フィンランド語であわただしいやり取りがあり、エクがうれしそうな顔をして俺たちに向き直った。

「どなたか、狩りはいかがかな？」

「何があったんだ？」ミラーが訊いた。

「狼だよ！　狼を見たとヘイッキが言っている。数日前、海氷に向かってヘラジカを追う群れが目撃されたとの報告があった。ジャスパー？　ダフィ警部補？　ローソン巡査？」

「行こう！」ジャスパーが言った。

「私たちも行きましょう」俺は言った。この男のことを知るまたとない機会だ。

「すばらしい！」エクが言った。「ヘイッキにコートと銃を持ってこさせよう」

下階におりると、ヘイッキがローソンと俺のそれぞれにフードつきの防寒着とAK47を渡した。自分で使ったことはなかったが、防寒着を着ているあいだにヘイッキが基本操作を教えてくれた。

「こういう狩りにはライフルのほうがいいんじゃないか？」俺は訊いた。

「ライフルは使わない！」ヘイッキがうなった。

「ローソン、やっぱり君はここに残ってくれ」俺は言った。「君が撃たれたりしたら、俺の責任になる」

「照らすぞ！」エクが言い、レバーを引くと、屋敷の裏の森全体がまばゆい白光に照らされた。

俺はMP5を持つときと同じように、引き金に指をかけず、両手でAKを持ち、エクのあとについて森に入った。

雪はかなり激しくなっていて、新雪の上を歩いて進むのは難しかった。俺のドクターマーチンはあっという間にずぶ濡れになった。

「足跡だ！」エクが叫んだ。確かに、降ったばかりの雪の上に動物の新しい足跡がついていた。大きな跡だ、どんな犬よりも大きい。世界で一番信用できるアサルトライフルを抱えていなかったら、俺は不安を感じていただろう。

エクは今では走っていたが、俺は遅れずについていき、三十秒ほどのうちにミラーを引き離していた。六十何歳という老人にしては驚くべき俊敏さと力強さだった。

「狼は氷のほうに向かってる。ヘイッキを見て驚いたにちがいない！　行くぞ！」エクが言った。

俺はエクを追って木立の坂道をくだり、海岸線らしき場所に向かった。雪の向こう、凍った海の五キロほど向こうにオウルの街明かりが見えた。俺たちの頭上と後方で、灰色の大きな雪雲が星と月を隠していた。

「ここはもう氷の上だ」俺のすぐ前方でエクが言った。息が荒くなり、靴下は濡れていた。何も見えなかった。雪が眼に入っていた。

「見失ったか。狼に少しでも分別があるなら、今ごろ……いた！　なんてこった！　あそこだ！」エクが叫び、ＡＫ47の銃身から炎が噴き出し、銃撃の閃光で俺の眼がくらんだ。エクの肩のあたりで何かが明滅していた。大きく、灰色の何かが。

それは跳ね、俺の真横を通り過ぎた。その狼は速さと力の美しいメタファーだった。太く白い尾と力強い背中。

「撃て！」エクが怒鳴った。

俺は狼が俺のそばを通り過ぎ、氷の上を走るままにさせた。

エクは弾倉内に残っていた弾を撃った。

「撃て！」彼はもう一度怒鳴り、俺の両手から銃を奪い取った。が、遅すぎた。狼はいなくなっていた。

「なぜ撃たなかった？」エクは俺を罵った。

「撃ちたくなかったから」

「君は愚かだな、ダフィ。愚かで臆病だ」

「俺はただ撃ちたく――」と言いかけたところで黙った。エクがこっちを向き、俺にAK47を向けているのが見えたのだ。あの銃にはまだ全弾が残っている。この距離からあの大きな弾丸を半ダースも食らえば、体がばらばらになるだろう。

近くにミラーの姿は見えなかった。ホルンボルクとローソンは屋敷に残っていた。すべては悲劇的な事故ということで片がつく。俺が踵を返して駆けだせば、エクはフルオートで弾をばらまくだろう。二メートルと進めないにちがいない。

俺はまばたきして眼から雪片を追い出し、暗闇のなかでにやついているエクを見た。

「未来が見えるよ、ダフィ。君の葬儀では棺のふたは閉じられたままだろう。女はいるのか？　君のために泣いてくれるか？」

ああ。ベスは泣いてくれるだろう。

黒衣がよく似合うだろう。

エクは銃口をさげ、俺の心臓に狙いをつけた。無骨なアイアンサイトの向こうでエクの顔がこわばった。

俺は恐れていなかった。不思議と恐れていなかった。ズボンのポケット越しに財布に触った。そこにグイド・レーニの《サタンを踏みつけるミカエル》のポストカードを入れてあった。

「君の質問に答えてやろう。何百という民間人だよ、ダフィ。我々が、装甲擲弾兵師団がベルリンに戻る途中で。覚えておらんほどの数だ。レニングラードで、ポーランドで、オーデルでの最後の数週間で。ロシア人。ポーランド人。ドイツ人。君が死んだところで私はまばたきひとつしない」

ライフル。銃口。アイアンサイト。ハラルド・エクの落ち着いた手。背景に、遠くからマグヌス・リンドベルイの曲――死ぬにはもってこいの音楽。

冷気が死者の指で俺の顔に爪を立てた。

千キロ先で鴉のモリガンが険しく不埒(ふらち)な顔を東に向けた。

「警部補？　警部補？」氷の縁からローソンが俺を呼んだ。

「こっちだ、ローソン！」

ローソンが俺たちに近づいた。手にAK47を持って。エクは自分の武器を脇におろした。

「狼は逃げた」エクが言った。

「大丈夫でしたか？」ローソンが尋ねた。

「今、大丈夫になった」俺は言った。

エクは氷を渡り、森に向かって引き返しはじめた。

「急げ、ふたりとも。ホルンボルク巡査が君たちをホテルの部屋に送る。道路が閉鎖されないうちに、すぐに出たほうがいい」

俺はもう一度財布に触った。戦士、船乗り、巡礼者、それから警官の守護天使がまたも俺を守ってくれた。聖ミカエルと、間一髪のところに現われたカラシニコフを持つローソンが。

21 水銀スイッチ

オウル——ヘルシンキ——マンチェスター——ベルファスト。ニコルソン・ベイカーの『中二階』とイアン・バンクスの『蜂工場』で時間を潰した。クラビーがランドローバーで空港に迎えに来た。俺はすべてを伝えた。銃を向けられたこと。ほぼ自白、ほぼ脅迫。ローソンが間一髪で来てくれたこと。クラビーは驚いたが、ショックを受けてはいなかった。クラビーもエクに悪い予感を抱いていたのだ。

俺たちが留守にしていたあいだ、クラビーはキンケイド青少年犯罪者収容所に関する俺たちの疑念をニュータナビーの王立アルスター警察隊性犯罪調査班に照会していたが、今のところ返事はなかった。

署に戻って警部と話した。俺は警部を喜ばせるため、たわ言を粗製乱造した。「我々はフィンランド警察との連携を成功させ、王立アルスター警察隊の警察官にふさわしい能力と権威でもって事情聴取を遂行しました」

　事務のケニー・ディエル巡査部長は警部ほど簡単には感心しなかった。「どうして警官ふたりがフィンランドに行かなきゃいけなかったのかわからないね。ふたりでふたつの事件の潜在的な手がかりを追っているというが、うちひとつはすでに公訴局の手に渡っているし、もうひとつはラーン署が担当だ。この遊山旅行については内部監査を受けることになるだろうな、ダフィ。ああ、そうとも、よく覚えておくんだぞ。それから様式８９０の書類を提出しろ。でないと痛い目に――」

ディエルを無視した。すべてを無視した。いつものとおり。

ディエルは話すのをやめた。

「人の話を聞いてるのか、ダフィ」

「いや。それに、おまえにとってはダフィ警部補だ、ケニー」

「いつか罰が当たるぞ。ヒュブリスって聞いたことあるか？」

「パスタの一種か？」

「傲岸不遜（ヒュブリス）だよ、ダフィ、よく覚えておけ」

「もうちょっとましな説明をしてほしいもんだな、ケニー。ギリシャ神話は俺にとってアキレスの肘でね」

怒りが、そのまま心臓発作を起こしてくれればいいと願いたくなるような形にディエルの眉を結んだ。が、そうはならないとわかっていた。

眠るためにコロネーション・ロードへ。ワイパーの動きはマックスで。

BMWを駐め、土砂降りの小径を歩く。雨は体に当たっても濡れないほどの勢いだ。それはただ跳ね返り……

猫は俺を見て喜んだ。近所のガキどもは猫を殺していなかった。猫と遊び、ピーティー・ウィートストローの《Police Station Blues》を聴く。上階(うえ)で眠る。灯油ヒーターの光のそばで。青い炎、灯油のにおい。

心が安らぐ。アヘンのように安らぐ……

玄関で電話が鳴っている。

羽毛布団にくるまったまま階下へ。

「はい？」

「ようやく出たか、若いの。どこに行ってたんだ？」

「ジミー・サヴィルか？」

「そうだ」

ジミー・サヴィル本人か、ジミー・サヴィルのふりをしている誰かだろう。サヴィルの声は誰でも真似できる。何十年もカルチャーに根づいている存在だ。

「どこに行っていたんだ?」サヴィル/偽サヴィルが訊いた。

「フィンランドですよ。あなたはどこに行ってたんです?」

「エドウィナ・カリーとサッチャー首相のために働いてたんだ。ふたりにおまえのことを話しておいた」

「紹介なんかしてくれなくてよかったのに。ふたりとも俺のタイプじゃない」

「あんたが根掘り葉掘り質問してまわって、誹謗中傷をまき散らし、俺の友達を困らせていると言っておいた」

「そんなこと、誰から聞いたんです?」

「おまえには関係ないね! 手を引くんだ。でないと俺が手を引かせてやる。俺のことは好きに言ってかまわんが、俺の友人たちを追いまわすなら、一線を越えたことを後悔するぞ」

今日はジョーン・ダフィ脅迫記念日か? 俺はこうしたいっさいにうんざりしていた。エク、ディエル、そして今度はジミー・くそサヴィル。

「理解できたか、ダフィ警部補?」サヴィルがうなった。

「失せろ」

「なんだって?」

「みんなのためだ、消えてくれないか？」俺は言い、電話を切った。

朝起きたときに今のは夢だったのかもしれないと思わずにすむよう、電話の隣に〝これは夢じゃない〟と書いた。

上階の冷たい、冷たいベッドへ。

眠り。

猫の鳴き声。ブラインドから射し込む冬の低い太陽の光。

窓辺まで歩き、外を見た。濡れた二月のある日のコロネーション・ロード。霧がアントリム・ヒルズから転がり落ちている。

コロネーション・ロード。俺はこの通りを知り尽くしている。隅々まで知っている。舗道のひび割れを知っている。駐まっている車を知っている。ここの生態と地理の世界的な専門家だ。あそこを行く男は亡妻の服を着ている。あそこを行くグライムズ氏があんな歩き方をするのは、ビルマで日本兵に襲われたからだ。あそこを行く誰かは俺の知らない男だ。また黒いパーカー。あいつの風貌が気に入らない。見ているとコロネーション・ロードの角を曲がっていく。あれは誰なんだ？

あとになって、俺は裏庭に足跡がついていたことと、ほかにも一、二度、監視されているような気がしたことを思い出す。

下階。電話の隣のメモ。〝これは夢じゃない〟。署のクラビーに電話した。「ベティ・アンダーソンがお仲間のジミー・サヴィルに俺たちのことをチクったらしい。サヴィルから昨夜、俺の自宅に電話があった。彼女に近づくなだとさ」

「サヴィルは具体的になんつってたんです？」

俺は短い会話の全容を伝えた。

「で、どうしやす？」

「性犯罪調査班に今の倍の努力をさせるんだ。ただし、連中を苛つかせるんじゃないぞ」

「もう一度連絡してみる」

「そうしてくれ」

キッチン。

ラジオ3がまたブルックナーを流している。朝のこんな時間にしてはちょっとやりすぎだった。ＢＢＣはおそらく、メランコリックな音楽がメランコリックな気分を引き出すというエリザベス朝時代の理論を信じているのだろう。ウィーン・フィルハーモニー管弦楽団の演奏による交響曲第四番だとＤＪは言ったが、いくつも存在する楽譜のうち、どれが使われているのかまでは言わなかった。交響曲第四番には五つの異なるバージョンがあり、長さも六十五分から八十分までまちまちだ。クラシック担当DJがどのバージョンか言わないのはリスナーに対する深刻な侮辱だ。俺は抗議のしるしにラジオ1に切り替えた。

シャワー。服。まだ雨が降っていたので、分厚いレインコート。

「じゃあな、猫。家を守ってくれ。俺のレコードに近寄るなよ！」

外のBMWへ。車底に水銀スイッチ式爆弾を探した。なかった。車に乗った。

イグニッションにキー。

襟足の毛が逆立つ。

眼に見えない恐怖。何か悪意のあるものが、近くに、恐ろしいものが。

「待てよ……くそ待てよ……」

キーをそっとイグニッションから抜く。車のドアをあける。もう一度車の外へ。

膝をつく。冷たい、激しい雨のなかに膝をつく。

運転席側、後部車輪の裏を見ろ。

箱は？　ワイヤーは？

何もない。爆弾はない。

アドレナリン。鼓動が速くなる。

車の反対側にまわる。助手席側の後部。

そして、それはあった。

セムテックスの塊。釘の入った袋。バッテリー。起爆装置。起爆装置につながる水銀の管。

神の母、聖母マリアよ。

震え。

自宅の電話機のもとへ。

999。

煙草。

「どういった緊急のご用件でしょうか？」

「君、爆弾処理班を頼む」

22　網を閉じる

どうやったら近所で人気者になれるか。この通りに住みつづけて六年、ようやく自分の存在に慣れつつある界隈で。

ドアをばんばん叩く。「出ろ！　全員出ろ！　通りの突き当たりに行くんだ！」

「でも雨だぜ」

「俺の車の下に爆弾がある！　全員出ろ！」

ＢＭＷからあっちの十軒とこっちの十軒の避難。しかめ面。ぼやき。

「ニュースを見てたところなんだ」

「子供たちがまだ朝ごはんの途中なの」

「寝てたんだぜ」

軍のランドローバーと装甲人員輸送車（サラセン）。はるばるバリミーナからも警察が。俺たちみんな、霧と雨のなかに突っ立っている。

陸軍工兵隊の爆弾処理班が到着し、仕事に取りかかった。

爆弾処理用のフル装備に身を包んだウィリアム・クーパー中尉が状況を判断し、俺の車の下を覗き、工具を手に取り、起爆装置のワイヤーを切り、こうして爆発装置は無力化された。中尉はセムテックスの塊を手で取り出し、装甲人員輸送車に積んだ。装置のほかの部分は部下の軍曹に任された。

群衆から拍手。

俺はクーパーの手を握った。「ありがとう。すばらしい仕事だった」

彼は巨大なヘルメットを脱いだ。「まあ、それほど難しい仕事ってわけじゃありませんでした。こういうのは比較的簡単で、起爆装置のワイヤーを切ればいいだけなんで。どうってことないです」彼は落ち着いて言った。

「作業中に水銀の管を動かさないかぎりは？」俺は言ってみた。

「ええ、水銀の管を動かしちゃいけません。それはあまり愉快なことじゃない。ところで、トランクのなかにも装置があるかもしれないから、トランクを爆破しなきゃいけません。爆発はちゃんと制御します。かまいませんかね？」

「制御？　どうやって？」

「トランクにショットガンを撃ち込みます。なかに爆弾がなければ爆発しない。爆弾があれば爆発する」

「それが制御された爆発なのか？　そりゃただの爆発の爆発だ。愛車がめちゃくちゃになる」

「それが我々のやり方なんです」

俺は首を横に振った。「いや、それは駄目だ。俺のベーエムヴェーは爆破させない」

「やる必要があります」

「俺がトランクをあける」

「いや、駄目です。ここの責任者は私です、ダフィ警部補。あなたじゃない」

遠隔操作の軍用ロボットがＢＭＷの後部に近づいた。一分が経過したあと、ロボットはトランクにショットガンを撃ち込んだ。

イギリス軍の中尉が木っ端微塵にならずにがっかりしていた子供たちは、そろって喝采した。

トランクに爆弾はなかった。車へのダメージも実際は大したことなかった。

鑑識班は自分たちの仕事をし、爆弾は分析にかけるために運び出された。コロネーション・ロードの善良な人々はそれぞれの家に帰っていった。何人かは俺の背中をぽんと叩き、ほかの何人かは俺の手を握った。自動車修理工場で働いているカイル・アチソンはトランクを無料で修理すると言ってくれた。「なんてことねえよ。あんたはジーニーの元彼に接近禁止命令を出すときに力になってくれたし。俺にできるせめてものことさ。それにあんたには勇気がある。虎の心臓がある。そうとも、ショーン」

「ああ、だから俺は動物園から永久追放されてるんだ、カイル」

カイルには理解できなかった。でもかまわなかった。

マカーサー警部が地域の精神科医の電話番号と、仕事に復帰するまでに丸三日以上の休みを取れという命令を携えて俺に会いに来た。

「ハヴァーキャンプ医師（せんせい）に診てもらえ。腕がいい。我々はこういった事件のあとは自分の問題を医師に話すことを推奨している」

「たぶんそうします、警部。たぶん」

その代わり、次の日、俺は鑑識に電話し、爆弾の解析結果を訊いた。

かなりお粗末な自家製の装置。指紋はなし。暗殺に失敗したから犯行声明もなし。

「ええ、ダフィ警部補。マクベイン警視正の暗殺に使われた装置と似ています」

「それだけ知りたかったんだ」

俺はその週いっぱい、給料全額支給の有給をもらっていた。そこで、良識ある男なら誰でも休暇中にやるであろうことをやることにした。つまり、エド・マクベイン殺しの捜査の進捗を確かめに車でラーン署に向かった。

署はフライドポテト（チップス）と酒と恐怖と煙草の煙のにおいの充満するモルグだった。若い男たちはあっという間に肥満のおっさんになる。まさしくポリスステーション・ブルース。事件の捜査は終わっていた。エド・マクベインはＩＲＡの現役実行部隊（ＡＳＵ）の水銀スイッチ式爆弾によって殺害された。以上。

ケネディ警部は俺と話そうとしなかったが、俺は署の新米すぎてまだ完全には腐っていないマクグラスという巡査刑事を見つけた。

「その爆弾のことを教えてくれ」俺は〈ビリー・アンディーズ・スピリット・グローサー〉（ラーンで一番のパブ）でパイントを飲みながら言った。

巡査刑事は人目につかないように俺にファイルを渡した。それはあまりにぺらぺらで、無能な役立たずがつくったか、警察の方法論に対するポストモダンな批評であるかのいずれかだった。

「爆弾は興味深いものでした。ＩＲＡがふだん使っているものとは全然ちがって、もっと粗末なものでした。基本的にはセムテックスの塊、水銀管、バッテリー、起爆装置だけの爆弾です。私の意見としてはＵＶＦが使っている装置に近いです。それか、武装組織とは無関係という可能性もあります」

「そういう爆弾をつくるのに時間はどれくらいかかる？」

「わかりません。でも図面をもとにつくるなら、二時間くらいでしょうか？」

「現時点でＩＲＡが犯行声明に使っている符牒は？」

「ウルフハウンドです」

「四年ほどまえから変わっていないってことだな。ということは、警察、メディア、軍隊、武装組織の連中なら誰でもその符牒を知ってる。人数にして三万人くらいが」

「つまり、どういうことです？」巻き毛で輝くような顔、ハシバミ色の眼をした若いマクグラス巡査刑事が訊いた。

「いやな、もし誰かが個人的な理由でエド・マクベインを殺し、それをＩＲＡのせいにしたければ、そうするのは信じられないくらい簡単だということだ。爆弾製作技術について少しの知識があって、セムテックスをいくらか調達できれば。いや、出来合いの爆弾を調達できるだけでもいい」

「誰がそんなことをするんです？」

「ほんとうに、誰だろうな？　過去に同じような事件に遭遇したことのある人物かもしれん……」俺の脳裏で暗い考えが大きくなりつつあった。

「ケネディ警部はそんなこと、ひと言もおっしゃっていませんでした」

「だろうな。よし、全部飲んじまってくれ。車で署まで送るよ」

〈ビリー・アンディーズ〉からラーン署へ、〈コースト・ロード〉ホテルへ。

受付にケヴィン・ドノリーがいた。「ああ、ダフィ警部補。またお会いできるとは。日焼けしたようですね。休暇でご旅行なさっていたと聞きました」ケヴィンは精いっぱい、UTVのアナウンサーのジュリアン・シモンズになりきろうとしていた。

「これは日焼けじゃない。フィンランドに行っていたんだ」

「ああ、ではサウナとかそういうのですか？」

「無駄話をしている時間はないんだ、ケヴィン。ラークソ氏の財布が紛失した夜のことを覚えているか？」

「もちろんです」

「フィンランド人たちは遅くまで外出していたな？」

「ええ。そうだったと思います」

「その日の夜、彼らが何時に戻ってきたか覚えていないか？」

「そうですね、いえ、正確には。そういった記録は残していませんので」

「じゃあ、だいたいでは？」

「ええ、十一時をまわっていたはずです。彼らのために玄関をあけなければなりませんでしたから」

「十一時？　それは確かか？」

「はい。門限が十一時なので、それ以降にお戻りになる場合はブザーを鳴らしてもらう必要があります。彼らもブザーを鳴らしました。ええ、そうでした」

「じゃあ、十一時過ぎのいつかの時点だったということだな？」

「はい、ですが正確には覚えていません。おそらく十二時前だったとは思いますが、はっきりとは」

ふたたび外のBMWへ。車底に爆弾はなかった。ウィンドウのワイパーをマックスに。ステレオはラジオ1。ウェストワールドの《Sonic Boom Boy》、ペプシ&シャーリーの《Heartache》、それからヨーロッパの《Rock the Night》。

「ジーザス！」

ステレオをオフに。

ノッカー・ロードの〈イーグルズ・ネスト・イン〉。

今日のダンウッディ女将はブロンドのかつらを着けていた。少しも似合っていなかった。

「ああ、勇敢なダフィ警部補。今日はどういった女の子を――」

「ちがうんだ。女将。ひとつ訊きたいことがあって」

「言ってみて」

「フィンランド人がここに来た夜のことです。彼らが何時にここを出たか覚えていますか？」

「フィンランド人……」

「フィンランド人。ふたりの若い紳士が女の子たちと遊び、エク氏とラークソ氏はあなたたちとトランプをした……」

「ああ、はいはい。いえ、悪いけど覚えてないね」

「でもだいたいの時間は？　大ざっぱでいいんです」

「せっつかないでおくれ」彼女は抗議した。

「だいたいで……頼みます」

「そうだねえ。防犯カメラの映像を調べりゃいいね。少し時間がかかるよ。ロニーに頼んで確認してもらわなくちゃならないから」

「そうしてください」

「わかった。じゃあ待ってて。女の子と会っていく？」

「いや。バーで待たせてもらいます」

「ニアヴを下にやるから、おしゃべりしたらいい」

バー。ニアヴ。赤毛。かわいい。ベスとほとんど同じくらいかわいい。彼女は俺にウォッカ・ギムレットをつくった。ウォッカ少なめで。

ロニーとダンウッディ女将が一緒に現われた。

「それで？」

「彼らが帰ったのは午後九時四十五分だ」ロニーが言った。

「まちがいないですか？」

「映像にタイムスタンプが押されている」

「申し訳ないが、そのテープは証拠として預からせてもらいます」

「うちの客のプライバシーはどうなるんだい？」

「すみません。でもそのテープは殺人事件の捜査上、重要な証拠になります。必要になるのはフィンランド人たちが映っている部分だけですし、彼らがここに来ることは二度とない。ちがいますか？」

「そうだね」女将は認めた。

「俺は秘密を守る。それはご存じでしょう」ロニーからテープを受け取りながら、俺は女将に言った。

「あの人たちが九時四十五分に帰ったってことになんの意味があるんだい？」

「それはですね、女将、ここからキャリックファーガスまでは車で十分の道のりです。なのに彼らは一時間以上、ゆうに一時間以上かかったということです」

「で、それがなんの意味があるんだい？」

「フィンランド人たちはキャリックに戻るまえにどこかほかの場所に寄ったということですよ」

BMWでベルファストへ。トニー・マクロイ探偵事務所の表に駐車。

上階。相変わらず暇そうな受付係。相変わらず暇そうな秘書。

「トニーはいるかい？」

「仕事で外出中です」ドナが《ELLE》のページをめくりながら言った。

「いつ帰ってくる？」

「たぶんお昼を食べに戻ってきます」

「お昼の時間は？」

「十二時ですよ」そう言って、彼女は眼をむいた。

「また来るよ。ショーンが会いに来たと伝えておいてくれ」

「わかりました」

BMWでクイーン・ストリート署へ。ここなら駐車しても安全だし、すべての中心にある。

歩いて鑑識班本部へ。警察手帳を見せ、上階のラボへ。

すまし顔でかわいらしいシオブハンという名の受付係。西ベルファストのカソリック。

「はい？　何かご用ですか？」

「血液サンプルの検査結果を待っているんだ」

「事件名と事件番号は？」

「リリー・ビグローCRUC３３３７１８」

キーボードをかちゃかちゃと。画面上の緑色の文字。

「すみません、ダフィ警部補。その事件はもう公訴局の管轄になっています。結果については公訴局にお問い合わせいただく必要があります」

「なあ、急いでるんだ。俺は捜査責任者だ。キャリック城の地下牢の壁に付着していた血液を見つけたのは俺たちで、それがリリー・ビグローの血かどうか知りたいだけだ。君はこの事件の処理に長いこと関わってるだろ。頼むよ。公訴局を通したら、さらに時間がかかってしまう」

シオブハンは折れた。

「〝DNA一致〟と呼べるほどの材料はそろっていないと書いてあります。でも血液型は

B型のRhマイナスでした。ビグローさんもB型のRhマイナスでした」

「ありがとう」

ふたたび階下へ。〈マチェッツ・ピアノ〉店を少し冷やかしに。

俺が店に入ると、パトリックが不満のうめきを漏らした。ここ五年ほど、俺はこのピアノ店に立ち寄っては、ときどき小型のグランドピアノを鳴らしたり、楽譜を眺めたりしていたが、何かを買ったことは一度もなかった。

「調子はどうだ、パトリック?」

「まあまあってとこだな、ショーン、あんたは?」

「日々、それはやってきて、我々を叩き起こす。日々のなか以外、どこで生きるのか?」

「〝元気だ〟って意味に受け取っておくよ。で、今日は俺をからかいに来たのか、それともほんとにピアノを見に来たのか?」

「〈アスレチック・ストア〉に火炎瓶が投げ込まれて、この店も煙の被害を受けたって聞いた」

パトリックは悲しげにかぶりを振った。「そうなんだ」

「在庫が全部駄目になったのか?」

「全部駄目になった。熱と煙でピアノがどうなるかは知ってるだろ」

俺は店内にほかに客がいないかどうか、あたりを見まわした。客はひとりもいなかった。俺は声を低くして言った。「俺がそのおしゃかになったピアノを買いたいと言ったらどうする……」

パトリックはにやりと笑った。「それがな、ショーン……公式にはベルファストの廃棄物集積場に送られたことになってる。保険会社がうるさくてな。売るのもリサイクルもなしだと」

「で、非公式には？」

「予算はどれくらいだ？」

「いや、まだ決めてない。いいアップライト・ピアノなら」

「なら、四百から五百ポンドといったあたりでどうだ？」

「そんなもんだろうな」

「じゃあ、それで手を打つってことにしとくか」

「まず弾いてみないと。音色を気に入るかどうか」

パトリックは疑いの眼で俺を見た。「なあ、これって警察の捜査とかじゃないよな？」

「俺は傷ついたよ、パトリック。ほんとうに。友達だと思っていたんだ」

「すまない、ショーン……そんなわけないよな……よし、こっちに来てくれ。店の裏だ」

た。パトリックは俺を裏口から倉庫に案内し、戦前の立派なベヒシュタインのまえに座らせ

「弾いてみてくれ」

俺はリストの《ラ・カンパネラ》を、それから自分への嫌がらせのためだけに、ラフマニノフの前奏曲ト短調を弾いた。ピアノは美しい音を奏で、少しも損傷していなかった。俺が前奏曲の最終小節を弾き終えると、パトリックは俺が買う決心を固めたと思ったようだった。

「君はとてもピアノがうまいな」彼は言った。

「錆びついてるよ」

「いや、ショーン。ほんとにうまいよ」

俺は腕時計を見た。十一時四十五分だった。

「どうする？　あんたのために取り置きしておこうか？」

「いや、少し考えてみるよ」

「やっぱりな！」パトリックはまたうめいた。「毎度毎度だまされるんだ」

俺は出口まで歩いた。「なあ、パトリック。ベートーヴェンはどうして一度も音楽の先生を見つけられなかったのか？」

「どうしてだ？」

「ハイドンが先生だったからだよ」

「出ていってくれ！」

ふたたびトニー・マクロイの探偵事務所。

「すみません。マクロイさんはまだ戻っていません。三十分から四十五分後くらいには戻っていると思いますが。ここでお待ちになりますか？」

「いや、大丈夫だ。また来るよ」

車でカイロ・ストリートへ。学生寮の中央の13号室を探す。平々凡々と思われようがおかまいなしに、ひげ面の学生たちが玄関ポーチと前庭にたむろし、煙草を吸ったり、ギターをかき鳴らしたり、ペンギンのペーパーバックを読んだりしていた。俺は車を停め、トランクからエリザベスのレコードを出した。俺のコレクションから慎重に選び、こうした機会のために牛乳箱にしまっておいたものだ。カルチャー・クラブ、ブームタウン・ラッツ、ポール・ヤング、ウルトラヴォックス……惜しいものはひとつもない。

ドアをノック。

ブリーチした髪と眼の下のくまの眠たそうな女学生。

「やあ。ええと、ベスのレコードを持ってきたんだ」

「今はいません」

「おっと」

「それじゃ、あなたがショーン？」

「君はロンダだな」

「なかに入ってください。お茶を淹れます」

彼女は見事なまでに汚い居間に俺を案内し、紅茶を淹れた。

「ありがとう」マグを受け取りながら俺は言った。「レコードは俺がベスの部屋に置いてこようか？」

「あなたが部屋に入るのを嫌がると思います」

「そうか、そうだな」

沈黙。誰かが外でトランペットの音階練習をしている。

「ベスに会いたいですか？」

「ああ」

「ベスには夢があるんです。警察官の奥さんにはなれません。修士号を取りたがっています」

「知ってる」

「彼女はモダンな女性です」

「わかっているよ。彼女、俺の話をするかい？」

ロンダはうなずいた。「ときどき」

「どんな話を？」

ロンダはかぶりを振った。「ええと、わかりますよね」

「ほかにつき合ってるやつがいるのか？」

「真剣な相手はいません。ベスはあなたが好きですよ、ショーン。あなたのせいじゃありません。ただ束縛されるのが嫌いなだけです」

「束縛されてるとベスが感じないよう、精いっぱいやったつもりだけどな」

長い沈黙。

俺は紅茶に口をつけ、マグカップをソファの肘かけに置いた。「さてと」そう言って、立ちあがった。

「レコードはもしそうしたければ、上に持っていって、ベスの部屋のドアの外に置いといてください。わたしはそれを抱えて上に行きたくないですから。左に曲がって最初の部屋です」

上階。あいているドア。小さくこぎれいな寝室。雲の柄の青いベッドカバー。ベッド下に突っ込まれたコンバースのスニーカー。U2のポスター、核兵器廃絶運動のポスター、帆船に乗った若いエリザベスの写真、ネルソン・マンデラ釈放を訴えるポスター。帆船？ネルソン・マンデラ？　ネルソン・マンデラの話なんて俺にひと言もしなかったぞ。本で埋め尽くされた机。英文学のカリキュラム関係のお決まりの本と、俺が聞いたことのないミステリとSF小説。黒い髪の毛が絡まったブラシ。黒い髪？

ふたたび階下へ。

「そろそろ行くよ、じゃあ、ロンダ」

「ええ……」

外のBMWへ。車底に爆弾を探す。ふたたびトニーの事務所。トニーはいた。俺を待っていた。チャコールグレイのスーツ、ぴかぴかの靴。顔に奇妙で神経質な鋭い表情。「ほんとうにほんとうにすまない、ショーン。君が会いに来てくれたと知っていたら――」

「いいんだ、トニー。遅めのランチでもどうです？」俺は訊いた。「おごりますよ。〈クラウン〉でいいかな？」

「てっきり飲みに行くのかと思っていたよ。昔やったような気合の入った飲みに」

「それもやりますよ。でも今は遅めのランチです」

「わかった」

〈クラウン〉バーの奥の個室。アイリッシュ・シチューとギネス。

　三十分の雑談のあと、俺はそれをトニーにぶつけた。

「トニー、いいですか、リリー・ビグローの事件の時系列にいくつか問題がありまして。あなたがフィンランド人一行を売春宿に連れていった夜のことを覚えていますか？」

「ああ、もちろん」

　表情の変化はなし。まつ毛一本とてなし。

「あなたは外で彼らが出てくるのを待った。そう言っていましたよね？」

「ああ、なかで待ちたくなかった。なんというか、その気がなかった。それにあの店は高かったし」

「で、若いふたりはコトに取りかかり、エク氏とラークソ氏はトランプをして、それが終わると全員で外に出た」

「そうだ」

「それが何時のことだったか覚えていますか？」

「それも言ったと思うが。俺はなんて言ってた？　九時？　九時半？　もう覚えていないよ」

「売春宿を出たあと、あなたは車でキャリックまで彼らを送った。そうですね？」

「いや。彼らには自分たちの車があった。俺は先導したんだ」

「フィンランド人たちがはぐれないよう、ことさらゆっくり走ったということはありませんでしたか？」

「ふつうのスピードで帰ったよ」トニーは少し弁解がましく言った。「何が言いたいんだ、ショーン」

「わかりました。じゃあ、ふつうのスピードですね。キャリックまでは十分から十五分というところでしたか？」

「たぶんもう少し早かった。俺はばあさんじゃないからな」

俺はシチューを食べ終え、立ちあがった。「わかりました、それですっきりしました」

俺は嘘をついた。「飲みは今晩？ 明日の夜にしますか？ かの有名なキャリックファーガス十五軒はしごをやりますか？」

トニーの不安は蒸発し、破顔一笑した。「かの有名なキャリックファーガス十五軒はしご？ もう何年もやってない。そりゃあいい。明日の夜だな」

「よかった。じゃあ六時に〈ツーリスト〉で。早めに始めましょう」

「早めにだな。幸福な日々ってやつだ、ショーン。昔みたいに飲(や)ろう」

「そうしましょう」

「そうだ、運転のことで思い出したが、とっておきの話があるんだ」

「聞きましょう」

「昨夜、警官がスピード違反で俺の車を止め、こう言った。『制限速度は時速百十キロだ。知らないのか？』俺は答えた。『ああ、知ってるよ。でも一時間も飛ばすつもりじゃなかったんだ』」

以前に聞いたことがあったが、それでも笑った。これがトニーと一緒に笑い合う最後だ、次はずっと先のことになる。

車で家に帰った。険しい面持ちで。

トニー・マクロイ。ジーザス・クライスト。

判明したことをクラビーとローソンに伝えようと思ったが、確信がつかめるまではトニーを疑うのは避けたかった。山のように動かぬ証拠が手に入るまでは。これはやはり不可能犯罪なのだ。ひとつにつながったひとつの不可能犯罪とひとつの不可解犯罪。リリー・ビグロー殺しとエド・マクベイン警視正殺し。そしてもちろん、俺殺しのささやかな試み。エクには動機、チャンス、能力がある。そんな計画をその場でまとめあげたとは信じがたいが、もし協力者がいたら……

俺はリリーの家主、シン夫人がロンドンで言っていたことを思い出した。

ほかの刑事さんたちにもそう教えたけど。みなさんとても仕事熱心で。二回もいらっしゃったの。

手帳をめくり、夫人の電話番号を探した。ダイヤルをまわし、突然の非礼を詫び、名前を名乗った。彼女は俺を覚えていた。

「シンさん、刑事たちがリリー・ビグローのことを尋ねに二回やってきて、私物を調べたと言いましたよね」

「ええ、そうです」

「刑事のなかにアイルランド訛りのあった者はいましたか？」

「ええ、いました」

「その刑事は別の男と……痩せた年配の男と一緒でしたか？」

「いいえ、その刑事さんひとりでした」

「私が写真を見せたら、その男かどうかわかりますか？」

「わかると思う。とてもハンサムだったから」

「ありがとう、シンさん」

電話を切った。

玄関ドアにノックの音。

クラビーのしけた顔。ローソンの熱心な顔。

「ふたりともこんなところで何をしている？　クリスマス・キャロルにはまだ早いぞ。居間に入れ。よく来てくれた」

ローソンがコーヒー・テーブルの上の手帳に書かれた〝動機〟、〝チャンス〟、〝能力〟、それから〝アイルランド人の刑事〟という単語を見て、奇妙な眼つきで俺を見た。だが、俺にはまだ自分の疑念をぶちまける準備ができていなかった。

「で、今日はどうしたんだ？」

「ショーン、ファロー警部から妙な電話があったんだ。これから逮捕に行くんだとさ。それで、俺たちも同行するかどうか知りてえらしい。両方の手柄になる。向こうと俺たちの」

「ファロー警部ってのは誰だ？」

「性犯罪調査班の。俺は彼女と連絡を取ってたんです」

「ファローってのは女なのか？」

「そうです」

「で、誰を逮捕するつもりなんだ？」

「キンケイド青少年犯罪者収容所のコリン・ジョーンズです」

俺はコーヒーカップを下に置いた。「なんてことだ！　やっぱりな！　くそやっぱりだ！」

「あい」とクラビー。

「ジョーンズは何をやったんだ？」

「性犯罪調査班によると、ジョーンズはラスクールUVFのタラ支部をキンケイドに手引きしていたらしい。UVFは夜中に少年たちを連れ出して、情報提供者が言うところの〝セックス・パーティ〟をしていたんだとか」

「どうして少年たちがそのようなことを？」ローソンが訊いた。

「強要、金、ドラッグ？」クラビーが言った。

「俺が言っただろう。壁もない。セキュリティもない。誰でも出入りできるんだ。ファローはどこから情報を手に入れた？」

「連中が抱えてる武装組織の垂れ込み屋たちに圧力をかけたら、ひとりがそれとは無関係の罪の減刑と引き換えに吐いたらしい。タレコミが根拠だから、結局はジョーンズが自白するかどうかに懸かってるでしょうね」

「少年たちは吐いたのか？」

「いいや」

「もちろんそうだろうな。武装組織がきっちり躾(しつ)けてる。ラスクールUVFのタラ支部といえば、とくに残酷な連中だ。〝セックス・パーティ〟ね。不吉な表現だ。いったいどういう意味だろうな？」

「知らねえよ。情報提供者がそう言ったらしい」

「レイプと児童虐待といったところだろうな。俺たちはその情報提供者と話せそうか？」

「そりゃ無理だ。今は隠れ家で保護されてる。情報提供者にはファローと彼女のチームの信頼できるメンバーしか接触できねえ」

「例のレニー・ダミガンじゃないだろうな？」

「さあ？」

「しかし、情報提供者ねえ……」

「ええ」

それはリスクの高い戦略だった。紛争の初期段階において、情報提供者といわゆる大物(スーパー)密告者(グラス)は何十人という被疑者を刑務所送りにするのに貢献した。が、ここ数年は、スーパーグラスの証言だけを根拠に検挙しても、法医学的証拠がない場合、法廷で却下されることが増えていた。

こういう事件では、ひとりの情報提供者の証言だけではうまくいかないだろう。

「ファローに俺たちも逮捕に同行すると伝えやすか？　もともと俺たちが教えたんだから、半分は俺たちの手柄だ」クラビーが言った。

「いや、逮捕に同行する必要はないが、尋問には参加させてもらおう」

「伝えときやす」

クラビーとローソンは玄関に向かった。

「ところで、調子はどうです？　署の連中にあんたのことを訊かれるんだ」とクラビー。

「調子って？」

「車に爆弾が仕掛けられたって」

「ああ。それか？　昔のニュースだよ。もうとっくに乗り越えた」

午後四時、分厚い雨雲の向こうの日没。

ＢＭＷでキャリックからニュータナビーへ。

ニュータナビー署でコリン・ジョーンズを尋問。

ジョーンズは弁護士を要求し、それから四十五分と経たないうちに〈マッケナ＆ライト〉のベテラン事務弁護士が現われた。悪名高いチャーリー・マクガークまで引き連れて。マクガークはベルファストの法律事務所に勤める、警察嫌いで有名な法廷弁護士だ。が、それだけではなかった。署には頭から湯気を出しているベティ・アンダーソンとその顧問弁護士までいた。顧問弁護士はグラスゴーからのシャトル便で降り立ったばかりの、いかにも危険そうな男だった。

「賢明でしたね。逮捕に同行しなくて」クラビーが小声で言った。「ニュータナビー署の全員がベティ・アンダーソン女史の怒りを味わうことになりそうだぜ」

そう、怒りと怒声罵声。

弁護士たちの議論のたびに令状と脅し文句。

ジョーンズ氏への尋問を開始する許可が出るまで、たっぷり一時間かかった。

いや、若い収容者たちが夜にキンケイドを離れ、そういう〝セックス・パーティ〟に参加しているとは聞いたことがない。

いや、キンケイドの夜間のセキュリティに問題があるとは思わない。いや、武装組織はキンケイド青少年犯罪者収容所に出入りしていない。キンケイドはとても安全で立派な収容所で……

俺たちは有能で忍耐強いファロー警部が二時間尋問するのを眺めた。が、進展はひとつもなかった。ジョーンズは何ひとつ認めなかった。

ファロー警部が退場し、マクラバンとダフィが入場。

「ジョーンズさん、収容所の少年たちが夜間に施設を離れていたことは知っていましたか？」

「知るわけがない！　私は信じないぞ。情報提供者がでっちあげた嘘だ」

「どうして情報提供者が嘘をつくんでしょう？」

「私たちみんなを面倒に巻き込むためだ。更生実験をめちゃくちゃにしたいんだろう。収容されている若者たちが社会のまっとうな一員として復帰せず、常習犯になれば、武装組織にとってはそのほうがいいからな。それにあそこが閉鎖されれば、看守組合も喜ぶ。私たちの成功を望まない人間はたくさんいるんだ」

「もしあなたが世話している若者たちがレイプされ、虐待されているとしたら？　そうしたらどう思いますか？」

「されていない！　そんなのはでっちあげだ！」

俺たちは同じ質問を十以上のちがう形で繰り返したが、返ってきたのはそれと同じ数の同じ答えだけだった。ジョーンズは何も知らず、ジョーンズは何も認めず、いずれについてもなんの証拠もなかった。

「キンケイドの少年ひとりひとりにこういう馬鹿げた嫌疑をぶつけてみたらどうだね。賭けてもいいが、全員否定するだろうな」チャーリー・マクガークが言った。

「だろうな、チャーリー。ちゅうと鳴けば膝を撃ち抜かれる。があと鳴けば頭を撃ち抜かれるんだ」俺は言った。

「君のその発言、覚えておくぞ。名誉棄損だ！」マクガークは言い、俺の名前を手帳に書きとめるという暴挙に出た。

俺たちはファロー警部にあとを任せた。彼女の青白い、若い顔。十年間の絶え間ない敗北によってしわが刻まれ、老いている。こういう敗北によって。なぜなら、誰もしゃべらないからだ。誰も何もしゃべったことがないからだ。

ＢＭＷでキャリック署へ。

「どう思いやす、ボス？」助手席のクラビーが訊いた。

「ファロー警部のお抱え情報提供者がくそ信用できるやつだといいな。ちゃんと守られているといいな。証言をくそ翻すことなく、遠く、はるか遠くの隠れ家にいるといいな」俺は言った。

クラビーはうなずいた。

「ジョーンズは起訴されずに釈放されるのではないでしょうか？」ローソンが言った。

「そうだ」クラビーと俺は同時に言った。

ＢＭＷでコロネーション・ロードへ。

俺の家の玄関口にラガヴーリンのボトル。リボンが巻かれている。もっと疑り深い男ならそのまま放置するか、中身を全部捨てるだろうが、俺はそれを家のなかに入れた。おそらくこれはいつかの恩返しだ。家庭内暴力事件を解決した礼か、どこかのティーンの破壊行為を胸にしまっておいた礼だろう。

ラガヴーリンを注いだが、神経が高ぶっていて味わえなかった。この事件は山場を迎えていた。彼らはジョーンズ氏に罪を負わせることはできないだろう。だが明日の夜、俺はトニーが知っていることを洗いざらい打ち明けさせる。俺に嘘をつくことはできないだろう。俺が知っているすべてを話したその暁には。

電話。

「なんだ？」

「ダフィか？」

「そう言うあんたは？」

「ラーン署のケネディ警部だ。俺たちのファイルを嗅ぎまわってるんだってな。気に入らねえ」

「ああ、あんたは気に入らないだろうな。俺があんたの馬鹿口にびちびちのくそを垂れてやったら。今度自宅に電話してくることがあったら、そうしてやるさ。いや、やっぱりあんたはくそ気に入るかもな。そうだろ、この糞便嗜好癖のくそ野郎が。楽しみにしていろ。

それから、もし今後上司のまえで恥をかかせるような真似をしてみろ、愛しの総統と同じ目に遭わせてやる。おまえは自らの手で愛犬を毒殺し、赤軍にくそ貯蔵庫をブルドーザーで蹂躙（じゅうりん）される。で、ガソリンまみれのどぶに横たわり、くそマッチに火をつけないでくれと俺に懇願するんだ。わかったか？」俺は言い、受話器を叩きつけた。

五分後、また電話が鳴った。

「今度はなんだ、くそ野郎」

「警部補、私です、ローソンです」彼は傷ついているようだった。

「ああ、すまない、ローソン。千回謝罪するよ。ほかの誰かとまちがえたんだ」

「警部補はどんでん返しはお好きでありますか？」

「俺はどんでん返しは好きじゃない。それくらい知ってるだろ、ローソン。何があった？」

「アンダーヒル氏です。公訴局の調査班から我々にファックスがありました」

「ちくしょう、俺たちは何を見落としていた？」

「公訴局はアンダーヒル氏が一九六二年にある事件に関係していたことを突き止めました。彼はその事件の〝参考人〟でした。若い看護師が手すりから落ち、階段を転落して首の骨を折ったんです。場所はふたりが滞在していたグラスゴーのB&Bで、グラスゴー警察はアンダーヒル氏とその他の宿泊者数名に事情聴取しましたが、裁判にはなっていません。だから我々の記録にはありませんでした」

俺は受話器に向かってうめいた。

「公訴局長はこの件を我々に調べてほしいそうです」

「もちろんそうだろうな」

「もしアンダーヒルが同じことを以前にもやっていたのなら、ひとつのパターンのようなものが見えてきますよね？」

「以前の事件は今の事件の証拠としては使えない」

「そうなのですか？」

「そうだ、ローソン。使えないんだ。弁護士はその証拠的価値よりも被告人への偏見を助長する効果のほうが大きいと主張するだろう。ジョージ・ジョセフ・スミスの裁判（一九一五年）、あの有名な〝浴槽の花嫁〟事件では同様の事件が繰り返されたことが決め手になったが、その例外は適用されない。この事件のことは君も知っているだろうが……」

「うううんと……」

「だがまあ、本人に訊いてみよう。明日の朝、もう一度事情聴取するぞ」

「事務弁護士に通知する必要はありませんか？　あの海軍の女性に」

「しなくていい。逮捕するわけじゃないんだ。クラビーに伝えておけ。明日の朝また会おう」

またラガヴーリン。無音のニュース。酒とイメージの霞(かすみ)の向こうに、物事の意味を解明しようとした。うんぬん、くそかんぬん。

ボトルを空け、手すりで体を支えながら上階へ。俺とモハメド・アリの写真のまえで立ち止まった。俺とチャンプ。「俺とチャンプだ、ベス」俺はつぶやいた。「『どんでん返し』と彼は言う。『あいつをどんでん返してやる』」

俺はベッドに倒れ込んだ。

キンシャサの奇跡の夢を見た。

スリラー・イン・マニラの夢を見た。

そして、明日の大一番の夢を見た。

23 かの有名なキャリックファーガス十五軒はしご

雨。こだまする銃声。キャリックファーガス、ウェスト・ストリートの電話ボックスのなかでコードにぶらさがる受話器。夢の道が交差する場所。俺が地理を深く理解している場所。この物語の一部が終わる場所。「救急車！　救急車を！」俺は受話器に向かって叫んでいる。雨に声がかき消されないように叫んでいる……ああ、君が考えていることはわかる。銃撃戦、雨、アイルランド。でも君はわかっていない。少しもわかっていない。君はそこにいなかった。君にとっての八〇年代はこうだ。サッチャーの勝利、アルゼンチンの敗北、北海の油田事故、労働組合の崩壊、レーガンとサッチャーのツー・ステップ・ダンス。君にとってはそうだ、だが俺たちにとってはちがう。俺たちにとっての八〇年代はヘリコプター、垂れ込める雲、兵士たち、灰色の、大きな、死にかけた街の上空で渦を巻く、へその緒のような灰……

その日の始まりに時計を巻き戻せたらどんなにいいか。そこのダフィを、車でキャリック城に向かおうとしているダフィを静止させろ。メロドラマなんかやらせるな。彼はその女に捨てられ、その女を手に入れ、リヴァプールに行き、成長して男になる。そうさせておけ。彼の物語を人間のありようの教本としろ。だが悲しいかな、それはできない。俺たちはここで真実と向き合っているからだ。醜く、低俗で、暴力的で、ぶざまな真実と……

キャリックファーガス警察署。

俺は数日の休暇を取っていた。理屈の上では、職場に顔を出す必要はまったくなかった。誰かが車に爆弾を仕掛けて俺を殺そうとしたからだ。これが世界のよその警察だったら、こういったことのあとに数ヵ月のカウンセリングを受ける。が、王立アルスター警察隊の男たちと女たちはもっといかついものでつくられていた。ここではそんなのは日常茶飯事で、俺が職場に顔を出すと、数回の握手、数回の「君が五体満足でよかった」、それだけだった。縮れ毛に黄色いレインコートのディエル巡査部長がやってきて、事務手続きのことで俺に嫌がらせをし、俺は〝君の本体の腹話術師はどこにいる？〟的なことをいくつか言ったが、ふたりとも心ここにあらずで、彼は去った。

クラビーとローソンは九時にやってきた。

「アンダーヒル氏のとこに行きやすか？」

「そうしよう」

城まで徒歩。城の坂をのぼり、落とし格子の下を通り、チケット売り場へ。

「またあんたらか。弁護士に電話する！」アンダーヒルは憤然と言った。

「落ち着いてください、アンダーヒルさん。あとひとつ訊きたいことがあるだけです。五分だけ時間をください」

「何を訊きたいんだ？」

「メアリー・オコナー。一九六二年五月。グラスゴー、ダンバートン・ロードの〈フェアビュー・ベッド&ブレックファスト〉。彼女は四階から転落して首を折った。同じ階にあなたもいた」

アンダーヒルは戦斧で頭をかち割られたようだった。

彼はため息をつき、無限の悲しみを込めて首を横に振った。

「あい、私が殺した」

「あなたが殺した？」

「あい、今にして思えば。殺したも同然だ」

「何があったのか話してもらえますか？」

「彼女には結婚するつもりがあることを伝えていた。ある日、彼女はプリマスにいる私の妻からの手紙を見つけた。妻とはもう何年も別居していたんだが、そのことを話すチャンスがなかった。あれが事故だったのか、それとも彼女が自分の意思で階段の手すりを飛び越えたのかはわからない。事故だったと考えるようにしていた。私の身のまわりのものを入れていた箱があいていて、手紙がベッドの上にあったんだ。たぶん彼女は部屋を出た拍子に足を滑らせて……あい、そう思いたい。彼女が手紙を読んでしまい、手すりに向かって歩き、よじ登ったとは考えたくないんだ……」

俺たちはアンダーヒルの話の裏を取るために、憂鬱な午後の残りを費やした。

B&Bに戻ったアンダーヒルは遺体の第一発見者となったが、そのときはグラスゴー中央駅で会った友人と一緒だった。

アリバイの裏が取れた。

話の裏が取れた。

ジョージ・ジョセフ・スミス裁判ではなかった。〝浴槽の花嫁〟事件ではなかった。身近に起こりうる恐ろしい事故のひとつに過ぎなかった。

午後六時、エデンの〈ツーリスト・イン〉の特別室でトニーと握手したときもまだ憂鬱な気分だった。

「そっちはどうなんだ、ショーン。こんな飲みはもう何年もしてないな」

「こういうことをするには俺たちは歳を取りすぎましたよ。今、こう考えているくらいです。一軒ごとに一パイントじゃなく、半パイントにするのはどうかなって。この歳で十五パイントも飲んだら死んでしまう」

「半パイント？　俺にカウンターで半パイントを注文しろってのか？　どこの間抜けかと思われちまう。半パイントとはな。誰が半パイントなんか注文する？」

「わかりましたよ。なら一パイントで。俺たちがアルコール中毒になったらあなたのせいですよ」

「いいだろう」トニーは言った。「一軒目は俺がおごろうか？　バスでいいか？」

「あい」

　こうしてキャリックファーガスのすべてのパブをめぐる、かの有名な十五軒はしごの最初の一軒が始まった。

　北から南へ、ほぼベルファスト・ロード沿い、キャリックでパイントを頼める十五軒のパブとクラブ。〈ツーリスト・イン〉〈ロイヤル・オーク〉〈オウニーズ〉〈ドビンズ〉〈セントラル・バー〉〈マーメイド・タバーン〉〈ドルフィン〉〈ウィンド・ローズ〉〈バフズ・クラブ〉〈バーロー・アームズ〉〈ノース・ゲート〉〈レイルウェイ・タバーン〉〈レンジャーズ・クラブ〉〈ラグビー・クラブ〉〈ブラウン・カウ・イン〉……

　厳密にいえば〈ゴルフ・クラブ〉と〈ヨット・クラブ〉もあるが、この二軒は伝統的なルートには含まれておらず、会員でなければ酒を出してもらえない。だからくそ食らえだ。〈ツーリスト・イン〉ははしごを始めるには悲しい会場だった。水で薄めたビールと便所臭が染みついた特別室の、侘しい店。ここはアルコールならなんでもいいという地元民のための店で、俺たちは手早くパイントを飲み干し、〈ロイヤル・オーク〉に向かった。

ここではふたつの選択肢があった。警官と年増客であふれ返っているものの、静かな一階か、恐ろしく大音量の音楽を流し、ひどいラガーしか出さないものの、未成年者と離婚者でいっぱいの二階か。

「じゃあ、二階かな?」俺は言った。

「あい」トニーは同意した。

俺たちが上階にあがると、案の定、リンゴ酒を飲む十七歳とジン・トニックを呷る魅力的な三十代から四十代の女たちでいっぱいだった。ビデオ画面の音楽はプリンスかジョージ・マイケルで、鼓膜を破壊するほどの音量だった。

俺は結婚生活とイングランドでの生活、議員をやっている義理の父のことをトニーに訊いた。彼はすべてを話した。トニーは話すのが好きだった。どこにでもいるおしゃべり好きなプロテスタントだった。

「あなたはおしゃべり好きなプロテスタントですよね。マクラバンやほかの連中とはだいぶちがう」俺はハープのパイントを飲みながら言った。

「あいつらはみんな長老派か自由長老派だ。俺はメソジストだからな」

「メソジストは何を信じているんです？」

「そりゃあ……神、イエス、おこないさ。でも教皇は信じていない」

「聖人とかそういうのは？」

「どうだろうな」トニーは曖昧に答えた。

「俺はもう何年もミサに行ってません。懺悔にも。今夜バスに轢かれたら一巻の終わりでしょうね」

「ジーザス、ここは暑いな」トニーは言い、革ジャケットを脱いだ。ジャケットの下は青いストライプのシャツで、下半身は白いデニムのジーンズとスニーカーという格好だった。実際より若く見せようとしていて、確かに若く見えた。三十代で通るだろう。

「便所」トニーは言った。

トニーがちゃんとトイレに入ったのを確認してから、俺はトニーの革ジャケットのポケットに銃が隠されていないか、ざっと検めた。なかった。元警官であるトニーは免許を取らなければならないはずだ。免許はもらえることもあれば、もらえないこともある。俺は、もちろん俺は、自分の銃を持ってきていた。俺の服装はブルーのジーンズ、ドクターマーチン、信頼する幸運のチェのTシャツで、ジャケットは着ていなかったが、レインコートのポケットの奥深くにグロックと手錠が入っていた。

王立アルスター警察隊の刑事は自らが携行する銃火器を選択できる。旧式のワルサーPPK三二口径セミオートマティックか、それよりもっと旧式のリボルバーか。幸い、短期間のことにしろ、俺は特別部に在籍していたので、グロックを手に入れていた。つまり結論はこうなる。俺は武装していて、トニーはしていない。おまけにこちらには手錠もあるから、トニーをおとなしく連行できる。

「何を考えているんだ？」トニーが背後から近づいて、俺の背中を叩いた。

「ああ、まあ、ベスのことを……」

「ベス？」

「あなたには紹介してなかったですね。学生の。いい子ですよ。おもしろくて、あなたもきっと気に入ってた」

「学生か。苦労させられそうだ」

「ベスはそうじゃなかった」

俺はパイントを飲み終えた。「もう一杯いきますか？　それとも河岸を変えますか？」

「レインコートを着たまま便所に行くつもりか？　みんな見てるぞ。コートは置いていけよ、まったく」

「銃が入ってるんです」

「俺が見張っておく。誰にも盗られないよ」

俺はコートを脱ぎ、スツールにかけた。

「あなたのほうは、トニー？　持ってるんですか？」

「くそ当然だろう！　この国で丸腰？」

「銃を持ってるんですか？」俺は驚いて訊いた。

「これは特別仕立てなんだ。見ろよ」トニーは俺にジャケットの左手側内側の隠しポケットを見せた。くそ。見逃していた。訊いてよかった。

「何を持ってるんです？」

「四五口径オートマティック・コルト・ピストル。古いが優秀だ。ホローポイント弾。くそサイだろうが一発で仕留める」

「合法ですか？」

トニーは俺にウィンクした。「便所に行くんじゃなかったのか？」

便所から戻るとレインコートの位置が少し変わっていたが、ポケットに手を突っ込んで感触を確かめると、銃と手錠はまだそこにあった。

さらなるビデオ、さらなるラガー、さらなる大音量のひどい音楽。

「あそこの女を見ろよ、俺に色目を使ってる」

「なるほど、確かに……よし、トニー、そろそろ〈オウニーズ〉に行こう」俺は言った。

外の冷たい空気のなかへ。雨雲がスコッチ・クォーターを歩く俺たちに細かな霧雨を降らせていた。

〈オウニーズ〉はまったく別の話だった。フラットキャップの老人たちがドミノをしていた。音楽はなし。燃えさかる炎、いいビール。

「ギネスのパイントにしますか？」俺はトニーに訊いた。

「ああ。海の向こうにいたときはまともなパイントが恋しかったよ」

俺はトニーにギネスを、自分にラガーを買った。

「また便所に行ってきます」俺は自分のパイントを持って席を立った。四分の三を捨て、同じだけの水を注いで薄めた。

「それで、ロンドンはどうでした？　ロンドン警視庁は？　きっとすばらしかったでしょう」俺はテーブルに戻りながら言った。

トニーはため息をついた。「上々だったよ、上々だった。でもへまをしちまった。女ってのは男の弱さは大目に見るが、度重なる侮辱は許しちゃくれないんだ。それとどうやら、向こうの父親もな……」

トニーにぶちまけさせた。心理学的な観点からは興味深い話だった。聡明で、野心的ではあるものの、誠実な五年前のトニーが、どうして眼のまえのこんな男になってしまったのか。

どうしてこんな……そうだな、ほかに言葉はない。

こんな人殺しに。

もし俺の推理がすべて正しければ。

「君はどうなんだ、ショーン・ダフィ。その大きな脳みそで何を考えている？」トニーは言い、俺の頭をこつんと叩いた。「君はいつもどこにもいない。群れに加わらず、離れたところからみんなを見ている。何を考えているかわからない」

「それはあなたもでしょう、トニー」

「俺はちがう。トニー・マクロイに裏口はない。見たまんまの人間だ。でも君は……君は抜け目ない老猫だ。昔っからそうだった。ジーザス、我ながら言い得て妙だ」

俺たちはパイントを飲み終え、ますます嵐の夜になりつつある外に出た。

「天気予報は見てきたか？」

「いえ、あなたは？」

「こりゃ、くそ嵐だぞ」

「あい、まずいかもしれませんね。次はどうします？」

「〈セントラル・バー〉だ」

〈セントラル・バー〉〈マーメイド・タバーン〉〈ドルフィン〉〈ウィンド・ローズ〉〈バフズ・クラブ〉。

半パイントを何杯か。俺がおごる番が来たら自分の酒を薄めるようにしていたが、トニーは驚くほどしゃんとしていた。トニーは昔から英雄的な酒飲みだった。英雄的な酒飲み、英雄的な喧嘩屋、いい友達。俺はニュリー署で俺をフェニアンのくそ野郎呼ばわりした男をトニーが殴り倒したときのことを思い出していた。

トニーは音楽に興味がなかった。だからサッカーと女の話をした。女とサッカーの話をした。トニーはまだアーセナルのファンで、秘書とも受付係とも寝ていないと言った。

「俺は生まれ変わったんだ、ショーン。そういうのはもう卒業した」

「商売の調子はどうです？」

「それほど悪くないぞ、実際。まあ、最初はかつかつだったが、今はそれほど悪くない。繊細な仕事は〈セキュリコー〉向きじゃないからな」

俺たちは〈バフズ・クラブ〉でパイントを飲み終え、ノース・ストリートを歩いて〈バーロー・アームズ〉〈ノース・ゲート〉〈レイルウェイ・タバーン〉をはしごした。この三軒はどれも武装組織の縄張りだ。一軒はUDAの、二軒はUVFの。警官と元警官があまり歓迎される場所ではない。どうやってオマワリを見分けているのかさっぱりわからないが、とにかく彼らにはわかるのだ。俺たちは一緒にトイレに行った。でないと脳天にビア樽を食らってしまう。

外では今や黙示録的な雨が降っていて、誰もが早々に、マリーン・ハイウェイが水浸しになるまえに家に帰っていた。

「なあトニー、十五軒は無理そうだ。〈ドビンズ〉に戻って、それでおひらきにしないか」俺は〈レイルウェイ・タバーン〉の裏庭で小便をしながら言った。そこが店の唯一のトイレ設備だった。

トニーは憤慨した。「十五軒はしごしないのか？　十五軒全部まわらなきゃ意味がないだろう！」

「この雨のなか、ウッドバーン・ロードをハイキングしてはるばる〈ラグビー・クラブ〉と〈ブラウン・カウ・イン〉まで行きたいんですか？」

トニーは俺を見て、にやりと笑った。

「でも俺たちはよくやったよ、なあ？　年寄りにしちゃ。そうだろ？　互角の勝負だった」

土砂降りの雨のなかを〈ドビンズ〉へ。

〈ドビンズ〉に客は俺たちだけだったから、十六世紀の大きな暖炉を独占できた。灰と化した泥炭が山積みになっていて、すさまじい熱を発していた。俺のレインコートから、ズボンから、おまけに靴からも蒸気が立ち昇った。

「バン川に落ちたときよりずぶ濡れじゃないか！」トニーが笑った。「あのときのこと、覚えてるか？」

「覚えてますよ。あなたは全然助けようとしてくれなかった！」

「幸福な日々だな、ショーン。幸福な日々。俺たちが若く、無垢だったころ。もう一杯いくか？」

「もちろん」

俺は腕時計を見た。午後十一時だった。トニーは俺が期待していたほど酔っていなかったが、もうラストオーダーだった。

トニーはバスを二パイントと煙草を一パック持って戻ってきた。エンバシー。俺はともかく一本に火をつけ、ひと口吸って揉み消した。ひどい味だった。

「なあ、トニー。リリー・ビグローの事件について少し訊いてもいいかな？」

「ジーザス、ほんとに訊かなきゃ駄目なのか？　せっかくの夜が台なしになるぞ。寝た犬はなんとやらと言うだろ？」

俺は訝しげにトニーを見た。「それは脅しじゃないですよね？」

彼は笑い飛ばした。「ジーザス、このくそったれの国じゃみんな被害妄想だってことを忘れていたよ。イングランドに住んでると忘れちまうんだ。早くこの国の〝ふつう〟にまた慣れないとな」

トニーの眼。あの眼つきには何かある。あの眼はなんだ？　俺には読み解けなかった。悲しみ？　疲れ？　なんだ？

「あなたが言っていたことで、少しわからないことがありまして」

「なら言ってみろ」

俺は財布から紙切れを取り出し、そこに自分で書いたことを読んだ。

「事件について、こんな話をしたのを覚えていますか？　フィンランド人一行を守るために〝大きな陰謀が動き出し、七十歳近い城の管理人を雇って地下牢で彼女を殺す計画が練られた〟。あなたは自分でそう言って、その考えを鼻で笑った。覚えていますか？」

「ああ」

「地下牢の壁から微量の血液が見つかりました。B型のRhマイナスです。B型のRhマイナスの血液型の人間は人口の二パーセントしかいません。十中八九、これはリリーの血液で、彼女は中庭で死んだのではなく、地下牢で殺されたということです。あなたはどうしてそれを知っていたんですか、トニー」

「さあな。君が俺に言ったんじゃないか？」

「言ってませんね」

「じゃあ、クラビーかローソンだろう。誰かが俺に言ったんだよ。ともかく、アンダーヒルが彼女を殺し、君はそれを証明した。ほかの誰にも殺せなかったからな」

「俺の考えでは、ハラルド・エクが彼女を殺した。もしくは殺させた」

トニーは飲んでいる途中で動きを止め、グラスを下に置いた。

「どうしてエクがそんなことをするんだ？」

「ペーター・ラークソが〈イーグルズ・ネスト・イン〉の品ぞろえに満足できなかったからですよ。あなたはラークソが店のラインナップに満足できないとわかっていた。エクから事前に連絡を受け、ラークソの特殊な要求について聞かされていたからです。もしかしたらエクはキンケイドのこともあなたに話したかもしれない」

「キンケイド？　なんのことだったかな。もう一度教えてくれないか」

「おそらく、場所はキンケイド青少年犯罪者収容所のそばの民家でしょう。そこにＵＶＦ

のタラ支部が刑務所から女役の少年たちを連れてきた」

「嘘八百もいい加減にしろ！　君もゲイ嫌いのくそ野郎になっちまったとは信じられん。君は、ええと、なんと言ったっけ？　ああ、同性愛恐怖症だ」トニーは言った。エクが言ったのと同じ台詞を。そして唐突に、身の毛もよだつほどしらふになっていた。

「ちがいます。それはあなたも知っているでしょう、トニー」

「君はラークソがゲイだってことを突き止め、それを利用してラークソを貶めるために、込み入った与太話をでっちあげた。北アイルランドに住んでるとみんなそうなっちまうんだ」

「ハラルド・エクも俺に同じことを言った。ほぼ正確に同じことを。ゲイだろうがなんだろうが、それは関係ないんだ、トニー。俺もあなたも、ダンウッディ女将の店が男にも女にも対応できることを知っている。女将は喜んでラークソの欲求も満たしていたでしょう。でもあそこの少年少女はみんな十八歳以上だ。法の外側で生きるには、自分に正直にならなきゃならない。そう、ラークソの欲求はちがうところにあった。ラスクールＵＶＦのタラ支部ならそれを満たせることをあなたは知っていた。ヘロイン、クラック・コカイン、未成年の少年売春、未成年の少女売春。ＵＶＦのタラ支部はどんなことでもやりかねない。東アントリムのオマワリなら誰でも知っていることだ。そして、彼らはまったく新しい方策として、これまで閉じていたキンケイドへの道をあけるようになっていた。あなたはコネのある男だから、それも知っていたはずだ」

「君は頭をどうかしちまったんだな。もしかしてウケを狙っているのか？　そうなのか？」

「いや、ウケ狙いじゃありません。あなたたちは午後九時四十五分に売春宿を出た。〈コースト・ロード〉ホテルに戻ったときには十一時をゆうにまわっていた。どれだけ多めに見積もっても、たかだか十分の道のりですよ。あなたも自分で言ったとおり。あなたたちはキンケイド、もしくはキンケイド付近のどこかに行った。そのとき、リリーに尾行されていた。優秀な警官だったあなたは尾行に気づき、エクに話した。たぶんあなたはエクが彼女のことを金で片づけると思ったんでしょう。ところがエクはそういう男じゃなかった。リリーを殺すことを望んだ」

トニーの顔面は真っ白になっていた。両眼は怒りに燃える黒点だった。両手はテーブルの下で震えていた。これだ。これが水脈だったのだ。これが井戸だったのだ。

「そこであなたたちは盗難事件を装って、リリーを部屋からおびき出し、彼女がなんの騒ぎかと廊下に出ている隙に、おそらくエクが部屋に忍び込み、タイプライターを調べた。あなたは俺の帰り際にちょうどやってきたようなふりをした。リリーが真相に気づいていることを確信したエクは、あなたとふたりで計画を練った。ふたりで、俺のためだけに設計された殺人の計画を。あの城は天才の発想だった。密室。自殺。そう思い込ませることに失敗したとしても、疑われるのは哀れな老アンダーヒルしかいない。あなたは俺が捜査責任者になることも、俺が以前同じような事件を捜査したことも知っていた。あなたも知る事件。俺たちが話し合った事件。ひとりの刑事が一生のキャリアのうちに二度の密室殺人に遭遇する確率は天文学的だ。俺は殺人だとは信じないだろう。自殺だと主張するだろう。もしくはアンダーヒルが殺したと主張するだろう。あなたはそう考えた」

「俺は帰る。おまえは完全にいかれてるよ！」

俺はトニーの腕をつかみ、席に引き戻した。「最後まで聞くんだ、トニー。もしあなたがなんらかの方法でリリーを城内で殺し、自殺に見せかけたのなら、俺はそれを信じるはずだった。そうですね？　仮に証拠から殺人の疑いが濃厚になったとしても、俺はアンダーヒルがやったと信じるはずだった。なぜなら、ほかの誰にも不可能だったからだ。俺が一生のうちにそんな事件をふたつも担当することはありえないからだ」

トニーは何も言わなかったが、自由なほうの手で自分の革ジャケットをつかもうとしていた。なかに銃がしまってあるジャケットを。

「ありえない」トニーは言った。「君は酔ってるんだ」

「ローソン巡査刑事が俺にベイズ統計学のことを教えてくれた。トランプの山札を積み込みされていたら、一生のうちにこういう事件に二度遭遇することはありえると。もしゲームがいかさまだったら。俺のために特別に用意されたいかさまだったら」

俺はレインコートのポケットにしまってある銃に触れた。トニーが俺の眼に憎しみを注ぐなか、その形状が安心を与えてくれた。

「そして、そこにエド・マクベインが関係してくる。あなたはエドとリリーがホテルで一緒にコーヒーを飲んでいるのを見た。エドがリリーに話しかけているのを見た。エドがリリーから聞かされた話を好ましく思っていないことを見て取った。あなたは昔のエドを知っていた。行動が遅く、何をするにも腰が重い。でも一度動き出したら誰にも止められないと」

「マクベインはIRAに殺された。無差別攻撃だよ。爆弾で。犯行声明も出てる」

「あなたと俺が一緒に調べた事件がもうひとつありましたね。マッカルパイン殺しの事件です。防衛連隊の一員だったマッカルパインを殺したことを隠蔽するため、偽のIRAの犯行声明が出された。賭けてもいいが、そういったことは年に一、二度はあるでしょう。一般的な統計学もベイズ統計学もそれは認めるはずだ」

「俺が爆弾をつくったってのか？　おいおい！」

「爆弾はとても粗末なものでした。未成年の売春を斡旋しているプロテスタント系武装組織が現場で使うような、もしくは即席で組み立てられるような。あるいはトニー、工学の達人であるあなたなら組み立てられるような。必要なのはセムテックスだけでした。それもラスクールUVFのタラ支部から調達できたでしょう」

「それで、俺がどうやってリリーを殺したというんだ？」トニーはうなった。

「あなたがリリーを殺したとは思っていません。あなたたちはふたりで仕事を分担した。たぶんあなたがマクベインを始末し、エクがリリーを殺した」

「どうやって？」

俺は首を横に振った。「わかりません、トニー。どうやってやったのかはほんとうにわからない。でも突き止めてみせる。俺のことは知っているでしょう。きっと突き止める」

「君はほんとうに頭が変になっちまったんだな」

「そうかな？ トニー、あなたの靴のサイズは？」

「なんの話だ？」

俺はトニーの靴をつかんだ。「見たところ、サイズ9。俺の家の裏庭に入ったのはあなたですね。家を偵察していた。そして俺の車に爆弾を仕掛けた」

トニーは勢いよく立ちあがり、俺の手から逃れた。

「そんな与太話をひとつでも証明できるなら、ぜひやってもらいたいものだ」

「ロンドンのシン夫人にあなたの写真を見せ、リリーの部屋の私物を調べたのがあなただったかどうか訊くつもりです」

デレクがバーのベルを鳴らした。「時間だよ、お客さん、閉店だ！」

俺はレインコートを着た。トニーは革ジャケットを羽織った。デレクは俺たちを猛烈な雨のなかに追い出し、俺たちの背後で大きく重い扉を閉めた。

「どうして俺じゃなきゃいけなかった？　どうしてエクが全部ひとりでやらなかった？　どうして俺を巻き込んだ？」トニーは今ではほとんど自棄（やけ）になっていた。

路上に人っ子ひとりいないことに俺は驚き、港に向かってウェスト・ストリートを歩いた。通行人が必要になるかもしれない。目撃者が必要になるかもしれない。

「エクには地元に詳しい人間が必要だった。キャリックファーガスを知る人間が。現地の警察のやり方を知っている人間が。俺の個人的な過去を知る人間が。財布の盗難騒ぎを思いついたのもあなただったんでしょうね。エクが俺をじっくり観察できるように」

「どうして俺がそんなことをしなきゃいけないんだ、ショーン。すべてを危険にさらして、ほとんど知りもしないフィンランド人たちを助ける理由がどこにある？」

「さあ。くさい金を山ほど積まれたとか？」

「君が言ったことはどれもなんの証拠もない」トニーは繰り返した。「ただの推測に過ぎん」

「我々はキンケイドのコリン・ジョーンズを逮捕しました。たぶん彼が話してくれるでしょう。それか少年たちを捕まえて、フィンランドの男たちが来た夜のことを吐かせるか」

「ああ、少年たちは武装組織に逆らってでも警察の力になろうとするだろうな」

「なぜ彼らが武装組織に逆らう必要があるんです、トニー。これまでの話はどれも嘘八百じゃなかったんですか？」

トニーは大きく息を吸い、吐き出した。

トニーの顔は眼に見えて落ち着いていた。

取りつくろうのをやめたのだ。

演技を。怒っているふりを。

「じゃあ、どれもこれも君のつまらない仮説に過ぎんと。そういうことだな、ショーン？」

「今のところは」俺は言った。「もしおとなしく一緒に来てくれるなら、自ら進んですべてを話してくれるなら、あなたにとても有利な取引ができると思う」

トニーはほほえんでいた。「キンケイドの人間は誰も口を割らないよ。タラの連中を死ぬほど恐れているからな。君は彼らから何も手に入れられない」

「あなたからは何を手に入れられますか？」

「何もだ。なんせ、俺は何も知らないからな」

俺はレインコートのポケットからグロックを抜き、トニーに向けた。反対側のポケットから手錠を取り出し、彼に渡した。

「それをつけてください。事情聴取のためにあなたを連行しなきゃいけません」

「断わる」トニーは静かに言った。

「頼みますよ、トニー。もう終わったんだ。チェックメイトが見えていますよ。あなたは自分が賢いと思っていたが、そもそも最初から打つ手をまちがっていた。あなたはホテルのリリーの部屋のバスルームを覗くだけでよかったんだ。そうしたら、彼女が睡眠薬と精神安定剤を使っていることに気づいていたでしょう。あの晩、リリーが薬を過剰摂取したように見せかければよかったんだ。そうしたら俺たちは何も疑っていなかった」

トニーはかぶりを振った。溺れた男の顔を雨が流れ落ちていた。

「いや、君は疑ったさ。頑固なそったれダフィ警部補はな！」

「金のためですか？　それが理由ですか？　すべて金のためだったなんてはずはないですよね？」俺は言った。

「金がないってのがどういうことか、君は知らないんだ。何もかも失う。眼玉までどっぷり借金に浸かって。第二の故郷から蹴り出され、尻尾を巻いて祖国に帰ってくることになる」

「いくらですか、トニー？　百万ポンド？　マクベインとリリーの両方で？　工場ってのはそれだけの価値があるものですか？」

「君の知ったことじゃない」

「エクは地下牢でリリーを殺し、グループと合流して城を出ればよかったはずだ。なぜそうしなかったんです？」

「その場合、君は犯人を見つけていただろうよ。君は優秀だ。ツアーに参加した全員を事情聴取して、殺人犯を見つけていたさ。自殺じゃなきゃ駄目だった。そうだろ？　それしかなかった」

「その場合、もし自殺じゃなかったら、哀れな老アンダーヒルが罪をかぶる。そういうことですか、ええ？」

トニーは肩をすくめた。

「なぜやったんです、トニー」

トニーは笑った。「知りたいのか？」

そう言って、ジャケットの内側に手を入れた。

「駄目だ！　両手は俺が見えるところに。その手錠をはめるんだ」

トニーはまた笑った。「君がこういうくそをまき散らすつもりだってことはわかってた。わかっていたよ。この夜のあいだずっと、妙な眼つきをしていたからな」

「あと少しでもその銃に手を伸ばしたら、あなたを撃つ」

「ほお、そうかい、ショーン。さっき、そのグロックの弾倉を外し、弾を全部抜いてからまた戻しておいた。信じないなら確かめてみろ。やれよ！　君がそうするまで両手はあげたままにしておく。嘘じゃない、約束する」

彼は両手をあげ、俺は弾倉を外した。確かにすべての弾が抜かれていた。

「な？」

俺はうなずいた。確かにチェックメイトは見えていたが、俺ではなく、トニーが俺をチェックメイトしようとしていた。彼は四五口径の大きなオートマティック・コルト・ピストルを抜き、俺の胸に向けた。

「あなたのお友達のエクも俺に銃を向けたよ」俺は言った。

「だが今回はローソンが君を救いに来ることはない。だろ？　目撃者はひとりもいない」

冷たい雨が俺たちの顔に降り注いでいた。雨水が舗道に溜まり、排水溝に流れていた。

通りは泥と藁の色をしていた。

死者を愛するのがどれほど簡単なことか、命がただ消え去るに任せるのがどれほど簡単なことか。

いい、いい、いい。

ただ眼を閉じればいい。

だが今、俺は恐れていた。恐怖は力を解き放つ。恐怖は行動に先駆ける。

トニーの眼は野獣のように爛々としていて、俺の眼もそうだった。

ダウン州の湾を稲妻が横向きに走った。

「ひとつ教えてくれ。俺たちはリリーの手帳を探してキャリックじゅうのごみ箱を漁った
……」

「君ならそうすると思っていたよ、この大馬鹿たれ、だからキャリックのごみ箱に捨てようとしていたエクを俺が止めたんだ」

「手帳をどうしたんです？」

「燃やしたよ」トニーは残酷な笑みを浮かべて言った。

俺たちの頭上で雷が地震のように轟いた。トニーが身じろぎし、俺は身を翻して駆けた。

雨のなかへ全速力で走った。

ばん。最初の一発。四五口径。ばん。ばん。

あれは突撃してくるサイすら止められる。一発食らったら、それだけで死ねる。グロックはまだ俺の手のなかで幻肢のようにぶらぶらと揺れていた。

俺はウェスト・ストリートを駆け、郵便局の外の電話ボックスに向かった。

トニーは俺のまうしろにいた。

「どこに行くつもりだ、ダフィ」俺に向かって怒鳴った。「こっちの弾倉にはあと六発残っている。おまえはもう終わりだよ、ショーン。せめてくそ男らしく死ね」

ばん、そして車のフロントガラスが砕けた。

俺は電話ボックスの背後に頭を引っ込めた。

ばん、そして電話ボックスのガラスが吹き飛んだ。

ばん、そして郵便局の窓が砕けた。

「な？　な？　だからこの国の景観はめちゃくちゃなんだよ！」トニーは笑った。

今ので何発だ？　七？　弾倉に九発、薬室に一発、つまり、おそらく全部で十発……待て。薬室に一発？　俺の弾倉の弾は抜かれたが、あいつは薬室まで忘れずに確認したのか？

「走るのをやめてくれてよかった。ものわかりがいいな、ショーン。すぐに終わらせてやる」トニーは言い、俺に向かって歩いた。そして電話ボックスを迂回して近づいてくると、四五口径をまっすぐにかまえた。

俺はグロックで彼の心臓に狙いをつけ、引き金を引いた。

24 官庁の男

朝。下階。コーヒー。

庭の納屋へ。男の世界。工具箱。塗料缶。壁にかかったさまざまなサイズのアーレンキーとスパナ。床に転がっている、分解されたトライアンフ・ボンネヴィルの三分の二。本の山、カセットの山。揮発油の瓶。密造ウィスキーの瓶。煙草の巻紙。煙草。エンジングリス缶のなかのジップロックに隠された大麻樹脂。ゆったりとした革椅子。寒い夜のための温風ヒーター。盗んできたオレンジ色のロードコーン。盗んできた一方通行の標識。古い新聞。イッカクの角。ラーメド・シャピロの物語集に挟まれたしおり……

革椅子に座り、コーヒーに口をつけた。膝の上で猫がごろごろと鳴いた。

ここではすべてが安全だ。機械的で、油ぎっていて、俺が望むままのあり方をしている。

俺がここにいるときにベスが邪魔をしたことは一度もなかった。彼女は知っていたのだ。

またベスのことを考えた。俺にはもったいないくらいの女性だった。かわいくて、おもしろくて、皮肉屋で。俺がぶち壊してしまった。焦ってぐいぐいと押しすぎてしまった。もちろん年齢差はあった。が、もしも俺がもっとうまくやっていたら、解決できていたはずだった。

いい、いい、いい、いい

もしも、もしも、もしも

今日は署に行くか？

それについて考えなければならない。

俺はさらに一週間の特別休暇を与えられていた。人間をひとり撃たなければならなかったからだ。今回は俺も休まざるを得なかった。今回は出勤すべきでなかった。一週間というのは、俺が警察の業務に復帰するまえに、内部調査班と組合が調査をするのに必要な最低限の期間だった。

とはいえ、形式上のことだ。ノーザン銀行正面の防犯カメラに俺がトニーを逮捕しようとする場面と銃撃戦のすべてが映っていたから。

家のなかで電話が鳴っていた。小径を歩いて電話に出た。

「もしもし」

返答なし。

「もしもし」

ツーという発信音。

首筋がぞわぞわする感覚。

またた。

やつらは俺が在宅していることを知っている。

やつらというのが誰であれ……

玄関に行き、リボルバーをつかんだ。

グロックはもちろん証拠品として押収されていた。だが俺にはまだ頼れるスミス&ウェッソンがある。射撃訓練場には最近あまり通っていないが、やつらがRPGでも持って現われないかぎり、どうにかできる。

時計が午前九時を告げていた。暗殺にしては妙な時間だ。

待っている……

待っている……

紅茶を淹れてステレオをかけていたほうがましだ。

紅茶。ステレオ。火のそばでうとうとし、ヴォルフガング・リームの《ピアノ曲第一番》を聴く。左手が音楽に合わせてぴくぴくと動く。

玄関ドアにノックの音。やつらがノックをするとは親切だ。

覗き穴。ツイードのスーツを着た年配の男。白髪。

ドアをあけた。リボルバーを脇に抱えて。

「ダフィさんですか？」戦争を経験した男のロンドン近郊訛り。

「はい」

「あがってもよろしいですか？」

「なぜ？」

「少しお話しをしたいことがありますが、よろしいですか？　こんな早い時間ではありますが」

「俺と何を話したいんですか？」

「玄関口では話題にしないほうがいいでしょうな」

俺は男を眺めた。六十五歳。傘。高価な靴。注文仕立てのツイードのスーツ。少し日に焼け、背筋はしゃんとし、灰色の落ち着いた瞳。こういうタイプは知っている。戦争で従軍し、立派な殊勲従軍勲章をもらい、オックスフォードで知り合った男に引き抜かれて秘密情報機関に入った。

「どうぞ」俺は言った。

男を先に行かせた。

「入ってすぐ右です」俺は言った。「コートと傘を預かりましょう。玄関にかけておきます」

「ありがとう」

男が居間に入ったのを見届けてから男のレインコートのポケットを漁ったが、何も入っていなかった。ティッシュ一枚さえ。が、傘は〈ジェイムズ・スミス&サンズ〉製のもので、俺の第一印象は裏づけられた。つまり、非常に高級なイギリスの官僚か何か、もしくはとても上品な暗殺者だ。雨が降っていたが、傘とレインコートはどちらも乾いていた。外に車を待たせているのだ。傘の柄はヒッコリーで、銀の帯が巻かれていた。帯にごくうっすらと文字があった。俺はそれを照明の下に掲げた。

〝J・オギルヴィー中尉　コールドストリーム近衛歩兵連隊　一九四四年九月二日〟とあった。

「紅茶かお酒か何か飲みますか?」俺は居間に向かって声をかけた。

「私にとっては少々早いですな。煙草を吸ってもかまいませんか?」

「どうぞ、遠慮なく」

俺は居間に戻り、火をかき、男の向かいに座って灰皿を差し出した。

「ヴォルフガング・リームですか?」男がステレオを指さして訊いた。

「よくご存じですね。アイルランドで彼の音楽を聴いたことがあるのは私だけかと思っていました」俺は言った。

「私の趣味ではまったくありませんが」男は言った。「ですが、新しいものにもついていかなければならない。ちがいますか？」

「あなたがそう言うなら。ええと、ミスター……」

「いえ、私はミスターなどと呼ばれる者ではありません。お気を悪くなさらずに」

「では今日はどういったご用件ですか、ミスターX」

「ああ、ジャックと呼んでください。みんなからジャックと呼ばれています」

彼はうっすらとほほえんだ。《ピアノ曲第一番》は発狂した子供の音階練習のような場面に入っていた。

「おめでとうと言うべきでしょうな。トニー・マクロイにあんなふうに襲われて無事だったとは、運がよかった」

「とても幸運でした。それを言いに来たんですか？」

「散歩でもしませんか？」男は窓の外を見て言った。「雨はやんだようです」

「いいでしょう」

一九八一年にここに越してきたときは、通りを渡って十秒も歩けばアイルランドの田園地帯に出られた。今はバーン・フィールドにも、バーレー・フィールドにも、古いクリケット場の半分にも、家が建てられていた。とはいえ、右に曲がってヴィクトリア・ロードを歩き、北に進めば、やがてヴィクトリア・ロードはヴィクトリア・レーンに、トラクターしか走らない一車線の未舗装路になり、そこに、野生のクロイチゴ、キイチゴ、クロスグリの茂みのあいだに、別のアイルランドがあった。石壁と牛のアイルランドが。城の壁、石を積んだだけの墓、巨石遺跡（ドルメン）のアイルランドが。十分としないうちに、俺たちはタールマックと電話線とテレビから数世紀逆行していた。

「外は気持ちがいいですな。魂にとってよいことです」ジャックが言った。

「あなたがそう言うなら」

「あなたが衝動的な人間でないことはわかっています、ダフィさん」

「なら、俺のことを勘ちがいしていますね」俺はやり返した。

ジャックは鼻で笑い、吸っていた煙草の灰を落とした。

「トニー・マクロイとのあいだに何があったのか、あなたの書いた報告書を読みました。トニー・マクロイがあなたに銃を向けた理由についての考察も。幸い、そうした考察は今のところまだメディアに知られていません。新聞は読みましたか？」

「いいえ、読んでません」

「こう書いてあります。マクロイはロンドン警視庁を辞めたことが原因で酒に溺れ、鬱屈していた。あなたは旧友として彼を励ますべく、すてきな夜の食事に誘った。しかし、飲みすぎたマクロイは理性をなくし、違法な拳銃を通りに向けてやたらめったら撃ちはじめた。あなたはやむを得ず、自分と市民を守るために彼を撃った。ある意味では、あなたは静かな英雄のようなものです。おそらくメダルを授与されるでしょう」

「ほんとうは何があったかご存じでしょう。トニーはマクベイン警視正を殺した」

「ラーン署のチームがマクロイの自宅を調べましたが、マクベインの死とあなたの友人を結びつける証拠は見つかりませんでした」

「警察犬がセムテックスの痕跡証拠を見つけましたよね」

「ですが、セムテックスそのものは出てきていません」

「全部使ったからですよ。やったのはトニーです。自白したも同然だ。あいつは工学に詳しかった。ロイヤリストからプラスティック爆弾を手に入れ、爆弾をふたつつくった。そしてリリー・ビグローを殺すため、ハラルド・エクと共謀した」

「確かに興味深い仮説ですが、やはり証拠がひとつもありません」

「見つけてみせますよ。あいつがやったんだ。俺にはわかる」

「法廷では勘はなんの役にも立ちません」

俺たちは泥がちな道をさらに進んだ。

「ハラルド・エクが今ダブリンにいるのはご存じですか？　〈レンネイティン〉社の工場建設を補佐するために」

「どこかで聞いた気がします」

「アイルランド警察に彼を逮捕させるつもりではないでしょうね？」

「俺の意見が通るなら、逮捕させるでしょうね」

「なんのために？」

「エクに殺人罪で裁きを受けさせるために」

「アイルランド警察があなたの証拠をもとに外国人を北アイルランドに引き渡し、殺人の裁判を受けさせると思いますか？　そもそも、いったいなんの証拠があるんです？　ひとつもありません。アイルランドが〈レンネイティン〉社の誘致を白紙に返す危険を冒してまで、あなたのご機嫌取りをすると思いますか？　それと、ご存じと思いますが、フィンランドとイギリスは犯罪者引渡条約を結んでいません。エクが保釈されたら、なんの問題もなく飛行機でヘルシンキに帰ることができる。それに対して、誰も何もできません」

「あなたは誰の下で働いているんです、ジャック」

「誰のためにも働いていません、ダフィさん。無償で政府の顧問をしています」

「どの政府です？」

「イギリス政府ですよ、もちろん」

俺は信じなかった。「MI5ですか？」

「個人的な立場で政府のために働いています」

「どの部署です？」

「どうしてもというならお答えしますが、内務省の顧問です」

「でも以前はMI5にいた。ですよね？　ケイト・プレンティスを知っていますか？」

彼は少し考えてからうなずいた。「知っていました。若く非凡な女性でした。すばらしいキャリアが前途にあったのに。痛ましいことです」

「ラークソとエクをどうすればいいか、ケイトなら俺にどうアドバイスしたと思いますか？」

「私とまったく同じことを言ったでしょう。捜査から手を引くのです、ダフィ警部補。あなたにあるのは推測だけです。動機、状況証拠。でも決定的な証拠は何ひとつない。あの若い女性の死についても、なんらかの事件性があるという証拠はひとつもない。あなたは大した理由もなしに多くの問題を引き起こしているだけです。正義のために？　そういうことですか？　あなたはそういう感傷を持つには少々シニカルすぎると思っていましたが」

「それもまたあなたの勘ちがいですよ。少なくとも、それについては勘ちがいです」

彼は煙草を水溜まりに捨て、その中に立った。

「正義のためというなら、適切な筋を通じてフィンランド政府に陳情を申し立てられるでしょう。フィンランド政府にあなたの証拠を見せれば、エク氏にひっそりと罰が与えられるかもしれません」

俺はこの男の落ち着いたグレイブルーの瞳をまっすぐに見た。こいつはある種の取引を持ちかけているのだ。

「どうすればいいんです？」

「あなたは捜査を終わらせる。ふさわしい期間が経過したのち、あなたの申し立てはフィンランドに伝えられます。彼らは調査をするでしょう」

俺はそれについて考えた。

小雨が降りはじめていた。左手の野原で羊がめえと鳴いた。右手の野原で牛がもおと鳴いた。ミヤマガラスとカモメが、頭上に鷹がいると警戒を呼びかけた。

「いや。フィンランドには行ったことがあります。制度がどう機能しているかわかっています。こことまったく同じですよ。ラークソとエクは権力者です。陳情を申し立てても何も起こらないでしょう」

「何もしないよりはいいでしょうな、まちがいなく」

「まだすべての線が死んだわけじゃありません」

「それは私が聞いた話とちがいますね」

「へえ？　あなたはどう聞いてるんです？」

「私が聞いたところによると、エド・マクベイン暗殺について、ラーン署はあなたの意見を馬鹿げたものとして却下した。リリー・ビグローについては、公訴局はまだアンダーヒル氏の殺人容疑を追及している」

「アンダーヒルは無罪になりますよ。なんなら俺が彼を弁護する証言をしたっていい。それに、もし俺の捜査が八方ふさがりだというなら、なぜこうして話す必要があるんです？」

「望みを失い、怒りに燃え、正気をなくした人間は、とてつもなく大きなトラブルを起こすからですよ。上層部の忠告を聞き入れて、この件は忘れたらどうです、ええ？　あなたは釣りをしますか、ダフィ警部補」

「いや、釣りはくそしません」

「それでも釣り糸を切るという概念はわかりますね」

「それはできません。こいつは大物だ。少年たちが巻き込まれている。陰謀がある。見逃すわけにはいかないんだ！」

ジャックの眼が警戒心で見ひらかれた。

「陰謀？　なんと馬鹿らしい！」

「それに気づいたのはリリー・ビグローのおかげです」

「あなたは彼女と会ったことがある。そうですね？」

「短い時間でしたが」

「ええ。それであなたには個人的な感情がある。そう聞きました」彼は少し考えてからつけ加えた。「実に残念なことです」

「どうだか」

「ミス・ビグローに直接会っただけではない。私たちの時代に流行った言葉を使うなら、あなたは自分がトニー・マクロイに〝手のひらの上で転が〟(ソーシャル・エンジニアリング)されたと考えているそうですね」

「言い方はともかく、そうです。トニーとエクが一緒になって。ふたりは俺の古い事件記録を調べ、俺だけのための殺人計画を立てた」

ジャックはかぶりを振り、「ご自分を責めてはいけませんよ」と同情するように言った。

こいつは悪い人間ではない。それはわかった。こいつもまた、やるべき仕事のあるじじいに過ぎない。仕事というのはもちろん俺のことだ。

俺たちは踵を返し、家に向かって引き返しはじめた。彼は金メッキのライターでもう一本の煙草に火をつけた。

「ではエクがやったとお考えなんですか？」彼は言った。

「あいつがやった。俺にはわかるんです」

「理由は？」

「自分のボスを守るため。会社を守るため。そして、あいつにはそれができた。人殺しは人を殺すし、あいつは昔から息をするように人を殺してきた」

「もしそれを証明できたら？」

「アイルランド警察（ガルダ）にダブリンでエクを逮捕させ、ここで裁判を受けさせられるよう、少なくとも身柄の引き渡しを交渉する」

彼は首を横に振った。「そんなことをしたらスキャンダルに火がつき、〈レンネイティン〉社はアイルランドへの投資から手を引いてしまうでしょう」

「結果がどうなろうと知ったことじゃない」

「それは傲慢な物言いですね。職がどうなってもいいのですか？」

「職？」

「ダブリンの五百の職ですよ。今後五年間でさらに千の仕事が生まれるでしょう。この地にも補助産業の職が、携帯電話が、未来がやってくるのです」

「デロリアンのときもみんな同じことを言った」

彼は笑った。「今のはデロリアンのときに言われたことです。でも今回はほんとうになる。アイルランドは成長産業の中心地となるべく準備を進めています。二十一世紀の産業の。未来は重工業のなかにはありません。情報のなかにあります。学のある、英語を話せる労働力、高度な教育を受け、アメリカの同等の職よりもずっと安い給料で喜んで働く。アイルランド全土に数千の職が生まれるんです」

「じゃあ人間の命は？　あの施設の少年たちは？」

彼は振り向いて俺を見た。その瞳孔が収縮した。俺を観察しているんだ。おそらく、自分のカブトムシのコレクションの興味深い標本を眺めるように。「悲しみというのは知識なのですよ、ダフィ警部補。最もよく知る者は最も深く嘆き悲しまなければならない。知恵の木は命の木ではありません」

「どうだか」

「どうやら私の言いたいことはわかってもらえないようですね」

俺たちはコロネーション・ロード一一三番地に着いていた。屋内に入り、レインコートと傘を渡した。居間で飲もうとは誘わなかった。

「それか、ひょっとするとプライドのためですか？　そういうことですか、ダフィ警部補？」ジャックは訊いた。かすかに、そしてあまり似合わない、嘲りの表情が浮かんでいた。

「プライドというのはどういう意味ですか？」

「みんながあなたを勘ちがいしていることを証明してやろうとしている」

「俺は誰に対しても、何も証明する必要はありません」

「そうは思いません。あなたも王立アルスター警察隊のご自分の記録はご存じでしょう。輝かしいキャリアとはいえない。目立った有罪判決ひとつ勝ち取っていない。特別部にいたときに担当した、もうひとつのいわゆる〝密室〟事件でも、リジー・フィッツパトリックを殺した犯人を見つけられなかった。過去六年間をあなたは無為に過ごしてきた。歴代の上司たちを悩ませつづけ、友人たちを失望させつづけてきた」

「いいか、ミ、ミ、ミスター・オギルヴィー、新聞にも警察のファイルにも載ることはなかったが、俺はリジー・フィッツパトリックの事件を解決した。彼女を殺した犯人を突き止め、どうやったのか、なぜやったのかも突き止めた。トニー・マクロイが俺を〝ソーシャル・エンジニアリング〟したんだとしたら、それは失策だった。俺は優秀な刑事ではないかもしれない。いい刑事ですらないかもしれない。でも俺はくそしつこい。エクがどうやったのか必ず突き止め、あのくそ野郎をとっちめる。イギリス政府は気に入らないだろうし、アイルランド政府も気に入らないだろうが、あいつの犯行を証明できれば、王立アルスター警察隊は味方してくれるだろうし、南の警察も味方してくれるだろう。どこの警官も悪党をぶちのめすのが大好きだからな。

俺はドアを閉め、ジャックが小径を歩き、待機していたシルバーのメルセデスに乗り込むのを眺めた。

彼が去ると、俺は居間のソファに腰をおろした。震えていた。不満、怒り、後悔。

「くそったれのくそ野郎だ、あいつらみんな！」猫にそう言い、庭の納屋に出て密造ウィスキーの瓶のふたをあけた。

ジャム瓶の半分のところまで中身を注ぎ、オレンジジュースで割った。それを飲み、納屋の窓から外を、クロウタドリとムクドリと庭に斜めに降る雨を眺めた。

あい、エクとトニーは俺の事件ファイルを、未解決ということになっている事件ファイルを悪用した。俺は山ほど失敗してきた。だが、あれはそうじゃない。リジーの密室の問題は事件ファイルに書いてあることとちがう。俺は打ち負かされていない。馬鹿たれはあいつらだ、俺じゃない。キャリックの犯罪捜査課じゃない。あれだけはちがう。だが、どうしてもわからないのは、エクがどうやったのかということだった。いかにやってのけたのか。哀れな、道を誤った、自暴自棄になったトニー・マクロイはエドを殺した。エクはリリー・ビグローを殺した。

「どうやって？」俺は猫に訊いた。

猫はみゃあと鳴くだけで、なんの妙案も持っていなかった。

ジャム瓶に密造酒をもう一杯注いだ。

そしてもう一杯。

ラジオをつけ、ラジオ3とラジオ4を行き来し、ニュースとクラシック音楽に飽きると短波放送に切り替え、ラジオ・アルバニアの周波数を探した。それは毛沢東の思想と同志エンヴェル・ホッジャ主導の革命の栄光を説いていた。

密造酒の瓶がようやく空っぽになったときには、俺は酔い、あたりは真っ暗になっていた。

雨は一日じゅう降りやまなかった。

納屋を施錠し、油ぎった庭の小径を歩き、足を滑らせ、セメント製の敷石にしたたかにぶつかった。

頭が割れた。
血が流れた。
あとはわかるだろう。
あと
は
静
寂……

25　事件解決

痛み。雨。興奮した会話。

「ジョンティ、９９９に電話して」

「死んでるのか？」

「いえ、死んでない！　息がある。救急車を呼んで。早く！」

「誰かに撃たれたのか？」

「ちがうってば！　いいから救急車を呼んで、わたしにひっぱたかれるまえに！」

俺は起きあがろうとした。できなかった。頭が燃えるようだった。顔のなかにたいまつがあるようだった。

「横になってて、ダフィさん。すぐに救急車が来るから」

お隣のキャンベル夫人。それとどうやら、彼女の子供たち全員。ジャネットは俺の後頭部を支えていた。

「な、何があった？」どうにか言葉を絞り出した。

「びしょびしょの小径に倒れてたの。傷がぱっくり割れてる。あなたの猫が狂ったようにみゃあみゃあ鳴いてて、それで気づいたんだけど、じゃなかったら、ここにひと晩じゅう倒れたまま出血多量で死んでいたと思う。『戦場にかける橋』のあの男みたいに。あの男の名前、なんていったっけ？」

にゃあ公に助けられたか。

救急車が来た。

額が横に八センチ近く裂けていた。たかが八センチ。だが深い。十一針。ひと晩入院。脳震盪（のうしんとう）と視力の検査。万事問題なし。それでも、血中アルコール濃度についての若い医者からの説教に耐えなければならなかった。

説教を聞き、生活を見直すことに同意した。医師に解放され、署に向かった。額に包帯をぐるぐる巻きにしていたが、みんなは手の込んだいたずらと思ったらしかった。部下たちに最新の状況を伝えた。クラビーが俺は家に帰るべきだと主張し、俺の肘をつかみ、外に連れ出した。

「帰（けえ）んな、ショーン。で、家から一歩も出るんじゃねえぞ」

俺はケーキ屋に行き、お礼のケーキを買い、家に帰り、ケーキを持ってお隣のキャンベル家に行った。

「ああ、お礼なんていいのに、ダフィさん。こんなものをくださらなくても」

「お礼に何かできることはありますか」

「そうね、うちの人はみんな面倒くさがりだから、トリクジーをいつか散歩に連れていってくださらない?」

「今はどうです?」

「休んだほうがいいんじゃなくて?」

「いえ。医者から新鮮な空気を吸うようにと言われました」

ヴィクトリア・ロードを歩き、ダウンシャー・ビーチへ。

レインコート、ウェリントン・ブーツ。黒い海。

おなじみの破壊建築。ショッピングカート、ごみ、錆びたボート、おまけに奇妙な車の残骸まで。ミル・ストリームとラガン川の曲がりくねった河口。死んだ海藻と塩素のにおい。

アントリム台地を覆う夕暮れ。

巨大な、眠りを誘うムクドリたちの群れ。

「あの群れに何羽の鳥がいると思う?」俺はトリクジーに訊いた。

「十万羽ってとこですね」俺の背後で、望遠鏡を手にしたひげ面の若い男が答えた。

「ほんとうに？　そんなに？」

「ええ。ベルファスト湾のムクドリの群れは五十万羽にもなることがあります。この時季にはそんなに増えませんけど」

「どうしてそんなに大きな群れをつくるんです？」

「ハヤブサやハイタカを混乱させるためと主張する人もいますが、近ごろこの湾にハヤブサはあまりいません。僕は個人的に、ムクドリたちはただ楽しいから群れをつくってるんだと思っています」

突然の方向転換、急激な静止、猛烈な変化。俺たちはムクドリたちが赤い空のなかで舞う複雑なバレエを眺めた。

「どうしてお互いにぶつからないんだ？」

「ああ、それは単純に、スケールフリーな行動相関ですよ。レンジは群れの線形サイズに応じて変化します」

「なんだって？」

「一匹の動物の行動状態は群れのほかのすべての動物に影響を与え、また、群れのほかのすべての動物から影響を受けます。これは群れがどれだけ大きくなっても同じです」

「なるほど。あなたは科学者か何かですか?」

「ニック・ベイカー。アルスター大学で教えています」そう言って、彼は手を差し出した。

「ショーン・ダフィだ」

「仕事は何を、ショーン?」

「警官なんだ」

「バードウォッチャーでもある?」

「いや、そうでもない……でもこれはすごいな」

「ですよね」

「単純な数学ってことですか?」

「ええ。こういう群れをビデオで撮影して、一時停止してみれば、個々の鳥が周囲の十羽ほどの仲間に影響を与えていることがわかります。そうやって群れ全体がひとつの生命体のように、まるで一羽の鳥のように行動しているんです」

「その一時停止というのはあなたもやったことがあるんですか?」

「いえ。でもやってみたいですね。ムクドリの群れにカオス理論を適用して……そういうことができたら、《ネイチャー》に載るでしょうし、昇進もできるでしょう」

俺たちはそれからさらに数分間、群れを眺めていた。とうとう太陽が沈み、ムクドリたちが夜のねぐらに帰るまで。俺はトリクジーと一緒に歩いて帰り、それから署に向かった。

ベイカーが言った言葉の何かが俺の脳内の歯車をまわしはじめていた。

警察署はがらんとしていて、数人の予備巡査が留守番をしているだけだった。

コーヒー・マシンでコーヒー・チョコレートを入れ、上階の証拠保管室にあがった。

テレビ台をそこまで転がして運び、リリー・ビグローが殺された日の朝の分から防犯カメラの映像を見た。

落とし格子があげられた時刻、午前六時以降の映像を一時停止しながらコマ送りした。

ゆったりとした革椅子に腰かけ、照明を落とした。

そうして三十分。

ラジオ3をつけ、コーヒーのお代わりを持ってきた。

映像を見た。

映像を見た。

映像を見た。

映像を――

立ちあがった。一時停止ボタンを押した。

両眼をこすった。「汝に幸あれ（Go raibh maith agat）」小声でつぶやき、それ以上近づけないところまで画面に近づいた。

確かだろうか？

確かだ。

技術部のベネット巡査を呼んだ。

「どうしたら印刷できる？」

彼は俺には理解できない複雑な答えを返した。

「印刷してもらえるか？」

「あい。この男は誰なんです？　王立アルスター警察隊の人間ですか？　そうは見えませんね」

「ああ、そうじゃない」

ベネットはビデオの静止画像を印刷した。驚くほど鮮明だった。鮮明である必要があった。法廷で通用するものでなければならなかった。北アイルランドで最も料金の高い法律事務所の法廷弁護士に対抗できるものでなければ、もとい、全イギリス諸島において最も料金の高い勅選弁護士に対抗できるものでなければならなかった。

一枚の写真が。

これが。

俺は自分のオフィスに入り、聖マリアの絵の隣に写真を貼った。

クラビーに電話した。

「もしもし?」

「すまん、クラビー。寝てるところを」

「どうしたんです?」

「エクはクロだ。ついにわかった」

「どうやって?」

「防犯カメラで」

「どうやって?」

「あいつがどうやって城から出たのかわかった。証拠がある。テープに映っていたんだ」

「すぐ向かいやす」

次にマカーサー警部に電話した。「エクはクロです、警部」

俺は防犯カメラの映像のことを話した。警部はこっちがびっくりするくらい喜んだ。政治などおかまいなしだった。逮捕を望んでいた。

「次はどうするつもりだ、ダフィ?」

「すぐにダブリンに行き、ガルダに要請して人殺しのくそ野郎を逮捕させます」

「それがいい」

26

第一被疑者連行

午前三時、ローソンが捜査本部室に入ってきた。

「よし、来たか。じゃあ行くぞ」俺は言った。

「どこにでありますか？」ローソンが訊いた。混乱し、つぶらな眼をしていて、若かった。

「キャリックのアルスター防衛連隊（UDR）基地だ」

「はい？」

俺はローソンを急き立てて外のＢＭＷまで連れていき、ウッドバーンの軍基地に向かった。マカーサー警部が礼装で待っていた。思ったとおりだった。〈レンネイティン〉社はアイルランドに職をもたらしているが、王立アルスター警察隊もガルダも悪党をぶちのめすのが大好きだ。警部はにやりと笑い、俺の手を握った。

「よくやった。ダフィ。実によくやった」

「ヘリの手配、ありがとうございました」

警部は俺の背中をぽんと叩いた。「こちらこそ光栄だよ。私たちふたりにとっていい結果になるだろう。世間の耳目を集めた事件だ。キャリック犯罪捜査課にとっても、署にとっても大手柄だ。ウィンウィンだな」

「ガルダのこともお忘れなく」

「ああ、そうだった。ガルダは我々の手柄を少しくすねるだろう。十中八九。厚かましい連中だ」

俺たちはイギリス空軍の巨大なウェセックスHC2兵員輸送ヘリに乗り込み、ヘッドフォンとヘッドセットを着けた。パイロットが振り返って俺たちを見た。ロひげ、ヘルメット、大きな、大きな笑み。「あんたらはずいぶんなお偉方なんだろうな。はるばるダブリンのラスマインズ軍事基地までの飛行許可が出てる。そんなことは初めてだ。いったい何が起きてるんだ？」

「すまない、極秘なんだ」俺は言った。

パイロットはむっとしたようだった。「そうかい、なら黙るとしようかね……最終飛行チェック。エンジン、よし。針路99。101」

「イギリス空軍のヘリではるばるダブリンまで。これぞ移動というものだな、ダフィ」マカーサーが言った。「ヘリポートでガルダと合流。共同逮捕。共同記者会見。勲章。テレビ。ＢＢＣ……」

「あまり先走らないようにしやしょう」クラビーが言い、悪運を祓（はら）った。

「君はいつも悲観的だな、ええ？　マクラバン！」マカーサーは笑いながら言った。

クラビーは悲観論者だが、これについては俺もクラビーと同意見だった。勲章までの道のりは長い。エクは北アイルランドへの引き渡しに抵抗するだろう。手続きを何年も遅らせ、その間（かん）ずっとエクを収監しておくために、俺たちは断固戦わなければならないだろう。だが、くそ何もしないよりはましだ。

「国境に接近中だ」ヘッドフォンからパイロットの声がした。

「ジーザス、あっという間だ！」ローソンが言った。

「ふつうなら国際事件だぜ！」パイロットは笑った。

が、これは事件ではなく、窓越しの漆黒のなか、田園地帯は北とまったく同じに見えた。

その直後、俺たちはダブリンの軍事基地に着陸した。出迎えたバーク警部補の背後に、制服を着た階級の高いガルダが大勢いた。誰もが満足そうな顔をしていた。

「彼らは？」俺は訊いた。

「幹部さ。狩りのためにここにいる。アイルランドに職を生んでいる男をぶちのめすとしたら、それはそいつが悪人だからだ。そいつは悪人だな？」

エクに出し抜かれるようなことがあったら困る」
「幹部たちはこれが極秘の任務だと知っているのか？　エクに出し抜かれるようなことが
あったら困る」

バークはにやりと笑った。「ほんとうに俺たちがくそ田吾作だと思ってるんだな？　君からの電話を受けたあと、俺たちはエクの居場所を監視している。逃げられはしないさ」

パトカーでメリオン・スクウェアへ。もとい。パトカーの大行列でメリオン・スクウェアへ。点滅するライト。サイレンはなし。

「君は車内で待っていてくれ、ダフィ警部補。エクの弁護士に俺たちが手続きに従わなかったという口実を与えたくない」バークが言った。

バークとその部下たちが入っていった。

エクはパンツ一丁にセーターという格好で、ふたりの大きな刑事に挟まれて出てきた。手錠をかけられ、眼はぎらぎらと燃え、怯えていた。

エクからこちらの姿が見えるよう、俺は車の外に出た。

彼はフィンランド語で約束の言葉を、脅しの言葉をわめいていた。

通りの向かいにいる俺を見た。

エクはくすみ、年老い、面目を潰され、屈辱を受けていた。
俺はそんな彼に手を振り、にんまりと笑った。
「おまえ！」エクは叫んだ。
「俺だよ」俺は言った。
彼らはエクをパトカーに乗せて走り去った。
俺たちはくそ野郎を捕まえた。

27 彼はどうやったのか

自分が礼儀上この場にいることは理解していた。これはバークの捕り物で、身柄の引き渡しが完了するまで、これはバークのヤマだった。取調室には俺たち四人しかいなかった。バーク、俺、エク、エクの弁護士のフィッツジェラルド氏（四十歳、痩せ型、日焼け、上品、白髪、クリス・デ・バーのような訛り、と言ったらだいたいわかるだろう）。ほかのみんなはマジックミラーの向こうにいた。クラビー、ローソン、マカーサー、署の警官の半分。

取調室？　白漆喰の天井、どっしりとしたパイン材の椅子、どっしりとしたパイン材のテーブル、灰皿（リヴァプールとマンチェスター・ユナイテッドの両方）、大きなマジックミラー、水差し、グラス、手帳、ＨＢの鉛筆。時代物のテープデッキのスプールが、春の今日この日の朝、ダブリンの美しい街で交差した四人の男たちの人生の一連の今を録音していた。四つのまったく異なる旅の道のりが、墓場に向かう途中の数時間だけ交わっていた。

冒頭部分を予想するのは簡単だった。バークが話す。たぶん俺が話す。下部にビデオデッキのついたテレビが運ばれてくる。彼らはビデオを再生する。バークが何か言う。フィッツジェラルドが俺たちに部屋から退出するよう要求する。

予想できないのは、エクが何を言うかだった。どういうわけか、これがフィンランド版の「刑事さん、おとなしくお縄をちょうだいするよ」にはならない気がしていた。

冒頭部分は形式的なものだった。

バークが逮捕令状と起訴状を読みあげた。

「一九八七年二月七日、アントリム州キャリックファーガスで予謀の犯意を持ってミス・リリー・ビグローを殺害……」

バークがなぜ逮捕されたか理解できるかとエクに訊いた。

「ああ」エクは神妙に言った。今はちゃんと服を着ていた。シャワーを浴び、ひげを剃り、弁護士がいるおかげで落ち着いていた。

「この取り調べは録音され、あなたの発言はこの司法管区の裁判所で、もしくは犯罪がおこなわれた司法管区で、あなたに不利な証拠として使われる可能性があります。それは理解できますか？」

続いてバークは俺が立ち会うのはアイルランド警察の招聘によるものであり、俺にここでの逮捕権がないこと、俺の質問に答える義務はないことを説明した。取り調べのあいだ、この部屋にダフィ警部補がいることに異議はあるか？

フィッツジェラルドが何か言おうと口をひらいたが、エクは黙って首を横に振り、俺を見た。椅子の端に腰かけ、エイリアンのような眼つきで俺を見ていた。賢い鳥がするように、頭を一方に傾げて。

「どうして私がミス・ビグローを殺したと思うのかね、ダフィ警部補」エクは俺に訊いた。落ち着いた、教養を感じさせる、訛りのほとんどない独特な声で。

「見せてもいいですか？」俺はバークに訊いた。

バークはうなずいた。「見せよう」

巡査がテレビとビデオデッキを押してきた。俺はノーザン銀行の防犯カメラ映像から作成したコピーを渡した。巡査はそれをビデオデッキに入れ、テレビをつけ、バークにリモコンを渡した。バークはにやりと笑い、リモコンをそのまま俺に渡した。いいやつだ。とどめの一撃を俺にやらせてくれるというのだ。

「ありがとう」俺は小声で言った。

「ああ」

テープを巻き戻し、スコットランド上空にちょうど太陽が顔を出し、ベルファスト湾の海岸沿いの街灯が消えるところに合わせた。

リモコンの再生ボタンを押した。

「これは殺人があった日の朝、キャリックファーガスのハイ・ストリートという場所にあるノーザン銀行の防犯カメラに映っていた映像です。このカメラは銀行の裏手に設置されており、マリーン・ハイウェイとキャリックファーガス城の入口が映っています。解剖報告書によると、ビグローさんは七日の午後五時から午後八時のあいだに城内で殺害されました。管理人のアンダーヒル氏が午後六時に城門を閉め、落とし格子を降ろしています。落とし格子は二・五トンの重さがあり、内側からしか昇降できません。つまり、午後六時から次の日の午前六時まで、城はいうなれば密室状態となっていました。ビグローさんは七日の夕方、一緒に城に入った人物の手によって地下牢内で殺害されました。なぜ一緒に入った人物が殺人犯と断定できるのかというと、城壁は十八メートルの高さがあり、夜間に城壁を登った者はいなかったからです。港、マリーン・ハイウェイ、ノーザン銀行から城に向けられた防犯カメラ映像から、それはまちがいありません。映像は何度も確認しています。フィッツジェラルドさん、あなたにも後日テープをお渡しします」

「ありがとう」何か悪い予感がしたのか、フィッツジェラルドは慎重に答えた。

「念のために言っておきますと、城の正門からは誰もなかに入れませんでした。内側から落とし格子が降ろされていたからです。また、城の正門も防犯カメラに映っています」

「私はバーク警部補。記録のために話しますが、私も防犯カメラの映像を確認しています。午後六時以降、遺体が発見された午前六時の直前まで、誰も城に出入りしていないことはまちがいありません」

「それは大変結構ですが、私の依頼主がそれとどう関係するのか、まだ何もおっしゃっていませんね」フィッツジェラルドが口を挟んだ。

俺はうなずき、テレビ画面を指さした。「もう数分ご辛抱願いますよ……」

ビデオの再生ボタンを押し、二倍速で早送りした。

鮮明な、奇妙に美しい、白黒のビデオテープ。城門に大きな影を投げかけるドラマティックな朝日。白い上着を着た牛乳配達人が牛乳瓶を二本とチーズの塊を配達する。ムクドリが瓶に向かって颯爽と飛ぶ。ダウン州の上空に太陽が昇る。影が動き……長いあいだ、何もない。そしてふたりの巡査、ウォレン婦警、ローソン巡査刑事が門に近づく。ローソンが門を叩く。門があく。現場を保存するため、ローソンはウォレンを門の外に残す。賢いやつだ、俺は思う。毎度ながら。十名ほどの鑑識官がベルファストからやってくる。白いつなぎを着ている。彼らはウォレンに会釈し、城のなかに入る。ローソンが城を出て、駐車場に俺を迎えに行く。ローソンと俺が階段をあがり、城に入る。長いあいだ何もない。

そして……

そしてまあ、ここが山場だ……

白いつなぎを着てバッグを持ったひとりの鑑識官がウォレンのまえを通り過ぎ、カメラの視界から消える。つなぎのフードをかぶっているが、このアングルからだと男の顔が見える。ウォレンはぴくりともしない。

テープを止めた。

「城を出ていった鑑識官にお気づきになりましたね」

エクの唇がほんのわずかにすぼめられた。

「この鑑識官をアップにしてみましょう」

俺はバークからフォルダーを受け取り、昨晩プリントした六切サイズの光沢紙を取り出した。

鑑識官風の白いつなぎを着てウォレンのまえを通り過ぎたのはエクだった。ウォレンはエクを見てすらいなかった。気にも留めていなかった。エクは写真を調べ、それをフィッツジェラルドに渡した。

「完全犯罪を達成したと思っていましたね？　自殺にしか見えないはずだと。仮に自殺でなかったとしても、ビグローさんを殺すことができたのは城内にいた唯一の人間、アンダーヒル氏しかいないはずだと」俺は言った。声にほんの少しの優越感を忍ばせて。

エクは笑顔になり、悲しそうにかぶりを振った。「完璧などというものは存在しません」

フィッツジェラルドは依頼主の腕に手を置き、バークを見た。「今の発言を自白と解釈しないように。これはいかなる自白の示唆でも提供でもありません」

俺は一時停止を解除し、事件当日の朝にエクが城を出るところまで巻き戻した。

「あなたはビグローさんと一緒にキャリック城に入った。トニー・マクロイが王立アルスター警察隊の鑑識官の制服を手に入れ、あなたはそれをバッグに忍ばせていた。あなたがビグローさんと城内にいたあいだ、マクロイはエド・マクベイン警視正を殺害するための爆弾を製作もしくは調達していた。キャリックファーガス城滞在中、あなたはビグローさんを地下牢に誘い出したのでしょう。ラークソ氏について話したいことがあるなどと言って。ビグローさんは裏の意図があるとは疑わなかった。あなたは地下牢で頭に一撃を食らわせ、彼女を殺すと――」

「エク氏は高齢です」フィッツジェラルドが口を挟んだ。俺はそれを無視して続けた。

「その時点で、あなたには選択肢があった。視察団のほかの全員と一緒に城を出ることもできた。もちろん遺体は発見され、あなたとその一行は、その時間に城内にいたほかの全員と同じく、ビグローさん殺害の被疑者となっていたでしょう。そして、マクベインはあなたが彼女を殺したと勘づいていたでしょう。それはあなたにもマクロイにもわかっていた。ビグローさんは自らの疑念をマクベインに伝えていましたから。それはあなたにもわかっていた。マクベインには、リリーが死んだことを知られるまえに死んでもらわなければならなかった。警報ベルが鳴らされるまえに。そこであなたははるかに大胆な計画を実行した。ビグローさんの遺体と一緒に地下牢に残り、見まわりに来たアンダーヒルに自分と彼女が見つからないようにした。アンダーヒルの動きを観察して、すでに彼が見まわった場所に遺体を動かしたのかもしれないし、暗がりにそのまま放置していただけかもしれない。仮にアンダーヒルに見つかったとしても問題はなかった。ついでに彼も殺し、アンダーヒルがビグローさんを殺したあとに自殺したように見せかければいいだけですから。肝心なのは、エド・マクベインがもう何も手を打てないとあなたが確信できるまで、アンダーヒルが死体発見の通報をできないようにすることでした。そこであなたは地下牢に隠れたまま、アンダーヒルが就寝したのを見計らい、ビグローさんの遺体を城塞のてっぺんまで運び、手帳を回収し、彼女の腕にバッグをかけ、靴を左右逆に履かせ、屋上から遺体を突き落とした。それから地下牢に戻り、朝を待った。王立アルスター警察隊の鑑識官たちはすぐに現場にやってくるはずだとマクロイから聞かされていたのでしょう。そのとおりになった。つなぎを着た十数名の鑑識官が城の中庭にひしめいていた。あなたが正門から悠々と外に出るのはたやすいことだったでしょう」

エクの唇から小さなうめき声が漏れた。

「依頼主は何も認めていません」フィッツジェラルドは言い、エクの背中を軽く叩くと、何事かを彼の耳に吹き込んだ。エクはうなずき、深く息を吸うと、落ち着きを取り戻した。

彼は椅子にもたれ、俺とバークを見た。

「城から出ていったのは私ではない。私はその時間、〈コースト・ロード〉ホテルにいた」

「それは陪審員に決めてもらうとしましょう」俺は言った。

「依頼主は北アイルランドへの身柄引き渡しに強く反対しています。依頼主の身に危険がおよぶ可能性がありますし、現在のような恐ろしい状況では公正な裁判は保証されません」とフィッツジェラルド。

俺はうなずき、リモコンをバークに渡した。

身を乗り出し、エクの顔に自分の顔を近づけた。「あなたが碁のゲームで使っていた表現はなんでしたっけ？　神の一手でしたか？」

「神の一手だ」エクは言い、半笑いのような表情を浮かべた。

俺はバークに向かってうなずき、取調室を出た。

伝統的な警察のバー、三時間後。

ギネス。煙草。あらゆる警官。北と南の。

会話。

「あいつの顔、見たか？」

「フィッツジェラルドのやつ、怒り狂ってたな。顔が真っ赤だったぜ」

「国境を越えた共同作戦。こうでなくっちゃな」

「俺がおごる」

俺はバークを脇に連れ出した。「保釈はさせるな。逃亡の恐れがある」

「心配するな、ダフィ。俺たちにとっても非常に大きな事件だ。がっちり捕まえておくよ。こっちだって素人じゃないんだ」

「君はガルダにはもったいないな」俺は言い、ウィスキーをおごった。

「君も王立アルスター警察隊にはもったいないな」

「俺たちが警察のキャリアをまじめに考えていたら、十年前に海を渡ってニューヨーク市警に入るべきだった」

「まったくだ」

杯に杯を重ねに重ねてから、俺たちはヘリポートに向かった。

28 カシの木男がみんなを驚かす

キャリックに戻るヘリの機内で沈んでいた。

どこかがっかりしていた。何もかも思っていたとおりに運んだんじゃないのか？　何を期待していた？　花火？　涙の自白？　俺たちはちがう。俺たちはベテランだ。そういうものは映画とテレビに任せておけばいい。だがそれでも……エクのあの小さな半笑い。そんなはずはないのに、まるでこれもすべて計画のうちだとでも言いたげな。あいつの計画は殺しの実行と罪を逃れることだけのはずなのに。

なのに、気分が晴れなかった。

エクがまだ一歩先を行っているかもしれないという考え。そんなはずはないのに。

俺たちはあいつを逮捕した。

もちろんエクは身柄引き渡しに抵抗し、保釈を要求するだろうが、ガルダも馬鹿ではない。保釈に反対するだろう。万一保釈されたとしても条件つきになるだろうし、監視がつくだろう。ガルダもエクを失いたくないはずだ。

機内でずっとマカーサー警部がべらべらとしゃべっていた。聞いているのはローソンだけだった。俺は警部の話を聞き流し、クラビーは寝たふりをしていた。

ウッドバーンのUDR基地に着陸。

車で署へ。

いたるところに笑顔。うわついた会話。UTVニュースだろ、BBCもたぶん、もちろん紙媒体も……

そのとおり。そのとおり。そのとおり。

ベルファスト湾とキャリック城を一望できる聖域、自分のオフィスへ。

次の日の朝、いても立ってもいられず、暴動鎮圧任務に志願した。ライオットヘルメットの下の包帯には誰も気づかなかった。

ランドローバーに乗りっぱなしの一日。シールドと隊形とモロトフ・カクテルの一日。冗談の言い合い。宙を回転する、小便かガソリンでいっぱいの牛乳瓶。どれも見たことがある。退屈すぎて説明すらできない。

家。夕食。テレビ。『ふたりのロニー』『イーストエンダーズ』『ウォーガン』『ニューズナイト』。国歌。眠れない。

時間が流れる。ベッド。朝食。オフィスでまた一日。ドアの陰から覗くローソンの顔。

「紅茶はいかがですか？」

「あい、もらおう」

「マクラバン巡査部長が捜査本部室を片づけていいか知りたがっています。というか、もう箱にしまいはじめています……」

「ああ、いい考えだ。でも地下には運ぶな。手元に置いておけ。弁護士たちはすぐに身柄引き渡しの手続きを始めたがるだろうし、彼らが何を必要とするかは神のみぞ知るというやつだ」

ローソンは紅茶を持って戻ってきた。

いいやつだ。砂糖がふたつ。マクヴィティのプレーン・チョコレート・ビスケット。

「ありがとう、君」

「どういたしまして」

そこに突っ立ったまま。馬鹿だな。歪んだ笑み。あいつが身柄の移送を求めるはずがない。だろ？

「ん、何か言ったか、ローソン」

「ものすごい四十八時間でしたね」

「まったくだ」

「ヘリに乗ったのは初めてです」

「興奮しただろ？」

「はい、とても。いつあいつの身柄を受け取れますかね？」

「裁判のためにか？」

「はい。警部補は私情を交えるなとおっしゃるでしょうが、刑事法院の被告人席にいるあいつを見るのが待ちきれないです」

「数ヵ月かかるぞ、ローソン。もしかしたら数年。あいつの弁護士団は徹底抗戦するだろうし、北から南への引き渡しも、南から北への引き渡しも、くそ簡単にいったためしはないんだ」

ローソンは落胆したようだった。

「心配するな、若きロキンヴァー。あいつは手続きを遅らせることはできても、止めることはできない。立証はちゃんとできるんだし、寝ぼけまなこの老いぼれ判事でも俺たちの言い分を認めるさ」

さらなる予言。さらなるミスティック・メグ。

そしていつものごとく俺の予言は外れた。

二日後。

フィッシュ・アンド・チップス店と酒屋で夕食のパスティとバスの六缶入りを買って家へ。

お隣のキャンベル夫人が俺の家の玄関口に立っていた。

「合鍵で入らせてもらったわ。あなたの家の電話がずっと鳴りっぱなしだったから。ケネスが寝られないし、あの人、夜勤でしょ、悪く思わないでくれるといいけど」

「まあ、それは……」

「だいじょぶ、わたしが出といたから。南の男の人。バークって名前だった。またあとでかけるって。わたしからはお茶の時間まで待ってほしいって言っておいた。その時間ならケネスも起きてるし。そしたら、そうするって」

「ええと、ありがとう、キャンベル夫人」

バークのオフィスの番号にかけたが、すでに退勤していた。自宅にもかけてみたが、まだ帰っていなかった。

俺は電話機のそばで待った。夕食を食べた。ビールを飲んだ。

何かが起きている。だが何が？

署のクラビーに電話した。が、クラビーの知るかぎり、万事平穏だった。

テレビとレコード。深夜になってようやく電話が鳴った。

俺はまだベッドに入っていなかった。

ジリリリリリン。

玄関へ。

「バークか?」

「バークじゃない。私だ、マカーサーだ。起こしてしまったか?」

「まだ起きていました」

「あい、だと思った。スヌーカーを観ていたのか?」

「いえ、レコードを聴いていました」

「そうか、ああ、座って聞いてくれ。信じられんと思うがな、ダフィ。あいつは我々の要求に反対しなかった。ひとつも。全面的に協力するというんだ。それで今こっちに向かってる」

「なんの話です? 誰のことですか?」

「エクだよ」

「なんですって?」

「身柄引渡要求に異議を唱えなかったんだ。今晩、こちらに向かって発つ」

「異議を唱えなかった……確かですか？」

「ああ、百パーセント確かだ。さっき内密に聞いたんだ。警視正に昇進したばかりのストロングにな」

「意味がわかりませんね」

「わかるさ。裁判を早く終わらせたいんだろう」

「裁判に勝てると思っているなら話は別ですが、あいつが勝つことはありえないでしょう」

「確信があるのか？」

「証拠を見たでしょう、警部」俺はさほど確信を持てずに言った。

「自白して減刑を要求するつもりかもな」

「それはその時が来てから考えることにしましょう」

「いや、不意打ちを食らうわけにはいかない。今のうちに方針を考えておこう。私と君とで。ストロングからまた電話がかかってくるまでにやつの魂胆を見きわめておかなければ」

俺は受話器を耳から離した。

二日前の俺の考え。

あいつにまんまと罪を逃れられるのは困るが、あのビデオをほんとうに陪審員に見せるのはリスクがある。陪審員のなかにひとりでも無知な能なし野郎がいたら、つなぎを着た警官はどれも同じに見えるなどと言い出しかねない。

「予謀殺人で裁きを受けさせたいですね。あいつがやったのはそういうことですから。でももし自白するようなら、謀殺ではなく、〝心神耗弱状態での故殺〟でどうかと公訴局長に提言してみましょう」

「どうして心神耗弱状態だったといえるんだ?」

「あいつは四度も戦争に行っています。脳に何かしらの障害は出るでしょう」

「そうか。わかった。じゃあ明日会おう。エクはカースルレーに移送されてくる。おそらく、現地の刑事たちは明日の朝一番に面会させてくれるだろう。その後は保釈の差し止め申請のために裁判所に行く必要がある。だから正装だぞ、ダフィ。スーツだ」

「そうします」

警部は電話を切った。俺はクラビーとローソンに電話した。

ふたりにもエクの魂胆はわからなかった。

なぜエクと彼の弁護士たちは身柄引き渡しに異議を唱えなかったのか? 手続きを何年も遅らせることができたのに……どんな弁護士でも、先延ばしはつねによりよい手だと知っている。証拠は古くなり、記憶は悪くなり、だからこそ合理的な疑いを差し挟む余地が増える。

よく眠れるようにラフロイグをツーフィンガー飲んだが、効かなかった。

寝返りを打つばかりで眠れなかった。

俺の無意識は俺の意識がまだ少しも気づいていない何かに気づいていた。邪悪なエクは何かを企んでいる。

29 神の一手
Kami no Itte

ノッカー記念碑上空の雲。死刑を宣告された街、ベルファスト上空の嵐。すさまじい雨。冷たく、雹が混じっている。稲妻、雷鳴、この世の終わりを思わせるものたち……いつもどおり。俺たちは三人でランドローバーに乗り、東ベルファストのカースルレー未決監に向かった。アルスターの犯罪被疑者を収容しておく最も大きな、最も警備の厳重な拘置所だ。

クラビーが運転し、俺は助手席に座った。ローソンはひとりで後部座席に。鋼鉄の天井を雨がぼつぼつと打っていた。ワイパーは最大。眠気を誘う。

俺の心はあちこちをさまよっていた。まったく意味がわからなかった。『宇宙家族ロビンソン』のロボットがよく言う〝計算不能〟だった。

カースルレー未決監はカースルレー子爵の先祖代々の地所であるマウント・スチュアートからそう遠くなかった。縁起の悪い土地。縁起の悪い男。ウェストミンスター寺院にある子爵の墓にバイロンの墓碑銘が刻まれている。〝後世の者は決して見まい　これよりも高貴な墓を　カースルレーの骨、ここに眠る　足を止めろ、旅の者、そして小便をかけろ〟。シェリーはこう詠んでいる。〝道中、人殺しに出会った　彼はカースルレーのような仮面をしていた〟。

道中、人殺しに出会う。まさに。

俺たちはA23を走り、雨の東ベルファストを抜け、悪名高い未決監の正面ゲートに到着した。古き悪しき一九七〇年代、ここの被疑者たちはゴムホースでもてなされ、その恐ろしい評判はまだ消えていない。最近、本部長がアムネスティ・インターナショナルとアメリカのメディアを連れてきて見学させたが、こびりついた疑念と噂はしぶといものだ。といっても、エクがそういう扱いを受けるわけではなく、完全に規則にのっとった扱いを受けることになっている。愚かきわまる予備巡査でも、エクの弁護士団にちょっかいは出したくないはずだ。

俺たちはゲートで通行証を見せ、ランドローバーを〝防爆〟外壁のそばに駐車した。

駐車場でずぶ濡れになり、両びらきの扉を抜けると、クリップボードを持った男に出迎えられた。

「ダフィ警部補ですか？」

「そうです」俺は言った。

「こちらへどうぞ」

男は俺たちを内勤の巡査部長のところまで案内した。そこで名前を書かされたばかりか、名札をつけ、武器を預けることまで要求された。そんなことは初めてだった。不愉快な初めてだった。拳銃もなしの丸腰とは。ここで受ける可能性の高い攻撃に対して、拳銃はなんの役にも立たないにしろ。その攻撃とは、壁越しに撃ち込まれる迫撃砲、コーヒー瓶爆弾だ。

指名手配のポスターや、ハニートラップ、ブービートラップ、水銀スイッチ式爆弾への警戒を呼びかける政府発行のポスターに埋め尽くされた長いグリーンの廊下。階段をおりて地下へ。不吉な予感を加速させる裸電球のじいじいという音。また廊下、また別の区画。まばゆい蛍光灯の光が俺たちに未来からのメッセージを伝えている。どんなメッセージを？　悪い知らせ。決まって悪い知らせだ。

「こちらです」クリップボードを持った巡査が言った。

俺たちは部屋に入った。

ごくふつうの王立アルスター警察隊の取調室。机、椅子、テープレコーダー。カースルレーの刑事が三人、警察の速記官がひとり、お茶くみらしき女性がひとり。エクはそこに、ダブリンの弁護士であるフィッツジェラルド、それから地元の弁護士で勅選弁護士でもあるイヴリン・グリムショー卿という男と一緒に座っていた。グリムショーのことはテレビと《ベルファスト・テレグラフ》の紙面で見たことがあった。大物だ。王立ベルファスト・アカデミカル・インスティテューション、クイーンズ大学ベルファスト校、ロンドンの法曹界、ベルファストの法曹界。わんわん保安官のような顔と垂れさがった茶色い口ひげの冴えないルックス。だが、この男の見た目にだまされてはいけない。こいつは法廷のどちら側でも戦ったことのある、情け容赦ない勅選弁護士だ。二年前、王立アルスター警察隊の白バイ警官がスピード違反でグリムショーを逮捕しようとしたところ、こっぴどくやり返され、降格させられてストラバン送りになった。

「ずいぶん混んでいますね」俺は言った。「少し頭数を減らしてもらえますか？」

俺たちは速記官とお茶くみの女性、それからカースルレーの刑事ふたりを追い出した。ローソンとクラビーはマジックミラーの向こう側に引っ込んだが、エクは弁護士ふたりは残してくれと言った。というか、弁護士ふたりがエクの代わりにそう言った。

エクは何も言わなかった。

「君の見せ場だな、ダフィ」カースルレーの刑事のひとりが言い、にこりと笑った。

俺はひとり残ったカースルレーの刑事を見た。彼はエクの向かい側、取り調べを主導する刑事の席を譲ってくれた。

俺は座り、テープの録音を開始し、部屋にいる者の氏名、時間、日付を吹き込んだ。エクとふたりの弁護士にマルボロを差し出した。全員断わった。俺は自分の分に火をつけた。

「エクさん、あなたは身柄引き渡しに対する異議申し立てを自発的に断念し、リリー・ビグローさん殺害の容疑で裁判を受けるべく、今朝こうしてここに連行されました。あなたは予謀の殺意を持った謀殺の罪で起訴されています。この起訴の性質を理解していますか？」

エクはうなずいた。「刑事さん、君が質問を始めるまえに、少し言っておきたいことがある」

俺はふたりの弁護士を見た。グリムショーは俺がここで喚きたてることを望んでいそうな顔をしていたが、どうでもよかった。「どうぞ、エクさん。話してください。ご自由に」

エクは俺に向かって小さくうなずいた。

これがそうなのか？　自白か？　たぶんエクは早く終わらせたいのだ。遅かれ早かれ、彼らはみな早く終わらせたがる。

エクがマイクを指さすと、弁護士がそれをエクのそばに動かした。

「私の名前はハラルド・エク。記録のために言っておきます。ミス・リリー・ビグローの死について、私は北アイルランド当局の捜査に全面的に協力するつもりです」

エクはグリムショーに向かってうなずき、読みあげた紙を畳んでポケットにしまった。

「自白はしないんですか？」俺は思わず口走っていた。

「自分が犯していない罪の自白をしようとは思いません」エクは言った。

「防犯カメラに映っていたのが自分だと認めないつもりですか？」

「防犯カメラに映っていたのは私ではない。あそこにはいませんでしたから。あなたは私が犯人だと決めつけ、証拠を改竄してあのテープをつくったんでしょう」

「馬鹿を言わないでください」

「確かに。王立アルスター警察隊が無実の人間に濡れ衣を着せたことは一度もありませんね。とくにここカースルレーでは……ああ、記録のために言いますが、今のは皮肉です」

グリムショーが言った。「エク氏が身柄の引き渡しに応じたのは、このお粗末な捜査に巻き込まれるのを一刻も早く終わりにしたいからです。氏が無罪だとわかれば、警察もこの犯罪の真犯人もしくは真犯人たちを見つけられますから」

「テープに映っていたのが自分だと認めないんですか？　裁判でそう主張するつもりです

か？」俺は呆気に取られて訊いた。

「テープに映っていたのは依頼主ではありません。それはありえません。なぜなら、現場にはいなかったのですから」とグリムショー。

この間ずっと、エクは片時も俺から眼を離さず、薄い唇に悲しげな笑みのようなものを浮かべていた。

部屋がぐるぐるとまわり、俺はこの形ばかりの聴聞が全速力で俺から走り去ろうとしているのを感じた。だが、モハメド・アリならこう言うだろう。偉大なボクサーは対戦相手に相手の戦いをさせる、つまり、相手の思うとおりに戦わせる。こういうことを俺は百ぺんも経験している。こいつは今、俺のリングの上に立っている。エクは座っている。俺のくそったれの椅子に。俺のくそったれの部屋に。俺のくそったれの街に。俺は煙草を揉み消し、身を乗り出し、エクに耳打ちした。「あんただってことはわかっているんだ、エク。陪審員もビデオテープをひと眼見れば、あんただとわかるだろう。この先二十五年間、ほんとうにメイズ刑務所で過ごしたいのか？　武装組織の人間じゃないから、ひとりだけの棟に入れられる。ひとりっきりだ。ルドルフ・ヘスのように。二十五年間、灰色の壁、灰色のメシ、灰色の雨だ。そうして静かに狂っていく。それが望みなのか、エク？」

「それは君の望みだろう、刑事さん。私はビグローさんの死の真相が世に知られることを望んでいる。だからこうしておとなしくここに来たんだ」

「今日このあと、保釈聴聞会があります、エクさん。このまま、いけば、王立アルスター警察隊は保釈に反対し、あなたは再収監されることになります。刑務所に連行され、今日がこれからの長い二十五年間の最初の夜になるでしょう」

「別の可能性があるような口ぶりですね、ダフィ警部補」グリムショーが言った。

「エク氏が罪を認め、全面的に自供するのであれば、王立アルスター警察隊は謀殺罪ではなく故殺罪での起訴を公訴局長に提言するつもりです。エク氏は複数の戦争で軍役に就いたことで心に傷を負い、心神耗弱状態であったため、罪が軽くなります」

「過失致死罪、最低勾留期間はなし」グリムショーが即座に言った。

「それについては全面的な自供のあとで話し合いましょう」俺もすぐに答えた。

グリムショーはエクを見た。エクはまだ俺から眼を離していなかった。

「どう思いますか?」グリムショーが依頼主に耳打ちした。

エクは何も言わなかった。

「よろしければ、少し私たちだけにしてほしいのですが」フィッツジェラルドが言った。

「もちろんです、この部屋を使ってください」

「別の部屋だ。マジックミラーもテープレコーダーもない場所を」とグリムショー。

「じゃあ外か?」とエク。「どうやら雪になりそうだ」

カースルレーの刑事たちが彼らを小さな中庭に案内した。発育不全のリンゴの木、ベンチがいくつか、悲しげな顔をした魚のいる池。

エクはふたりの弁護士と一緒にベンチに座り、俺たちはそんな彼らを窓越しに見ていた。高級なオーバーコート、高級なマフラー、高級な靴に身を包んだ三人の男たち。彼らは話した。俺たちは何も言わず、ガラスの反対側で待った。俺たちに見られていることに気づいたエクが振り返り、眼が合った。彼はほほえみ、立ちあがると、早咲きのリンゴの花を眺め、それから、明らかに喜んだ様子を見せた。ほんとうに雪が降りはじめたのだ。

リリーが死体で見つかった朝のような雪が。

「もうくそ充分だろう」俺は言い、ドアを押しあけて外に出た。

「みなさん、話し合いは終わりです。取調室に戻ってください」

エクは首を横に振った。「私は監房に戻り、出廷を待つことにする」

俺はグリムショーを見た。「どういうことだ?」

「依頼主は今日の午後、無罪の主張をします。法廷で会いましょう、ダフィ警部補」

グリムショーの革靴に俺のドクターマーチンの靴底の泥をなすりつけてやりたい衝動に駆られたが、こらえた。

「そうさせてもらいますよ、グリムショーさん、そうさせてもらいます」

ベルファスト中央刑事裁判所、二時間後。

ボクシングでいえば第二ラウンド。

また俺たち三人。グリムショー、エク、フィッツジェラルド。

あいつら三人。クラビー、ローソン、俺。

だが、今回の勝敗は頭数で決まるわけではまったくない。王立アルスター警察隊の警部補ひとりの反対は、ほとんどの場合、被告人を再勾留するのに充分だ。

「裁判所は保釈に反対します。エク氏は裕福な家庭の出で、逃亡の恐れがあります」検察官が言った。

「エク氏は自ら進んでこの司法管区に出頭しています」とグリムショー。

「ちがいます。エク氏は国際逮捕令状にもとづき、アイルランド共和国から身柄を引き渡されただけです」

「エク氏は引き渡しに反対しませんでした」

判事は事件記録を見た。「王立アルスター警察隊は保釈に反対しますか？」

「はい、反対します」俺は言った。

「被告人に対する起訴内容の性質に鑑みると、現時点での保釈は認められません」判事が言った。

第二ラウンドは俺が取った、たぶん。

なのに……

あの笑みは気に入らない。

手錠のまま連れ出されていったときも、あのくそ野郎はまだにやにやしていた。

心底気に入らないが、今は検察官たちの番だ。

俺たちは車で署に戻った。

雪は、雪というものがほとんど必ずそうであるように、雨に変わっていた。

午後じゅう落ち着かなかった。オフィスに座り、湾の鳥たちの動きを静かに見つめた。

口のなかは苦く、金属の味がした。

「紅茶はいかがです？」ローソンが訊いた。

俺は紅茶を飲み、マクヴィティのダイジェスティブを食い、ジュラのウィスキーをツーフィンガー、ちびちびと飲んだ。

時計が俺の一生の一部を貪り、五時にケツを向けた。昼番は家に帰った。ローソンと予備巡査を家に帰した。クラビーが夜の当番だったが、俺も一緒に残った。

待った。

次のラウンドの始まりを告げるゴングを。

それが鳴ることはわかっていた。

夕食にパスタ。

ビールと、俺にウィスキーを一、二杯。クラビーにレモネード。

七時、ローソンが戻ってきた。「どうにも落ち着かなくて。家にいられなかったものですから」

娯楽室でダーツ。四十点を二回で俺の勝ち。捜査本部室で電話が鳴っていた。クラビーがパイプを置き、電話に出ようと走った。

ローソンと俺が続いた。

サイレント映画のように。クラビーが受話器を置き、俺たちを見た。恐怖に取り憑かれた顔で。俺はダーツを落とし、ローソンはファイルを床に落とした。

「なんだったのですか?」ローソンが訊いた。

「あいつが釈放された。グリムショーの要請で、〝特別〟保釈聴聞会がひらかれた。それを許可したのはマイケル・ヘイヴァー卿で、その聴聞会でエクは保釈され、今はベルファストのフィンランド領事館に勾留されてる」

「それはいったいどういう意味だ?」

「わ、わかんねえ……自宅軟禁みてえな？」

「パスポートは没収してあるのか？」

「わかんねえよ」

「ジーザス」

最初に動いたのはローソンだった。受話器を持ちあげ、オールダーグローヴの空港警察に電話した。エクの人相風体を伝え、今から写真とパスポート番号をファックスすると言った。

「何があってもこの男を出発ロビーに入れないでください！」

ローソンは電話を切ると、次はベルファスト・ハーバー空港にかけた。

クラビーと俺も我に返り、ほかの出国ルートに通達した。ラーンとベルファストの波止場に、それからすべての公的な国境検問所に。

「で、マイケル・ヘイヴァー卿ってのは誰でしたっけ？」クラビーが訊いた。

「イングランド、ウェールズ、北アイルランドの法務長官だよ！」俺は言った。

「そうか。ってことはすげえ上の──」

「そうだ、そんなことはいい！　あの道化野郎を見つけるぞ、ローソン。あいつがほんとうに領事館にいるかどうか確かめなきゃならん。もしいたら、二十四時間態勢の監視チームを置く。保釈命令と保釈条件の写しも要るぞ」

「了解です」ローソンが言い、電話機に向かった。

「あのくそ野郎を見つけ出せ。領事の私邸にいるならいるで、知っておきたい。領事館にいるならいるで、やはり知っておきたい。あいつのポラロイド写真を撮れ、どこにいようと至急だ。俺はそのあいだに法務長官に電話し、あのはげ野郎をどやしつけてやる」

「ショーン」クラビーが言い、妙な眼つきで俺を見た。

「わかった、最後のは忘れろ。だがほかは全部やるんだ。エクを二十四時間態勢で監視できないかぎり、逃げられる可能性がある。そんな可能性は一パーセントも認められない。マカーサー警部にも電話したほうがいいだろう。ジーザス、全員に電話だ。この選挙区の議員に電話をつなげ。くそジェリー・アダムズと教皇にもかけるんだ」

高等法院からエクの保釈条件がファックスで送られてきた。再勾留聴聞会がひらかれる五月まで、エクはホワイトアビーのラドルズ・コート一一番地にある個人宅に留まらなくてはならない。買い物、運動、ゴルフのための外出は許可される。午後十時から午前七時まではラドルズ・コート一一番地に留まらなくてはならない。

ローソンにファックスを渡した。

「ラドルズ・コート一一番地の所有者を突き止めろ」俺は言った。

「その家の所有者はフィンランド総領事です」数分後、ローソンが言った。

警部がずぶ濡れ姿でやってきたが、俺たちがなぜこんなに顔面蒼白になっているのかわからないようだった。「あいつが保釈されたことの何がそんなに問題なんだ？　この司法管区から出られるわけがない。ちがうか？」

タオルが必要だとかなんとか言いながらオフィスを出ていく警部を俺たちはにらみつけた。

「この警察署は二本の邪悪なレイ・ラインの交差点上にあるにちがいない」俺はぼやいた。

「休むんじゃないぞ」

「二本どころか半ダースだぜ」クラビーが言った。「まあ、俺は遺跡が〝一直線に並ぶように建てられてる〟なんて異教のたわ言は信じちゃいねえけどよ」

電話が鳴った。ハーバー空港の空港警察からだった。アムステルダム行き直行便に乗ろうとしていたエクを二次セキュリティチェックで確保したという。俺は部下たちに歯を見せた。

「ありがたい！　君たち、こいつは明らかな保釈条件違反だ。解放されてまだ数時間しか経っていない。高等法院はよく思わないだろう。法務長官だかなんだか知らないが、こんな曲芸は二度とできないさ」

警部がまた入ってきたので、朗報を伝えた。

「エクの野郎、おかげでちょいとパニクっちまったぜ」クラビーが言った。

「まったくだな、クラビー。まったくだ」

「これでエクをキャリック署に連行できるようになりましたね」ローソンが言った。「カースルレーの刑事たちを挟まず、自分たちだけですべての手続きができます」

「BMWで行こう。警部、少しくらいスピード違反しても文句は言いませんよね？」

「言わない」警部は自信なげに言った。

一階。BMW。

キャリック署からベルファスト・ハーバー空港までの十六キロ。中央分離帯のある道路が少し、高速道路が少し、ベルファスト中心部を抜けるややこしい道が少し。それでもこれはBMWで、俺は『刑事スタスキー&ハッチ』ばりにサイレンを鳴らした。だから八分で着いたと言ったら、君は信じるだろうか？　なぜなら、ほんとうに八分で着いたからだ。

イエスのアルバムの一曲が最後まで流れ切ってすらいなかった。

きしむタイヤ。白い拳。十歳分老けたクラビー。

空港内を駆ける。空港警察を見つける。

「エクは？　あのフィンランド人は？」

「こちらです」

税関エリアの監房。フィンランド人の男。

エクじゃない。

「パスポートを見せろ」

い、い、エクのパスポート。どうなってる？

パスポートを部下たちに渡した。

俺はフィンランド人に近づいた。エクより何歳も上だが、外見はまるきり似ていないわけではなかった。「おまえは誰だ？　誰に言われてこんなことをした？」

男は肩をすくめた。「英語、ノー」

俺はクラビー、ローソン、マカーサーに向き直った。

「俺たちがここにいるってことは、あいつはどこにいるんだ？」

「ラドルズ・コートの家か？」とクラビー。

「いるわけがない。北アイルランドを出国しようとしてるフィンランド人を全員足止めしなきゃならん」

「そんなことができるのですか？」とローソン。

「国際問題にはしたくないぞ」とマカーサー。

「やるんですよ。くそやるしかないんです」俺は言い、マカーサーの胸に指を突き立てた。

「それにしても、エクはなぜこんなことをしたんだろうな？」マカーサーが訊いた。

俺はうめいた。「俺たちをここにおびき出し、その隙にベルファスト国際空港から逃げるためですよ。このペテン野郎のパスポートを使って」

ふたたびＢＭＷ。

オールダーグローヴのベルファスト国際空港まで時速百八十キロ。

セキュリティを抜けて。

ブリティッシュ・エアウェイズの受付。

「ええ。コペンハーゲン経由、ヘルシンキ行きの午後六時の便に、フィンランドのお客様が一名いらっしゃいました」

俺たちは時計を見た。

午後八時十五分。

「どうか飛行機に遅れが出たと言ってください」

「定刻に離陸しました」

「着陸は何時の予定ですか？」

「ええと、そろそろだと思います」

俺はマカーサーを見た。

「何か打つ手はありますか？」

「インターポール？」

「インターポール」俺はうめきつつ同意した。あれは年寄りのお役所仕事だ。インターポールが国際逮捕令状を発行するころには、エクの乗った飛行機はコペンハーゲンに着陸し、それどころかヘルシンキに着陸しているだろう。

俺たちはあいつを取り逃がした。永久に取り逃がした。

次の日の朝、在ベルファストのフィンランド領事が北アイルランド担当大臣との会合に呼び出された。報道によると、〝心温まる〟会合だったらしい。

心温まる？

俺たちは捜査本部室に座り、お互いを見つめていた。一日じゅう、茫然自失の態で。地元のテレビはそのニュースを喜んだが、全国ニュースでは三番目に報道されただけだった。ローソンのリサーチにより、俺たちがすでに知っていたことが裏づけられた。フィンランドとイギリスのあいだに身柄引渡条約は結ばれていない。が、フィンランドとアイルランド共和国のあいだには結ばれている。エクが南での保釈中に逃亡していたら、強制送還されていたはずだ。でもここではちがう。イギリスの一部である北アイルランドでは。エクは完璧に俺たちを出し抜いたのだ。

「これが敗北の味ですか?」ローソンが言った。

「そうだ。慣れるんだな」俺は言った。

ほかにやるべきことを思いつかなかったので、俺たちは終業時間に帰宅した。酒屋でウォッカのボトルを買い、〈ヴィクトリア・ホット・スポット〉で夕食のフィッシュ・アンド・チップスを買った。チップスの部分は俺が食い、フィッシュの部分は猫にやった。ウォッカ・ギムレットをライムとソーダ少なめでつくり、《Master of Puppets》《The Ace of Spades》《Crazy Train》を聴いた。ああ、今はそういう気分だ。

深夜零時になろうかというころ、電話が鳴った。

「もしもし?」

「一緒にリヴァプールに行ってくれる人が必要なの。一緒に行ってくれる?」

ベスだった。彼女がなんの話をしているのか、すぐにわかった。

「俺のか?」

「だとしたら何か変わるわけ?」

「変わると思う。ちょっとは」

「あなたのだよ」

「自然に任せるわけにはいかないのか?」

「そうやってすぐカソリックぶると思った。電話なんかしなきゃよかった。馬鹿」

電話が切れた。

すぐにかけ直した。「一緒に行くよ。出発はいつがいい?」

「明日」

「チケットは予約してあるのか?」

「いえ」

「俺がなんとかする。夜のフェリーがいいかな?」

「たぶん」

「六時に迎えに行く」

「わかった」

30 敗北の味

忌むべき夜の街。呪われた街。出口のない街。敷石と下水溝にぶつかる雨。街はじいじいと音をたて、波立っている。黒いファーセット川が人間の汚れにまみれたハイ・ストリートの路面にあふれ出る。錆びついた巨大なクレーンが無人の乾ドックの頭上に垂れさがっている。さながら死んだ神々の骨のように。軍用ヘリが気の滅入る白い光とともに街を移動している。

まばたき。

雨。

BMWのヘッドライトが黒いラガン川を浮かびあがらせ、ウェストリンクの不気味な壁にちらちらと反射する。ベルファストは新しい生き方のプロトタイプだ。一八〇一年、ここは泥まみれの村だった。一九〇一年には帝国有数の大都市になっていた。今、ベルファストは来たるべき世界の形をしている。石油がなくなり、食糧がなくなり、法と秩序がなくなれば、どこもあっという間にこんなふうになるだろう。オルモー・ロードからラグビー・アベニュー。ラグビー・アベニューからカイロ・ストリート。

そこに彼女はいる。雨のなか、外で待っている。そうやって自分の健康、自分の体への無頓着ぶりを見せつけている。俺はすでに俺の決断をしている。ダフィ、おまえに俺を説き伏せることはできない。

バックミラーでじっくりと自分を眺める。こいつを見てみろ。おまえは警官のはずじゃないのか？　法を遵守させるのが仕事じゃないのか？　中絶はこのアイルランド島では違法だ。穴だらけでぎざぎざの国境のどちら側においても。中絶手術の幇助は人身犯罪法（一八六一年）のあまねき条項に違反する犯罪行為だ。

スピードを落とし、ライトを点滅させる。

彼女はバッグを持っている。俺が車から降りて手伝うまえに、彼女はもう前部席に乗っている。髪は長く伸び、漆黒に染められている。全然似合っていない。

「ふう！　なかなかの夜だね」

なかなかの夜。あい。

「どうする、フェリー乗り場に向かうか？」

「チケットは買えた？」

「船室つきだ。全部手配してある」

「よかった。ありがとう、ダフィ」

「いいさ」

「わかるでしょ、家族には言えないから」

「わかるよ」

「あなたなら頼りにできると思ってた」

「ああ」

車のギアを入れ、ワイパーを最大に。ラジオをつけたくてたまらないが、そういうムードではない。

ふたたびオルモー・ロード。

「あなたとトニー・マクロイのこと、聞いたよ。あなたに電話したの。けど出なかった。大変だったね。わたしもとても残念に思う」

「いいんだ」

「大丈夫？　傷ついた？」

「平気さ」

「それと、キンケイドの施設が閉鎖されたのもあなたの活躍があったからだって？《サンデー・ワールド》でも記事になってた」

「あそこは俺のせいで閉鎖されたわけじゃない。ニュータナビーの性犯罪調査班がそう提言したんだ。まあどっちにしろ、あれはただの試験計画だったし、北アイルランド省も継続しないことを選んだだけだ」

「そうやっていつも手柄をはぐらかす」

「はぐらかすような手柄じゃないよ。理念としてはよかったけど、武装組織が浸透して駄目にしてしまったんだ。矯正局はこの国で二度とああいうことをやろうとは思わないだろう。残念だよ、ほんとに」

「殺人事件のほうは？　結局、解決できたの？」

「犯人は見つけたよ。アイルランドじゃ、いつだって犯人は見つかる」

「でも……？」

「でも犯人が裁きを受けることはない」

彼女は煙草に火をつけた。キャメル。フィルターなし。そんなの吸っていいのか？　だって妊娠してるんだろ、というのは俺が言わない台詞だ。今回については、明日になればちがいはない。

「新作があるの、ダフィ」

「わかった」

「どうして無政府主義者は古い靴下しか履かないのか？」

「さあね」

「なぜなら、アナアキストだから」

「シートベルトを締めてくれ」

「そっちだってしてないじゃん」

「俺は免除されてる」

「シートベルトね。ジーザス。ジミー・サヴィルがテレビでそんなこと言うまえは誰もシートベルトなんてしなかったのに。くそジミー・サヴィル」

「アーメン」

彼女は歳を取っている。歳を取って見える。BMWはコーポレーション・ストリートを走り、交差点を右折してドック・ストリートへ。

「リヴァプールに行ったことはあるの？」

「アンフィールド・スタジアムだけだな」

ダッフルコートを着てクリップボードを持った男がひとり。雨が男を打っている。

「どちらまで？」

「リヴァプール行きの船です」

彼はうなずき、指さす。

フェリーに乗り込む順番待ちの車両とバンの列に俺たちのBMWが加わる。

車で金属製のスロープをあがると、リフレクタージャケットを着た男が自動車甲板のどこにBMWを駐めればいいかを指示する。

エンジンを切り、キーを抜く。「もう戻れないね」彼女は言う。

「俺は警官だ。やろうと思ったことはなんでもできる。戻りたいのか？　簡単なことだ」

彼女はかぶりを振る。「あなたが選んだ船室を見たい。立派なお部屋でしょうね」

無理してほほえむ彼女の笑顔を見る。心が張り裂けそうになる。

「ならこっちだ」

外の甲板へ。吐き気がする。甲板が上に下に揺れ、ブイと防舷材に文字どおりぶつかっている。

エンジンが振動している。ディーゼルと湾の水とクイーンズ・アイランドの下水処理場とヨーク・ロードの煙草工場のにおい。

「気分が悪くなりそう」

「だな。上にあがろう」

金属の階段を三つあがって船室へ。俺たちの部屋をボーイが見つけられない問題は五ポンド紙幣が解決してくれる。

俺は最高級の船室の料金を払っていた。ふたをあけてみると、狭い寝台が上下にふたつ、ぼろい洗面台、外がほとんど見えない小さな窓。両方の寝台の上に無料の《デイリー・メール》、固形石鹸、靴ひもがひと組。

首を吊るのに使うのか？　靴ひもを手に取り、そんなことを考え、ごみ箱に放り投げる。

彼女は下の寝台に腰かけ、靴を脱ぎ、スリッパに履き替える。

「こんな棺桶みたいな船じゃ眠れない。ここにバーはあると思う？」

「まずあるだろうな」

一時間後、俺たちはコープランド島を通過し、南へ、アイリッシュ海へ向かっている。

彼女はジン・トニックを二杯飲み、機嫌がよくなっている。愛らしい顔で返す笑顔。はらりと崩れた髪。口紅は塗っていない。アイメークは落ちかけている。ぽってりした唇。彼女の視線のひとつひとつが危険を放ち、パブの男たちの半分が彼女を見て、次に俺を見る。

俺がお代わりを頼みに行くと、バーテンダーが〝このラッキーな野郎め〟とうなずき、飲み物を運んでくる。

ジン・トニックが舌を軽くし、彼女は大学のこと、俺が知らない人々のことを話す。しかし、やがて酒と船で疲労困憊し、あくびをし、もう一本煙草を欲しがる。

俺は船室まで彼女を連れて戻り、下の寝台に押し込む。

「子供のときはよくセーリングをしたんだ」彼女が言う。

「そうなのか？」

五分と経たず、彼女は眠る。

俺は毛布を直してやる。

「聖母マリア、神の母よ、罪人なる我らのために祈りたまえ（Sancta Maria Mater Dei ora pro nobis peccatoribus）……」俺がささやくと、彼女は上掛けのなかで丸くなる。

俺は上の寝台にのぼり、小さな白い上掛けのなかで身をよじる。

船が大きく傾き、また落ち着く。

この船の名前すら知らない。名前を知ろうともせずに船に乗るのは縁起が悪い。読書灯をつける。ごみ箱のなかを漁る。靴ひもを見つける。包みのラベルを見る。〝ヒベルニア号より贈呈〟。

明かりを消す。

眼を閉じる。

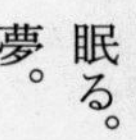

眠る。

夢。

31　悲しいのはリヴァプールを去ることじゃない

　エンジンの振動音。光。ここはいったい……ああ……そうだ。窓からではなく、〝舷窓〟と呼ぶべき場所から入ってくる光。俺は脚を寝台の外に出し、床の上に、もとい、〝甲板〟の上におりる。

　ガラス越しに外を見る。雨はあがり、アイリッシュ海は淡い青緑色で穏やかだ。ベスはまだ眠っている。

　時計は午前六時十七分。手帳を取り出し、ページを一枚破り、メッセージを残す。〝煙草を吸ってくる。十五分で戻る〟。

　レインコートを着てカフェテリアを探す。窓の外を見る。大地はない、鳥はいない、ほかの船はいない。

　カフェテリアのこちら側では、十人以上の女性客がひとりで紅茶かコーヒーのカップを見つめている。眼には涙、手には煙草。そのうちのひとりが近づいてくる。十五歳くらいだ。

「煙草もらえる？　いい？」

俺は一パック丸ごと渡してやり、凍える展望甲板にあがる。

そこにしばらく立っていると、寒くなってくる。

とりたてて目印になるようなものは見えず、船は動いているようには思えない。

クルーカットにジーンズ、大きな赤いセーターの少年が扉をあけ、手すりの俺の横に立つ。「ジーザス、すごい風だ」少年は言う。

「あい、だな」

「煙草、持ってる？」

「やっちまった」俺は彼に言う。

「けちけちすんなよ」

「ほんとさ、下階の女の子にあげたんだ」

彼はうなずき、俺たちはそこに立ち、海を眺める。

「あれがイングランドかな？」少年が水平線上の何かを指さして尋ねる。

「さあね」

ふたたび下階。

トレイの上のトーストと紅茶。

ドアをノック。「はい？」ベスが訊く。

「ルームサービスでございます」俺は執事のような声音で言う。

船室に入ると、彼女は着替え終わっている。ジーンズとパンプス、シャツ、黒いセーター。

「トーストは？」俺は尋ね、下の寝台にトレイを置く。彼女は首を横に振る。「船酔いか？」

「いえ……ただ……」

「なんだ？」

「手術のまえは何も食べちゃいけないんだと思う。そうでしょ？」

「ああ……まあ」

「でもいいにおい。それ、マーマレード？」

「オレンジ・マーマレードだ」

「マーマレードを塗ったトーストなんてずいぶん久しぶり。そうね、じゃあ一枚だけ」

後刻。

自動車甲板。

運転手たちが車に乗り込む。エンジンがアイドリングしている。マージー川がリヴァプールのくすんだ輪郭に向かって延びている。

歯車がきしみ、波が返し、船が波止場につける。粒子の粗い霧。脂ぎった雨。バーケンヘッドに恐竜の骨格のように横たわる、解体された老朽船。さびれたパブと疲弊した宿と衰退した船乗りたちの教会。大昔のクレーンが無人の波止場の上に絞首台のようにそびえている。奴隷貿易の禁止と植民地からの性急な、気まずい撤退以降、衰退の一途をたどっている街。

船から車を出してすぐ、道に迷う。丸石で舗装された通り、袋小路、ごみだらけの波止場で唐突に終わる道。

イギリス道路地図を取り出すが、まともな案内の載ったリヴァプールのページはないらしい。

「行き先はわかるのか？」

「ええと、あまり……たぶんあっちが中心部だと思う」

だがちがう。車が俺たちを運ぶ先は中心部ではない。

無人の波止場と倉庫の列。ヘーゼルタインが国防大臣を辞したあとの世界。眼のない家々。板を打ちつけられた店舗。ベルファストでは戦争が起きているが、ここの言い訳はなんだ？

「地図ならあるの。クイーンズの女性相談センターでもらったんだ」

俺は車を停める。彼女は地図を広げる。中絶への道のりがわかりやすく説明され、目印がつけられている。点線が波止場から死に向かい、また折り返している。少なくとも、俺の眼にはそう読める。

「病院はいくつかあるんだけど、友達のクリッシーが言うには、外来の場合は〈クイーン・アレクサンドラ〉が一番確実だって。にらみつけてくるアイルランド人の看護婦も少ないらしいし」

地図の一番下に〈クイーン・アレクサンドラ婦人科医院〉が見える。ごつごつしたヴィクトリア朝風の建物が白黒ににじんでいる。この反巡礼の旅の残酷な終着点。

「わかった。〈クイーン・アレクサンドラ〉だな？　たぶん道はすぐにわかると思う」

彼女はかぶりを振り、フロントガラスの向こうを見る。

「駄目、車を出さないで、ショーン。歩こう」

「なんの意味があるんだ？」

「歩きたいの、ショーン。外の空気を吸いたい。いいでしょ？」

妊婦には絶対に反論するな。元妊婦になろうとしている妊婦には絶対に反論するな。存在論的、形而上学的な災いの領域だ。

「どこか車を安全に駐車できる場所を探さないと。ここに置きっぱなしにはできない」

「じゃあそうして」

フェリー・ターミナルのそばの駐車場。一日十五ポンド。ぼったくり。

俺はもう一度彼女に地図を見せる。「ほんとに歩くのか？　今はここ、〈クイーン・アレクサンドラ〉はここだ。縮尺は書いてないが、かなりの距離だぞ。市の中心を突っ切って反対側に出る。君の体じゃ……」

「歩きたいの」彼女は不機嫌にきっぱりと言う。

「わかった。ならそうしよう。トランクから傘を出すよ」俺は陽気を装って言うが、落ち着かない。見え見えだ。

俺たちを守っていたBMWからリヴァプールの油ぎった雨のなかへ。

ウォーター・ストリートからクイーンズウェイ、デイル・ストリート。

船で見かけた少女たちが何人かいることに気がつく。セント・ジョンズ・ガーデンズと〝ウェリントンの柱〟を通り過ぎる。ロンドン・ロードとペンブルク・プレイス。ここは毎年何千というアイルランドの女と少女たちが歩く大中絶通り。道沿いに婦人健康案内所と婦人ドロップイン・センター。そしてその脇に並ぶ正反対のもの――中絶された胎児たちの恐ろしいポスターが、数多いチャペルとカソリックのチャリティ・ショップの外に貼られている。

奇妙なクライスト・ザ・キング大聖堂の外に年配の中絶反対デモ集団。おそらく半永久的にここに陣取っているのだろう。幾人かは車椅子に座り、幾人かは楽器を弾こうとしている。

その多くが、合成であることを願うばかりの、首をはねられた赤ん坊たちの巨大な写真を掲げている。

「ここを離れよう」俺は言う。

脇道を進む。

「紅茶が飲みたい」

〈サイプラス・カフェ〉という名の店の脂ぎったスプーン。チェッカー盤模様の床、ぐらぐらするプラスティック製テーブル。今日のベスはほんとうにかわいらしい。黒髪はポニーテイルに結われている。グリーンの瞳は怯え、脆い。頬骨は柔らかくなっている。

背景にラジオの音。地元マージーサイドの局。いい選曲。俺たちがここにいるあいだに流れたのはソニック・ユース、R.E.M.、シュガーキューブス。

少し元気が出る。俺に希望を与える。音楽にはそれができる。君を現在の外に運ぶことができる。あるいは、たぶん別の現在に運ぶことが。

ベスが妊娠しなかった、もしくはエクが保釈中に逃亡しなかった、もしくはトニーが死ぬ必要のなかった現在に。

「ねえ、そろそろ行こう」彼女が言う。

彼女がコートを着、俺たちは外に出る。

「こっちを行こう。さっきの大聖堂のまえは通りたくない」俺は彼女に伝える。

俺の手のひらが押しつぶされる。

「怖い」彼女は言う。その声は砕かれている。

「何もかもうまくいくさ。ほんとうだ」

「ほんとに怖いの」

「ハニー、大丈夫だから」

肉体は対話だ。俺たちは言葉なしでお互いに伝え合っている。俺の瞳を見つめる彼女の瞳にあるのは信頼と信用だけだ。彼女はなんとか小さくほほえみ、俺は彼女の額にそっとキスをする。

ようやく〈クイーン・アレクサンドラ〉に着く。

赤レンガのエドワード朝風ファサード。古びて黒ずんでいる。苔。窓の鉄格子。どんよりした空気。

「友達に勧められたのはほんとうにここか？」

彼女はうなずく。「ここ。合ってる」

階段をあがって受付へ。

用紙。

「緊急連絡先をあなたにしても大丈夫？」

「と思う」

用紙に記入する。俺たちは待つ。そして待つ。

「こちらです」看護師が言い、俺たちを長い、飾り気のない廊下に案内する。

また待合室。禁煙の表示。

彼女が俺の手に自分の手を絡める。眼に涙が浮かんでいるのが見える。俺は言いそうになる。なあ、ここを出たほうがいいんじゃないか……

「エリザベス・マカルーさん？」

ベスが立ちあがり、うなずく。レインコートを脱ぎ、俺に渡す。彼女はセーターとジーンズのなかで震えている。

別の看護師が両びらき扉の向こうに彼女を連れていく。俺はついていこうとするが、看護師が——彼女が看護師なら——かぶりを振る。

ふたたび待合室。禁煙の表示。

ここには俺しかいない。外はまた雨。

小さな、四角いコーヒー・テーブルの上の雑誌の山。《ウーマン》《ウーマンズ・オウン》《コスモポリタン》《ジャスト・セブンティーン》《ジャッキー》……

折りたたまれた《サン》紙が両びらき扉のそばの椅子に置かれている。今から数年後、〝ヒルズボロの悲劇〟の結果、リヴァプールのこのあたりで君が《サン》紙を眼にすることはなくなる。でもそれは暗い明日の話であって、俺たちはまだ暗い今日にいる。

ふたたび受付。

「煙草を吸える場所はありますか？」

受付係はうなずく。「喫煙室がすぐそこにあります、左手です」

息詰まる狭い空間、医者、看護師、患者、夫、ボーイフレンドたちでいっぱいの部屋。自分の煙草に火をつける必要すらない。この部屋の空気に漂うにおい。

廊下を引き返し、待合室へ。

今はもうひとり男がいる。

俺たちはお互いに眼を合わせないよう、一点を見つめる。

また《サン》紙を手に取る。ミスティック・メグの占い。獅子座は金運が絶好調。スポーツ欄とテレビ番組欄を読む。

「そっちは終わったのかい？」男が訊く。年齢は二十五くらい、口ひげ、コーデュロイ、地理の教師のような眼鏡。

俺は新聞を渡す。どれくらいかかるのだろうか。少し調べてくるべきだった。手術といっても実際にはどんなことを——

ベス。

そこに立っている。「コート」彼女は言う。

「え？」

「コート。雨が降ってる」

俺は彼女にコートを渡す。

「これだけか？　終わったのか？」

彼女はコートを着る。「行こう。ここを出ましょう」

俺たちは外に出て、彼女はきびきびと病院から離れる。

「ベス、話してくれ。どうなったんだ？　全部終わったのか？　また来なきゃいけないのか？」

「パブは？　パブに行かない？」

俺はパブを見つけ、彼女のためにジン・トニックを頼む。

彼女はそれを飲む。ほほえむ。もう少し飲む。

「最悪」彼女は言う。「ほんと最悪」

「しなかったんだな？　そうなんだな？」

彼女はうなずく。

「手術はやめにしたんだな？　そうなんだな？」

「うん、そう」

信じられない、い、い、い。本物の、涙。なぜやめたのかは訊くな、気が変わるかもしれない。

彼女の顔にかすかに浮かんでいるあれは笑顔か？

「わたしがそのへんの主婦なんかになると思わないでね。なりません。キャリアをつかむ。わたしはキャリア・ウーマンになる。あなたが全部自分でやるんだよ、ショーン・ダフィ。おむつを替えたり。全部。それはわかってる？」

「わかってる」

「じゃあ、馬鹿みたいににやにやするのをやめて」

BMWに戻る。フェリーに戻る。いくつかは同じ顔。少女たち。若い女たち。

永遠に変わった。

日ごとに老いる。年ごとに賢くなる。

フェリーが岸を離れる。だが風景は……

風景は変化している。これは黒いマージー川に落ちていくリヴァプールのさびれた波止場ではない。

これは……

これは未来が始まる場所だ。

32 《ヘルシンキ・タイムズ》（五ヵ月後）

アルスターの狂暴な夏。パレードのシーズン。騒乱。そして、キャリックファーガスでのある暴動のさなか、誰かがここぞとばかりに俺の車を盗む。激怒どころの話じゃない。

「インターポールに電話しろ！　ありとあらゆる手を尽くせ！　病院への送り迎えにあの車が要るんだよ！」

だが、盗難車を乗りまわすやつらはBMWにちょっかいを出すのが大好きだし、自動車泥棒は青くなった未来のパパたちのことなど気にしない。

暴動はひどく、全員が出動している。経験豊富な警官が不足している。群衆整理に長けた警官が……

ヘリコプターがディヴィス・フラット複合施設の屋上の監視所に向かっている。すきっ歯の街が泥に沈んでいく。黒い湾がそこに死者の口のように横たわっている。ゴーメンガーストとしてのベルファスト、崩壊した世界としてのベルファスト、呪われた大地としてのベルファスト。

そういったものを超越していてよかった。火炎瓶と半レンガと銃弾を。そして言葉を。多すぎる。やりすぎだ。アルスターの廃品売りは誰もがみな、我こそは国家吟遊詩人でございと考えている。言葉、言葉、言葉、まるでそうしないと廃れてしまうとでもいうように、淀みなく流れ出る。今はもう耳を傾けてすらいない。どれもすでに聞いたことがある。

うんざりだ……

この仕事。大きな、絶え間ない幸運を要求するどうしようもない仕事。

次の一歩を踏み出す頃合いかもしれない。警察のことはオマワリに任せておけ。泥棒のことは盗人どもに任せておけ。あい、俺がひとりでやっていくとしたら……でも俺はひとりじゃない、だろ？

ひとりの女性と、生まれてくる赤ん坊と。

「何をにやにやしてるの、ダフィ？」

「俺、パパになるんだ」

「そう言ってられるのも今のうち。全然楽しいことじゃないよ」

五時間後。

暴動鎮圧任務が終わる。

キャリックファーガス署。ロケット弾をも防ぐフェンスに囲まれたここは安全だ。湾を一望できる自分のオフィスのなかは安全だ。

雨が降っている。ローソンがドアの陰から顔を覗かせている。

「どうした？」

「警部補、珍しくいいニュースです」

「いいニュース？　確かか？」

「はい。キリアンを覚えていますか、我々が警告だけで釈放してやった自動車泥棒の……」

「今度は何をした？」

「署に顔を出したのです。ボスのBMWを見つけたとかで。私が調べました。確かにボスの車のようです。見たところ、疵ひとつついていません。爆発物探知犬に調べさせましたが、何もありませんでした」

下の駐車場へ。

「あの少年はまだ近くにいるのか？　謝礼をしたい」

「もう帰ってしまいました」

「車が大丈夫かどうか、ひとっ走りさせてみよう。一緒にどうだ？」

「大丈夫であります」

賢いガキだ。俺が年寄りだとわかっている。ホワイトヘッドまでを往復するドライブ。〈インペリアル・ケミカル・インダストリーズ〉のまえを走り抜けたときは時速百六十キロを記録している。ふたたび署へ。休憩室で紅茶を淹れる。もうそろそろ六時。また一日、シフトが終わろうとしている。

「何か変わったことはあったか、クラビー」

「どこほっつき歩いてたんだ、ショーン。あんたに会いに来たやつがいたぜ」

「ああ、あの少年だろ。俺の車を見つけてくれた」

「いや、あいつじゃねえ。イギリスの男だ。ジャックとかいう。あんたと知り合いだっつってた。あんたのオフィスで待ってたんだが、用事があるとかで帰(けえ)っちまった」

オフィスへ。灰皿のなかの灰。煙草の煙のにおい。そしてそこに、デスクの中央に、きれいにたたまれた新聞。

広げる。

《ヘルシンキ・タイムズ》。フィンランドで発行されているフルカラーの英字新聞。このなかのどこかに手がかりがあるはずだ。第一面のつまらないトップ記事か？

フィンランドが欧州経済共同体に加盟要請

フィンランドはこれまで、国際政治の舞台で慎重な立ちまわりをしてきた。北欧国家経済共同体NORDECの設立計画はソヴィエト連邦がフィンランドの加盟を妨害したため、一九五〇年代初頭に白紙に返っていた。フィンランドはEECへの加盟に抵抗してきたが、そんな状況に変化がもたらされようとしている。一九八〇年代の初頭には、フィンランドの貨物の約二割がソヴィエト連邦に輸出されていたが、輸出量は長らく減少傾向にあり、政府は西側諸国に新しい市場を模索してきた。政府筋は本紙に対し、フィンランドはスウェーデンとともに近々EECへの加盟申請をおこなうと語った。EEC加盟によって影響が出るのは、もちろん経済だけではない。共同漁業政策、共同農業政策に署名しなければならないし、欧州評議会にも参加し、汎ヨーロッパの犯罪者逮捕・身柄引渡条約を締結する必要があり――

新聞を置く。ジャックはこれを読ませたかったのか？　リリー・ビグローの事件がもしかしたら再燃するかもしれないという希望を持たせるために？　二、三年後、フィンランドが関連条約のすべてに署名したら、フィンランドと共同で逮捕令状を発行し、エクを追いつめるために？

ドアにノックの音。クラビーの顔。俺は新聞を渡す。クラビーはうしろからぱらぱらとめくっていく。「一面のニュースを読んでみろ。俺に会いに来たやつは数年後、エクの事件が息を吹き返す可能性があると言いたいらしい」

クラビーはかぶりを振る。「そりゃちょいとちげえぜ、ショーン」

「どういうことだ？」

クラビーは新聞を半分に折り、第十七面の小さな記事を指で示す。

スカンディナヴィア北部で狩猟事故

今週火曜日、オーランド諸島出身のハラルド・エク氏（65）がヌルメス付近の森で狩猟をしていた際、誤って銃弾を受け、死亡した。〈レンネイティン〉社の取締役を退任し、自叙伝の執筆を始めようとしていた矢先の事故だった。

「どう思う、クラビー？　ほんとうに事故か、それとも誰かがあの野郎を始末したのか」

「永久にわかりっこねえだろうな。けど、もうあいつのことで悩む必要はなくなったわけだ」

俺はジュラのボトルに手を伸ばし、ふたり分の祝杯を注ぐ。「事故じゃないことを願おう。遅くなったが、リリーの仇討ちだと思いたいね」俺は飲みながら、その合間に言う。

クラビーはウィスキーを飲み終え、パイプに葉を詰める。「ずいぶんな言いようじゃねえか、ショーン。でもこの場合、俺も同感と言うほかねえな」

俺たちは飲み、話す。ファイルを引っぱり出し、リリー・エマ・ビグローの事件に短い締めくくりの言葉をタイプする。ローソンがやってくると、俺は同じように新聞を見せる。

来月、ロンドンでホルンボルク巡査と会うからそのときに訊いてみる、とローソンは言う。

「ホルンボルクと連絡を取り合ってるのか?」

「まあ、そんな感じです。電話代が死ぬほど高いですが、何度か手紙のやり取りをしました。来月、一緒にロンドンに遊びに行く予定です。一週間の休暇を使って」

「知ってたか、クラビー?」

「俺は他人のプライバシーには可能なかぎり関わらねえようにしてるんです」

クラビーは家に帰り、ローソンは家に帰り、俺は避けられない電話を待つ。それは七時にかかってくる。

「もしもし?」

「ああ、ダフィ警部補、君のために置いていった《ヘルシンキ・タイムズ》は読んでくれたろうね?」

「ああ。エクのことはあんたの仕業か？」

「狩猟中の事故ですよ。そういうことにしておくのが一番だ。ちがいますか？」

「あんたがそう言うなら」

「そう言わせてもらいますよ。分別のある男は他人の問題に首を突っ込まないものです」

「分別のある男ならな」

「父親になると、どんな無鉄砲な男でも分別のある男になるものですよ。あなたも実際にご自分がそうなったら驚くでしょう」オギルヴィーが言う。その声音には冷たいものがある。紛うことなき悪意がある。

「何が言いたいんです、オギルヴィーさん？」

「ハラルド・エクの死をもって、あなたの捜査は終わりました、ダフィ警部補。キンケイドについては王立アルスター警察隊の性犯罪調査班が捜査しています。ロンドン警視庁の特別部はこの捜査に付随する、もうひとつのもっと奇妙な容疑を捜査しています」

「で、俺は首を突っ込むなって？」

「首を突っ込まないことです。自分にとって何が最善かわかっているのなら」

「今ので台なしだな。脅しにはうまく対応できないんだ」

「それは昔のショーン・ダフィ警部補です。今のショーン・ダフィ警部補には生まれてくる赤ん坊がいます」

がちゃん。

つー、つー。

俺は長いあいだ受話器を見つめる。

それから電話をかける。

「性犯罪調査班、トリッシュです」

「トリッシュ、キャリック犯罪捜査課のダフィ警部補だ。ファロー警部がまだいるような

ら、話がしたい」

「お待ちください」

「ファローです。なんの用ですか、ダフィ警部補」

「キンケイドの件、手がかりがどこに行き着くのであれ、あなたは最後まで追ってくれる

んでしょうね？」

「なんの話ですか？」

「キンケイドに関する捜査ですよ。すべての手がかりを追ってくれますね？」

「もちろんです」

「捜査がはるばるイングランドまでおよぶことになったとしても？」

「ええ」

「あの件に有名人が絡んでいたとしても？　セレブや政治家が絡んでいたとしても？」

「アイルランドに優秀な警官があなたひとりしかいないと考えているんだとしたら、ずいぶん傲慢ですね、ダフィ。そう考えてるんですか？　我々のなかにはちゃんと自分の仕事ができる人間もいます。わざわざ大げさな振る舞いをしなくても、波風を立てなくても、被疑者の胸を撃ち抜かなくても」

　今のはひどい。トニーは俺の友達だったんだ。

「キンケイドの少年たちは口を割りましたか？」

「知ってのとおり、誰も口を割っていませんが、施設は閉鎖されましたし、再開の予定もありません」

「でも誰かがしゃべったら？　そのときは少年たちの言葉を信じると言ってくれ。手がかりがどこに行き着こうと追うと言ってくれ」

「手がかりは追います、ダフィ。わたしに仕事のやり方を指図するのは金輪際やめてください」彼女は言い、電話を切る。

　俺はそこに座る。受話器を握りしめ。

　ときにはな、ダフィ、ほかの人間の能力を信じなきゃならん。おまえひとりですべてを解決することはできないんだ。

　俺はため息をつき、受話器を戻す。

　ＢＭＷ。海岸通り。家。

　キッチンでベーコンが焼かれている。レコード・プレーヤーでマイルス・デイヴィスがかかっている。猫が泥炭の火のまえでうたた寝している。

　俺はキッチンに入り、ベスにキスする。黒い毛染めはすっかり落ち、彼女はグリーンの瞳をしていて、輝いていて、髪は乱れ、美しい。

「今日はどんな一日だった？　暴動任務でしょ。当たり？」

「今日はその最終日だった。信じられないだろうけど、車が戻ってきた。疵ひとつない。あのくそったれ代車はもう使わなくてすむ」

「それは残念。あのユーゴ、わたしはすごく気に入ってたから」

　俺は彼女を両腕で包む。「君はどんな一日だった？」

「早く出てきてほしい」彼女は自分のお腹をぽんと叩いて言う。

「もうすぐだ。リリーって名前は好きかい？」

「駄目！」

「じゃあ、エマは？」

「エマ？　ううん、考えておく……ああ、ショーン、ちょっとひとっ走りして、そのへんでキイチゴを摘んできてくれない？　食べたくて死にそうなの。クリームをかけたキイチゴが」

「もちろんだ」俺は言う。「クロイチゴとクロスグリも生えてるぞ」

ベスはうめく。「クロスグリはやめて！　キイチゴだけ！」

籐編みのかごを持って、外の灰色の日の名残りのなかへ。子供たちはみな家で夕食の時間だから、通りには俺以外、道路のまんなかで寝ている一匹の犬しかいない。

コロネーション・ロードを右に曲がり、ヴィクトリア・ロードを左に。ヴィクトリア・ロードからヴィクトリア・レーンに入るとすぐ、野生のリンゴ、クロイチゴ、サンザシの茂みに囲まれる。

風の息吹。海水の気配。牧羊場と麦畑のなかの秋。

数週のうちに、俺は赤ん坊を乗せたベビーカーを押し、ここまで来るだろう。そのときまだ残っていたら、ぬかるみについたこの狐の足跡を娘に見せるだろう。「見て、狐だ、エマ。おばあさん狐かな、たぶん」

大量のキイチゴを摘み、かごに投げ入れていると、空が口をあけ、雨がアイルランドに対する積年の消耗戦を再開する。俺はヴィクトリア・レーンを引き返し、くすんだ青色をした、文明社会に灯る泥炭の炎を目指して走る。そこでは何千というほかの魂たちが、アイリッシュ海の荒れ狂う波の上にまだどうにか浮かんでいる島の、小さな緑色の救命艇の上で身を寄せ合っている。

「ただいま！」俺は玄関をあけ、大声で知らせる。

ベスはコートを着て、荷物を詰めたかばんを持ち、玄関に立っている。その眼は大きく見ひらかれている。興奮し、何かを予期し、こわばっている。

「あぁくそ、産まれるのか？」

「産まれる」彼女は言う。

著者あとがき

この本は数十年が経過するまで世に知られることのなかった一九八〇年代の北アイルランドのいくつかの側面を描いたフィクションであり、故ジミー・サヴィルの少年少女性的虐待に対する告発をまとめた『Giving Victims a Voice（被害者たちに声を、二〇一三年）』から得た知見にもとづいている。この報告書を読むと、とりわけ警察の無能ぶりとイギリス国内の多くの警察組織の独善ぶりに身も凍る思いがする。サヴィルが口封じをした被害者のなかには「自分は警察に友人がいる」とほのめかされた者もいれば、「自分は北アイルランドの殺し屋たちと親交がある」と脅された者もいる。本書で描かれている一九八七年には、サヴィルの影響力はまだその絶頂に達していなかった。一九九〇年、サヴィルはサッチャー首相の個人的な要望（彼女の四度目の試みだった）により、ナイトに叙せられている。そして同年、教皇ヨハネ・パウロ二世はサヴィルに大聖グレゴリウス教皇騎士団司令官勲章（大聖グレゴリウス勲章）を与えている。二〇一二年のオペレーション

・イューツリーを皮切りにして、〝ドルフィン・スクウェア〟という建物を根城にした児童性的虐待グループに対する捜査は現在も継続されている。

本書はまた、キンコラ少年養護施設のスキャンダルをまとめて多くの議論を呼んだ『Report of the Inquiry into Children's Homes and Hostels（少年養護施設調査報告書、一九八六年）』からもヒントを得ている。二〇一三年一月、《ベルファスト・ニュース・レター》紙は〝三十年ルールにより、一九八二年の政府文書は二〇一三年一月に公開されるはずだが、キンコラ少年養護施設に関するファイルの数がきわめて少ない〟と報じている。キンコラ少年養護施設でのグループによる児童買春疑惑とＭＩ５の隠蔽工作疑惑に関する文書は、現在では二〇三三年まで公開不可とされている。

一九八七年は紛争下のアルスターとしては典型的な一年だった。二十人の警官が勤務中に死亡し、王立アルスター警察隊は十六年連続で、西側世界で最も警官の死亡率が高い警察組織となった。

一九八七年はまた、アイルランド共和国でいわゆる〝ダラー戦略〟が始まった年であり、〝ケルトの虎〟ブームの基礎が築かれ、その後アイルランドは携帯電話とコンピューターの主要生産拠点となった。

ハラルド・エクの奇妙な軍歴はフィンランド将校ラウリ・トルニ（英名ラリー・ソー

ン）の軍歴を（大ざっぱに）参考にしている。トルニは四つの戦争を三つの旗の下で戦い、アメリカ軍特殊部隊での任務中、ベトナムで戦死した。

モハメド・アリは長年にわたり、アイルランドを幾度も訪れている。有名なのが一九七二年と二〇〇五年の訪問で、前者はクローク・パークでアルヴィン・ルイスと試合をするため、後者は曾祖父エイブ・グレイディの故郷であるクレア州エニスを観光するためだった。残念ながら、アリはそのいずれの機会においてもベルファストに足を踏み入れていないが、もしそうしていたら、まさしく本書の第一章で描いたとおりになっていたと思う。

解説
探偵よ、傷ついた街を行け

小説家　阿津川辰海

主人公が傷つくほど、エンタメは輝きを増す。

何も、無暗（むやみ）に主人公を傷つけろ、と言っているわけではない。彼、彼女は、彼ら自身の手ではどうにもならない悪意、運命、陰謀によって傷つかねばならない。あるいは、真実そのものによって。主人公が悩み、苦しみ、あがき、それでも自分の人生を摑み取ろうとする姿は、どうしようもなく心を熱くさせる。

ショーン・ダフィとは、そんな警察官である。

そして、彼が傷つくのは、事件によって——それも、「あの時代」ゆえに引き起こされた事件によって、である。八〇年代の北アイルランド。人々の暴動。ＩＲＡ（アイルランド共和軍）やＭＩ５（英国情報局保安部）の陰謀渦巻く世界。そんな世界を闊歩（かっぽ）しながら、シニカルな目線は忘れず、しかし、事件がもたらすものに、自分の未来に、悩み続ける。

本書『レイン・ドッグズ』では、ダフィ自身の私生活にも今まで以上にウェイトを置きつつ、外交問題を絡めた更に高い壁に挑んでいくことになる。二重三重に絡まった陰謀の鎖を解いていき、自らが一番深く傷を負っていくダフィの姿に、夢中になること請け合いの一作だ。

*

本書『レイン・ドッグズ』は、早川書房で二〇一八年から続々刊行されてきた刑事〈ショーン・ダフィ〉シリーズの第五作にあたる。このシリーズは三作ごとに「三部作」を形成する構成となっているそうなので、本書は「三部作」の第二ブロックの二作目にあたる。第二ブロックのターニングポイントと言える一作だ。

このシリーズを初めて手に取るという方もいると思うので、まずは、このシリーズがどういう警察小説シリーズで、どう面白いのかを掘り下げておこう。

彼が生きるのは、暴動、紛争が繰り返される八〇年代の北アイルランドである。それらはもはや日常に溶け込んでおり、警察官も、暴動鎮圧を「手当てがつく仕事」としか思っていない。中でも目を瞠るのは、ダフィが車に乗るたびに、必ず車体の下を覗き込むことだ。爆弾がないかを確認するために。彼はこれを「ルーティン」と呼ぶ。それほど、死と日常が隣り合わせの世界なのだ（このルーティンは、場面転換の時に良いリズムを作っていて、一作追うごとに文章のリズムが速くなる）。〈ショーン・ダフィ〉シリーズ第一の魅力は、まさにこうした北アイルランド情勢の描写である。

IRAやMI5といった組織は、日本のエンターテインメントでも、例えば高村薫『リヴィエラを撃て』（新潮文庫）や月村了衛『機龍警察　自爆条項〔完全版〕』（ハヤカワ文庫JA）で描かれてきたものであり（月村は第四作『ガン・ストリート・ガール』に帯文コメントを寄せている）、こうした本を読んで自然と知識を得た人も多いだろう。

だが、そうした傑作群と並べても引けを取らないほど、マッキンティの作品は素晴らしい。あの時代、あの場所に生きていた人間の呼吸が息づいているようにさえ感じる、都市や人間描写の妙。たとえば、第一作『コールド・コールド・グラウンド』の一節にこうある。

〝ここは自らの攻撃に苛まれる都市。
ここは自らの井戸を毒し、自らの田畑に塩し、自らの墓を掘る都市……（同書八五ページ）〟

そんな都市を行くダフィは、決してシニカルな目線とユーモア感覚を手放さない。同作の最初の一行である「暴動は今やそれ自身の美しさをまとっていた」（七ページ）は、〈ショーン・ダフィ〉シリーズ、「あの時代」を象徴する一文でもあり、ダフィという人物の感覚を表明した言葉であり、歴代警察小説シリーズを見渡しても、一番良い最初の一行ではないかとさえ思う。陰鬱で重苦しい状況を描きながらも、警察小説、ハードボイルドとしての歩調が鈍重にならないのは、その語りのゆえだ。

そう。〈ショーン・ダフィ〉シリーズ第二の魅力は、やはりその人、ダフィ自身にある。皮肉屋で読書家。刑事はトラブルとトラブルの間の待ち時間のために、良書を持ち歩く必要があると言ってのける三十代の男。部下からの信頼は厚く、上司が頭を悩ませるクロスワードパズルは、相談されればすぐに解いてしまう。
長期警察小説シリーズにはいろいろな種類があって、若干メンバー等に変化がありつつも常に同じ楽しみを提供してくれるものから（良い意味でのマンネリズム）、主人公のライフイベントそのものが読み味にもなっているものまで様々だが、〈ショーン・ダフィ〉シリーズは後者と言える。

第一作『コールド・コールド・グラウンド』では巡査部長として登場するが、第二作『サイレンズ・イン・ザ・ストリート』ではひょんなことから警部補に、はたまたある巻では捜査権を失った状態からスタートしたり、『アイル・ビー・ゴーン』では旧友にして大物テロリストであるダーモットという男と対峙することになったり……一作ごとに、ダフィ自身の立場も、置かれている状況も、様々なのだ。

こうした特徴は、マイ・シューヴァル＆ペール・ヴァールーの〈マルティン・ベック〉シリーズや、ヘニング・マンケルの〈刑事ヴァランダー〉シリーズを思わせる。殺人事件の捜査を主軸に据えつつも、マルティン・ベックの私生活や、ヴァランダーのライフイベントの推移がサブプロットとして並行することが、これらのシリーズの魅力だが、〈ショーン・ダフィ〉シリーズは一作ごとに、こうした魅力を強めていると言えるだろう。

サブプロットとしての私生活の面白さは、メインである警察小説としての捜査の魅力がきちんと確立されているからこそ引き立つ。〈ショーン・ダフィ〉シリーズ第三の魅力は、もちろん、警察小説としての面白さである。

第一作『コールド・コールド・グラウンド』では、手首を切断された死体が見つかるが、その傍に落ちていた手首は別人のものと判明し、連続殺人の可能性が出てくる。そこでダフィに犯人からとみられる手紙が届き、俄然犯人との知恵比べの色合いが濃くなる……のだが、ここで重要なのは、八〇年代の北アイルランド情勢は、まだまだ陰謀論との距離が近い時代だった、という点だ。

本来は相互に関係性がないものが、関係性があるように見え、そこにどす黒い悪意の糸を見いだしてしまう。そんな陰謀論の危うさと衝撃を、黒い霧に覆われた時代を舞台にノワールの形で描き出していったのが、ジェイムズ・エルロイの〈暗黒のLA四部作〉やデイヴィッド・ピースの〈東京三部作〉だが、マッキンティにとってはその舞台が八〇年代の北アイルランドなのだ。ただ、警察小説としての軸足により重きが置かれているところが、大きな特徴と言えるかもしれない。

ショーン・ダフィは半ば霊感に近い推理によって、真相・陰謀の核心に迫っていく。ダフィが陰謀めいた悪意を読み解く、あるいはその裏をかかれる……そのスリリングな過程そのものが、ユニークな警察小説×ノワールの味を作っている。

そして、捜査の面白さは、一作ごとに円熟味を増していくのだ。第二作『サイレンズ・

イン・ザ・ストリート』では、スーツケースに詰められた切断死体の謎に挑み、グッと深みを増した捜査小説になっている。点と点が少しずつ繋がっていく過程を焦らずに手繰っていく感じが良い。そこから一転、第三作『アイル・ビー・ゴーン』では、旧友にしてテロリストの男の居場所を教えてもらう代わりに、「取引」として、四年前の未解決事件の真相を解き明かすことになる。しかも、それが「密室殺人」だというのだから恐れ入る。これほど一作ごとに捜査小説としてのスタイルが変わる本も珍しいだろう。第一作、第二作の切断死体もそうだったが、「解決」の意外性や完成度そのもので勝負するというよりは、「謎」－「解決」のシークエンスが警察小説としてのプロットを駆動するという形を取っているのも特徴だ。

捜査小説という点では、第四作『ガン・ストリート・ガール』が特に優れている。富豪の夫妻が射殺され、息子は崖下で死体となって発見される。彼は容疑者と目されていたため、自殺したものと推定されるが、更に関係者の自殺が続けざまに起こる。二つの自殺の真相とは？……というのが筋なのだが、一見平凡に見えるこの事件の疑問点を素早く整理する手並みも素晴らしいし、そうした「謎」－「解決」のシークエンスによって、その裏で蠢（うごめ）いていた陰謀が描出される、その衝撃たるや見事なものだ。

*

では、本作『レイン・ドッグズ』はどうか？　本作は、この三つの魅力全てにおいて、またしても新たなステージに到達しているのだ。

まず北アイルランドの描写。冒頭からこれが非常に良い。何せ、当時ボクシング界のスターだったモハメド・アリが登場するのだ。普段は警備業務など下に見ているダフィが、アリの警備に駆り出され、そのスター性を目撃する。このシーンが、実に良い。政治的、宗教的、人種的な差別と偏見で分断された北アイルランドに、アリが降り立った時に見せる人々の反応。これが活写されていることで、小説としての奥行きがグッと広がる。

そして、ダフィ自身の物語としても、今回は新たなステージに突入する巻となっている。先に述べた通り、〈ショーン・ダフィ〉シリーズは、三作ごとに三部作を形成する構想になっているという。確かに第三作『アイル・ビー・ゴーン』は、ダフィ自身の過去と対峙し、ダーモットとの対決に挑むラスト100ページが圧巻の熱を放っており、魂が震えるようなラストシーンが印象に残る作品となっていた。第四作『ガン・ストリート・ガール』のラストも衝撃的なものだったが、今回のラストもまた、ひときわ違った感慨をもたらすものになっている。第二ブロックにおけるダフィのライフイベントを象徴するものになるはずだ。

これまでのシリーズの事件は、読者だけでなく、当然ダフィの中にも蓄積として残っており、密室事件に遭遇する章は「リジー・フィッツパトリックふたたび？」と題され、『アイル・ビー・ゴーン』で扱った未解決事件の被害者の名前を出している。これまでの事件が経験として生きる面白さや、思わぬ人物との再会の驚きが、シリーズとしての旨味だ。

また、この密室事件について、ダフィは面白い視点を投げかける。一人の刑事が、二度も密室殺人に遭遇する確率はどれくらいだろう、と言い始めるのだ。これはメタフィクショナルなくすぐりに見えるが、実はそれだけではないことが後に分かる。このように、謎解きミステリ的な論理の骨組みに、統計学や確率といった別の視点を持ち込む軽やかさは、さながらコリン・デクスターの『ウッドストック行最終バス』を思わせる。

そして警察小説としての面白さ。今回のテーマは「外交」である。長期警察シリーズは、外交問題の回や、海外出張回を挟む傾向があるが、その面白さとはやはり、ストレートに犯人を追い詰めようと思っても外交特権や国際問題などの高い壁に阻まれ追い詰められない、もどかしさにあるだろう（例として、『刑事コロンボ』の「ハッサン・サラーの反逆」、『古畑任三郎』「すべて閣下の仕業」、あるいは古野まほろ『外田警部、TGVに乗る』など。この文脈ではややニュアンスが違うが、ヘニング・マンケル『笑う男』や、真保裕一『アマルフィ』などの外交官シリーズなども思い出す)。本書でも、その壁の高さは現れている。

とはいえ、読み味が重苦しいわけではない。その後の鍵となる登場人物である、フィンランドの実業界の大物たちの顔見せを、非常に小物らしい泥棒事件でさりげなく行っているのが巧みだし、出来事と出来事の関係性をテンポよく手繰っていくダフィの捜査の面白さで全く飽きさせない。

密室殺人も、キャリックファーガス城という実際の名跡を使って行うところが楽しく(検索して写真でも見てみるとワクワクする。まさかこの城門が密室殺人の条件に使われるとは!)、密室状況の検討のリズムと、「謎」‐「解決」のシークエンスによって、捜査にメリハリを生んでいる。このあたりの呼吸が実に、この作家は心得ていると感じさせるのだ。

犯人との手に汗握る対決。ハードボイルドなシーン作り。ノワールとしての不安と熱の噴出。全てがないまぜになったクライマックスの後に訪れる——あの結末。

まさしく、これまでの最高傑作と称するにふさわしい逸品である。

＊

次回作 *Police at The Station and They Don't Look Friendly* は早川書房から来年刊行予定だという。ダフィ自身のライフイベントにも大きな変化が起こり（これは本作のラストにも繋がっているので、詳述は控えよう）、そんな中で彼は新たな事件に巻き込まれる。三部作の第二ブロックの最終作にあたる作品なので、また一つの区切りになる作品になるのだろう。本国では、第七作 *The Detective Up Late* が発売予定となっている。

更なる高みに登り詰めていく〈ショーン・ダフィ〉シリーズは、これからますます目が離せない。密室殺人という古式ゆかしい題材ですら、プロットを駆動するシークエンスとして取り込み、警察小説、ハードボイルド、ノワール、都市小説として豊饒な物語を展開する作者の才気を、この『レイン・ドッグズ』で味わってほしい。

令和三年十月

コールド・コールド・グラウンド

The Cold Cold Ground

エイドリアン・マッキンティ
武藤陽生訳

紛争が日常と化していた80年代北アイルランドで奇怪な事件が発生。死体の右手は切断され、なぜか体内からオペラの楽譜が発見された。刑事ショーンはテロ組織の粛清に偽装した殺人ではないかと疑う。そんな彼のもとに届いた謎の手紙。それは犯人からの挑戦状だった！　刑事〈ショーン・ダフィ〉シリーズ第一弾。

ハヤカワ文庫

サイレンズ・イン・ザ・ストリート

I Hear the Sirens in the Street

エイドリアン・マッキンティ

武藤陽生訳

フォークランド紛争の余波で治安悪化が懸念される北アイルランドで、切断された死体が発見される。胴体が詰められたスーツケースの出処を探ると、持ち主の軍人も何者かに殺されていた。ふたつの事件の繋がりを追って混沌の渦へと足を踏み入れたショーン警部補に、謎の組織が接触を……大好評のシリーズ第二弾！

ハヤカワ文庫

アイル・ビー・ゴーン

In The Morning I'll Be Gone

エイドリアン・マッキンティ

武藤陽生訳

元刑事ショーンに保安部(MI5)が依頼したのはIRAの大物テロリスト、ダーモットの捜索。ショーンは任務の途中で、ダーモットの親族に取引を迫られる。四年前の娘の死の謎を解けば、彼の居場所を教えるというのだ。だがその現場は完全な〝密室〟だった……刑事〈ショーン・ダフィ〉シリーズ第三弾　解説／島田荘司

ハヤカワ文庫

ＩＱ２

Righteous

ジョー・イデ
熊谷千寿訳

亡き兄の恋人だった女性から、高利貸しに追われる妹ジャニーンを助けてほしいと頼まれた探偵〝ＩＱ〟。腐れ縁のドッドソンを伴い、彼女が住むラスベガスに赴くが、事態は予想よりも深刻だった。ジャニーンは中国系ギャングの個人情報に手を出し、命を狙われていたのだ。待望のシリーズ第二作。解説／丸屋九兵衛

ハヤカワ文庫

さよなら、愛しい人

Farewell, My Lovely

レイモンド・チャンドラー
村上春樹訳

さよなら、愛しい人
レイモンド・チャンドラー
村上春樹訳

Farewell, My Lovely
Raymond Chandler

早川書房

刑務所から出所したばかりの大男、へら鹿マロイは、八年前に別れた恋人ヴェルマを探しに黒人街の酒場にやってきた。しかしそこで激情に駆られ殺人を犯してしまう。偶然、現場に居合わせた私立探偵のマーロウは、行方をくらましたマロイと女を探して夜の酒場をさまよう。狂おしいほど一途な愛を待ち受ける哀しい結末とは？　名作『さらば愛しき女よ』を村上春樹が新訳した話題作。

ハヤカワ文庫

ロング・グッドバイ

レイモンド・チャンドラー
村上春樹訳

The Long Goodbye

ロング・グッドバイ
レイモンド・チャンドラー
村上春樹訳
Raymond Chandler
The Long Goodbye
早川書房

私立探偵フィリップ・マーロウは、億万長者の娘シルヴィアの夫テリー・レノックスと知り合う。あり余る富に囲まれていながら、男はどこか暗い陰を宿していた。何度か会って杯を重ねるうち、互いに友情を覚えはじめた二人。しかし、やがてレノックスは妻殺しの容疑をかけられ自殺を遂げてしまう。その裏には哀しくも奥深い真相が隠されていた。新時代の『長いお別れ』が文庫で登場

ハヤカワ文庫

熊と踊れ（上・下）

Björndansen

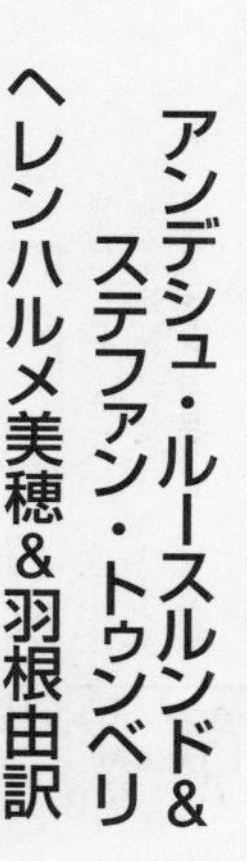

アンデシュ・ルースルンド&ステファン・トゥンベリ
ヘレンハルメ美穂&羽根由訳

壮絶な環境で生まれ育ったレオたち三人の兄弟。友人らと手を組み、軍の倉庫から大量の銃を盗み出した彼らは、前代未聞の連続強盗計画を決行する。市警のブロンクス警部は事件解決に執念を燃やすが……。はたして勝つのは兄弟か、警察か。北欧を舞台に〝家族〟と〝暴力〟を描き切った迫真の傑作。解説／深緑野分

ハヤカワ文庫

訳者略歴　英米文学・ゲーム翻訳家　訳書『ガン・ストリート・ガール』マッキンティ，『ポクスル・ウェスト最後の飛行』トーディ，『アサシン クリード〔公式ノヴェライズ〕』ゴールデン（以上早川書房刊）他多数

HM=Hayakawa Mystery
SF=Science Fiction
JA=Japanese Author
NV=Novel
NF=Nonfiction
FT=Fantasy

レイン・ドッグズ

〈HM㊻-7〉

二〇二一年十二月 二十 日　印刷
二〇二一年十二月二十五日　発行
（定価はカバーに表示してあります）

著　者　エイドリアン・マッキンティ
訳　者　武藤陽生
発行者　早川　浩
発行所　株式会社　早川書房

郵便番号　一〇一 - 〇〇四六
東京都千代田区神田多町二ノ二
電話　〇三 - 三二五二 - 三一一一
振替　〇〇一六〇 - 三 - 四七七九九
https://www.hayakawa-online.co.jp

乱丁・落丁本は小社制作部宛お送り下さい。
送料小社負担にてお取りかえいたします。

印刷・中央精版印刷株式会社　製本・株式会社明光社
JASRAC 出2109339-101　Printed and bound in Japan
ISBN978-4-15-183307-6 C0197

本書は活字が大きく読みやすい〈トールサイズ〉です。